**KATHARINA PETERS**
**WACHKOMA**

AF177861

atb aufbau taschenbuch

Hannah Jakob hat eine Berufung: Noch immer leidet sie darunter, dass ihre Schwester vor zwanzig Jahren spurlos verschwand. Nun, als Kriminalpsychologin, hat sie sich darauf spezialisiert, vermisste Frauen und Kinder zu finden. Mit ihrem Hund Kotti macht sie sich nach Lübeck auf. Eine Frau ist verschwunden – und taucht nach zwei Tagen wieder auf: traumatisiert und unfähig zu sprechen. Während Hannah sich daran macht, die rätselhaften Hintergründe dieses Falles zu ergründen, verschwindet eine andere Frau. Bald ergeben sich Hinweise, dass ein Verbrechen passiert sein könnte.

# KATHARINA PETERS

# WACHKOMA

THRILLER

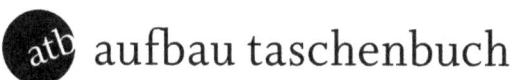 aufbau taschenbuch

**MIX**
Papier aus verantwor-
tungsvollen Quellen
**FSC** **FSC® C083411**
www.fsc.org

ISBN 978-3-7466-3056-4

Aufbau Taschenbuch ist eine Marke
der Aufbau Verlag GmbH & Co. KG

2. Auflage 2021
© Aufbau Verlag GmbH & Co. KG, Berlin 2014
Umschlaggestaltung Christin Wilhelm, www.grafic4u.de
unter Verwendung mehrerer Motive von
© shutterstock/Bgdan Sonjachnyj, shutterstock/Ekaterina Abramenko,
shutterstock/Alexey Repka und shutterstock/Samet Guler
Satz LVD GmbH, Berlin
Druck und Binden CPI books GmbH, Leck, Germany
Printed in Germany

www.aufbau-verlag.de

# PROLOG

Der Mann war von Kopf bis Fuß schwarz gekleidet, er trug Handschuhe und eine dünne Strumpfmaske über dem Gesicht, die zwei schmale Schlitze für die Augen freiließ. Auch der fensterlose, matt beleuchtete Raum war dunkel und niedrig – graue Steinwände, Betonboden, ein Stahlregal, zwei Stühle, eine Liege, auf der Berit unter einer Decke lag, ohne zu wissen, wie lange sie bereits hier war und wann sie begonnen hatte, ihre Umgebung wahrzunehmen. Es war kühl und roch dezent modrig. Feuchte Erde. Herbstlaub nach dem Regen. Ein Keller, dachte sie. Ich befinde mich in einem Keller. Sie kannte weder den Mann noch den Keller, und die Vorstellung, dass etwas Seltsames, vielleicht Unheilvolles geschehen war, löste höchstens Irritation aus. Als würde sie ihrer eigenen Wahrnehmung nicht trauen.

Das ganze Szenario konnte ein Traum sein oder eine Erinnerung, die plötzlich in ihren Alltag eingebrochen war oder einen Traum zu beherrschen begann, aber kaum etwas mit ihr und ihrem realen Leben zu tun hatte, sondern mit einem Buch, das sie vor langer Zeit gelesen, einem Zeitungsartikel, der sie beschäftigt, oder einem Film, den sie gesehen hatte. Möglicherweise schreckte sie gleich hoch, und es war fünf Uhr morgens, ihr Mann schlief noch tief und fest. Sie würde leise aufstehen, einen Tee kochen und sich auf die Terrasse setzen, wo es nach Sommerwiese und Heu duftete; ein Kahn schipperte auf dem Kanal vorbei, der direkt am Grundstück entlangführte. Schon als Kind hatte sie Stunde um Stunde am Anlegesteg verbracht und den Booten und Kähnen hinterhergewinkt. Sie würde den Frieden genießen, den der frühe einsame Tagesbeginn in sich barg, den Blick über das weitläufige Anwesen streifen lassen, das ihr die Eltern hinterlassen hatten, und grob die anliegenden Aufgaben planen – ein paar Stunden im Büro, einige Telefonate mit Kunden, Teamsitzung, Projektgestaltung, eine Kajaktour auf dem Elbe-Lübeck-Kanal, mit Detlef essen gehen. Aber vielleicht würde sie auch plötzlich die Augen aufschlagen und feststellen, dass sie in der Badewanne lag und nur Sekunden zwischen dem Auftragen der Haarkur und dem abrupten Wegtauchen in eine völlig andere, erschreckend realistische Szene verstrichen waren.

Seit dem Unfall passierten ihr immer wieder solche Sprünge, wie Berit sie nannte, manchmal alle paar Stunden, dann wieder hatte sie mehrere Tage Ruhe, und es keimte die Hoffnung in ihr auf, dass es endlich vorbei sein könnte mit dem beängstigenden unkontrollierbaren Switchen zwischen Traum und Wirklichkeit, Vergangenheit und Gegenwart, Alptraum und Alltagsrealität, Erinnerung und Gedankenspiel. Manchmal hatte sie das Gefühl, in einer wilden Achterbahnfahrt durch alle Windungen ihres Bewusstseins zu rasen und jede Wahrnehmung, mit der es je konfrontiert worden war, aufblitzen zu sehen – mal für Sekundenbruchteile schwach leuchtend, mal minutenlang grell blinkend. Die Ärzte hatten gesagt, dass das normal war – der schwere Unfall, die Hirnblutung, schweres Koma, dann Wachkoma und plötzlich, Wochen später, die Rückkehr ins Leben. Erinnerungslücken, Verwirrtheit und Orientierungslosigkeit begleiteten den Heilungsprozess, und niemand konnte ihr sagen, wie lange er andauerte und wann die Begleiterscheinungen verblassten. Vielleicht nie. Das konnte man nicht ausschließen.

Das Erschreckendste war, dass Berit häufig nicht mit allerletzter Bestimmtheit sagen konnte, in welcher Wirklichkeitsebene sie sich gerade befand. Saß sie tatsächlich mit Detlef beim Frühstück, oder erinnerte sie sich lediglich daran, während sie im Büro die Mails abrief und vor sich hin träumte? Oder war es genau umgekehrt? War sie vielleicht längst tot? Mitten im Sterbeprozess, bei dem nach und nach jede Zelle ein letztes Mal Energie aussendete, um dann zu erstarren? Nein, sie war dem Tod einmal sehr nahe gewesen. Das hatte sich ganz anders angefühlt – friedlicher und klarer. Wenn ihre Eltern unvermutet auftauchten, wusste sie, dass sie sich in einem Traum befand, in dem Rückblende, Wunschdenken und sehnsüchtige Erinnerung zugleich verwirrend intensive Gefühle auslösten. Die beiden waren beim Tsunami-Unglück 2004 ums Leben gekommen. Zumindest an dieses tragische Ereignis entsann sie sich mit großer Gewissheit und hielt es nicht für einen bösen Alptraum oder eine uralte kindliche Angst. Für diese wenigen unmissverständlichen Hinweise und Orientierungshilfen war sie zutiefst dankbar, oder besser gesagt: Sie war zutiefst dankbar, sie klar erkennen und ohne jeglichen Zweifel zuordnen zu können.

Der schwarzgekleidete Mann nahm auf einem Stuhl Platz und sah sie aus den Schlitzen seiner Maske unverwandt an. Seine Augen glänzten. Berit nahm immer noch den modrigen Geruch wahr. Eine nachdrückliche Sequenz, die mein Bewusstsein gespeichert hat, dachte sie. Angst stellte sich immer noch nicht ein, auch nicht, als sich ein dumpfer Schmerz in ihrem Kopf auszubreiten begann.

»Wo bin ich?« Sie klang zaghafter, als sie sich fühlte. Langsam setzte sie sich auf. Benommenheit und Schwindel erfassten ihren Körper ähnlich intensiv wie die Atmosphäre des Kellers. Ich bin ganz nah an der wirklichen Empfindung, dachte sie.

Der Mann schüttelte den Kopf. »Ich habe einige Fragen an dich«, sagte er leise, fast flüsternd, und sie war sicher, seine Stimme noch nie zuvor gehört zu haben.

»Wer bist du?«

Erneutes Kopfschütteln. »Das ist völlig unwichtig«, erwiderte er noch leiser.

Interessant, dachte Berit. Sie war gespannt, wann sie zurückspringen würde – in die Realität oder das, was sie dafür hielt –, und ob sich das Rätsel dieser Szene zuvor löste.

»Dorina Siebert – was sagt dir dieser Name?«

»Ich weiß nicht«, gab Berit zögernd zurück. »Wer soll das sein?«

»Ich stelle die Fragen. Überlege genau: Dorina Siebert – was verbindest du mit diesem Namen?«

Ich habe ihn schon mal gehört, dachte sie plötzlich. Oder einen ähnlichen Namen. Sie war unsicher. Der Kopfschmerz verstärkte sich. »Ich weiß es nicht.«

Der Mann seufzte. »Das ist kein Spiel, Berit. Du musst mir sagen, was du über Dorina Siebert weißt. Es ist wichtig.«

»Es kann sein, dass ich den Namen irgendwann schon einmal aufgeschnappt habe, aber ich ...«

Der Schlag traf sie völlig unvorbereitet. Ansatzlos hatte der Mann ausgeholt und ihr mit der flachen Hand kraftvoll ins Gesicht geschlagen. Die Wucht warf ihren Kopf herum, der Schmerz explodierte hinter ihrer Stirn, Ohr und Wange wurden taub. Sie schnappte nach Luft und legte eine Hand auf ihre linke Gesichtshälfte. »Was soll das?«, flüsterte sie.

»Tut mir leid, Berit, aber ich muss dir weh tun, um ganz sicher zu sein, dass du die Wahrheit sagst. Eine andere Möglichkeit gibt es nicht.« Die sanfte Unbeirrtheit in seiner Stimme stand in krassem Gegensatz zu seiner Drohung. Er erhob sich langsam.

In diesem Moment begriff Berit, dass sie nicht in einem Traum gefangen war oder Erinnerungsfetzen ein absurd authentisches Theater mit ihr veranstalteten. Der schwarzgekleidete Mann mit der sanften, leisen Stimme war so echt, so real und eindringlich, wie es der Unfall und der Tod ihrer Eltern gewesen waren, wie der Schmerz und die Angst, die in ihr hochloderten. Was war passiert?

Er trat näher. Eine Hand griff in ihren Haarschopf. Er musterte ihr Gesicht. »Dorina Siebert«, flüsterte er. »Was weißt du über sie?«

Großenbrode, schoss ihr durch den Kopf, als er zum zweiten Mal zuschlug. Sie hatte auf Sandra gewartet, doch dann war jemand in ihr Ferienhaus eingedrungen und hatte sie nie-

dergeschlagen, kurze Zeit nachdem Detlef sich auf den Rückweg nach Lübeck gemacht hatte. Aber was sollte das alles?
Wer war Dorina Siebert? Eine Stimme aus dem Radio. Doch
diese Antwort genügte dem Mann nicht.

## 1

Dienststellenleiterin Dagmar Möller hatte bereits tags zuvor am Telefon keinerlei Hehl daraus gemacht, dass sie es für völlig unnötig erachtete, den Hintergründen der beiden Lübecker Vermisstenfälle mit tatkräftiger Unterstützung einer Sonderermittlerin des Berliner BKA nachzugehen, die noch dazu persönlich nach Lübeck zu reisen gedachte. Doch Hannah Jakob hatte sich nicht abwimmeln lassen – obwohl eine der beiden spurlos verschwundenen Frauen nach nur gut zwei Tagen wieder aufgetaucht war und sich zwar nicht bester Gesundheit erfreute, aber lebte, hatten ihre Alarmglocken geschrillt. Abgesehen davon löste die Einmischung des BKA in den meisten Dienststellen alles andere als Begeisterung, sondern in der Regel wenigstens anfänglich Skepsis aus – daran war sie längst gewöhnt, und zwar nicht erst seit sie aufgrund ihrer Sonderaufgabe quer durch die Republik zu reisen begonnen hatte.

Wenn Hannah guter Dinge war, ließ sie beim Werben für ihre Aufgabe ihren Charme spielen und betonte, dass sie bei etwaigen Ermittlungserfolgen die harmonische Zusammenarbeit mit dem Team der Dienststelle ausdrücklich hervorheben würde. War sie schlecht drauf, was deutlich seltener vorkam, oder blockte ein Dienststellenleiter besonders hartnäckig, spielte sie ihre professionelle Sachlichkeit aus und punktete auch mal mit übergeordneten Prioritäten. Darüber hinaus konnte sie sich ganz gut auf ihr Bauchgefühl verlassen. Wenn ein Fall sie nicht losließ, steckte meist mehr dahinter, als es auf den ersten und zweiten Blick schien, und in der Regel gelang es ihr früher oder später, die Kollegen von der Notwendigkeit weiterer Recherchen zu überzeugen.

Als Hannah nach dreistündiger Fahrt am Donnerstagmittag bei strahlendem Juliwetter in der Lübecker Polizeidirektion eintraf und auf Dagmar Möller wartete – an ihrer Seite wie immer Windhundmix Kotti –, war ihre Stimmung gemischt. Ihr Sohn Benjamin, der im letzten Jahr ein freiwilliges soziales Jahr in Brasilien absolviert und sich in einem Straßenkinder-Projekt engagiert hatte, war lediglich für eine zweiwöchige Stippvisite nach Berlin zurückgekehrt, um dann Freunde in Heidelberg zu besuchen und sich dort um einen Studienplatz zu bewerben. Der knapp Zwanzigjährige war in den vergangenen Monaten erwachsen geworden und deutlich gereift. Das Elternhaus wurde zunehmend unwichtiger, mehr noch: Es spielte höchstens noch eine Nebenrolle. Hannah war erstaunt, wie verwirrt sie darauf reagierte, dass Ben inzwischen sein eigenes Leben führte und mit souveräner Selbstverständlichkeit Entscheidungen traf, ohne sich vorab zu vergewissern, wie seine Mutter und deren Lebensgefährte Achim darüber dachten.

Was hast du erwartet – dass er aus dem Flieger steigt, sich in deine Arme stürzt und wieder hauptberuflich Sohn ist?, fragte eine spitze Stimme in ihr. Na ja, ein bisschen schon, zumindest für ein paar Monate. Hannah war nicht gut im Loslassen, schon gar nicht, wenn es um die Familie ging, aber dafür konnte ja Ben nichts.

Sie schob das Thema beiseite, als Hauptkommissarin Möller eintrat und sie beiläufig begrüßte, um dann hinter ihren Schreibtisch zu hasten und sowohl Hannah als auch Kotti abwartend zu mustern. Wir kommen ganz gut alleine klar, stand quer über ihre Stirn geschrieben, und sie gab sich keine Mühe, die Botschaft zu verschleiern. Sie hat ihre Meinung nicht geändert, stellte Hannah innerlich seufzend fest, ganz im Gegenteil. Sie fühlt sich bevormundet.

»Vermisste Frauen und Kinder sind seit einigen Jahren mein Spezialgebiet«, erläuterte Hannah nach flüchtigem Eingangsgeplänkel freundlich. Eigentlich schon immer, fügte sie in Gedanken hinzu – seit ihre Schwester Liv vor über zwanzig Jahren nach einem Streit mit Hannah wutentbrannt ihr Elternhaus in Hamburg verlassen hatte und seitdem spurlos verschwunden war. Es verging keine Woche, in der Hannah nicht an sie und die Eltern dachte, zu denen seit den tragischen Geschehnissen kaum mehr als ein flüchtiger Kontakt bestand.

Hannah schob die Erinnerungen beiseite. »Vorrangiges Ziel meiner Arbeit ist es, selbst bei mäßiger Spurenlage herauszufinden, was warum mit ihnen geschehen ist ...«

»Tja, das wollen wir wohl alle.« Möller hob mit einer energischen Bewegung das Kinn.

»Was ist in welchem Kontext passiert?«, fuhr Hannah unbeirrt fort. »Warum verschwindet ausgerechnet dieser Mensch? Liegt eine individuelle Tragödie zugrunde? Oder hätte es jeden anderen zu dieser Stunde an diesem Ort auch treffen können? Jedes Tatgeschehen basiert letztlich auf Hintergründen und Motiven, die sich lediglich nicht immer auf den ersten Blick erschließen. Aber vielleicht auf den zweiten und mit Hilfe psychologischer Ausleuchtung, die unter Umständen auch weiterreichende kriminelle Verflechtungen sichtbar macht.« Sie deutete ein Lächeln an.

»Interessant«, erwiderte Möller in aufreizend gelangweiltem Ton und übersah das Lächeln geflissentlich. Die Beamtin dürfte die fünfzig überschritten haben, schätzte Hannah. Erschöpfung und Frust hatten sich tief in ihrem Gesicht eingegraben. Das blondierte Haar wirkte farblos, und der Blazer saß zu knapp. Sie hatte etliche Kilo zu viel auf den Rippen, ihre Fitnesswerte dürften ausbaufähig sein, und sie schlief nicht gut, wie ihre tiefen Augenringe verrieten. Wahrscheinlich quoll ihr Überstundenkonto über, und der Haussegen hing schief, weil sie neben dem Job kaum noch die Kraft fand, so etwas wie ein erfülltes Privatleben zu gestalten ... Hör auf zu spekulieren, ermahnte Hannah sich selbst.

»Ich glaube nicht, dass Sie Gelegenheit erhalten werden, Ihre Kenntnisse und Fragestellungen ausgerechnet im Zusammenhang mit diesen beiden Fällen hier in Lübeck zu vertiefen oder gar weitreichende kriminelle Verflechtungen zu entdecken«, fügte Möller hinzu, als Hannah sie unverwandt ansah.

»Ein Vermisstenfall hat sich quasi selbst gelöst, wie wir bereits am Telefon besprachen – die Frau ist nach gut zwei Tagen aufgefunden worden und nach einem mehrtägigen Krankenhausaufenthalt seit einer Woche zu Hause. Und was Dorina Siebert angeht, so laufen die Ermittlungen seit Montag. Wir stehen in engem Kontakt mit den dänischen Behörden, die routinemäßigen Überprüfungen und Anfragen laufen, Befragungen im Familien-, Kollegen- und Bekanntenkreis sind erfolgt oder stehen zeitnah an, doch ein Hintergrund hat sich nicht erschlossen, noch nicht. Womöglich werden wir das Rätsel gar nicht lösen können – wie so häufig bei Vermisstenfällen. Abgesehen von der Tatsache, dass beide Frauen Lübeckerinnen sind und während eines Urlaubs verschwanden, haben die beiden Fälle nicht das Geringste miteinander zu tun.«

»Wissen oder vermuten Sie?«

»Es haben sich keinerlei Hinweise gefunden, die einen Zusammenhang herstellen könnten.« Möller machte eine wegwerfende Handbewegung, dann hielt sie inne und musterte Hannah mit scharfem Blick. »Oder wissen Sie und Ihre Dienststelle mehr?«

»Ich erkläre Ihnen gerne, welche Schlussfolgerungen ich aufgrund welcher Kenntnisse ziehe und wie ich mir meine weiteren Recherchen hier vor Ort vorstelle«, entgegnete Hannah ebenso gleichmütig wie ausweichend.

Selbstverständlich war sie nicht nur mit den Rahmendaten der beiden Fälle vertraut, sondern aufgrund eigener Nachforschungen auch über einzelne Aspekte informiert, insbesondere was auffällige kriminaltechnische Befunde und rechtsmedizinische Ergebnisse zum Berit-Konstedt-Fall anbelangte, aber das musste sie Möller nicht wenige Minuten nach ihrem Eintreffen auf die Nase binden, auch wenn die sich ihren Teil wahrscheinlich längst dachte und zähneknirschend zur Kenntnis nahm. Die Diskussionen und der intensive Austausch mit den Kollegen vor Ort waren fester Bestandteil ihrer Ermittlungsarbeit, selbst oder gerade wenn sie anfangs nicht mit offenen Armen aufgenommen wurde. Dabei kam manches zur Sprache, was nicht in den Akten stand.

»Fangen wir mit Berit Konstedt an?«, schlug Hannah vor.

»Nur zu.«

»Sie verschwand vor zwei Wochen aus ihrem Ferienhaus in Großenbrode am Fehmarnsund, kurze Zeit nachdem ihr Mann sie dort abgesetzt und sie am späten Nachmittag ein letztes Mal mit ihm telefoniert hatte. Eine Freundin war gerade mal eine Stunde später aus Kiel angereist und fand nur ein leeres Haus vor. Einbruchsspuren gab es nicht, gestohlen wurde auch nichts. Sie hat sofort Alarm geschlagen, weil Berit keinen Schlüssel mitgenommen hatte, über ihr Handy nicht erreichbar war und zudem nach einem schweren Unfall mit Hirnverletzungen und zeitweisem Koma vor einigen Monaten geschwächt ist sowie seitdem zeitweise unter Orientierungslosigkeit leidet.«

»Ja – das ist die Ausgangssituation, wie wir Sie ermittelt haben«, bestätigte Möller und trommelte mit den Fingern ihrer rechten Hand auf der Schreibtischplatte. Sie hielt es für pure Zeitverschwendung, die hinlänglich bekannten Tatsachen erneut und womöglich in allen Einzelheiten und Teilaspekten durchzukauen. »Zweieinhalb Tage später entdeckten Ausflügler die verwirrte und geschwächte Frau oberhalb des Trammer Sees nordwestlich von Plön. Ihr Körper wies Spuren von Gewaltanwendung auf. Sehr wahrscheinlich ist sie gefoltert und später ausgesetzt worden, außerdem hatte man ihr ein Betäubungsmittel verabreicht«, referierte sie schließlich weiter. »Berit Konstedt kann sich jedoch nicht an das Geschehen erinnern. Sie ist völlig traumatisiert. Ich muss Ihnen als Psychologin nicht erklären, dass sie höchstwahrscheinlich verdrängt, was geschehen ist, und niemand weiß, wann ihr Gedächtnis wieder mitspielen wird, zumal die Folgen des Unfalls auch noch eine Rolle spielen dürften. Auf gut Deutsch: Solange Berit Konstedt nichts zum Tathergang sagen kann, verfügen wir über keinerlei Hinweise, denen wir zielgerichtet nachgehen könnten, geschweige denn so etwas Ähnliches wie eine Spur, aber wir bleiben selbstverständlich an dem Fall dran.«

Es gibt sehr wohl einige Auffälligkeiten, die mich stutzig machen, dachte Hannah, behielt die Anmerkung jedoch für sich. Kollegin Möller war ganz und gar nicht darauf erpicht, sich mit einem Fall zu belasten, der ihrer Ansicht nach wenigstens aktuell keinerlei Spielraum für intensive und erfolgversprechende Ermittlungen bot – eine Einschätzung, die die Staatsanwaltschaft teilen dürfte. Berit Konstedt war wieder zu Hause – verletzt, gequält, ohne Erinnerung, aber lebend. Was geschehen war, spielte in diesem Augenblick lediglich eine sekundäre Rolle. Vielleicht würde sich das bald ändern.

»Sie ist nicht vergewaltigt worden«, nahm Hannah den Faden wieder auf.

»Nein.«

»Demnach wurde sie entführt, um …«

»Nicht einmal für eine Entführung gibt es eindeutige Beweise oder DNA-Spuren im Haus, geschweige denn Zeugenaussagen«, fiel Möller ihr ins Wort und ließ ihre Hand plötzlich ruhen. »Vielleicht hat sie das Haus verlassen, ist spazieren gegangen, verlief sich, geriet in Panik, verlor dann völlig die Orientierung – was seit Monaten immer wieder geschieht – und geriet schließlich zufällig in die Hände eines oder auch mehrerer Gewalttäter, die sie später im Wald aussetzten. So etwas passiert. Ihr Handy fand sich übrigens im Ferienhaus, es war stumm geschaltet – so blieb nicht mal die Möglichkeit, über eine Funkzellenauswertung ein Bewegungsprofil zu erstellen. Darf ich Ihnen mein Resümee in aller Kürze darlegen?«

»Nur zu.«

»Berit Konstedt war zur falschen Zeit am falschen Ort, und wir werden erst mehr erfahren, wenn sie sich erinnert. Und so lange können wir entweder im Trüben fischen, oder wir üben uns in Geduld. Letzteres halte ich für die weitaus bessere Idee, auch aus Rücksicht auf die junge Frau.«

Hannah lehnte sich zurück. Mit einer Hand strich sie Kotti

sanft über den Kopf. Natürlich war der Standpunkt der Kommissarin nicht von der Hand zu weisen – so etwas passierte, leider Gottes, immer wieder. Vielleicht handelte es sich um einen Triebtäter mit schierer Lust an der Gewalt sowie an der Ohnmacht seines Opfers, und die sexuelle Komponente war weggefallen oder auf andere Weise ausgelebt worden. Triebtäter waren jedoch meistens Wiederholungs- und Einzeltäter, und die entsprechende Abfrage in der Datenbank war auf kein vergleichbares Muster gestoßen. Unter Umständen war es sein erster Übergriff. Nicht auszuschließen, dennoch: Hannah glaubte nicht an diese Variante, was aber für sich allein genommen zugegebenermaßen kein besonders gutes Argument darstellte.

Möller sah sie auffordernd an. »Lassen Sie mich raten – diese Einschätzung gefällt Ihnen nicht.«

»Darum geht es nicht. Zufallstäter haben in der Regel kein Narkotikum dabei, das sie ihrem Opfer sogar intravenös spritzen«, bemerkte Hannah ruhig.

»Sie sind gut informiert.«

»Ich gebe mir Mühe.«

»Nun, er könnte sich das Mittel später besorgt haben – oder sie, falls es mehrere Täter waren, was wir zurzeit nicht definitiv ausschließen dürfen. Berit Konstedt war einige Zeit in ihrer oder seiner Gewalt, und wir haben keine Ahnung, wo sie festgehalten wurde«, entgegnete die Beamtin schließlich forsch. »Die Bestimmung der Fremd-DNA hat auch hierzu keinerlei Erkenntnisse gebracht, wie Sie ganz bestimmt auch längst wissen. Vielleicht wurde sie in der Nähe des Ortes festgehalten, wo sie später ausgesetzt wurde, vielleicht hat der Täter einen längeren Umweg in Kauf genommen, um Spuren zu verwischen und nicht in eine Polizeikontrolle zu geraten. Wir können nicht einmal mit Bestimmtheit sagen, wie viel Zeit Berit Konstedt mit dem Täter verbrachte – sechs Stunden? Zwölf? Eine Nacht und einen halben Tag? Ihr körperlicher Zustand ließ keine eindeutigen Interpretationen zu, meint der Rechtsmediziner. Da Abschürfungen und andere Verletzungen auch beim Herumirren im Wald entstanden sein können, bietet sich hier sehr viel Deutungsspielraum. Aber auch dieser Aspekt ist garantiert nicht neu für Sie.« Möller hob eine Braue.

»Stimmt«, bestätigte Hannah und deutete ein Nicken an. »Plön«, überlegte sie dann weiter. »Gut sechzig Kilometer von Großenbrode entfernt – warum ausgerechnet dort?«

»Nun, er kann sie irgendwo im Wald- und Seengebiet der Holsteinischen Schweiz ausgesetzt haben, und sie ist mehr oder weniger ziellos umhergelaufen, bis sie …«

Hannah schüttelte den Kopf. »Die hohe Restdosis des Narkotikums, das sich immer noch in ihrem Körper befand, und ihr geschwächter und verwirrter Zustand sprechen dagegen, dass sie in der Lage war, lange Strecken zu bewältigen. Sie dürfte viele Stunden geschlafen haben, später ist sie dann vielleicht zwei, drei Kilometer durch die Gegend gestolpert, viel mehr bestimmt nicht. Sie war verletzt, orientierungslos und hat sich wahrscheinlich völlig verängstigt irgendwo versteckt …«

»Mag sein«, fiel Möller ihr ins Wort. »Das können wir nicht ausschließen. Doch warum nicht Plön? Irgendwo am Wasser, im Wald – keine schlechte Idee, um jemanden unbemerkt auszusetzen, noch dazu jemanden, der verletzt und narkotisiert ist.«

»Und genau das ist der springende Punkt – das war sogar eine ausgesprochen gute Idee, und umso weniger klingt die gesamte Szenerie für mich nach der Zufallstat irgendeines Gewalttäters, dem Berit Konstedt über den Weg lief«, erklärte Hannah.

Kommissarin Möller zog die Brauen zusammen. »Wonach klingt es dann?«

»Nach einem gut durchdachten Plan, bei dem alle möglichen Faktoren berücksichtigt wurden«, fuhr Hannah fort. »Es gibt keine verwertbaren Spuren und keine Zeugen, die Frau verschwindet in einem äußerst günstigen Zeitfenster – kurz nachdem sie mit ihrem Mann telefoniert hatte und bevor ihre Freundin eintraf – und taucht gut zwei Tage später sechzig Kilometer entfernt wieder auf. Sie kann sich an nichts erinnern, und es finden sich kaum Indizien, die eine erfolgversprechende Ermittlung rechtfertigen. Befragungen im Familien- und Freundeskreis bleiben ergebnislos. Keiner weiß, was warum geschehen ist, und alle Ermittlungsansätze verlaufen im Sande.«

Möller atmete tief durch. »Selbst wenn Sie recht hätten …«

»Die junge Frau war in sehr schlechter Verfassung, sie hätte auch sterben können«, fuhr Hannah fort. »Das hat der Täter billigend in Kauf genommen. Andererseits …«

»Oder schlicht nicht einschätzen können? Es war ihm völlig egal, was mit ihr passierte.«

»Warum hat er sie nicht getötet und im Wald verscharrt? Möglicherweise wäre sie nie gefunden worden. Was wollte er von Berit Konstedt? Weshalb hat er sie gequält und lässt sie anschließend wieder laufen?«

Möller öffnete den Mund und schloss ihn wieder.

»Konnte sie doch entkommen?« Hannah schüttelte den Kopf. »Halte ich für sehr unwahrscheinlich. Nein, der Täter hat die Entscheidung getroffen, sie laufenzulassen, weil er darauf vertraute, dass sie ihm nicht gefährlich werden kann – in welcher Hinsicht auch immer. Er war garantiert maskiert, er hat sie misshandelt – wir wissen nicht warum – und seine Spuren professionell beseitigt. Berit Konstedt wird ihn nicht identifizieren können. Vielleicht durfte sie deshalb weiterleben.«

Einen Moment herrschte tiefe Stille. »Ihre Argumente sind nicht schlecht«, gab Möller schließlich zu. »Doch das ändert nichts an meiner Auffassung, dass uns zumindest im Moment die Hände gebunden sind.«

»Ja und nein.«

»Was darf ich mir darunter vorstellen?«

»Ich möchte nach Ermittlungsansätzen suchen, auf meine Art …«

»Das heißt?«

»Ich werde meine Fühler ausstrecken und das Gespräch suchen – mit den Konstedts, mit der Familie, Freunden, Arbeitskollegen und so weiter. Ich würde darüber hinaus gerne Einblick in Ihre sämtlichen Akten nehmen, um alle Protokolle
und Berichte zu lesen. Wenn die Tat geplant war und einem
ganz bestimmten Zweck diente, wie ich annehme, werden
sich Hinweise finden, und mögen sie noch so nebensächlich
scheinen. Irgendwas bleibt immer hängen.«

»Niemand ist verpflichtet, mit Ihnen zu reden, solange ...«

»Ich weiß, aber das ist keine neue Situation für mich. Im
Übrigen lasse ich Sie an neuen Erkenntnissen oder Überlegungen selbstredend und gerne teilhaben, und wir entscheiden
dann jeweils gemeinsam, wie es weitergeht.«

Möller wirkte nicht mehr ganz so selbstsicher und abweisend wie zu Beginn des Gesprächs, aber überzeugt war sie
nicht, dass Hannah fündig werden würde. »Sie müssen sich
alleine durchfragen«, sagte sie zögernd. »Ich kann Ihnen niemanden zur Seite stellen – die Urlaubszeit und der übliche Per-
sonalmangel ...«

»Kein Problem.« Hannah winkte ab. »Ich werde mich schon
zurechtfinden. Die Gegend ist mir nicht unbekannt. Ich bin in
Hamburg geboren und kenne auch Lübeck ganz gut.« Sie
sprach plötzlich mit hamburgischem Zungenschlag und konnte Möller erstmals ein Lächeln entlocken. Na endlich, dachte
sie.

»Ach so. Und was machen Sie in Berlin?«

»Das ist eine lange Geschichte. Ich brauchte nach meiner
Kommissarsausbildung einen Wechsel, etwas Neues, und habe
mich entschlossen, einen anderen beruflichen Schwerpunkt zu
wählen – Kriminalpsychologie. Ich habe studiert, nebenbei
ein Kind großgezogen, war dann beim LKA und bin später
zum BKA gewechselt«, erzählte Hannah freimütig und baute
darauf, dass die Kollegin ihre Offenheit als vertrauensbildende
Maßnahme auffasste. Bens Gesicht stieg vor ihrem inneren
Auge auf. Er hatte nicht viel Ähnlichkeit mit Frieder. Niemals

würde Hannah sich verzeihen, dass sie ausgerechnet mit ihm, Livs heimlicher Liebe, eine ebenso folgenschwere wie kurze Affäre eingegangen war – »One-Night-Stand« würde man heute dazu sagen. Andererseits gäbe es Ben nicht, wenn sie Frieder seinerzeit aus dem Weg gegangen wäre. Das machte es nicht einfacher.

Möller musterte sie abwartend.

»Es passte alles ganz gut«, ergänzte Hannah. »Ich habe mich intensiv mit Motivforschung und Gesprächsführung beschäftigt, bevor ich mich ganz auf Vermisstenfälle konzentriert habe.«

»Interessant.« Diesmal klang es ehrlich. »Möchten Sie einen Kaffee oder Tee, bevor wir weitermachen?«

»Kaffee wäre klasse.«


Als Hannah eine Stunde später ins östliche Lübeck zu ihrer Pension an der Wakenitz aufbrach – dem Amazonas des Nordens, wie der Fluss und seine vielfältige Landschaft auch genannt wurden –, hatte sie Kopien der Berichte, Befragungs- und Gesprächsprotokolle zu beiden Fällen sowie die entsprechenden Kontaktdaten im Gepäck. Sie war davon überzeugt, Möller noch nicht unbedingt auf ihre Seite gezogen, aber doch ihre Neugier geweckt und den einen oder anderen Zweifel an ihrer bisherigen Überzeugung gesät zu haben. Vielleicht war es ihr sogar gelungen, ihre Befürchtung zu zerstreuen, von einer hochmütigen BKA-Tante vorgeführt zu werden.

Während eines langen Spaziergangs, den sie Kotti und sich nach dem Einchecken durch den Drägerpark in südlicher Richtung entlang der dichtbewachsenen Flusslandschaft gönnte, ließ sie das Gespräch noch einmal Revue passieren.

»Berits Mann, Detlef Konstedt, bewacht seine Frau mit Argusaugen – sie habe genug durchgemacht und stehe für weitere polizeiliche Vernehmungen nicht zur Verfügung, hat er uns nach zwei kurzen Befragungen wissen lassen. An dem werden Sie sich die Zähne ausbeißen«, hatte Dagmar Möller im zweiten, deutlich entspannteren Teil ihrer Zusammenkunft betont, wie Hannah sich zitatgenau erinnerte. Sie war in der Lage, sich jedes Gesprächs wörtlich zu entsinnen – eine Fähigkeit, die ihr nach einem heftigen Sturz mit erheblichen Kopfverletzungen vor einigen Jahren quasi über Nacht zugeflogen war und über die sie selten sprach. Der Vorteil dieser sogenannten spontan erworbenen Savant-Begabung lag in ihrem Job klar auf der Hand, aber privat löste er nicht nur Staunen oder Bewunderung, sondern häufig Zurückhaltung und Misstrauen aus.

Detlef Konstedt arbeitete in der Geschäftsführung des Lübecker Flughafens; er war zehn Jahre älter als die 33-jährige Grafikdesignerin Berit, die ihre Eltern beim Tsunami in Thailand vor neun Jahren verloren hatte und eine kleine Marketingfirma leitete, die im Sport- und Eventbereich tätig war. Ihre Brötchen musste sie damit nicht verdienen, denn Berits Eltern – der Vater war Banker gewesen – hatten ihrem einzigen Kind ein großzügiges Anwesen direkt am Elbe-Lübeck-Kanal hinterlassen, dazu das Ferienhaus in Großenbrode sowie ein ansehnliches Bar- und Aktienvermögen.

Berit war, nach den Fotos der unversehrten jungen Frau zu urteilen, eine aparte Schönheit und darüber hinaus sicherlich das, was man eine gute Partie nannte, resümierte Hannah, während ihr Blick Kotti folgte, der für Sekundenbruchteile wie festgefroren einem Ausflugsschiff hinterherstarrte, um sich sodann wieder schwanzwedelnd und aufgeregt schnaufend einer vielversprechenden Spur am Ufer zu widmen. Die Spuren der Gewalt hatten ihrem Körper erheblich zugesetzt, doch davon würde sie sich bald erholen. Die seelischen Wunden dürften deutlich langsamer heilen, wie der zugleich gehetzte und abwesende Blick verriet, mit dem sie in die Kamera des Polizeifotografen starrte. Der Gedanke an eine Erpressung Detlef Konstedts war lediglich im Zuge verschiedener Routineabfragen aufgekommen und, da kein einziges Indiz für diesen Hintergrund sprach, zügig wieder fallengelassen worden.

Das Ehepaar war seit drei Jahren verheiratet und polizeilich in keiner Weise aktenkundig. Weder Berit noch ihr Mann hatten je persönlich mit der Hörfunkjournalistin Dorina Siebert zu tun gehabt; abgesehen davon, dass die beiden unter Umständen hin und wieder eine ihrer wöchentlichen Sendungen, die sich meist mit aktuellen regionalen Themen befassten, im NDR verfolgten, existierten keine Überschneidungen.

Sieberts Lebenslauf war unspektakulär; sie war Ende dreißig, kinderlos, in Dortmund geboren und vor ungefähr zehn Jahren nach Lübeck umgesiedelt, als der NDR ihr eine Stelle anbot; eine Ehe hielt nur wenige Jahre, seitdem lebte Siebert allein. Mitte Juli war sie für eine Woche nach Rømø gefahren, wo sie, wie häufig in den letzten Jahren, ein kleines abgelegenes Ferienhaus bezog. Wann sie das letzte Mal gesehen wurde, konnte niemand mit Bestimmtheit sagen – wahrscheinlich bei einem Spaziergang am Strand zu Beginn ihres Aufenthaltes. Die Achtunddreißigjährige wurde am letzten Samstag in Lübeck zurück erwartet; aber da sie keine Verabredung hatte, forschte ein befreundeter Kollege erst nach, als sie am Montagmorgen nicht im Studio erschien und unerreichbar war. Bei einem Anruf bei der Hausverwaltung in Dänemark erfuhr er, dass Siebert das Ferienhaus nicht geräumt hatte und sogar ihr Wagen noch vor der Tür stand.

Wenig später stellte sich heraus, dass in ihre Lübecker Wohnung eingebrochen worden war – wann genau, ließ sich nicht ermitteln. Die Nachbarn hatten nichts Auffälliges bemerkt. Schmuck, Bargeld und Fernseher, aber auch Arbeitsunterlagen, PC-Zubehör und Ähnliches waren gestohlen worden. Anzeichen für einen Zusammenhang zwischen dem Wohnungseinbruch und dem Verschwinden der Frau fanden sich nicht.

Zusammenfassend ließ sich feststellen, dass die Lübecker Polizei auf der Suche nach den Hintergründen für Sieberts Verschwinden völlig im Dunkeln tappte und auch die dänischen Kollegen bisher nichts zur Aufhellung beitragen konnten – Dorina Siebert war wie vom Erdboden verschluckt, möglicherweise lag eine Entführung vor. Die Spurenlage vor Ort wies nicht auf ein Gewaltverbrechen hin, und im Haus fehlte nichts. Eine Handyortung war fehlgeschlagen, und das Bewegungsprofil und die Verbindungsdaten der letzten Tage vor ihrem Verschwinden brachten keine Anhaltspunkte. In der näheren Umgebung hatte niemand etwas Außergewöhnliches bemerkt. Zurzeit konnte noch nicht einmal hundertprozentig ausgeschlossen werden, dass Siebert die Entscheidung getroffen hatte, sang- und klanglos zu verschwinden oder Suizid zu begehen, wenn Hannah diese Varianten auch für ziemlich abwegig hielt. Was sie auch in diesem Fall stutzig machte, war das perfekte Timing und das Fehlen jeglicher aussagefähiger Spuren. Das alleine musste noch gar nichts heißen, aber Hannah würde sich nicht wundern, wenn sich bei weiteren Recherchen ein Zusammenhang mit Berit Konstedt zeigte.

Als ihr Magen zu knurren begann, pfiff sie nach Kotti und trat den Rückweg an. Nach dem Essen wollte sie versuchen, Kontakt zu Berit Konstedt aufzunehmen und einen Termin im Rundfunkstudio Lübeck zu vereinbaren. Und den späteren Abend würde sie mit intensivem Aktenstudium verbringen.

## 2

Dagmar Möller hatte in Bezug auf Detlef Konstedt recht gehabt – der Mann war nicht bereit, seine Frau weiteren Befragungen auszusetzen, wie er es nannte. Hannah hatte unter der Privatnummer der Eheleute niemanden erreicht und daraufhin in der Marketingfirma angerufen. Dort verwies eine Mitarbeiterin, kaum dass Hannah sich vorgestellt und ihr Anliegen erläutert hatte, unverzüglich an Berits Ehemann. »Er ist noch im Büro, denke ich – Sie können ihn dort anrufen«, sagte sie eifrig, gab die Mobilfunknummer durch und beendete den kurzen Austausch.

Zehn Minuten später ging Konstedt an sein Handy. Hannah war sicher, dass er über ihren Anruf informiert war. Seine Stimme klang freundlich und bestimmt. »Auch wenn Sie vom BKA sind, Frau Jakob – meine Frau ist nicht in der Lage, weitere Befragungen durchzustehen.«

»Ich verstehe Ihre Haltung sehr gut«, erwiderte Hannah. »Wahrscheinlich würde ich an Ihrer Stelle ähnlich reagieren. Nur bedenken Sie bitte eines: Die Polizei ermittelt in einer schweren Straftat, und wir müssen jeder Spur nachgehen …«

»Das bedenke ich durchaus, aber es gibt keine Spuren«, entgegnete Konstedt rasch. »Soweit ich informiert bin jedenfalls. Wir warten darauf, dass meine Frau zur Ruhe kommt und sich wieder erinnert. Vielleicht gibt es dann Hinweise, die Sie verfolgen können. Aber im Moment …«

»Wenn wir noch lange warten, ist jegliche Chance auf Aufklärung vertan. Wissen Sie, da draußen läuft ein Gewalttäter frei herum und gewinnt Zeit – Zeit, die ihm zugutekommt.«

»Ich kann mich nur wiederholen – meine Frau wird Ihnen keine Hilfe sein.«

»Warum lassen Sie mich das nicht selbst einschätzen? Ich

bin Kriminalpsychologin und spezialisiert auf derartige Verbrechen.«

»Wie ich schon sagte: Berit ist nicht vernehmungsfähig, sie ist schwer traumatisiert und erinnert sich nicht. Wenn Sie Wert darauf legen sollten, haben Sie morgen ein Attest auf Ihrem Schreibtisch.« Das klang kühl und autoritär. Der Mann saß zweifelsohne nicht grundlos in der Geschäftsführung des Flughafens. Er kannte seine Rechte und nahm sie ohne zu zögern wahr.

»Das wird nicht nötig sein. Im Übrigen will ich Ihre Frau nicht vernehmen, sondern schlicht mit ihr reden. Sobald Anzeichen einer Überforderung ...«

»Nein.«

Hannah wechselte mit dem Handy von einem Ohr zum anderen. »Herr Konstedt, um den Fall professionell zu bearbeiten, benötige ich Informationen – über Sie und Ihre Frau, Ihre Familie, Freunde, Kollegen, das gesamte Umfeld. Wenn Sie in keiner Weise kooperieren, bleibt mir kaum ...«

»Wollen Sie mir etwa drohen?«

Hannah atmete tief durch. Es war keine gute Idee, ihn auch nur ansatzweise unter Druck setzen zu wollen. »Nein, natürlich nicht. Ich bemühe mich lediglich, Ihnen meine Lage zu schildern«, wiegelte sie ab. »Was bleibt mir zu tun, wenn ich ohne Informationen aus erster Hand auskommen muss und mir keinen persönlichen Eindruck verschaffen kann? Ich hoffe auf Ihre Bereitschaft, sich mit mir zu treffen – für ein kurzes Gespräch –, und ich möchte betonen, dass es der Täter meiner Überzeugung nach auf Ihre Frau abgesehen hatte.«

»Wie kommen Sie denn darauf?«

»Einige Aspekte sprechen für ein geplantes Vorgehen, und es wäre höchst fahrlässig, die Dinge auf sich beruhen zu lassen, bis Ihre Frau sich irgendwann – möglicherweise nie – erinnert«, fuhr Hannah fort. »Ich bin aus Berlin angereist, um in Zusammenarbeit mit der Lübecker Polizei detaillierte Hintergrundforschung zu betreiben. Es liegt mir völlig fern, Sie zu nerven oder Ihre Frau einer unnötigen zusätzlichen Belastung auszusetzen.«

Konstedt ließ ihre Worte sacken. »Und was genau versprechen Sie sich von Ihrer Hintergrundforschung?«, schob er dann nach.

»Erhellende Hinweise.«

»Auf den Täter?«

»Auf ein Motiv zum Beispiel. Niemand entführt und quält eine Frau grundlos ...«

»Das war ein Irrer! Der braucht keinen besonderen Grund. Irre tun so etwas.«

»Herr Konstedt – unabhängig davon, ob ein Irrer am Werk war oder jemand mit einem klar umrissenen Plan oder ob wir es mit einem Täter zu tun haben, auf den beides zutrifft: Wir sind verpflichtet zu ermitteln und ...«

»Schon gut«, unterbrach er sie barsch. »Ich habe gleich noch einen Termin in der Innenstadt und hole anschließend meine Frau vom Arzt ab. Wir treffen uns am Mühlentorplatz in einem Bistro an der Trave – in anderthalb Stunden. Wir werden das Gespräch sofort beenden, falls ich auch nur ansatzweise den Eindruck gewinne, dass Berit ...«

»Das habe ich verstanden – danke für Ihr Verständnis, bis nachher.« Hannah unterbrach die Verbindung. Kotti saß vor ihr und starrte sie mit fragenden Bernsteinaugen an. Sie zuckte mit den Achseln. »Wir werden sehen«, murmelte sie.

Die Konstedts gaben ein schönes Paar ab: Er war ein drahtiger, energiegeladener Typ mit vollem, graumeliertem Haar und tiefblauen Augen, dem Edeljeans und Sakko hervorragend standen. Berit, zehn Jahre jünger, mittelgroß, sportlich schlank, dunkelblond, hatte ihn womöglich noch überstrahlt – vor dem Unfall, vor der Entführung. Die junge Frau war blass und wirkte unsicher, aber ihr Händedruck war erstaunlich fest, ihr Blick spiegelte Neugier, und von den äußeren Verletzungen war nichts mehr zu sehen. »Danke«, sagte Hannah, und sie nickte höflich.

In Detlef Konstedts Begrüßungslächeln mischte sich eine Nuance Verlegenheit, als das Paar auf der Terrasse des Bistros Platz nahm, wo Hannah bereits seit einer Viertelstunde wartete, während Kotti unter dem Tisch schlief.

»Tut mir leid, wenn ich vorhin ein wenig überreagiert habe«, entschuldigte er sich. »Aber wenn es um Berit geht …« Er sah kurz zu seiner Frau hinüber. »Sie hat genug durchgemacht, finde ich.« Er bestellte bei der vorübereilenden Kellnerin ein alkoholfreies Bier für sich und eine Saftschorle für seine Frau. Hannah entschied sich für Wasser und Espresso. »Ich möchte, dass sie zur Ruhe kommt, verstehen Sie?«, fügte er dann hinzu.

»Natürlich.« Hannah nickte verständnisvoll, bevor sie Berit ansah. »Ich würde Ihnen gerne einige Fragen stellen, ohne Ihnen zu nahe zu treten oder Sie zu beunruhigen. Wenn Sie nichts sagen möchten, werde ich nicht insistieren.«

»Natürlich nicht«, warf Detlef Konstedt ein.

»Stellen Sie Ihre Fragen«, erwiderte Berit.

»Sie hatten vor einigen Monaten einen schweren Unfall. Darf ich fragen, was passiert ist?«

»Ein LKW hat sie beim Abbiegen vom Rad geholt. Vier Monate ist das jetzt her«, antwortete Konstedt, bevor seine Frau zu einer Erwiderung ansetzen konnte. Seine Miene erstarrte kurz. »Es ging ihr gar nicht gut. Sie lag im Koma …«

Die Getränke wurden serviert. Hannah trank einen Schluck Wasser und warf Berit ein leises Lächeln zu. »Aber Sie haben sich erholt?« Sie hob eine Hand, als erneut Konstedt das Wort ergreifen wollte. »Lassen Sie bitte Ihre Frau selbst antworten.«

»Ja – erstaunlich gut sogar«, erklärte Berit, während ihr Mann die Stirn runzelte. »Bis auf die Erinnerungslücken, die ich nach wie vor habe, und Phasen der Orientierungslosigkeit … Aber die Ärzte meinen, dass das normal sei.«

»Was genau meinen Sie mit Orientierungslosigkeit? Können Sie beschreiben, was dann in Ihnen vorgeht?«

»Nun ...« Sie griff nach ihrem Saftglas, stellte es jedoch wieder ab, ohne zu trinken. »Ich kann das, was gerade geschieht, nicht oder erst deutlich später zuordnen. Ich weiß nicht, welchen Tag wir haben oder ob ich noch schlafe und träume ... So in der Art.«

»Geschieht das häufig?«

»Manchmal täglich mehrmals, dann wieder eine halbe Woche gar nicht.«

»Ich verstehe. Der LKW-Fahrer ...«

»Musste sich vor Gericht verantworten«, ergänzte Konstedt. »Seinen Führerschein ist er los.«

»Könnten Sie sich vorstellen, dass der Mann etwas mit der Entführung zu tun hatte?«

»Nein.«

»Warum nicht?«

»Der war völlig fertig«, warf Konstedt ein, und Berit nickte zustimmend. »Am Boden zerstört und voller Schuldgefühle. Er kam sogar ins Krankenhaus und brachte Blumen.«

Hannah lehnte sich zurück und schlug ein Bein über das andere. »Sie haben Ihre Frau nach Großenbrode gebracht – am Donnerstag vor zwei Wochen«, wandte sie sich an Detlef Konstedt. »Warum sind Sie nicht bei ihr geblieben, bis die Freundin aus Kiel eingetroffen war?« Sie schüttelte sofort den Kopf, als er die Augen zusammenkniff. »Bitte verstehen Sie mich nicht falsch – das ist kein Vorwurf oder dergleichen. Ich möchte mir lediglich einen Überblick verschaffen. Wie kam dieser Tagesablauf zustande? Und wer wusste, dass und wann Sie nach Lübeck zurückfahren würden?«

»Ich hatte noch eine wichtige Besprechung am Abend sowie einige unaufschiebbare Termine am Wochenende und in der Woche darauf«, entgegnete er zögernd. »Ich wollte am darauffolgenden Freitag nachfahren und gemeinsam eine Woche mit Berit in Großenbrode verbringen. Unsere Pläne waren bekannt – bei mir in der Geschäftsleitung ebenso wie unter unseren Freunden und Bekannten. Berits Freundin aus Kiel wusste nicht hundertprozentig, wann sie eintreffen würde – gegen achtzehn Uhr, hatte sie gesagt.« Er warf seiner Frau einen fragenden Blick zu. »Nicht wahr?«

»Sandra wollte spätestens um achtzehn Uhr da sein«, bestätigte Berit. »Es ging mir ganz gut. Es sprach nichts dagegen, dass Detlef sich wieder auf den Weg machte. Schließlich bin ich ja zu Hause auch häufig allein. Ich habe meine Sachen ausgepackt und Kaffee gekocht. Dann habe ich mit Detlef telefoniert …« Sie brach ab und atmete tief durch.

»In der Akte steht, dass das Letzte, woran Sie sich erinnern, ein Geräusch im Wohnzimmer war.«

Berit nickte.

»Was für ein Geräusch?«

»Kann ich nicht sagen – ich war im Schlafzimmer und nahm etwas wahr, was mich stutzen ließ, weil es irgendwie nicht passte – vielleicht ein Türklappen oder so etwas. Ich bin nach drüben gegangen und habe plötzlich gespürt, dass jemand im Raum war …« Sie hob die Hände. »Dann wurde alles schwarz.«

»Sie haben nichts gesehen?«

»Wenn alles schwarz wird, geht das wohl kaum«, warf Konstedt in ironischem Tonfall ein.

»Auch die Farbe Schwarz hat unzählige Schattierungen«, konnte Hannah sich nicht verkneifen zu erwidern. Der Mann forderte ihr einiges an Selbstbeherrschung ab. »Und jede Stille birgt ein letztes leises Echo.«

Berit musterte sie aufmerksam. »Da ist was dran, aber …« Sie schüttelte den Kopf. »Da war kein Gesicht, keine Gestalt, nichts.«

»Mit welcher Szene setzt Ihre Erinnerung wieder ein?«

»Im Wald«, erwiderte Berit schnell. »Ich irre durch den Wald und habe Angst. Ich weiß nicht, wo ich bin und was passiert ist. Schmerzen, Hunger, mein Kopf ist seltsam taub und leer, und die Leere löst Panik in mir aus … Plötzlich sind Leute da. Das war es. Mehr weiß ich nicht.« Ihre Stimme vibrierte, und ihr Blick hetzte unstet zwischen ihren Händen und Hannahs Gesicht hin und her.

»Träumen Sie von dem, was geschehen ist?«

»Nein.«

»Alpträume?«

»Ich weiß nicht … Manchmal schrecke ich hoch, aber ich kann nicht sagen, was mich ängstigt.« Ihr Atem hatte sich beschleunigt.

Eine perfekte Blockade, dachte Hannah. Irgendwann wird sie brüchig. »Hören Sie manchmal eine Stimme?«

Berit zuckte zusammen. Ihre Hände begannen zu zittern.

»Ich glaube, es reicht«, wandte Konstedt warnend ein. »Bitte hören Sie auf.«

»Schon gut.« Hannah lächelte beruhigend, wie sie hoffte. »Wechseln wir das Thema. Ist Ihnen in den Tagen vor dem Geschehen etwas Besonderes aufgefallen? Ungewöhnliche Anrufe? Ärger in der Firma? Eigenartige Mails?«, fuhr sie im Plauderton fort.

»Nein, es lief alles wie immer«, antwortete Berit sofort. Ihr Blick war nach wie vor unruhig, aber sie machte keineswegs den Eindruck, die Unterredung sofort abbrechen zu wollen. »Wir planten den Urlaub. Ich freute mich, dass Detlef den Vorschlag gemacht hatte, nach Großenbrode zu fahren, weil ich gerne am Meer bin und sicher war, dass mir die Zeit guttun würde.«

»Wie lange sind Sie mit Sandra Gärtner befreundet?«, fragte Hannah weiter, um im Gesprächsfluss zu bleiben und die Frau zu beobachten.

»Sie hat mal in meiner Firma gearbeitet – das liegt ungefähr zwei, drei Jahre zurück. Dann traf sie ihren Traumprinzen und siedelte nach Kiel um. Schön für sie, schade für mich.« Berit rang sich ein Lächeln ab.

»Sie sind Grafikdesignerin, und Ihre Firma entwickelt Marketingkonzepte, nicht wahr?«

»Ja, hauptsächlich im Sport- und Eventbereich. Ich beschäftige drei, vier Festangestellte und bei Bedarf Aushilfen.«

»Keine ungewöhnlichen Anfragen in der letzten Zeit?«

»Nein.«

»Ein Konkurrent, der sich auf die Füße getreten fühlte?«

»Nein. Zumindest ist mir nichts zu Ohren gekommen.«

»Und bei Ihnen?« Hannah sah Konstedt an. »Neue Mitarbeiter, die Ihnen Schwierigkeiten bereiten? Kollegen, die Ihnen eins auswischen möchten?«

»Nichts von all dem. Aber das habe ich der Lübecker Polizei bereits ausführlich dargelegt. Weder meine Frau noch ich haben in den vergangenen Wochen ungewöhnliche Vorgänge bemerkt, privat genauso wenig wie im Job.«

Prima, aber das muss gar nichts heißen, und so komme ich nicht weiter, dachte Hannah. Berit war lediglich zweimal vernommen beziehungsweise behutsam befragt worden, ihre Antworten klangen über weite Strecken nüchtern und oberflächlich, und bei der einzigen heftigen Reaktion war ihr Mann sofort dazwischengegangen. Konstedt hielt die ganze Veranstaltung für völlig überflüssig und hatte ihr nur zugestimmt, um anschließend seine Ruhe zu haben, und ansonsten spielte er den besorgten Beschützer. Sei nicht unfair, dachte Hannah. Er ist ihr Beschützer, und das ist nur allzu verständlich; Achim würde sich ganz ähnlich verhalten. Allerdings interessierte Konstedt sich bemerkenswert wenig für die Tatsache, dass der Täter es nach Ansicht einer BKA-Beamtin auf Berit persönlich abgesehen hatte und nach wie vor frei herumlief. Nun, er teilt meine Annahme nicht, überlegte sie weiter, und er ist nicht der Typ, der seine Überzeugung mal eben wieder fallenlässt.

Konstedts Handy klingelte leise. Er sah aufs Display und stand mit entschuldigendem Lächeln auf. »Sorry, aber da muss ich rangehen. Bin gleich zurück.« Er wandte sich nach einem prüfenden Blick in die Runde ab und ging ein paar Schritte in Richtung Straße.

Nimm dir ruhig Zeit, dachte Hannah. Kotti gähnte plötzlich und steckte den Kopf unter dem Tisch hervor.

»Der ist sehr schön«, sagte Berit leise und bot ihm eine Hand an. Kotti trat näher und ließ sich mit verträumtem Blick die Ohren kraulen.

»Er ist immer bei mir, seit ich ihn in Berlin aufgelesen habe – in der Nähe des Kottbusser Tores, daher auch sein Name: Kotti. Das ist wahrscheinlich nicht sonderlich einfallsreich, aber ich finde, er passt zu ihm.«

Berit lächelte. Ihr Gesicht wurde weich.

»Ich gehe davon aus, dass der Täter einen Grund hatte, ausgerechnet Sie zu entführen«, fuhr Hannah in gleichem Tonfall fort. »Er wollte etwas von Ihnen. Fragt sich nur, was.«

Berit wandte den Kopf und starrte sie an.

»Bitte verdrängen Sie nichts, was sich in Ihnen Bahn brechen will. Ihr Therapeut kann Sie in diesem Prozess unterstützen ...«

Ihr Atem beschleunigte.

»Sagt Ihnen eigentlich der Name Dorina Siebert etwas?«

Berit erbleichte. Im gleichen Augenblick kehrte Konstedt mit raschen Schritten zurück. Seine Augen huschten über das Gesicht seiner Frau, bevor er Hannah einen wütenden Blick zuwarf. »Hatte ich nicht gesagt, dass es reicht?«, zischte er wütend.

»Ich kann Ihre Sorge verstehen, doch die heftigen Reaktionen, die Ihre Frau unvermutet zeigt, sind Teil ihres Gesundungsprozesses, auch wenn sie unangenehm, verstörend, beängstigend sind«, fiel Hannah ihm mit leiser Stimme, aber energisch ins Wort. »Sie sorgen letztlich dafür, dass ihre Erinnerungen zurückkehren. Im Übrigen habe ich Ihre Frau lediglich nach einem Namen gefragt ...«

»Nach welchem Namen?«

»Dorina Siebert«, wiederholte Hannah.

Konstedt stutzte, setzte sich und nahm Berits Hand.

»Eine Radiomoderatorin, die seit Tagen verschwunden ist«, ergänzte Hannah.

»Und? Warum fragen Sie nach ihr?«

»Die Frau stammt aus Lübeck, und ihr unerklärliches Verschwinden weist durchaus Parallelen zum Fall Ihrer Frau auf.«

»Weil beide aus Lübeck stammen? Das ist doch albern.«

»Entschuldigen Sie bitte, aber albern ist hier gar nichts. Außerdem ist Lübeck lediglich ein Aspekt.« Hannah wandte den Kopf und sah Berit an. »Kennen Sie Frau Siebert?«

»Eine Stimme aus dem Radio.«

»Und was erschreckt Sie daran so?«

»Ich weiß es nicht.«

»Sind Sie …«

Detlef Konstedt schüttelte den Kopf. »Sie hören jetzt sofort auf!«, unterbrach er sie zornig. »Meine Frau ist in einem Zustand, in dem sie alles Mögliche erschreckt. Und Sie sehen Gespenster – die Lübecker Polizei ermittelt jedenfalls bisher nicht in der von Ihnen angedeuteten Richtung.«

»Richtig: bisher. Es handelt sich um einen Anfangsverdacht, dem ich nachgehe«, betonte Hannah. »Kennen Sie Dorina Siebert?«

»Nein.«

»Sie hat Ferien in Dänemark gemacht, auf Rømø, um genau zu sein, und ist spurlos verschwunden. Seit Montag sucht die Polizei nach ihr. Niemand weiß, was warum passiert ist.«

»Ich auch nicht. Und wir möchten das Gespräch jetzt beenden.«

»Herr Konstedt, warum blocken Sie eigentlich derart energisch?«

»Weil ich meine Frau schützen möchte.«

»Dann wäre es am sinnigsten, die Suche nach dem Täter zu unterstützen – wenn Sie mich fragen.« Damit stand Hannah abrupt auf und legte eine Visitenkarte auf den Tisch. »Vielleicht fällt Ihnen ja doch noch etwas ein, oder Sie ändern Ihre Haltung. Scheuen Sie nicht, mich anzurufen. Guten Abend.«

Sie warf Berit einen letzten fragenden Blick zu, bezahlte ihre Getränke und verließ das Bistro mit schnellen Schritten. Normalerweise neigte sie während der Ermittlungsarbeit nicht zu

heftigen emotionalen Reaktionen und machte selten den Fehler, Fälle allzu persönlich zu nehmen – unter diesen Umständen
hätte sie längst umgeschult –, aber Konstedts selbstherrlich
bestimmende Art forderte ihr einiges ab. Sie wettete darauf,
dass er sich über sie beschweren und seine möglicherweise guten Verbindungen spielen lassen würde.

Als sie in die Pension zurückkehrte, hatte sie sich wieder
gefangen. Sie machte es sich auf dem kleinen Balkon bequem
und telefonierte mit Achim. Da sie niemals im Detail über ihre
Fälle sprach, plauderten sie eine Weile über Allerweltskram,
eine geplante Urlaubsreise, Anekdoten aus seiner Sportarzt-
praxis. Sie spürte, dass er das Thema Ben bewusst mied, und
hoffte, sie würde es nicht bemerken. Nach zehn Minuten
schickte er einen Kuss durch die Leitung. »Geh schlafen, du
klingst müde und abwesend«, meinte er.

»Du nicht, aber danke.« Sie beendete das Gespräch, warf
einen Blick auf die Uhr und entschied dann trotz der vorge-
rückten Stunde, Sandra Gärtner anzurufen. Doch unter ihrem
Festnetzanschluss meldete sich nur der Anrufbeantworter,
und an ihr Handy ging sie nicht.


Patrick war perfekt für sie. Charmant und fantasievoll, großzügig und unterhaltsam, unverheiratet, aber nicht auf der Suche
nach der großen Liebe oder der Frau, die seine Kinder groß-
zog und wenigstens am Wochenende für ihn kochte. Die Beziehung mit ihm beschrieb sie gerne als Mittelding zwischen
festem Freund und geheimnisvoller Affäre. Er käme nicht auf
die Idee, sie zum sonntäglichen Kaffeetrinken bei seiner Mutter zu nötigen, hätte aber höchstwahrscheinlich nichts dagegen, Leonie zu irgendeinem runden Familiengeburtstag zu
begleiten, sofern sie Wert darauf legte – was sie nicht tat. Patrick vereinnahmte nicht, aber er war da, wenn sie ihn brauchte, und er ließ sie in Ruhe, wenn sie weder Zeit noch Lust auf
ihn hatte. Umgekehrt galt dieser Freiraum natürlich auch.

Patrick war ein Typ, mit dem man sich alberne Filme und

fiese Horrorthriller genauso ansehen konnte wie Spiele der Fußball-Bundesliga oder fünf Folgen einer Doku-Soap, während sie Pizza, Eis und Popcorn vertilgten, mit Bier nachspülten und zum Abschluss einen Joint durchzogen. Der Mann sah für einen Mittvierziger mehr als passabel aus, er tanzte gerne und hatte im Bett eine Menge zu bieten – auch mal das eine oder andere Fesselspiel, bei dem gutdosierter Schmerz eine Rolle spielte. Obwohl fünfzehn Jahre älter, sah er es nicht als seine Aufgabe an, ihr Vorträge darüber zu halten, was angeblich in ihrem Leben falsch lief und wie sie es besser anpacken könnte – dabei gab es durchaus den einen oder anderen kritischen Punkt, wie sie selbst nur zu genau wusste.

Leonie hatte lange nach einem solchen Mann Ausschau gehalten. Begegnet war sie ihm bei einem Open-Air-Festival in Hamburg, das er als Fotojournalist im Auftrag einer Musikzeitschrift besucht und bei dem sie mit ihrer Band einen Auftritt als zweite Vorgruppe ergattert hatte. Das lag knapp zwei Jahre zurück. Seitdem trafen sie sich regelmäßig – meist bei ihm. Patrick hatte die größere und schönere Wohnung, noch dazu in der Innenstadt in der Engelsgrube nahe der Trave, und Kühlschrank und Bar waren bei ihm in der Regel gut gefüllt.

Leonies Karriere war nach einigen vielversprechenden Ansätzen wieder einmal ins Stocken geraten. Inzwischen war sie dreißig, und die Auftritte in schummrigen Bars und Fußgängerzonen oder im Rahmen kleiner Festivals, denen sie zehn Jahre zuvor aufgeregt entgegengefiebert und die sie als Chance begriffen hatte, ihre Songs unters Volk zu bringen, ein paar Euro zu verdienen und die richtigen Leute kennenzulernen, hinterließen zunehmend stärker ein schales Gefühl, und wer die richtigen Leute waren, wusste sie schon lange nicht mehr. Sie jobbte aushilfsweise als Bürokraft, um einigermaßen über die Runden zu kommen, und ihr Traum, endlich den alles entscheidenden Gig zu landen, verblasste von Jahreszeit zu Jahreszeit. Die Band war seit fünf Jahren im Umbruch, ihre Texte waren es auch, geändert in Richtung Erfolg geschweige denn

Durchbruch hatte sich nichts. Manchmal hatte sie Angst, dass sich nie etwas ändern würde. Sie würde noch in zwanzig Jahren in der Fußgängerzone singen und trommeln, bei Betriebsfeiern Partylieder zum Besten geben, und alle, die sie immer mit dem erhobenen Zeigefinger davor gewarnt hatten, einzig und allein auf eine künstlerische Karriere zu bauen, hätten recht behalten. Na ja, einige von den schmallippigen Spießern würden dann vielleicht gar nicht mehr leben, aber ob das ein Trost war, durfte man bezweifeln.

Der Juli hatte vielversprechend begonnen – mehrere Einladungen zu Hafen- und Strandfesten hatten im Terminkalender gut ausgesehen –, doch die halbstündigen Auftritte hatten keinerlei Echo hinterlassen, obwohl Patrick mehrere gute Aufnahmen sowie fachkundige Kommentare online gestellt hatte. Leonie hatte kurz entschlossen in ihrer Firma zugegriffen und eine frei gewordene Dreißig-Stunden-Stelle übernommen, die der Chef ihr angeboten hatte. Das klang nicht nur vernünftig und erwachsen, die Entscheidung war realistisch und klug, aber es blieb ein bitterer Nachgeschmack zurück.

Gebe ich etwa auf? Scheiß Wort, dachte sie, als sie auf den Balkon trat, um Patrick nachzuwinken, der kurzfristig einen wichtigen Abendtermin übernehmen musste. Umorientieren klang deutlich besser. Vielleicht sollte ich auch was mit Fotos und Journalismus machen – Patrick jedenfalls verdiente sehr gut, war viel unterwegs und häufig auf Reisen und machte immer einen zufriedenen Eindruck. Gestresst oder überarbeitet wirkte er selten. Das liege daran, dass er unabhängig sei, die richtigen Leute kenne und sich aussuchen könne, welche Aufträge er annehme und welche nicht, hatte er kürzlich mal erzählt. Aber dafür müsse man sich schon einen Namen gemacht haben, hatte er noch hinzugefügt und, ja, dabei ein bisschen selbstgefällig gelächelt.

Fotografieren kann ich auch, spann Leonie den Gedanken weiter und ging zurück in die Wohnung. Sie mixte sich den zweiten Wodka Lemon. Vielleicht würde Patrick ihr dabei helfen, dass auch sie sich einen Namen machte. Sie griente. Ein bisschen Herumträumen war wohl erlaubt, auch mit dreißig.

Patricks Arbeitszimmer war ein großer Raum am entgegengesetzten Ende des Flurs. Eine Glasplatte auf Holzböcken fungierte als Schreibtisch, in einer Anrichte waren antiquierte Fotoapparate hinter Glas angeordnet; in den Regalen und auf einem zweiten Arbeitstisch herrschte ein ziemliches Durcheinander – ausgedruckte Fotos, Artikel, Notizhefte, Handbücher, Paketband, Pappe, Stifte. Der Raum war ein einziges nicht ausschließlich kreatives Chaos, in dem außer ihm niemand etwas zu suchen hatte, wie Patrick zu Beginn ihrer Beziehung ausdrücklich betonte. Auch Leonie nicht, wie sie sofort begriff und mühelos nachvollziehen konnte. In ihrer Wohnung gab es zwar kein Arbeitszimmer, aber wer zu Besuch kam und sich ungefragt an ihren Trommeln vergriff, die im Schlafzimmer Spalier standen, verdarb es sich gründlich mit ihr. Was Teil der Privatsphäre war, bestimmte jeder selbst, und alle anderen hatten das zu respektieren. Ende der Durchsage.

Leonie blieb in der halbgeöffneten Tür stehen und nippte an ihrem Drink. Sie wandte sich ab, als ihr Blick an dem überquellenden Papierkorb hängenblieb. Das Fenster war gekippt, es raschelte leise, Zugluft aus dem Flur ließ die Tür leicht vibrieren, mehrere zusammengeknüllte Blätter, Papierfetzen und zerrissene Fotos fielen auf den Boden. Sie schob die Tür auf und ging zum Fenster, um es zu schließen. Sie stellte ihr Glas auf dem Tisch ab und bückte sich, um die Papierreste zurück in den Korb zu stopfen.

Das war wohl nicht als Verletzung der Privatsphäre zu werten, sondern fiel in die Kategorie umsichtiges Handeln, überlegte sie amüsiert. Im gleichen Moment erregte eine Schwarz-Weiß-Aufnahme ihre Aufmerksamkeit – vielmehr handelte es sich um die Reste eines Bildes minderer Qualität, auf dem die Köpfe und Teile des Oberkörpers zweier Männer zu erkennen waren. Einer von ihnen war ein bärtiger, hohlwangiger Typ, schätzungsweise siebzig Jahre alt, vielleicht auch jünger und in schlechter körperlicher Verfassung. Sein Gesicht war ernst, sei- ne Augen blickten nachdenklich auf den zweiten Mann, den Leonie sofort erkannte.

Robert Thalemann arbeitete als Ingenieur in der Firma, in der Leonie vor kurzem zur Dreißig-Stunden-Bürokraft aufge- stiegen war. Das kleine Unternehmen entwickelte und produ- zierte Hochleistungsakkus und Elektromotoren für Motorrol- ler, E-Bikes und Kleinwagen und hatte im letzten Jahr einen zweiten Standort in Hermannstadt, Rumänien, aufgebaut und Anfang des Jahres in Betrieb genommen. Thalemann war mo- natelang vor Ort gewesen, um die Firma in Gang zu bringen und Mitarbeiter zu schulen, inzwischen leitete er das Werk, fiel Leonie ein. Sie strich das Bild glatt – eine undeutliche hand- schriftliche Notiz am seitlichen Rand konnte sie nicht entzif- fern. Vielleicht hat Patrick eine Reportage über ihn gemacht, überlegte sie. Aber er hatte nichts dergleichen erwähnt, was einigermaßen verwundern würde, denn natürlich kannte er Leonies Arbeitgeber. Vielleicht hatte sich ein Kollege damit befasst, der Patrick einen Entwurf und entsprechende Fotos geschickt hatte, und die ganze Sache war im wahrsten Sinne des Wortes nicht der Rede wert ... Unwichtig, entschied sie. Ich sollte ihn später einfach fragen. Hm, dann würde er mögli- cherweise annehmen, dass sie in seinem Zimmer herumge- schnüffelt hatte. Warum sollte er? Sie hatte noch nie in seinem Zimmer herumgeschnüffelt, sie hatte es kaum einmal betreten. Sie war rein zufällig auf das Foto gestoßen, als sie das Fenster schloss. Na und? Er wollte nicht, dass sie oder sonst wer sein Zimmer betrat, egal, in welcher Absicht, und sie war felsenfest davon überzeugt, dass er ihr Vorgehen als Grenzüberschrei- tung werten und sauer reagieren würde.

Leonie ließ den Gedanken sacken, dann stand sie auf und brachte ihr Glas in die Küche. Vielleicht sind die restlichen Schnipsel des Fotos auch noch im Papierkorb, grübelte sie. Und warum interessiert mich das? Einfach so. Ein halbes Foto ist wie ein Song, der mittendrin abbricht – unbefriedigend.

Und wenn ich Patrick nicht fragen kann, muss ich selbst nach-forschen – jetzt, da die Grenze ohnehin überschritten war, spielte das keine Rolle mehr.

Sie fand die fehlenden Fototeile nach zehn Minuten Suche und klebte sie zusammen. Offensichtlich hatte Patrick eine Ko-pie gemacht, von deren Qualität er nicht überzeugt gewesen war. Trotz dunkler Schatten und grobkörniger Auflösung war nun jedoch die Umgebung zu erkennen – die beiden Männer befanden sich in einem hohen Raum mit stuckverzierter Decke und alten Möbeln. Auf einem Tisch stapelten sich Archivmap-pen, deren Aufschriften sie nicht entziffern konnte, aber Leo-nie hatte den Eindruck, dass sie nicht in deutscher Sprache ge-schrieben waren. Rumänisch? Vielleicht ist der Schnappschuss in Hermannstadt entstanden, überlegte sie. Ich könnte Thale-mann fragen … der hat zurzeit Urlaub, wie ihr einfiel. Ist das überhaupt wichtig? Wahrscheinlich nicht.

Sie packte die Papierknäuel und Fotoschnipsel in den Korb zurück und schob ihn unter den Schreibtisch. Das zusammen-geklebte Foto steckte sie nach kurzem Zögern in ihre Brief-tasche. Sie wusste nicht, warum.

## 3

Martin Reich war Redaktionsassistent im NDR-Studio Lübeck und offensichtlich an seinem Outfit völlig uninteressiert. Das rotblonde Haar bildete eine dichte, dezent ungepflegte Mähne, die Jeans war eine Nummer zu groß, mindestens, und das T-Shirt hatte garantiert schon fleckenlosere Zeiten erlebt, aber sein Lächeln hatte Charme. Hannah schätzte ihn auf höchstens fünfundzwanzig und mochte ihn auf Anhieb, nicht zuletzt weil er freudestrahlend auf Kotti reagierte. Reich kannte Dorina Siebert seit ungefähr einem Jahr. »Seitdem ich hier angefangen habe und auch für sie arbeite«, fügte er hinzu, während er neben Hannah durch einen Besprechungsraum schlenderte und sie in ein kleines Büro führte, wo er ihr einen Fensterplatz an einem winzigen Tisch anbot.

Das Studio befand sich seit einigen Jahren im denkmalgeschützten Hafengebäude Media Docks auf der Wallhalbinsel direkt an der Trave. Hannah warf einen Blick hinaus und unterdrückte ein Gähnen. Es war noch früh am Morgen; sie hatte schlecht und wenig geschlafen. Das Gespräch mit den Konstedts war ihr nicht aus dem Kopf gegangen, so dass sie schließlich ein Memo angefertigt und die halbe Nacht über den Akten verbracht hatte. Nach höchstens drei Stunden Schlaf war sie bereits gegen sechs Uhr mit Kotti zur morgendlichen Joggingrunde aufgebrochen.

»Kann ich Ihnen einen Kaffee anbieten? Oder einen Tee?«, fragte Martin Reich.

»Ich nehme gerne einen Kaffee – er darf stark sein.«

»Kein Problem.«

Reich servierte zwei Minuten später ein Gebräu, mit dem die Nachtredakteure ihre Schicht mühelos bis zum nächsten Morgen durchhielten, wie er behauptete. Er rührte mit konzentrierter Miene zwei Löffel Zucker hinein und blickte Hannah plötzlich mit ängstlichem Blick an. »Ist Dorina tot?«

»Das weiß ich nicht.«

»Wirklich nicht?«

»Nein. Es fehlt nach wie vor jegliche Spur von ihr. Die dänischen Kollegen suchen genauso nach Anhaltspunkten wie wir. Bislang wissen wir noch nicht einmal, wann genau in der Ferienwoche sie verschwunden ist.«

»Was glauben Sie, was passiert ist?«

»Ich glaube gar nichts.«

»Aber ist es nicht so, dass die Wahrscheinlichkeit, sie lebend wiederzusehen, mit jedem Tag sinkt, an dem wir nichts von ihr hören?«

»Wahrscheinlichkeitsrechnung ist weder meine Stärke noch meine Aufgabe«, entgegnete Hannah. »Ich nehme mir die Zeit, abseits der üblichen polizeilichen Routinen nachzuforschen – in der Hoffnung, Hintergründe aufzudecken, die das Geschehen erklärbar machen. Mich interessiert, in welcher Lebenssituation sich die Vermisste vor ihrem Verschwinden befand.«

Reich lehnte sich aufmerksam lauschend zurück und verschränkte die Arme vor seiner mageren Brust.

»Unabhängig davon, ob ein Verbrechen oder ein tragisches Unglück zugrunde liegt – es existieren immer Hinweise, wenn auch manchmal nur winzige oder schwer entschlüsselbare, und auf die werden wir früher oder später stoßen. Früher wäre mir lieber.« Sie lächelte zuversichtlich, trank einen Schluck Kaffee und hielt kurz die Luft an. Reich hatte nicht zu viel versprochen. Damit müsste sie den Tag gut überstehen. Er zwinkerte ihr zu.

Sie stellte die Tasse wieder ab. »Erzählen Sie einfach mal – als Dorina am Montagmorgen weder im Studio erschien noch erreichbar war, haben Sie die Initiative ergriffen und sich auf die Socken gemacht, stimmt's?«

»So ist es. Dorina war … ist immer pünktlich, und ich hatte ein merkwürdiges Gefühl, als sie nicht ans Telefon ging und sich immer nur die Mobilbox meldete. Dann erfuhr ich, dass sie das Ferienhaus gar nicht geräumt hatte, was mir ziemlich merkwürdig vorkam ...«

»Warum hat die Ferienhausverwaltung nicht schon früher versucht, jemanden in Lübeck zu erreichen?«, warf Hannah ein.

»Ganz einfach – das Haus ist nicht direkt im Anschluss wieder vermietet gewesen. So stellte man zwar fest, dass der Schlüssel nicht vorlag, aber bis sich jemand kümmern konnte und schließlich rausfuhr, war das Wochenende um.«

Und bis die Polizei eintraf, verging weitere Zeit, ergänzte Hannah im Stillen – keine Anzeichen eines Verbrechens, die Frau war verschwunden und nicht erreichbar.

»Ich bin dann zu ihr gefahren und habe den Hausmeister überredet, mir die Wohnungstür aufzuschließen – die war übrigens lediglich zugezogen, aber nicht abgeschlossen«, betonte Martin Reich in eifrigem Ton. »Und jemand hatte sich dort bedient. Aber das wissen Sie wohl längst.«

Hannah nickte. Keine Einbruchsspuren, keine Hinweise, wann der Dieb gekommen war und ob ein Zusammenhang mit Dorinas Verschwinden vorlag. Es fehlten Wertgegenstände jeglicher Art, und der Einbrecher war systematisch vorgegangen. Hannah sparte sich die übliche Frage nach ungewöhnlichen Vorkommnissen in der letzten Zeit – weder Martin Reich noch andere Mitarbeiter, Freunde oder Familienangehörigen hatten hierzu eine Idee geäußert, soweit sie bereits dazu vernommen worden waren und die Protokolle vorlagen. Die Befragung des Exmannes, der im Urlaub war, stand noch aus, und von einem aktuellen Freund oder Liebhaber wusste niemand etwas. Auch eine detaillierte Auswertung des E-Mail-Verkehrs und der Telefondaten lag bisher nicht vor – bei einer ersten oberflächlichen Überprüfung waren jedoch keine Besonderheiten aufgefallen; das Gleiche galt für ihr Bankkonto: keinerlei Auffälligkeiten. Dorinas Freizeitaktivitäten verhießen auch nichts Spektakuläres, sondern beschränkten sich auf regelmäßige Besuche eines Frauenfitnessstudios und gelegentliche Städtereisen. Sie hatte ein Theater-Abo, das sie oft nutzte, und fuhr einen schnittigen Kleinwagen.

»Dorina liebt ihren Job«, hob Martin Reich plötzlich an. »Ich habe von Anfang an bewundert, wie professionell sie arbeitet und sich engagiert. Es hat immer Spaß gemacht, für Sie zu recherchieren und mitzuerleben, wie eine Sendung entsteht.« Er lächelte verlegen. »Sie hat mich nie wie einen Anfänger behandelt.«

»Woran hat sie in letzter Zeit gearbeitet?«

»Die üblichen regionalen Sommerthemen – Veranstaltungen, Feste, Sportevents, Theateraufführungen und so weiter. Ja, ich weiß, das klingt auf den ersten Blick nicht umwerfend aufregend, aber …« Er nickte eifrig. »Man kann aus nahezu jedem Thema etwas machen, hat sie immer gesagt, auch wenn es manchmal schwerfällt und die eigene Motivation erst angekurbelt werden muss. Wissen Sie – sie wollte zurück in die Politik- und Gesellschaftsredaktion und hat sich auch darum meist ins Zeug gelegt.«

Hannah spitzte die Lippen. »Was genau heißt zurück?«

»Na ja.« Reich kratzte sich am Hinterkopf. »Sie hat früher in dem Ressort gearbeitet und mit einigen Reportagen und Berichterstattungen für Unruhe gesorgt. Als ich hier anfing, hatte man sie bereits eine ganze Weile zuvor nach unten gelobt, wenn Sie verstehen, was ich meine.«

Interessant, dachte Hannah – endlich mal eine Abweichung. »Was waren das für Berichte? Wissen Sie dazu Näheres?«

Reich hob die Hände. »Na ja, sie hat einigen Leuten mit unbequemen Fragen auf die Füße getreten und nicht lockergelassen – im Bauamt zum Beispiel. Politiker und Unternehmer haben sich beschwert, und hier gab es ganz schön Zoff. Aber wie gesagt: Das war vor meiner Zeit und liegt auch schon eine ganze Weile zurück. Ich kenne das alles nur aus zweiter Hand, und wahrscheinlich würde man auf eine entsprechende Nachfrage in den oberen Etagen abwiegeln – allein der Verdacht, dass einem Journalisten ein Maulkorb verpasst worden sein könnte, macht sich nicht so gut.«

»Und wer könnte mir Näheres dazu erzählen?«, schob Hannah rasch nach.

»Hm … ja, vielleicht Oliver – ein Typ aus der Technik. Die kennen sich schon länger, und mit dem hatte sie auch mal was, glaube ich.« Reich angelte nach dem Telefon auf seinem Schreibtisch. »Soll ich mal nachfragen, ob er da ist und Zeit hat?«

»Das wäre klasse, danke.«

Oliver Schiehl war noch nicht an seinem Arbeitsplatz, wurde aber in Kürze erwartet, wie Reich in Erfahrung brachte, um daraufhin den Kollegen umgehend auf dem Handy anzurufen. Zwei Minuten später hatte er für Hannah einen Termin in der Cafeteria vereinbart. »In zirka fünfzehn, zwanzig Minuten – ist das okay für Sie?«

»Wunderbar.« Reich war ein hervorragender Organisator, dachte Hannah. Gegen einen solchen Assistenten hätte ich auch nichts einzuwenden. »Können Sie eigentlich etwas zu Dorinas Privatleben sagen?«

Reich zögerte.

»Es geht nicht um Tratsch und Klatsch, das dürfte klar sein.«

»Ja, natürlich, aber … Es ist mir trotzdem unangenehm – abgesehen davon, dass ich nicht besonders viel über sie weiß. Sie ist auch als Chefin umgänglich und charmant, ich würde sie als lebensfroh bezeichnen. Aber ihr Fokus war der Job.«

»Wie stand es um den Kontakt zur Familie?«

»Nicht besonders intensiv – sie sagte mal, dass der Familienfrieden am ehesten aus der Distanz gewahrt werden kann.« Reich grinste. »Da ist was dran, oder?«

»Tja, wie man es nimmt … Beziehungen?«

»Ich weiß von keiner festen Beziehung zurzeit, aber das muss nichts heißen, denn darüber hätte sie mit mir auch nicht geredet, glaube ich. Für sie bin ich ein junger Kerl, so etwas wie ein kleiner Bruder.«

»Waren das ihre Worte?«

»Ja.« Reich schluckte.

»Enge Freundinnen?«

Er schüttelte den Kopf. »Da muss ich auch passen. Keine Ahnung.«

»Sagt Ihnen eigentlich der Name Konstedt etwas? Berit und Detlef Konstedt?«

Reich überlegte konzentriert, während Hannah zwei Fotos aus ihrer Akte klaubte und sie ihm gab. »Berit Konstedt«, murmelte er nachdenklich.

»Ein weiterer Vermisstenfall, der vor zwei Wochen die Öffentlichkeit beschäftigte.«

»Richtig! Aber die Frau ist wieder aufgetaucht.« Reich lächelte plötzlich. »Glauben Sie, dass die beiden Fälle zusammenhängen und Dorina auch wieder zurückkommt?«

»Dazu kann ich Ihnen nichts sagen.«

Reich beugte sich erneut über die Fotos und sah sich die Porträtaufnahme von Detlef Konstedt sehr genau an. »Der arbeitet am Flughafen, richtig?« Er wartete Hannahs Nicken ab, dann gab er ihr das Bild zurück. »Tja, ich weiß nicht. Der kommt mir bekannt vor, aber ich denke, das hängt mit der Berichterstattung zu seiner Frau zusammen.«

»Gut, und falls Sie dazu noch eine andere Idee haben – rufen Sie mich an?« Hannah reichte ihm ihre Visitenkarte und stand auf. »Ich danke Ihnen für Ihre Hilfsbereitschaft.«

»Gerne.« Reich drückte ihre Hand und tätschelte Kottis Kopf. »Die Cafeteria ist im Erdgeschoss – können Sie gar nicht verfehlen.«

»Dürfen da Hunde rein?«

»Versuchen Sie es einfach.«

»Woran erkenne ich Oliver Schiehl?«

»Er sitzt meistens rechts hinten an der Fensterfront und trägt ein schwarzes Basecap mit der albernen Aufschrift ›Salzkammergut‹. Hat er sich aus dem Österreichurlaub mitgebracht. Er findet es lustig, damit in Lübeck herumzulaufen …« Reich brach ab und sah sie abwartend an.

Hannah lachte. »Ist schon klar – er bezieht sich auf Lübecks Salzvorkommen. Finde ich durchaus witzig.«

»Na ja …«

Hannah verabschiedete sich, und Kotti schlüpfte vor ihr zur Tür hinaus. Ihr Handy klingelte, als sie den langen Flur in Richtung Cafeteria entlanglief und das geschäftige Treiben auf sich wirken ließ. »Hallo, Chef«, meldete sie sich nach kurzem Blick aufs Display, auf dem Krügers grinsendes Konterfei aufblinkte.

»Wir kriegen keine Genehmigung, um uns den Konstedt näher anzusehen«, erklärte Bernd Krüger, kaum dass er einen knappen Morgengruß von sich gegeben hatte.

Das hatte Hannah befürchtet, als sie noch in der Nacht eine entsprechende Anfrage formuliert hatte. Sie seufzte.

»Na, was erwartest du – gerade jetzt?«, ereiferte sich Krüger. »Niemand will sich die Finger verbrennen. Jeden Tag gibt es neue Horrormeldungen, wie eklatant und umfassend der Datenschutz verletzt wird. Da stehen einem wirklich die Haare zu Berge.«

»Ja, ich weiß.«

»Solange du keine hinreichende Begründung vorzuweisen hast, musst du ohne Hintergrundinfos auskommen.«

»So ist das wohl.«

»Und sonst? Was ist mit der Siebert? Gibt es da was Neues?«

»Könnte man so sagen. Ich habe gerade mit ihrem Redaktionsassistenten gesprochen – sie ist vor einiger Zeit aus dem Politikressort in die regionale Berichterstattung versetzt worden, nachdem sie einigen Leuten in Lübeck auf die Füße getreten war. An dem Punkt würde ich gerne nachhaken. Ich informiere dich, sobald es etwas zu berichten gibt oder ich Hilfe bei weitergehenden Recherchen brauche.«

»Okay.« Krüger legte auf, und Hannah schob die Tür zur Cafeteria auf. An die häufig brummige und wortkarge Art ihres Vorgesetzten war sie seit Jahren gewöhnt.

Oliver Schiehl fiel ihr sofort ins Auge – er saß, wie von seinem Kollegen beschrieben, rechts hinten am Fenster und blickte ihr mit ernstem Gesicht und angedeutetem Nicken entgegen. Das Basecap setzte er ab, als sie näher trat. Tiefschwarzes lockiges Haar quoll darunter hervor. Was für ein attraktiver Mann, durchfuhr es Hannah.

Patrick war erst spät in der Nacht zurückgekehrt. Leonie war wach geworden, als er sich an ihren Rücken drängte und ihre Brüste massierte. Sie hatten miteinander geschlafen, und er war anschließend ohne ein Wort eingenickt.

»Ein wichtiger Termin?«, fragte sie beim Frühstück.

Patrick strich sich das duschnasse Haar aus der Stirn und angelte nach einem Brötchen. »Geht so.«

»Dafür warst du aber lange unterwegs.«

Er zuckte die Achseln. »Es gab eine Menge zu besprechen.«

»Ach so.«

»Musst du heute in die Firma?«

»Ja.« Leonie sah auf die Uhr. »In einer Stunde sollte ich spätestens im Büro sein. Mal sehen, welcher Ingenieur überhaupt da ist. In der Urlaubszeit geht es immer ein bisschen drunter und drüber.« Sie goss sich Kaffee nach. »Habe ich eigentlich mal erwähnt, dass die Firma in Rumänien einen zweiten Standort hat?«

Patrick schichtete Salami auf eine Brötchenhälfte. »Nein, hast du nicht.« Er lächelte und biss ab.

»Die können da angeblich wesentlich preiswerter entwickeln und produzieren, weil die dortigen Facharbeiter im Vergleich zu den hiesigen Löhnen nur einen Bruchteil verdienen«, plapperte Leonie munter weiter.

»Interessant.«

»Einer unserer Ingenieure war monatelang in Hermannstadt und leitet das Werk jetzt, soweit ich weiß.«

Patrick zuckte mit keiner Wimper, sondern nickte nur beiläufig. »Siebenbürgen«, ergänzte er. »Geschichtsträchtige und spannende Gegend.«

»Warst du schon mal dort?«

»Ja, ich war vor Jahren auf einem Trip durch Ost- und Süd-osteuropa auch in Siebenbürgen unterwegs.«

»Ach? Na, der Thalemann, unser Ingenieur, hatte jedenfalls eine Menge zu erzählen«, behauptete Leonie. Sie hatte nicht die geringste Ahnung, ob das den Tatsachen entsprach, denn eigentlich kannte sie den Mann hauptsächlich vom Sehen und gelegentlichen Telefonaten, die ausschließlich mit ihrer Arbeit zusammenhingen. Ihr war lediglich wichtig, den Namen zu erwähnen, um Patrick zu einer Reaktion zu bewegen. Doch der frühstückte in aller Seelenruhe weiter und wechselte schließlich das Thema.

Das Foto hat nichts mit ihm zu tun, resümierte Leonie. So einfach ist das. Das war irgendein Zufallsschnappschuss von wem auch immer. Vielleicht sah der Mann Thalemann auch nur ähnlich. Dann wäre er allerdings so etwas wie ein Doppel-gänger. Und wer war der andere Typ auf dem Foto?

»Ich bin heute den ganzen Tag unterwegs«, bemerkte Pa-trick, während sie gemeinsam den Tisch abräumten. »Und ich weiß nicht, wann ich zurückkomme. Ich rufe dich morgen an, okay?«

»Na klar.« Sie gab ihm einen Kuss und ging ins Schlafzim-mer, um ihre Tasche zu packen. Als sie im Begriff war, die Wohnung zu verlassen, klingelte sein Handy. Er winkte ihr von der Küche aus zum Abschied zu, wandte sich um und nahm das Gespräch an, während sie im Flur langsam ihre Schuhe an-zog.

»Lass sie doch fragen«, meinte er nach kurzem Lauschen lei-se. »Und reg dich wieder ab.« Einen Moment blieb es still. »Keine Ahnung, was passiert ist«, sagte er dann.

Leonie schlüpfte zur Wohnungstür hinaus, zog sie jedoch nicht ins Schloss, sondern ließ sie einen Spaltbreit geöffnet und blieb mit angehaltenem Atem stehen. Sie konnte sich nicht daran erinnern, je etwas Derartiges getan zu haben.

»Ich kann mich nur wiederholen – ich habe keine Ahnung, was mit deiner Frau passiert ist und warum das BKA ermittelt!«, wiederholte Patrick so energisch, dass sie seine Worte bestens verstehen konnte. Die Schärfe in seiner Stimme klang fremd. »Fahr zwei Gänge runter und beruhige dich. Das eine hat mit dem anderen überhaupt nichts zu tun. Und noch was – egal, warum was passiert ist, wir sollten in nächster Zeit keinen Kontakt haben, verstanden?«

Leonie trat zwei Schritte zurück und lief behände die Treppe hinunter. Ihr Herz trommelte in schnellem Rhythmus. Wenn Patrick später die Wohnung verließ, würde er annehmen, dass sie vergessen hatte, die Tür richtig zu schließen. Er würde sich nichts dabei denken, hoffte sie jedenfalls. Sie trat auf die Straße und sah hinauf zu einem strahlendblauen Himmel, an dem einige zarte Wolkenschleier dahinschwebten. Goldene Sonnenflecken tanzten auf dem Gehweg. Irgendwas stimmt nicht, dachte sie. BKA? Was war passiert? Und warum sprach er nicht mit ihr darüber? Warum sollte er? Ihre Beziehung bot keine Plauderecke für beruflichen Stress oder jeden Alltagsmüll – genau das wollten sie beide nicht. Aber ging es hier tatsächlich um Alltagsmüll?

»Danke, dass Sie sich spontan Zeit für mich nehmen«, sagte Hannah und setzte sich. Sie schätzte Oliver Schiehl auf Mitte bis Ende dreißig, höchstens. In wenigen Sätzen erläuterte sie ihm ihre Aufgabe.

»Wir hatten eine Affäre, vielleicht auch so etwas wie eine lockere Beziehung«, begann er unumwunden zu berichten, als sie ihn bat, sein Verhältnis zu Dorina zu beschreiben. »Nicht lange, einige Monate vor gut zwei Jahren, und wir haben uns auch danach in unregelmäßigen Abständen immer mal wieder getroffen ...« Er schüttelte den Kopf. »Für mich hätte das ewig so weitergehen können«, fuhr er in bedrücktem Tonfall fort.

»Sie sind demnach gute Freunde geblieben?«

»Das würde ich so nicht formulieren«, erwiderte er, und in seinen irritierend grünen Augen blitzte für einen winzigen Moment Schalk auf. »Die Erotik stand bei uns immer im Vordergrund, hinderte uns aber nicht daran, auch ernste Gespräche zu führen – eine höchst interessante Konstellation übrigens.«

»Verstehe«, gab Hannah zurück. Sie wagte sich gar nicht auszumalen, welche Wirkung Oliver auf Frauen ausübte, wenn er guter Stimmung und in der Lage war, seinen Charme in vollem Umfang einzusetzen. »Ich entnehme Ihrer Wortwahl, dass Sie davon ausgehen, dass Dorina nicht mehr lebt.«

»Stimmt. Alles andere wäre eine große Überraschung für mich und, natürlich, Anlass zu grenzenloser Freude. Und versuchen Sie bitte erst gar nicht, mir meine Überzeugung auszureden. Sie ist spurlos verschwunden, seit mindestens vier Tagen, vielleicht schon deutlich länger. Ich denke, jemand hat sie überfallen und ...«

»Sie könnte entführt worden sein.«

Er starrte sie perplex an. »Warum sollte sie jemand entführen?«

»Das ist die entscheidende Frage.«

»Nun – es geht wohl kaum um Lösegeld, oder?«

»Nein – zumindest liegen der Polizei keine dementsprechenden Informationen vor, und die Ausgangssituation widerspricht einem solchen Szenario völlig. Ihr Kollege Martin Reich erwähnte, dass Dorina vor ihrem Wechsel ins regionale Ressort durchaus mal ein heißes Eisen anfasste und ...«

»... sich dabei die Finger verbrannte. Stimmt. Es gab häufiger mal Ärger.«

»Können Sie sich an Einzelheiten erinnern? Themen?«

»Ganz konkret? Eher nicht – dazu müsste man mal einen Blick ins Archiv werfen ... Aber ob das was für Ihre Ermittlungen hergibt, wage ich zu bezweifeln. Das ist ja alles Schnee von gestern. Wen kümmert es heute noch, ob sie seinerzeit mal irgendeinen Stadtrat in einem Interview auflaufen ließ oder die Finanzierung von Bauvorhaben kritisch hinterfragte? Allerdings bin ich ziemlich sicher, dass Dorina aktuell etwas im Schilde führte.«

Hannah beugte sich vor. »Wie kommen Sie darauf?«

»Sie machte Andeutungen …«

»Geht das genauer.«

Oliver Schiehl lehnte sich zurück und nahm sein Salzkammergut-Cap in die Hände. »Sie wollte sich nicht damit abfinden, in der Regional-Gute-Laune-Redaktion für lockere Unterhaltung am Nachmittag zu sorgen – so ähnlich drückte sie es aus. Und sie sei auf ein ziemlich dickes Ding gestoßen, rein zufällig, wolle aber noch nicht mit Einzelheiten herausrücken, solange die Story nicht rund sei. Das waren in etwa ihre Worte, und die klangen verdammt ernst. Mehr weiß ich nicht.«

Hannah atmete tief aus. »Wann war das?«

»Tja, vor einigen Wochen vielleicht.«

»Genauer können Sie das nicht eingrenzen?«

»Tut mir leid – nein.«

»Und sie hat nicht mal eine winzige Andeutung gemacht?«

Oliver schüttelte den Kopf. »War nicht ihre Art, über ungelegte Eier zu reden, aber sie wirkte … Sie war ziemlich in Gedanken in letzter Zeit.«

»Haben Sie diesen Aspekt gegenüber den Kollegen der Lübecker Polizei erwähnt?«

»Ja.«

Und warum steht dazu nichts in den Akten? Hannah runzelte die Stirn. »Vielen Dank für diesen Hinweis, Herr Schiehl.«

»Keine Ursache.« Er sah auf die Uhr. »Gibt es noch mehr Fragen? Ich müsste nämlich mal langsam hoch ins Studio.«

»Eine Sache noch.« Hannah nahm rasch die Konstedt-Fotos zur Hand. »Kennen Sie die beiden?«

»Das ist die Frau, die letztens vermisst wurde, aber wieder aufgetaucht ist, nicht wahr?«, riet Oliver sofort.

»Richtig – Berit Konstedt.«

»Und wer ist der Typ?«

»Ihr Mann, Detlef Konstedt.«

Ähnlich wie Martin Reich stutzte Oliver. »Da klingelt was, allerdings ziemlich leise. Was macht der so?«

»Sitzt in der Geschäftsleitung des Lübecker Flughafens.«

»Aha.«

»Klingelt es jetzt etwas lauter?«

»Möglicherweise«, entgegnete Oliver zögernd. »Wenn ich mich recht erinnere, hat Dorina vor einiger Zeit über den Flughafen eine Reportage gemacht, eine kritische selbstverständlich. Vielleicht wissen Sie, dass das Unternehmen Flughafen eine für die Stadt durchaus kostspielige Angelegenheit ist, und seinerzeit, vor gut zwei, vielleicht drei Jahren, sah es wohl ziemlich mies aus – rote Zahlen, keine Investoren in Sicht und so weiter.«

Hannah sah ihn unverwandt an.

»Hilft Ihnen das weiter?«

»Und ob.«

Oliver stülpte das Basecap über seine Locken und stand auf. »Ich muss los …« Er drückte ihre Hand. »Vielleicht finden Sie sie ja doch – das fände ich großartig. Oder es gibt ein Happy End wie bei der Konstedt.« Er lächelte schief und wandte sich dann rasch ab.

Hannah sah ihm einen Moment hinterher, bevor sie ihr Handy herauszog und die Nummer von Hauptkommissarin Dagmar Möller wählte.

»Gut, dass Sie anrufen«, meinte die Dienststellenleiterin trocken.

»Haben Sie mich etwa vermisst?«

»Konstedt hat sich über Ihre Vorgehensweise beschwert.«

»Das wundert mich nicht. Der Mann ist ziemlich entnervt und will um jeden Preis verhindern, dass ich mit seiner Frau ins Gespräch komme.«

»Er sagt, dass Sie sie unter Druck gesetzt und erschreckt haben.«

»Das ist seine Auslegung«, entgegnete Hannah.

Möller seufzte. »Und die ist nicht einfach so von der Hand zu weisen.«

»Einfach so sicher nicht, aber ich habe gerade erfahren, dass Siebert einen kritischen Bericht zum Flughafen gemacht hat.

Das liegt zwar schon ein paar Jahre zurück – damals durfte sie noch im Politikressort arbeiten, das sie im Übrigen verlassen musste, weil sie häufig mal die falschen oder aber auch die goldrichtigen Fragen stellte, je nachdem, wie man das auslegen möchte«, erläuterte Hannah. »Ich finde den Hinweis dennoch hochinteressant, zumal Konstedt mit der Behauptung, die Siebert nicht zu kennen, gelogen haben dürfte – ihre Recherchen dürften ihm seinerzeit nicht verborgen geblieben sein, unter Umständen hat sie ihn interviewt, und es gab einen handfesten Konflikt zwischen den beiden. Es wäre aus meiner Sicht eine gute Maßnahme, den Bericht aus dem Archiv anzufordern. Vielleicht ergibt sich daraus ein brauchbarer Hebel, den Mann ganz offiziell zu befragen.«

Einen Moment blieb es still in der Leitung. »Woher haben Sie das?«, fragte Möller schließlich.

»Der Redaktionsassistent hat das Thema angeschnitten, ein Techniker, mit dem die Siebert liiert war, konnte hierzu Näheres sagen.«

»Und das Ganze liegt mehrere Jahre zurück?«

»Ja. Der junge Mann ist darüber hinaus der Meinung, dass Siebert an einer großen Sache dran war …«

»Ich schätze, Sie sprechen von Oliver Schiehl?«

»So ist es.«

»Was genau hat er Ihnen gesagt?«

»Ich zitiere seine Aussage: ›Allerdings bin ich ziemlich sicher, dass Dorina aktuell etwas im Schilde führte. Sie wollte sich nicht damit abfinden, in der Regional-Gute-Laune-Redaktion für lockere Unterhaltung am Nachmittag zu sorgen – so ähnlich drückte sie es aus. Und sie sei auf ein ziemlich dickes Ding gestoßen, rein zufällig, wolle aber noch nicht mit Einzelheiten herausrücken, solange die Story nicht rund sei. Das waren in etwa ihre Worte, und die klangen verdammt ernst. Mehr weiß ich nicht.‹ Zitatende«, fügte Hannah hinzu.

»Das haben Sie alles auf die Schnelle mitgeschrieben?«, fragte Möller verblüfft.

»Nein. Ich kann mir Gespräche sehr gut merken.«

»Jedes Wort?«

»So ist es.«

»Oh, nun gut, aber wie dem auch sei, ich bin über den Hinweis des jungen Mannes im Bilde. Der Kollege, der bei den Befragungen im Sender mit Schiehl sprach, zu dessen Unterredung das schriftliche Protokoll noch fehlt, wie Sie wahrscheinlich längst festgestellt haben, ist dem auch nachgegangen, doch die Redaktionsleitung hat abgewinkt – die Siebert habe wohl häufiger mal erwähnt, auf eine große Story gestoßen zu sein. Entsprechende Unterlagen sind nicht gefunden worden, die Mails im Studio, soweit wir sie bislang sichten konnten, geben nichts her, ihr eigener PC ist ja gestohlen worden und …«

»Vielleicht muss der Wohnungseinbruch unter diesem Aspekt neu betrachtet werden«, fiel Hannah ihr kurzerhand ins Wort.

Pause.

»Ich kümmere mich darum, dass wir eine Kopie der Reportage bekommen«, sagte Möller schließlich. »Und ich lasse die Telefonverbindungsdaten und die privaten Mails noch einmal gründlich prüfen. Vielleicht finde ich selbst Zeit, mich eingehender damit zu beschäftigen.«

»Gute Idee. Möglicherweise stoßen wir auf eine interessante Schnittstelle, insbesondere wenn wir nicht nur die letzten Wochen heranziehen.«

»Ich glaube nicht, dass wir etwas finden – und von der großen Story träumen viele Journalisten«, entgegnete Möller.

»Mag sein, aber im Hinblick auf ihr Verschwinden werte ich diesen Aspekt als bedeutsam. Ich halte die Siebert nämlich keineswegs für eine Schaumschlägerin. Sie hat sich einige Male in die Nesseln gesetzt. Das spricht eher für sie, finde ich.«

»Wir werden sehen. Aber ich habe noch etwas anderes«, wechselte Möller das Thema. »Die dänischen Kollegen haben sich gemeldet: In dem kleinen Lebensmittelgeschäft, in dem

Siebert auch während früherer Urlaube häufig einkaufte, ist einer Verkäuferin etwas aufgefallen.«

Hannah wechselte das Handy ans andere Ohr.

»Dorina Siebert ist am Samstag gleich nach ihrer Ankunft im Geschäft gewesen, um sich mit dem Nötigsten zu versorgen, und war am Montagmorgen erneut dort. In den Tagen danach hat sie zumindest in diesem Laden nicht mehr eingekauft. Die Verkäuferin kümmerte sich draußen um den Obststand und ist sich ziemlich sicher, dass Dorina beide Male ein und derselbe Wagen folgte – ein kleiner weißer Lieferwagen, auf das Kennzeichen hat sie nicht geachtet, wahrscheinlich ein deutsches, Automarken sind auch nicht ihre Spezialität. Sie schätzt, dass ein Mann hinter dem Steuer saß. Das kann natürlich ein Zufall sein, aber ...«

»Aber es könnte auch bedeuten, dass Dorina Siebert beobachtet wurde.«

»So ist es.«

»Haben Sie im Laufe des Tages Zeit für eine ausführliche Besprechung?«

»Nein, aber ich nehme sie mir – allerdings erst gegen Abend.«

Hannah lächelte und beendete das Gespräch. Ihre anschließenden Bemühungen, einen Chefredakteur zu einer Unterhaltung über Dorinas Arbeit zu bewegen, waren nicht von Erfolg gekrönt. In Frage kommende Ansprechpartner hatten entweder keine Zeit, versprachen, später zurückzurufen oder befanden sich gerade im Urlaub. Sie fuhr zurück in die Pension und führte gefühlte hundert Telefonate mit Angehörigen aus Dortmund, Fitnesskolleginnen, Exkommilitonen und früheren Kollegen. Die Ausbeute war dürftig. Sandra Gärtner war erneut nicht zu erreichen. Diesmal hinterließ Hannah ihre Handynummer und bat um Rückruf. Am Nachmittag holte sie zwei Stunden Schlaf nach. Als sie aufwachte, lag Kotti neben ihr auf dem Bett und schmachtete sie mit großen Augen an.

»Spaziergang?«

Er hob ruckartig den Kopf und hechtete mit fliegenden Ohren sehnsüchtig japsend vom Bett. Es ist so einfach, einen
Hund glücklich zu machen – sofern ein Tier in der Lage ist,
Glück in vergleichbar menschlichem Sinne zu empfinden –,
dachte Hannah, während sie aufstand und sich anzog. Regelmäßige Mahlzeiten, Bewegung, eine Aufgabe, Zugehörigkeit
zu einem Partner, einer Gruppe, ein bisschen Zärtlichkeit und
liebevolle Aufmerksamkeit. Viel mehr brauche ich eigentlich
auch nicht, aber das Leben ist manchmal ganz schön kompli-
ziert, unberechenbar. Grausam. Nein, falsch: Der Mensch ist
grausam, grausam und dumm. Das Leben geschieht einfach.

# 4

Später würde sie sich fragen, warum sie die Sache nicht einfach auf sich beruhen ließ – zu einem Zeitpunkt, als das noch möglich war und sie sich halbwegs elegant aus der Affäre hätte ziehen können. Ein zerrissenes Foto, das der Wind auf den Boden fegte, als sie einen Blick in sein Arbeitszimmer geworfen hatte, und ein beunruhigendes Telefonat, das damit endete, dass Patrick dem Anrufer vorschlug, in nächster Zeit den Kontakt zu meiden, änderten alles. Eigentlich lächerlich und zugleich eine schiefe Aussage, denn es war ja eher so, dass ein winziger Moment des Innehaltens ihren Blickwinkel und damit ihre Wahrnehmung verschoben hatte, so dass plötzlich ein neuer Fokus entstanden war. Eben noch hatte sich ihr ganzes Leben um die Musik gedreht, um die Höhen und Tiefen einer künstlerischen Karriere, um die Notwendigkeit, Geld zu verdienen und erwachsen zu werden, um eine bis dato äußerst befriedigende und praktische Beziehung mit einem interessanten Typen, und plötzlich standen Fragen im Raum, die sich einfach nicht beiseitedrängen ließen und eine fast schmerzhafte Disharmonie erzeugten.

Als Leonie in der Firma hinter ihrem Schreibtisch Platz nahm, hatte sie den Entschluss gefasst, den Dingen auf den Grund zu gehen. Eine Dissonanz durfte nicht einfach im Raum stehenbleiben, ihr schiefes Echo würde bis in alle Ewigkeit fortklingen. Wenige Stunden später ergriff sie in der Nachmittagspause kurzerhand die Gelegenheit und sprach die langjährige und stets gut informierte Chefsekretärin der Ingenieure auf Robert Thalemann an.

»Der ist gerade in Spanien unterwegs«, erklärte Petra Weiland, während sie ihren Joghurt löffelte. »Seit einigen Jahren meint ja alle Welt, sein Glück auf dem Jakobsweg suchen zu

müssen. Oder Entspannung, Erleuchtung, was auch immer.«
Sie legte den Löffel beiseite und schüttelte den Kopf. »Ich bin
dann mal weg‹ und so weiter. Na ja – Modeerscheinung, wenn
du mich fragst. Man kann auch im Odenwald oder im Harz
wandern oder sonst wo.«

Leonie nickte höflich. Odenwald ... na ja.

»Aber vielleicht sucht er ja auch das absolute Kontrastpro-
gramm zu Rumänien. Die letzte Zeit hat ihn ganz schön ge-
schlaucht«, fuhr Petra fort.

»Ja, ich habe davon gehört«, sagte Leonie. »Ist wohl nicht so
einfach, dort eine Firma in Gang zu kriegen.«

»Straßen und Infrastruktur sind vorsintflutlich«, berichtete
Petra. »Aber mit den Leuten kommt er gut klar. Er hat durch-
gekriegt, dass zwei der begabtesten und engagiertesten Ingenieure vernünftig bezahlt werden. Konnte man hören, dass er
darauf richtig stolz ist.«

»Und er leitet jetzt das Werk, oder?«

»Das ist wohl noch nicht ganz klar«, antwortete Petra zögernd. Sie warf Leonie einen unschlüssigen Blick zu. »Seit
wann interessierst du dich eigentlich so für Firmeninterna,
noch dazu für unsere Auslandsaktivitäten?«

Leonie lächelte unschuldig. »Na hör mal, ich bin jetzt keine
stundenweise Aushilfe mehr, sondern eine Dreißig-Stunden-
Kraft – da muss man doch informiert sein.«

»Aha, na schön.« Petra schob ihre Skepsis beiseite. »Also eigentlich sollte Thalemann das zumindest für die ersten zwei
Jahre machen, so hieß es immer, aber ich habe neulich mitgekriegt, dass er sich ein bisschen ziert.«

»Wieso? Die Knete dürfte doch wohl stimmen, oder?«

»Unbedingt anzunehmen, aber seine Frau spielt wohl auch
nicht mit, und der Stress ist ihm zu groß – so was in der Art
habe ich munkeln hören. Das letzte Wort ist da aber noch
nicht gesprochen. Er hat jetzt erst mal Zusatzurlaub bekommen, und alles Weitere entscheidet sich dann im Herbst.«

»Ach so.« Leonie biss ein Stück von ihrem Kuchen ab, während Petra einer Karotte krachend zu Leibe rückte. Möhren und Joghurt – seltsame Kombi, dachte Leonie, aber sie schluckte eine Bemerkung herunter. Frauen jenseits der fünfzig aßen ihrer Beobachtung nach selten normal – entweder sie waren auf irgendeinem Diättrip, oder sie schaufelten hemmungslos in sich hinein. Dazwischen gab es häufig nichts. Ihre Mutter war auch so eine Kandidatin, reagierte aber zitronensauer, sobald jemand einen Kommentar dazu machte. Wenn man es sich nicht mit ihr verderben wollte, hielt man besser einfach den Mund.

»Schade, dass nun wohl aus dieser Sendung nichts mehr wird, die im NDR zumindest geplant war und in der auch unsere Firma dargestellt werden und Thalemann zu Wort kommen sollte«, hob Petra wieder an, als sie den letzten Möhrenrest mit einem Schluck Kaffee hinuntergespült hatte.

»Was für eine Sendung?«

»Es ging um eine Serie, in deren Mittelpunkt Lübecker Unternehmer stehen sollten, die Filialen in den ehemaligen Ostblockstaaten gegründet haben oder diesen Schritt planen – Ungarn, Bulgarien, Polen, Rumänien und so weiter«, erläuterte Petra mit wissender Miene. »Anfang des Jahres erhielten wir eine Anfrage, die wir an Thalemann weiterleiteten. Es gab, soweit ich weiß, mehrere Treffen, als er zwischenzeitlich und im Frühjahr für einige Tage in Lübeck war. Er habe sehr interessante Gespräche mit einer hochmotivierten Rundfunkjournalistin geführt, wie er mal nebenbei erwähnte, ohne allerdings Einzelheiten zu nennen – von wegen Diskretion. Schade eigentlich.«

»Diskretion? Warum?«

»Die Konkurrenz unter Journalisten und Sendern ist ziemlich groß. Gute Ideen werden gerne geklaut, und da die Planungs-, Vorbereitungs- und Produktionszeit für eine Serie aufwändig und entsprechend teuer ist, sollten wir grundsätzlich Stillschweigen bewahren, auch hier in der Firma, damit sich nichts herumspricht.«

Dafür bist du aber ganz schön redselig, dachte Leonie.

Petra runzelte die Stirn. »Aber das dürfte wohl inzwischen nur noch eine untergeordnete oder gar keine Rolle mehr spielen, denn Dorina Siebert, so heißt die Rundfunkjournalistin, ist seit einigen Tagen verschwunden. Das letzte Mal hat man sie in Dänemark gesehen, in Rømø, wo sie Urlaub machte. Wahrscheinlich hat sie irgendein fieser Frauenmörder überfallen. Scheußlich, oder? Hast du das etwa nicht mitgekriegt?«

Leonie stutzte, dann nickte sie langsam. Ein banges Gefühl beschlich sie. »Doch«, sagte sie leise. »Die Suchmeldung lief im Radio. Das habe ich auch mitbekommen ...« Sie brach ab.

Petra musterte sie verblüfft. »Was ist denn plötzlich mit dir los? Geht dir das so nahe?«

»Ach, schon gut, vergiss es. Wie du schon gesagt hast – scheußliche Sache. Wann kommt der Thalemann eigentlich wieder?«

»In ein, zwei Wochen, glaube ich, vielleicht auch schon eher. Warum interessierst du dich so dafür?«

Leonie sah auf ihre Uhr. »Einfach so. Ich muss wieder hoch an meinen Schreibtisch, noch ein paar Mails beantworten und einen Prüfbericht ausdrucken. Mach's gut.«

Sie erhob sich abrupt, ließ Petras verblüfften Blick unkommentiert und eilte die Treppen nach oben. Im Büro war niemand mehr. Ihre Kollegen, eine Buchhalterin und zwei Sachbearbeiter hatten bereits Feierabend gemacht – glücklicherweise. Sie war froh, allein zu sein und ihre umherirrenden Gedanken ungestört sortieren zu können.

Was hatte das alles zu bedeuten? Patrick besaß ein Foto von Thalemann, das möglicherweise in Rumänien entstanden war und ihn mit einem anderen, unbekannten Mann zeigte. Er telefonierte mit jemandem, der sich ganz offensichtlich Sorgen um seine Frau machte – vielleicht der Ehemann der verschwundenen Rundfunkfrau? Aber was hatte Patrick mit dieser Geschichte zu tun, in der sogar das BKA ermittelte und es ihm ratsam schien, den Kontakt zum Anrufer ruhen zu lassen?

Leonie stand auf und ging mit ihrer Handtasche ans Fenster, wo sie nach ihrer Brieftasche kramte und schließlich das zusammengeklebte Foto herauszog. Sie strich über das Bild, schlichtes Kopierpapier, der Druck war unsauber, als wäre die Tonerpatrone fast leer gewesen. Patrick hatte Kopien angefertigt. Warum? Arbeitete er zusammen mit der Siebert an der Story, und sie hatte ihm ein Foto geschickt? Die Frau war verschwunden. Hätte er das nicht zumindest erwähnt? Oder wollte er sie aus einer unangenehmen beruflichen Situation schlicht heraushalten – aus Rücksicht? War er womöglich gezwungen, aus welchen Gründen auch immer, Stillschweigen zu bewahren?

Leonie setzte sich an den PC und schloss das Mail-Programm, um im Netz nach Dorina Siebert zu googeln. Die Meldung ihres spurlosen Verschwindens klang auf allen Seiten ähnlich, zugleich wurde klar, dass Patrick am Telefon von einer anderen Frau gesprochen haben musste, denn die Rundfunkjournalistin war nicht verheiratet.

Thalemann, ich muss mit Thalemann sprechen, überlegte Leonie, auch wenn sie keinen blassen Schimmer hatte, wie eine solche Unterredung ablaufen sollte. »Hallo, Herr Ingenieur, hier spricht die frischgebackene Dreißig-Stunden-Kraft – ich schreibe häufiger Ihre Berichte und leite Mails und Telefonate an Sie weiter. Hätten Sie einen Moment Zeit? Dorina Siebert, die Frau vom NDR, die eine Sendung mit Ihnen und der Firma plante, ist spurlos verschwunden, und niemand weiß, warum. Und ich habe im Papierkorb meines Freundes ein Foto mieser Qualität entdeckt, auf dem Sie und ein älterer hagerer Mann dennoch gut zu erkennen sind. Kennen Sie meinen Freund? Patrick Gehlberg, er ist Fotojournalist und …« Das klang alles ziemlich schräg. Er würde ihr einen Vogel zeigen.

Thalemanns Handy war ausgeschaltet – natürlich. Wer den Jakobsweg geht, braucht kein Handy oder will kein Handy brauchen, was letztlich aufs Gleiche herauskam.

Drei Stunden später verließ Leonie die Firma. Es gibt ganz konkret nur zwei Möglichkeiten, überlegte sie, als sie im Auto saß – ich rede mit Patrick, erzähle ihm, was ich in der Firma erfahren habe, und warte dann seine Reaktion ab. Oder ich sehe mir zuerst noch einmal seinen Papierkorb an. Vielleicht fanden sich ja noch andere interessante Papierknäuel, die geeignet waren, den Zusammenhang zu klären, und womöglich lösten sich das ganze Thema und auch ihr persönliches Dilemma in Wohlgefallen auf. Daran glaubte sie zwar nicht ernsthaft, aber die Möglichkeit sollte in Erwägung gezogen werden. Der Zeitpunkt war günstig. Wenn Patrick ankündigte, dass es spät werden würde, kehrte er selten vor Mitternacht heim. Sie hatte keinen Schlüssel zu seiner Wohnung, aber sie wusste, wo er einen Ersatz aufbewahrte.

Wenig später ergatterte sie einen Parkplatz hinter seinem Haus und blieb geschlagene zwanzig Minuten regungslos im Wagen sitzen. Was war passiert und was ging in ihr vor, dass sie ernsthaft erwog, seinen Abfall zu durchwühlen, um damit endgültig eine einmalige, zunächst rein zufällige Grenzüberschreitung endgültig zu zementieren?

Dagmar Möller meldete sich telefonisch, als Hannah mit Kotti zurückkehrte, und schlug statt einer Besprechung im Kommissariat ein gemeinsames Abendessen bei ihrem Lieblingsinder vor. »Am Wakenitzufer, in der Nähe Ihrer Pension. Falls Sie die indische Küche mögen«, fügte sie noch hinzu.

»Ja, warum nicht? So lange sich mein Hund unter dem Tisch einrollen darf.«

»Ich glaube nicht, dass irgendetwas dagegen spricht. In einer Stunde?«

Hannah war – milde ausgedrückt – verblüfft. Obwohl der Ton seit ihrem ersten Aufeinandertreffen spürbar freundlicher geworden war, hätte sie am Tag zuvor keineswegs darauf gewettet, dass die Lübecker Dienststellenleiterin so schnell auftauen und ein Treffen in privatem Rahmen auch nur in Erwägung ziehen würde. Sie spendierte Kotti eine große Portion seines Lieblingsfutters und ging unter die Dusche. Das Handy klingelte erneut, als sie zehn Minuten später eine frische Bluse überstreifte. Sie stellte die Verbindung her und schaltete auf Lautsprecher, um sich weiter anziehen zu können. »Hallo, Hannah Jakob am Apparat.«

»Sie haben um meinen Rückruf gebeten«, erklärte eine Frauenstimme. »Mein Name ist Sandra Gärtner.«

»Frau Gärtner – danke, dass Sie sich melden.« Hannah nahm das Handy nun doch ans Ohr und setzte sich in den Sessel vor dem Fernseher.

»Ja, natürlich … Ich verstehe nur nicht … Ich meine, ich habe doch schon mit der Polizei gesprochen und alles gesagt, was ich weiß«, erwiderte Gärtner. Sie klang angespannt.

»Ich lege Wert darauf, mit wichtigen Zeugen persönlich zu sprechen, um mir selbst ein Bild zu machen«, versicherte Hannah rasch.

»Hm, gut, aber wenn ich Sie richtig verstanden habe, sind Sie Spezialistin für Vermisstenfälle. Doch Berit ist glücklicherweise wieder zurückgekehrt, und was geschehen ist, werden wir erst erfahren, wenn sie sich erinnern kann«, fuhr Gärtner eilig fort.

»Möglicherweise, dennoch liegt ein äußerst schwerwiegendes Gewaltverbrechen zugrunde, und ich möchte so schnell und so viel wie möglich über die Hintergründe herausfinden – in Zusammenarbeit mit der Lübecker Polizei natürlich«, erläuterte Hannah, während sie Gärtners aufgeregte Stimme nachklingen ließ und vorerst darauf verzichtete, den Fall von Dorina Siebert zu erwähnen.

»Und wie kann ausgerechnet ich Ihnen dabei helfen?«

»Erzählen Sie doch einfach mal, wie es zu dieser Verabredung in Großenbrode kam.«

»Warum ist das interessant für Sie?«

»Jedes Detail ist wichtig, Frau Gärtner«, erklärte Hannah geduldig.

»Nun gut, ich möchte aber nicht, dass Sie dieses Gespräch aufzeichnen.«

»Keine Sorge, das tue ich nicht.« Jedenfalls nicht mit technischen Mitteln, ergänzte sie stumm.

»Man weiß heutzutage nicht mehr, was mit seinen Daten geschieht und kann nicht vorsichtig genug sein«, schob Gärtner hinterher.

»Unbedingt«, stimmte Hannah hinzu. Und nicht erst heutzutage.

»Berit hat gefragt, ob ich mir ein paar Tage freinehmen könnte«, begann die Freundin schließlich in ruhigerem Ton zu berichten. »Detlef hätte so viel zu tun, und ihr würden einige Tage am Meer guttun: lange Strandspaziergänge, Sonnenbäder, völlig abschalten, kein Fernsehen, kein Internet, dafür lesen und zeichnen – Berit zeichnet sehr gerne. Ihr Mann selbst hätte ihr diesen Vorschlag unterbreitet. Aber sie konnte natürlich nicht tagelang allein bleiben, weil sie sich von den Auswirkungen des Unfalls immer noch nicht vollständig erholt hatte und nach wie vor ziemlich angeschlagen war ... davon wissen Sie sicher?«

»Natürlich.«

»Detlef wollte am darauffolgenden Wochenende nachreisen und mich ablösen – sozusagen –, um anschließend noch ein paar gemeinsame Tage mit Berit zu verbringen.«

»Und Sie konnten das ohne Probleme einrichten?«

»Ja, ich habe mir Urlaub genommen.«

»Welchen Eindruck hatten Sie von Berit, als Sie den Urlaub planten?«

»Sie wirkte erschöpft und war nicht gut drauf. Ich habe mir, ehrlich gesagt, Sorgen gemacht. Darum habe ich auch unverzüglich die Polizei alarmiert und Detlef informiert, als sie bei meinem Eintreffen nicht da war. Ich hatte sofort ein ungutes Gefühl.«

»Verständlich. Herr Konstedt ist auch jetzt in großer Sorge um seine Frau«, fuhr Hannah fort. »Er möchte sie am liebsten von allem abschirmen – auch von den notwendigen Befragungen der Polizei. Er meint, das sei zu viel für sie.«

»Kann ich mir vorstellen.«

Hannah überlegte kurz. So kam sie nicht weiter. »Frau Gärtner, darf ich Ihnen eine direkte Frage stellen?«

»Ja, natürlich.«

»Ist Berit glücklich mit ihrem Mann?«

Hannah hörte, wie Sandra Gärtner tief Luft holte. »Das ist keine direkte, sondern eine sehr persönliche Frage – ich weiß nicht, ob es mir zusteht, mich dazu zu äußern. Immerhin geht es hier um meine Freundin Berit und ihr Privatleben.«

»Ich bin mir dessen bewusst, aber ich habe natürlich weder Tratsch und Klatsch im Sinn, noch treibt mich eine persönliche Neugier. Es geht mir ausschließlich darum, herauszufinden, was man Ihrer Freundin warum angetan hat, und wie ich eingangs bereits betonte – sämtliche Details spielen dabei eine Rolle, auch wenn sie zunächst wie aus dem Zusammenhang gerissen wirken.«

Schweigen. »Das ist schwer zu beantworten«, sagte Gärtner schließlich zögernd. »Detlef ist nicht mein Typ – ich bin etwas voreingenommen, wenn Sie verstehen.«

»Und ob. Der Mann kommt sehr bestimmend rüber, fast autoritär«, bestätigte Hannah. »Ist er in der Ehe derjenige, der den Ton angibt?«

»Vor dem Unfall nicht, würde ich sagen – aber er hat immer schon ganz gern ein bisschen auf die Kacke gehauen, wenn ich das mal so salopp ausdrücken darf.«

»Nur zu.«

»Er lässt gern den Geschäftsführer raushängen und den smarten Hobbypiloten, legt viel Wert auf Äußerlichkeiten und gibt sich betont jugendlich«, fuhr Gärtner fort. »Berit hat sich immer darüber amüsiert – sie war verliebt in ihn, schätzte seine Reife, er ist ja einige Jahre älter.«

»Sie *war* verliebt?«

»Na ja, ich hatte das Gefühl, dass sich die Beziehung zunehmend abkühlte und längst nicht alles Gold ist, was glänzt. Fragen Sie mich aber bitte nicht nach den Hintergründen! Berit hat nicht darüber gesprochen und würde einer solchen Beschreibung wahrscheinlich kaum zustimmen. Über Intimes sprach sie nicht, nicht mit mir, und ich glaube, auch sonst mit niemandem. Sie war schon immer etwas verschlossen, auch wenn sie offen und zugewandt wirkt, gerade in ihrem Job – oder besser gesagt: wirkte, vor dem Unfall. Und jetzt ist sowieso alles ganz anders. Sie ist auf ihn angewiesen und hat zurzeit sicherlich andere Sorgen als irgendwelche Eheprobleme. Ich hoffe sehr, dass es ihr bald wieder besser geht.«

»Sie hat das Vermögen in die Ehe gebracht.«

»Das stimmt«, antwortete Gärtner diesmal ohne den Anflug eines Zögerns. »Ihre Eltern hatten gut für sie vorgesorgt.«

Ich wette, sie traut ihm nicht, dachte Hannah. »Ich würde zu gerne mit ihr sprechen – ohne ihren Mann.«

Stille.

»Ich bin Psychologin. Ich traue mir zu, ein behutsames Gespräch mit ihr zu führen, ohne sie in die Enge zu treiben oder zu überfordern«, betonte Hannah. »Vielleicht fallen ihr in der Unterhaltung Aspekte ein, die den Ermittlungen neue Impulse geben.«

»Mag ja sein, aber was erwarten Sie von mir? Etwa Schützenhilfe?«

»Einen Hinweis«, gab Hannah zu. »Berit besucht sehr wahrscheinlich regelmäßig ihren Therapeuten, in ihrem Zustand wohl sogar täglich. Würden Sie mir seinen Namen verraten? Ich könnte vor der Praxis auf sie warten und …«

»Das steht mir nicht zu.«

Sie hat recht, dachte Hannah. »Ich respektiere Ihre Bedenken. Wäre es Ihnen möglich, mit Berit zu sprechen und ihr den Vorschlag eines Vieraugengesprächs mit mir zu unterbreiten, möglicherweise sogar wohlwollend?«

»Ich denke darüber nach.«

»Danke.«

Mehr konnte sie in diesem Moment nicht erreichen, resümierte Hannah, als sie die Schwerpunkte des Gesprächs in einem Memo festhielt. Eine Viertelstunde später machte sie sich auf den Weg zum Inder.

Das Haus verfügte über einen Wäschetrockenboden, aber die meisten Mieter nutzten ihn hauptsächlich als zusätzlichen Stauraum für Koffer, ausrangiertes Kleinmobiliar und jede Menge Krimskrams. Patrick lagerte ein halbes Dutzend Pflanzenkübel, eine wurmstichige Kommode und zwei Kisten alter Bücher unterm Dach. In der linken mittleren Schublade der Kommode befand sich eine Dose mit mehreren Ersatzschlüsseln – dessen war sie zumindest sicher.

Patrick hatte das Versteck nie erwähnt, aber zu Beginn ihrer Beziehung war er mal nach einer gemeinsam durchzechten Nacht im ersten Morgenlicht auf den Dachboden gestolpert, um den Zweitschlüssel zu holen, während sie auf der Treppe vor seiner Tür warten sollte. Doch sie war ihm auf Zehenspitzen gefolgt, hatte mit gerecktem Hals und unterdrücktem Kichern beobachtet, wie er sich an der Kommode zu schaffen machte, hatte das blecherne Klappern gehört und Patricks leises Fluchen, als er den Deckel nicht gleich öffnen konnte, und war schnell zurückgehuscht, als er sich umdrehte.

Vielleicht war das bereits der Anfang gewesen, überlegte Leonie, als sie den Dachboden betrat, aber sie wusste im gleichen Moment, wie unsinnig der Vergleich war. Verspielte, trunkene Neugier hatte nichts gemein mit dem, was sie jetzt vorhatte. Es war still im Haus. Am lautesten ist mein Herz, dachte sie. Patricks Gerümpel stand am alten Platz, direkt hinterm Schornstein – Kommode, Bücherkisten, Pflanzenkübel, wie gehabt. Hinzugekommen waren ein windschiefes Regal, in dem ein Farbeimer und einige Tapetenrollen selbstvergessen vor sich hin gammelten, zwei Stühle, eine zerknautschte Reisetasche und zwei uralte Koffer. Sie schlich auf Zehenspitzen näher und öffnete die mittlere Kommodenschublade, in der Patrick ihrer Erinnerung nach die Dose verstaut hatte. Sie enthielt Dutzende von Plastiktüten und Umhängetaschen, an denen der Zahn der Zeit ordentlich genagt hatte – aber keine Spur von Schlüsseln oder Dosen; und in den beiden anderen Schubfächern lagen alte Decken und aussortierte Bettwäsche.

Erleichterung und Enttäuschung durchströmten sie gleichermaßen. Er hat sich ein neues Versteck gesucht, dachte sie, und an dieser Stelle ist das seltsame Spiel beendet. Ihr Blick streifte die beiden Koffer und die Reisetasche. Aber wenn ich schon mal hier bin …

Die Reisetasche war leer, in einem der Koffer waren Stapel von Zeitschriften, für die Patrick hin und wieder arbeitete, bündelweise geordnet. Im anderen Koffer befanden sich Fotoalben und Berichtsmappen, beginnend mit Patricks Einstieg als jugendlicher Fotograf über eine Dokumentation seiner ersten Jahre, die den Auftakt seiner fotojournalistischen Arbeit darstellte. Die neuesten Dokumente waren gut zehn Jahre alte Aufnahmen, die anlässlich verschiedener Fotowettbewerbe und Reisen entstanden waren. Die älteste Sammlung war handschriftlich mit »Meine ersten Schnappschüsse« überschrieben – damals war Patrick gerade mal dreizehn Jahre alt gewesen und hatte sich in der Schülerzeitung engagiert, wie auf der ersten Seite nachzulesen war.

Leonie zog sich einen der Stühle heran und begann die Alben und Mappen in andächtigem Staunen durchzublättern: Schwarzweißfotos von Sportveranstaltungen, Naturaufnahmen am Fehmarnsund, Stadtansichten aus Lübeck, Kitesurfer auf der Ostsee, Porträts von Kindern, dazu Notizen zu technischen Details. Die Fotos wurden von Jahr zu Jahr besser, schärfer, interessanter. Es folgten Naturstudien und Landschaftsaufnahmen. Leonie vergaß Zeit und Ort, bis sie auf eine dicke Ledermappe stieß, die anders war. Sie enthielt Fotos und ein dickes Bündel handschriftlicher Aufzeichnungen – besser gesagt: Es handelte sich um Kopien von Fotos und Aufzeichnungen, und sie erkannte auf den ersten Blick, dass die akkurat geschriebenen Zeilen nicht aus Patricks Feder stammten. Seine Handschrift war völlig anders. Das erste Bild sprang ihr sofort ins Auge: Thalemann und der bärtige Unbekannte in einem hohen Raum, der seltsam alt und verträumt wirkte. Die Kopie war von wesentlich besserer Qualität als die Papierreste, die sie im Abfall entdeckt hatte, und die Notiz am rechten Rand konnte sie nun auch entziffern: der Archivar.

Leonie hob den Kopf und strich ihr Haar zurück. Dann senkte sie erneut den Blick und strich über die Innenseite der brüchigen tabakbraunen Ledermappe. An einer Lasche war ein Kuli befestigt, den sie Patrick vor geraumer Zeit geschenkt hatte und der nur auf den ersten Blick ein simpler Stift war – schraubte man ihn auseinander, kam ein USB-Stick zum Vorschein. Leonie nahm das Deckblatt der Aufzeichnungen näher in Augenschein. D.S. stand am rechten oberen Seitenrand. Sie blätterte um.

*Statt eines Vorwortes,* stand unterstrichen in der Mitte der ersten Zeile. *Bardo war mein Großonkel. Wenn ich Rumänien höre oder lese, denke ich sofort an ihn. Die Nennung seines Namens ist tabu in unserer Familie, wir schweigen ihn tot, meistens jedenfalls, obwohl er bereits vor dreiundsechzig Jahren starb und jeder von uns irgendwann mit den Einzelheiten seines Todes vertraut gemacht wurde, über die ein Kommilitone und Leidensgenosse der Familie berichtet hatte, bevor er sich das Leben nahm. Mein Vater erzählte mir davon, als ich achtzehn Jahre alt war und ihm versprochen hatte, dieses dunkle und grausame Kapitel unserer Familiengeschichte schweigend hinzunehmen und kein Wort darüber zu verlieren. Dieses Versprechen muss ich brechen, weil es um viel mehr als um eine oder meine Familie geht und Grausamkeit keine Linderung erfährt, wenn sie nicht benannt wird. Bardo war Opfer und Täter, im Rahmen des Pitești-Experiments war er unaussprechlichen Qualen ausgesetzt, bis er bereit war, selbst unaussprechliche Qualen zuzufügen. Er starb am Tag seiner Entlassung. Pitești: Auch diesen Namen gebrauchen wir so gut wie nie. Aus Angst, die Erschütterung nicht ertragen zu können, aus Furcht vor Bildern, die unser inneres Auge für immer beherrschen, aus der dumpfen Ahnung heraus, dass wir Geister rufen, die unsere Träume vergiften könnten. Aus der furchtbaren, namenlosen Gewissheit, dass manches nie zu Ende ist und Piteşti als Schuld und Strafe unter vielen Namen zu allen Zeiten und für immer weiterlebt – im rumänischen Volk, in jeder einzelnen Familie, egal, wo sie lebt. Es wird Zeit, sich dieser Gewissheit entgegenzustemmen und die Erstarrung abzuschütteln. Ich habe mich auch entschlossen, das Tabu zu brechen, weil nichts aus Zufall geschieht. Es wird sich zeigen, welche Geister ich rufe oder bereits gerufen habe und was ich damit bewirke.*

Leonie schrak zusammen und hätte beinahe den Papierstapel fallen gelassen, als im Haus mit lautem Getöse eine Tür ins Schloss fiel. Ihr Gaumen fühlte sich wie ausgetrocknet an. Einen Augenblick starrte sie in die staubige Leere, dann stand sie mit der Mappe im Arm und trommelndem Herzschlag auf.

Zwei Straßen weiter hatte kürzlich ein Copyshop mit langen Öffnungszeiten aufgemacht.

# 5

Das Curry war hervorragend, und Dagmar Möller ließ sich Zeit mit dem Essen, nachdem sie angekündigt hatte, dass sie es nicht schätzte, wenn bei Tisch Dienstgespräche geführt wurden. Das kannte Hannah von zu Hause auch. Fragte sich nur, ob genügend Smalltalk-Themen zur Verfügung standen, um wenigstens ein paar Minuten unverbindlich zu plaudern. Aber Möller war eindeutig keine Talkerin, sie schwieg einfach, und die Stille bereitete ihr offenbar keinerlei Unbehagen. Das erlebte Hannah selten.

»Ich war ein bisschen borstig gestern«, hob die Lübecker Kommissarin plötzlich an.

»Ach, das ist eigentlich nichts Neues für mich. Die meisten …«

»Das liegt daran, dass ich sehr häufig borstig bin«, fiel Möller ihr ironisch grinsend ins Wort. »Mein Job ist anstrengend, das bisschen Privatleben, über das ich verfüge, ebenfalls, und eine BKA-Tante, die sich mal eben nebenbei wissenschaftlich profilieren möchte und viel Wind um nichts macht, ist so ziemlich das Letzte, was ich gebrauchen kann.«

Hannah zuckte mit keiner Wimper. »Verstehe.«

»Gut zu wissen.« Möller nickte und aß schweigend weiter, bis sie ihren Teller blank geputzt und Hannah schließlich ebenfalls mit Appetit aufgegessen hatte.

»Sowohl Vorgesetzte als auch Kollegen haben eine Menge an mir auszusetzen und sagen mir gerne die unfreundlichsten Verhaltensweisen nach – häufig mit Recht«, fuhr Möller fort, als hätte es keinerlei Unterbrechung gegeben. »Aber selbst mein ärgster Feind im Umkreis von hundert Kilometern, also meine Exschwiegermutter, würde mir attestieren, dass ich über eine beachtliche Portion Einsichtsfähigkeit verfüge. Wenn ich einen

Fehler gemacht habe und ihn bemerke, rudere ich sofort zurück. Wenn mich eine andere Meinung plötzlich doch überzeugt, kann ich das unumwunden zugeben. Falls ich nach einem Tag feststelle, mit einer kritischen Anmerkung deutlich über das Ziel hinausgeschossen zu sein, stehe ich dazu und entschuldige mich.«

»Das klingt gut«, erwiderte Hannah amüsiert. »Und ist äußerst selten, erst recht bei Vorgesetzten.«

»Freuen Sie sich nicht zu früh!«, warnte Möller. »Der eine oder andere Aspekt hat mich inzwischen bei beiden Fällen durchaus stutzig gemacht, wie Sie längst bemerkt haben werden, aber Hinweise mit alarmierender Ermittlungsrelevanz sind etwas anderes – das dürfte Ihnen auch klar sein.«

»Durchaus. Manchmal allerdings sind es die unscheinbaren Details, denen eine Sonderermittlerin abseits des üblichen Polizeialltags nachgehen kann und die zu einer Spur führen, die dann auch den Staatsanwalt überzeugt.«

Möller schob ihren Teller beiseite. »Im Moment können wir im Fall von Siebert noch nicht einmal mit absoluter Bestimmtheit davon ausgehen, dass ein Verbrechen zugrunde liegt. Es soll Fälle geben, in denen sich Leute auf ähnliche Weise schlicht aus dem Staub gemacht haben. Und wenn sich zwar Fragen aufdrängen und Misstöne Skepsis hervorrufen, aber ansonsten keinerlei weiterführende Spuren vorliegen, sollte es wenigstens ein handfestes Motiv geben, finden Sie nicht?«

»Unbedingt. Apropos Motiv – hat der Sender den Flughafenbericht herausgerückt?«

Möller nickte und bestellte beim vorübereilenden Kellner ein Bier. »Sie auch?«

Hannah nickte.

»Dazu einen Mango-Schnaps? Den kann ich nur empfehlen.«

»Gute Idee.«

Möller lächelte zufrieden. »Sie werden es nicht bereuen. Außerdem sind Sie ja zu Fuß hier, oder?«

Hannah nickte. Ihr letzter Schwips lag schon eine Weile zurück. Obwohl sie selten zu viel Alkohol trank, war sie erstaunlich trinkfest und litt niemals unter den Nachwirkungen einer feucht fröhlichen Feier – im Gegensatz zu Achim, der den nächsten Tag nicht ohne Kopfschmerztabletten überstand.

»Der junge Kollege, den ich zum Sender geschickt habe, hat seine Aufgabe sehr gut gemacht«, nahm Möller den Faden wieder auf, als die Getränke serviert worden waren. »Er hat sich einen Mitschnitt der Sendung und zusätzlich das Arbeitsmaterial aushändigen lassen.« Sie hob ihr Schnapsglas. »Auf gute Zusammenarbeit, Kollegin.«

»Unbedingt.«

»Und? Schmeckt er Ihnen?«

»Hervorragend, Sie haben nicht zu viel versprochen.«

Möller nickte anerkennend und setzte dann eine nachdenkliche Miene auf. »Die ausgestrahlte Sendung liegt gut zwei Jahre zurück und stellt unterm Strich einen kritischen Bericht zur wirtschaftlichen Situation des Flughafens dar, wobei mehrere Kurzinterviews eingestreut werden.« Sie fasste nach ihrer Handtasche und zog einen USB-Stick heraus. »Ich habe Ihnen übrigens eine Kopie gemacht, auch vom Arbeitsmaterial.«

»Danke.« Hannah beugte sich vor. »Ist Konstedt einer der Interviewpartner?«

»Nicht in der ausgestrahlten Sendung.« Möller spitzte die Lippen. »Und hier wird es durchaus interessant, denn die Siebert hat im Vorfeld mit ihm gesprochen, sogar zweimal. Und dabei ging es dann ziemlich zur Sache. Konstedt wollte das Interview ganz offensichtlich nutzen, um eine richtig gute Figur abzugeben und sich in den Vordergrund zu schieben, aber die Siebert hat bei dieser Selbstdarstellungsnummer nicht mitgespielt, worüber der Mann ziemlich empört war – schließlich untersagte er ihr, das Gespräch auszustrahlen. Das Ganze sollte nicht überbewertet werden, aber es ist zugegebenermaßen ein irritierender Misston.«

»Das passt«, kommentierte Hannah leise. »Ich habe vorhin

noch mit der Freundin aus Kiel telefoniert, Sandra Gärtner. Sie ist kein Fan von Detlef Konstedt.«

»Aha – wie äußert sie sich?«

»›Er hat immer schon ganz gern ein bisschen auf die Kacke gehauen, wenn ich das mal so salopp ausdrücken darf‹«, zitierte Hannah prompt. »›Er lässt gern den Geschäftsführer raushängen und den smarten Hobbypiloten, legt viel Wert auf Äußerlichkeiten und gibt sich betont jugendlich.‹ O-Ton Sandra Gärtner.«

Möller machte große Augen und nickte anerkennend. »Hilfreiche Begabung, über die Sie verfügen. Hat die Frau noch mehr erzählt?«

»Und ob. Auf die Ehe angesprochen, schilderte sie ihren Eindruck, dass sie das Gefühl habe, ›dass sich die Beziehung zunehmend abkühlte und längst nicht alles Gold ist, was glänzt‹«, fuhr Hannah fort. »›Fragen Sie mich aber bitte nicht nach den Hintergründen! Berit hat nicht darüber gesprochen und würde einer solchen Beschreibung wahrscheinlich kaum zustimmen. Über Intimes sprach sie nicht, nicht mit mir, und ich glaube, auch sonst mit niemandem. Sie war schon immer etwas verschlossen, auch wenn sie offen und zugewandt wirkt, gerade in ihrem Job – oder besser gesagt: wirkte, vor dem Unfall. Und jetzt ist sowieso alles ganz anders. Sie ist auf ihn angewiesen und hat zurzeit sicherlich andere Sorgen als irgendwelche Eheprobleme ...‹«

Möller trank einen Schluck Bier. »Ein Beziehungskonflikt? Gewalt, über die beide nicht sprechen?«, überlegte sie halblaut. »Aber was hätte in dem Fall die Siebert damit zu tun?«

»Vielleicht sehr viel, vielleicht gar nichts.«

»Vorschlag zur weiteren Vorgehensweise?«

Einen Moment blieb es ruhig. Hannah drehte ihr Glas zwischen den Händen. »Ich würde Konstedt gerne befragen, und zwar im Kommissariat.«

»Kann ich mir denken, aber er wird sich gegen eine offizielle Vernehmung wehren, mit Erfolg – das wissen Sie. Außerdem dürfte seine Antwort doch wohl auf der Hand liegen – er wird behaupten, das Interview schlicht vergessen zu haben.«

Hannah leerte ihr Schnapsglas. Der vorübereilende Kellner warf ihr einen fragenden Blick zu, und sie hob die Hand und orderte zwei weitere Schnäpse, wogegen Möller nicht das Geringste einzuwenden hatte.

»Seine Reaktion interessiert mich dennoch. Brauchen Sie für die Akte nicht noch ein paar offizielle Angaben?«, fuhr Hannah schließlich fort. »Oder eine Unterschrift oder …«

»Schon verstanden«, winkte Möller ab. »Ich überlege mir was. Weil Sie es sind.«

»Danke.«

»Darüber hinaus habe ich noch einmal Kontakt mit den Dänen aufgenommen und persönlich mit der Verkäuferin gesprochen, die einen Lieferwagen beobachtet hat. In dem Punkt gibt es nichts Neues. Sie ist zwar sicher, dass der Wagen beide Male direkt hinter Siebert anfuhr und die gleiche Richtung einschlug, aber ob es eine tatsächliche Verfolgung war, kann sie nicht hundertprozentig bestätigen.«

»Wäre ja auch zu schön gewesen.«

»Eben. Dann habe ich mir vorhin die Maillliste von Sieberts Computer im Sender angesehen, und zwar rückwirkend ab Januar, sowie einen Teil ihrer Telefonverbindungsdaten, soweit bereits ausgewertet. Es handelt sich in der Hauptsache um Interviewanfragen, Terminvereinbarungen und so weiter. Nichts Aufregendes – lediglich eine einzige Anfrage sticht thematisch ein wenig hervor und scheint vom Ansatz her gewichtiger …«

Die Schnäpse wurden serviert, und beide Frauen hoben gleichzeitig ihre Gläser.

»Inwiefern?«

»Die Frau plante eine Reportage über Unternehmer der Region, die Zweigniederlassungen in Osteuropa eröffnet hatten – so schreibt sie es zumindest in der Mail, aber im Sender ist über dementsprechende Recherchen beziehungsweise eine konkrete Konzeption nichts bekannt. Offensichtlich hat sie auf eigene Faust recherchiert.«

Hannah stutzte. »Wann war das?«

»Anfang des Jahres. Zustande gekommen ist schließlich ein Gespräch mit einem Ingenieur der Firma ›Lübecker Elektromotoren‹, so spiegelt es der offizielle Mailverlauf jedenfalls wider, und einige Telefonate späteren Datums konnte ich dementsprechend zuordnen, aber das war es dann auch schon. Mehr ist diesen Belegen zufolge nicht passiert.« Möller hob eine Braue. »Nach großer Story klingt das jedenfalls nicht, wenn Sie mich fragen. Vielleicht hatte sie ein bisschen dick aufgetragen oder die Idee wieder ad acta gelegt, weil sie dann doch zu wenig Interessantes bot, oder ihr klar wurde, dass sie keinen Sendeplatz dafür erhalten würde.«

Oliver Schiehl hatte Sieberts Bemerkung wiedergegeben, ›dass sie auf ein ziemlich dickes Ding gestoßen sei, rein zufällig‹, überlegte Hannah – aber das lag erst einige Wochen zurück.

»Falls Sie da trotzdem noch mal nachhaken möchten, wie ich meine Ihrer Nasenspitze bereits ansehen zu können, habe ich Ihnen eine Kopie der Liste auf dem Stick gespeichert«, fuhr Möller fort.

»Danke, sehr aufmerksam.«

Als Hannah sich eine gute Stunde später auf den Rückweg machte, hatte sie vier Schnäpse und zwei Bier intus, war mit der Möller auf Du und ziemlich sicher, dass es der forschen Kommissariatsleiterin gelingen würde, Detlef Konstedt in den nächsten Tagen zu einem Besuch in der Dienststelle zu überreden.


Leonie hatte eine gute halbe Stunde im Copyshop verbracht. Als sie zu Patricks Haus zurückkehrte, gefror ihr das Blut in den Adern. Sein Auto stand vor der Tür, und im Wohnzimmer brannte Licht. Er wird nicht ausgerechnet heute auf den Dachboden gehen und sich das Material der Siebert ansehen, beschwor sie sich drei Schrecksekunden später. Wie kann ich so sicher sein? Ich könnte ins Haus schleichen … Nein!

Sie parkte zwei Straßen weiter und setzte sich in das kleine Café gegenüber von Patricks Haus. Ihre Hände zitterten, und ihr Atem ging hektisch. Sie konnte sich nicht erinnern, wann sie das letzte Mal derart aufgebracht gewesen war. Patrick trat auf die Straße, als sie gerade die zweite Cola bestellt hatte, und setzte sich in den Wagen, das Handy am Ohr, ein Lächeln auf den Lippen. Er zog die Tür zu und schnallte sich an, immer noch telefonierend und lebhaft gestikulierend. Schließlich legte er das Handy beiseite und fuhr los. Leonie wartete zehn Minuten, bezahlte und hetzte mit der Mappe unterm Arm über die Straße. Die Haustür war lediglich angelehnt. Sie huschte im Eiltempo durchs Treppenhaus und betrat den Dachboden. Innerhalb von zwei Minuten hatte sie die Ledermappe im Koffer verstaut und verließ das Haus, so schnell sie konnte. Fast wäre sie auf der letzten Stufe gestürzt. Ihr Herz raste, der Schweiß rann ihr den Rücken hinab. Was tue ich? Was passiert hier? Vielleicht ist das alles nur ein irrwitziger Traum …

Zu Hause angekommen, schloss sie zweimal ab und legte die Kette vor, was sie sonst nie tat. Dann stellte sie sich eine Viertelstunde unter die Dusche. Als sie sich abtrocknete, klingelte das Handy. Der Blick aufs Display ließ sie erstarren: Patrick. Geh nicht ran, befahl sie sich selbst. Er wird es wieder versuchen … Na und? Sie stellte die Verbindung her.

»Heh!«, erklang seine Stimme. »Hab ich dich vom Klo geholt?« Er lachte fröhlich.

»So ähnlich – ich stand unter der Dusche«, gab sie zurück.

»Ach so. Hör mal, mein Termin dauert doch nicht so lange – hast du Lust auf ein Treffen, und wir machen was Nettes zusammen?« Sein süffisanter Ton ließ keinen Zweifel daran aufkommen, was er darunter verstand.

Sie zögerte. »Ehrlich gesagt bin ich ziemlich groggy, Patrick. Können wir das auf morgen verschieben?«

»Schade, ich stehe nämlich direkt vor deiner Tür …«

Sie schluckte.

»Ein Glas Wein, und ich verschwinde wieder, okay?«

Ihr Blick flog zum Tisch hinüber, wo die Plastiktüte mit den Kopien lag. Sie biss in ihre Hand.

»Bist du noch dran?«

Leonie gab sich einen Ruck. »Nimm's mir nicht übel, Patrick, aber ich brauche den Abend für mich«, erwiderte sie schließlich.

»Aber klar, kein Problem. Wir telefonieren morgen, okay?«

Kaum hatte sie die Verbindung unterbrochen, schlich sie zum Küchenfenster und erhaschte einen Blick auf seinen Wagen, bevor er um die Ecke bog. Sie benötigte fast zehn Minuten, um sich zu beruhigen. Schließlich schob sie eine Pizza in den Ofen und nahm die Kopien der Kopien aus der Tüte.

Dorina Sieberts Großonkel mit dem schönen Namen Bardo war 1950 im Rahmen des Piteşti-Experiments gestorben. Leonie hatte noch nie davon gehört und die Wartezeit im Copyshop genutzt, um den Begriff auf ihrem Smartphone zu googeln. Was sie im Internet an Informationen und Berichten auch nur überflog, war verstörend grausam und perfide. Das Experiment bezeichnete eine zwischen 1949 und 1952 in Rumänien nach dem Machtwechsel eingesetzte Umerziehungsmaßnahme, deren Ziel darin bestand, politische Gefangene, also Systemgegner, zu sogenannten wahren Menschen mit kommunistischer Persönlichkeit oder aber, falls dieser Ansatz scheiterte, zu willenlosen Anhängern der Partei umzuformen. Treibende Kräfte waren Teile des rumänischen Geheimdienstes Securitate, wobei Historiker der Sowjetunion eine initiative Rolle zusprachen. Die eingesetzten Mittel beschränkten sich im Wesentlichen auf Schmerz, Folter, psychologischen Terror und Erniedrigung, um eine völlige Selbstaufgabe des Häftlings zu erreichen, auf deren Basis dann die gewünschte Wandlung erfolgen könnte – so die entscheidende These des Programms. Bereits Umerzogene wandten einen Großteil der Maßnahmen an Mithäftlingen an, womit sie ihre erfolgreiche

Entwicklung zum »wahren« Menschen bestätigen konnten oder vielmehr mussten, sofern sie nicht selbst wieder zum Kreis der Gefolterten gehören wollten. Es gab zahlreiche Tote; Suizide versuchte man nach Möglichkeit zu verhindern, in vielen Fällen erfolglos.

Das Experiment beschränkte sich zunächst auf Studenten, die nach dem Machtwechsel besonders misstrauisch beäugt und inhaftiert wurden, sobald sie auch nur den Anschein einer antikommunistischen Gesinnung erweckten, später traf es auch andere Häftlinge; in der Haftanstalt von Pitești nahm das Experiment seinen Anfang, um dann auch in anderen Gefängnissen angewandt zu werden.

Leonie ersparte sich die detaillierten Beschreibungen von Foltermaßnahmen, die einige Quellen wiedergaben. Allein die Vorstellung, bis zur völligen Abstumpfung gequält zu werden, um dann schließlich selbst auf Befehl einen Leidensgenossen zu foltern, machte sie fassungslos. Weder der Folterer noch der Gefolterte würden das Geschehen je vergessen können, und jeder wurde Teil der Gewaltspirale und lud Schuld auf sich, für immer. Das war ihrer Ansicht nach der schrecklichste Aspekt des Experiments, auf den Dorina Siebert in den ersten Sätzen ihrer Aufzeichnungen über Bardos Schicksal eingegangen war. In einem Artikel stieß Leonie auf die Einschätzung des russischen Schriftstellers Alexander Solschenizyn, der das Pitești-Experiment als »eines der grausamsten Verbrechen der Gegenwart« bezeichnete. Gegner des kommunistischen Systems in Rumänien äußerten sich dahingehend, dass die innere Logik des Experiments auf die gesamte rumänische Gesellschaft übergegriffen habe, die von Furcht und Selbstverleugnung bestimmt sei.

Hatte der Archivar, der gemeinsam mit Thalemann auf dem Foto abgebildet war, etwas mit diesen alten Geschichten zu tun? Bewahrte er Dokumente auf, die das Schicksal der gequälten Gefangenen zum Inhalt hatten? Die von Schuld, unendlichem Schmerz und Tod zeugten? Die historisch-wissenschaftliche Aufarbeitung, die auch Erlebnisberichte einschloss, war in Rumänien erst nach dem Sturz des kommunistischen Regimes 1989 möglich geworden, aber die Beteiligung und Verantwortung der höheren Geheimdienstoffiziere hatte nie einer juristischen Untersuchung standhalten müssen.

Leonie holte ihre Pizza aus dem Ofen und teilte sie in handgerechte Stücke. Vielleicht hatte Thalemann in Hermannstadt jemanden kennengelernt, der sich mit diesem Thema beschäftigte, und Siebert, aufgrund ihrer eigenen Familiengeschichte besonders hellhörig, hatte genauer hingesehen und sich damit befasst. Nur: Was genau interessierte Patrick an diesem grausamen Kapitel der rumänischen Geschichte, die immerhin gut sechzig Jahre zurücklag? Warum kopierte und versteckte er die Dokumente? Und wo war Dorina Siebert? Hatte ihr Verschwinden mit den Recherchen zu tun?

Leonie griff nach einem zweiten Pizzastück, goss sich ein Glas Wein ein und begann, den Stapel zunächst nach weiteren Fotos durchzusehen. Rasch wurde sie fündig: Grobkörnige Schwarzweißaufnahmen von Fahnen schwenkenden Menschen auf einem großen Platz, die rumänische Nationalflagge flattert im Wind; auf dem Balkon eines imposanten Gebäudes drängen sich Männer in Wintermänteln zusammen; einer beugt sich über ein Mikrofon; Panzer und Soldaten stehen bereit.

Leonie stutzte. Kleidung und Frisuren der Menschen wirkten moderner als der im Rahmen des Experiments angegebene Zeitraum Ende der vierziger, Anfang der fünfziger Jahre. Sie blätterte weiter und erschrak. Etwas Entscheidendes schien passiert zu sein; von einem Bild zum nächsten wechselte abrupt die Stimmung: aufgebrachte, fliehende Menschen, denen Angst und Entsetzen aus den Gesichtern springt, verletzte und getötete Männer und Frauen. Jemand beugt sich über den seltsam verrenkten Körper eines Kindes. Hinter einer Hausecke reckt ein Soldat mit Siegerlächeln sein Gewehr in die Luft. Auf dem nächsten Bild schlägt eine Gruppe von jungen

Männern auf einen am Boden liegenden Mann ein, einer von ihnen starrt mit hassverzerrtem Gesicht direkt in die Kamera. Eine Frau rennt mit einem Kinderwagen die Straße entlang, ihr langes Haar ist zerzaust, der Mund weit aufgerissen, Panik brennt in ihren dunklen Augen.

Umsturz, Massaker, durchfuhr es Leonie, und sie nahm erneut ihr Smartphone zu Hilfe. Während des Regimesturzes 1989 war es in Bukarest einige Stunden nach einer von Nicolae Ceaușescu verordneten Massenkundgebung, in deren Verlauf der Diktator fliehen musste, zu tagelangen Auseinandersetzungen gekommen, in deren Folge ein wahres Blutbad angerichtet worden war. Tausend Menschen starben, und bis heute war unklar, wer die Schießerei inszeniert hatte – Geheimdienstleute? Einheiten der Armee? Eine Union aus beiden?

Leonie atmete tief durch. Vielleicht ging es gar nicht um das Pitești-Experiment oder nur am Rande – vielleicht war es nur ein Kapitel von vielen. Die Gewaltspirale. Sie spürte plötzlich, wie die Vielzahl der Eindrücke, die seit Stunden unablässig auf sie einströmten, ihren Tribut zu fordern begannen. Sie war zittrig und schwindelig vor Erschöpfung. Keine Gräueltaten mehr, heute nicht, dachte sie. Morgen ist auch noch ein Tag.

Sie verstaute die Unterlagen, zu denen auch eine Kopie des USB-Sticks gehörte, in einer Plastiktüte, die sie nach kurzem Überlegen in der kleinen Vorratskammer hinter der Küche versteckte – zwischen Staubsaugertüten und Geschirrtüchern.

## 6

Die Joggingrunde fiel am nächsten Morgen deutlich kürzer aus als sonst, und Hannah hätte schwören können, dass Kotti ihr einen skeptischen Blick zuwarf, als sie bereits nach knapp zwanzig Minuten schnaufend den Rückweg einschlug. Sie hatte zwar keine Kopfschmerzen, aber es fehlten zwei Stunden Schlaf, was deutlich an ihrer Fitness nagte. Sie nahm das Frühstück in ihrem Zimmer ein, um gleichzeitig Sieberts Flughafensendung zu lauschen.

Die ausgestrahlte Reportage war mit einem kritischen Ton unterlegt, wirkte jedoch insgesamt wenig aufregend, fast harmlos, insbesondere im Vergleich mit den nicht freigegebenen Gesprächen, in denen Konstedt zu Wort kam, und seine Auftritte hatten richtig Feuer. Siebert war gut vorbereitet, ihre Stimme klang selbstbewusst, frisch, munter; sie ließ Ironie einfließen und lachte herzlich, als der zweite Geschäftsführer auf beinahe jede konkrete Frage zu Finanzierungsaspekten und langfristiger Planung auswich oder sich beständig wiederholte und wütend wurde, als Siebert ihm »schwammige Halbwahrheiten und Ablenkungsmanöver« vorwarf.

»Es reicht!«, fauchte er schließlich unbeherrscht. »Von mir kriegen Sie keine Freigabe für die Interviews. Außerdem werde ich mich über Ihre unverschämte Art beschweren.«

»Nur zu«, lautete Sieberts lakonische Antwort. »Ich bin Kummer gewöhnt, und mich haut so schnell nichts vom Hocker.«

Hannah schluckte. Wenn du da mal nicht verdammt falsch gelegen hast.

Sie goss sich einen zweiten Kaffee ein und ging die Mails durch. In der Elektromotorenfirma erreichte sie am Samstagmorgen nur den Anrufbeantworter, ebenso auf dem Festnetz des Ingenieurs, mit dem Siebert gesprochen hatte – Robert Thalemann. Urlaubszeit, dachte Hannah. Im nächsten Moment klingelte ihr Handy.

»Hier spricht Martin Reich – Sie erinnern sich?«

»Natürlich, Herr Reich. Unser Gespräch liegt gerade mal einen Tag zurück. Wenn ich mich daran nicht erinnern könnte, hätte ich wohl kaum den richtigen Job. Ist Ihnen noch etwas eingefallen?«

»Tja ...« Der beflissene Redaktionsassistent zögerte. »Um ehrlich zu sein: Ich bin nicht sicher, aber andererseits ... Gut möglich, dass ich den Konstedt aus einem ganz anderen Zusammenhang kenne, wobei kennen zu viel gesagt ist. Kann auch sein, dass ich mich irre und ihn mit jemandem verwechsle. Das wäre mir allerdings sehr unangenehm. Ich möchte nicht, dass der Mann deshalb Schwierigkeiten bekommt.«

»Ich versichere Ihnen, dass ich Ihren Hinweis dementsprechend gewichten werde.«

»Ja, gut ... Also, mir ist gestern Abend eingefallen, dass ich den Typen schon mal gesehen habe – in einem Club.«

Aha, dachte Hannah. Und? »Nun ...«

»In einem Techno-Club in Hamburg.«

»Tja, warum nicht?«

»Er hat sich prächtig amüsiert.«

»Dagegen ist erst einmal nichts einzuwenden.«

»Er war nicht allein, was in einem Club an sich nichts Außergewöhnliches ist.« Reich lachte kurz auf.

»Sie sagen es, aber lassen Sie mich raten – er war nicht mit seiner Frau dort?«

»Treffer, Frau Kommissarin, aber es kommt noch besser.«

Hannah runzelte die Stirn.

»Er war mit einem Typen da.«

»Wie darf ich das verstehen?«

»Der Club ist auch ein beliebter Treffpunkt für tanzfreudige Schwule und Lesben. Und Konstedt – sofern er es tatsächlich war – hat mit einem jungen Mann rumgemacht. Die beiden wirkten sehr verliebt.«

Das war eine mehr als interessante Information. Hannah benötigte einige Sekunden, um sie zu verdauen. »Wie sicher sind Sie?«

»Fünfundachtzig Prozent.«

Das war ein Wert, mit dem sich arbeiten ließ. »Schicken Sie mir die Adresse des Clubs aufs Handy?«

»Na klar.«

»Danke, Herr Reich.«

Hannah legte das Handy beiseite. Sie war ziemlich perplex. Wenn Reichs Beobachtung den Tatsachen entsprach und Konstedt sich Ausflüge ins schwule Nachtleben gönnte, stellte sich eine ganze Reihe von Fragen. Wusste Berit davon? Lag hier der Schlüssel für das abgekühlte Eheleben? Und – der alles entscheidende Aspekt – gab es einen stichhaltigen Zusammenhang mit Berits Entführung?

Hannah schrieb Dagmar Möller nach kurzem Zögern eine SMS: »Lust auf Techno heute Abend?«


Kakao mit doppeltem Espresso und einem dicken Klecks Sahne aufgepeppt, dazu Croissants, die sie ungeniert eintunkte – hin und wieder musste ein solches Frühstück sein. Nach schlecht gelaufenen Auftritten zum Beispiel, an einem eiskalten Wintermorgen oder auch mitten im Sommer, wenn ungewöhnliche Ereignisse derart über sie hereinbrachen. Und das war noch milde ausgedrückt.

Leonie hatte schlecht geschlafen, ein mieser Traum, an dessen Inhalt sie sich jedoch dankenswerterweise nicht erinnerte, war die ganze Nacht durch ihren Kopf gegeistert. Sie war aufgestanden, kaum dass es hell geworden war, und hatte sich entschlossen, im Bett zu frühstücken und währenddessen in Dorinas Aufzeichnungen zu lesen.

*… weil nichts aus Zufall geschieht. Es wird sich zeigen, welche Geister ich rufe oder bereits gerufen habe und was ich damit bewirke.* Damit

endeten die einleitenden Worte, die dem Text statt eines Vor-
worts vorangestellt waren, wie Leonie rekapitulierte.

*Fest steht, dass es sich angenehm anfühlt, mit dem alten Füller zu
schreiben, der mich bereits im Studium begleitete, das leise, fast zärtliche
Kratzen der Feder gegen das Klackern der Tastatur zu tauschen und jedes
Wort, jeden Buchstaben mit ausgesuchter Sorgfalt zu Papier zu bringen,*
ging es auf der zweiten Seite fast munter und fröhlich weiter –
zumindest im Vergleich zu den erschütternden Eingangserläu-
terungen. *Keine Korrekturtaste erleichtert das spurlose Löschen, keine
Verbindung zum Internet ermöglicht blitzschnelles Recherchieren oder aber
Schnüfflern den Zugang zu meinem PC.*

Eine simple Pressemeldung brachte den Ball Anfang des
Jahres ins Rollen. *»Lübecker Elektromotoren« baut zweiten Standort in
Hermannstadt, Rumänien –* Bardo erhob sich in meinem Geiste und begann zu schlafwandeln, kaum dass ich die Mitteilung zu Ende gelesen
hatte. Die Unzufriedenheit mit der Arbeit im Gute-Laune-Team der Redaktion tat ein Übriges. Mir war klar, dass ich ein fertiges Konzept mit
außergewöhnlich guten Ideen und ebenso sauberen wie ausführlichen Recherchen vorlegen musste, um die Chefredaktion für eine Serie mit wirt-
schaftspolitischem Schwerpunkt zu interessieren – Lübecker Unternehmer-
geist in den ehemaligen Ostblockstaaten schwebte mir als Titel vor –, und
das würde dann noch nicht einmal die halbe Miete bedeuten. Ich bin
während meiner Jahre in der Politik- und Gesellschafts-Redaktion zu vielen Leuten auf die Füße getreten und habe dabei – ja – auch Fehler gemacht. »Fahr mal einen Gang runter!«, lautete die häufigste Anweisung
aus der Chefetage, bei der ich grundsätzlich auf Durchzug schaltete und so
nicht unwesentlich dazu beitrug, schließlich auf dem Abstellgleis geparkt
zu werden.*

Dorina beschrieb Robert Thalemann auf den folgenden Seiten als interessanten und attraktiven Mann, den sie auf Anhieb
mochte – in jeder Hinsicht. Leonies Typ war er nicht, aber die
Geschmäcker waren ja bekanntlich verschieden, glücklicherweise. Er zögerte nicht lange, sich während eines Lübeck-Auf-
enthaltes mehrfach mit Dorina zu treffen und umfassend von
seinen Erfahrungen in Rumänien zu berichten. Das Thema

freute ihn, wie die Journalistin ihn zitierte, und er reagierte verständnisvoll, als sie ihn bat, weitgehend Stillschweigen über ihre Recherchen und Gespräche zu wahren – gute Ideen würden gerne geklaut. Darüber hinaus wollte sie natürlich verhindern, dass sich durch irgendeinen dummen Zufall im Sender herumsprach, womit sie beschäftigt war. Als er gut zwei Monate später erneut ein paar Tage zu Hause verbrachte, trafen die beiden sich zwar wieder, aber erstaunlicherweise schien seine Stimmung völlig umgeschlagen zu sein, wie Dorina besorgt ausführte. Er gab vor, wenig Zeit zu haben, und wirkte im Gegensatz zu den ersten Treffen befangen, wortkarg, unkonzentriert und abgehetzt. *Sein Gesicht war noch von spätwinterlicher Blässe gezeichnet,* hieß es in fast zärtlich anmutendem Ton. In den ersten Minuten fragte Dorina sich, warum er sich überhaupt mit ihr verabredet hatte. Sie war irritiert und ergriff die Initiative.

*»Was ist los mit Ihnen?«, fragte ich schließlich rundheraus. Wir saßen im Café Affenbrot an der Kanalstraße, aber er stocherte lediglich in seinem vegetarischen Gericht herum, sah sich verstohlen um und schob den Teller schließlich beiseite. »Ärger in der Firma, wenn ich mal so direkt fragen darf?«*

*Er sah mich nachdenklich an und schwieg.*

*»Mögen Sie nicht darüber reden?«*

*»Ja und nein.«*

*Ich runzelte die Brauen. »Geht es um Firmeninterna? Ich bin an technischen Details nicht sonderlich interessiert. Das ist überhaupt nicht mein Thema.«*

*Ein Lächeln flog plötzlich über sein Gesicht. »Ich weiß … Nein, es hat nichts mit der Firma zu tun oder nur am Rande.« Das Lächeln huschte davon. »Sie sind Journalistin, und es ist unter Umständen ratsam, kein Wort zu verlieren.«*

*»Wer sagt das?«*

*»Meine innere Stimme.«*

*»Sie hätten sich heute nicht mit mir getroffen, wenn Sie Ihrer inneren Stimme hundertprozentig vertrauten, oder?«*

*Das Lächeln kehrte zurück und gab den Blick auf ein reizendes Grübchen frei. »Vielleicht doch. Ich finde Sie ausgesprochen charmant … und attraktiv.«*

*»Oh, danke.« Schade, dass er verheiratet ist, dachte ich. Einen Moment blieb es still am Tisch.*

*»Ich bin beunruhigt«, fuhr er schließlich mit leiser Stimme fort und beugte sich zu mir vor. »Was mich beschäftigt, gehört tatsächlich nicht in eine Radiosendung oder sonstige Berichterstattung.«*

*»Warum nicht?« Ich sprach genauso leise.*

*Er biss sich auf die Unterlippe. »Ich werde seit einiger Zeit beobachtet, und ich tauge nicht zum Helden.«*

*Ein Kribbeln setzte sich in meinem Nacken fest. Ich sah ihn abwartend an. »Und das ist, nehme ich an, kein Scherz?«*

*»Natürlich nicht. Darüber hinaus neige ich nicht zu Panikmache.«*

*Das würde ich glatt unterschreiben*, bemerkte Dorina, und in dem Punkt ihrer Beschreibung stimmte Leonie ihr sofort uneingeschränkt zu. Soweit sie das beurteilen konnte, war Thalemann kein ängstlicher Mann, kein Typ, der sich schnell verunsichern ließ, und garantiert litt er nicht unter Verfolgungswahn.

*»Es ist auch über zwanzig Jahre nach dem Zusammenbruch der kommunistischen Regime immer noch etwas anderes, ob man in Rumänien und Bulgarien oder in Spanien und Italien aktiv wird – das war mir durchaus klar, bevor ich diese Aufgabe übernahm«, erzählte Thalemann. »Und auch, dass man Leute wie uns aufmerksam im Blick behält – von welcher Seite auch immer. Aber hier geht es, befürchte ich, um etwas anderes.«*

Dorina versprach ihm sofort, nichts zu verwenden, wenn er es nicht wünschte.

*Er sah sie forschend an. »Auch nicht, wenn Sie vermuten würden, dass es sich um eine heiße Story handelt?«*

*»Ich gebe Ihnen mein Wort. Meine Familie ist in den siebziger Jahren aus Rumänien umgesiedelt – als Rumäniendeutsche von der Bundesregierung freigekauft. Mein Großonkel starb am Tag der Entlassung aus dem Gefängnis, in dem er Allerschlimmstes erleiden musste. Alles, was mit Rumänien zu tun hat, berührt mich zutiefst. So heiß kann eine Story gar*

*nicht sein, dass ich vergessen würde, welche Abgründe sich auftun können, wenn man den falschen Leuten auf die Füße tritt, und sei es aus Versehen.«*

Das Statement verfehlte seine Wirkung nicht. Thalemann war ganz offensichtlich schwer beeindruckt. Das bin ich auch, dachte Leonie. Dennoch wandte Dorina ein, dass man derartige Vorkommnisse nicht einfach stehen lassen durfte.

*»Ich weiß, worauf Sie hinauswollen, aber vielleicht wäre es tatsächlich besser so. Ich habe Familie, und mir scheint, dass diese Leute, bei denen ich mich unbeliebt gemacht habe, einen langen Arm haben«, entgegnete Thalemann.*

*»Erzählen Sie doch einfach mal, was passiert ist«, forderte ich ihn auf. »Ich verspreche Ihnen, dass ich nichts unternehmen werde, womit Sie nicht ausdrücklich einverstanden sind.«*

*Thalemann lächelte. »Sie lassen nicht so schnell locker.«*

*»Keineswegs.«*

*Er sah eine Weile zum Fenster hinaus, und ich betrachtete sein scharfes Profil.* Leonie lächelte. Es war auffällig, dass Dorina ihn zunehmend genauer beschrieb.

*»Passiert im eigentlichen Sinne ist eigentlich kaum etwas«, hob er plötzlich an. »Vielleicht erschreckt mich gerade dieser Umstand so sehr … Einer meiner Ingenieure hat mich zu einer Familienfeier eingeladen, das liegt inzwischen vier Wochen zurück. Er wollte sich revanchieren, denn ich hatte mich dafür eingesetzt, dass er und ein weiterer Kollege, die sich in der Firma besonders engagieren und mit großem Eifer Verantwortung übernehmen, ein gutes Gehalt beziehen – ein besseres als sonst üblich. Es war ein schönes Fest, ich habe mich sehr wohl gefühlt. Die Rumänen sind ein herzliches und gastfreundliches Volk.« Thalemann verschränkte seine Hände ineinander. »Zu vorgerückter Stunde kam ich mit einem Mann ins Gespräch … Es fing mit Fußball an, ging weiter über Actionfilme und Motorräder, und auf einmal diskutierten wir über die Zeit der Wende, Honecker, die Maueröffnung, Kohl, die Rolle der Stasi damals und heute und so weiter und so fort. Als wir uns im Morgengrauen voneinander verabschiedeten, lud Adrian mich ein, einen Freund kennenzulernen, der sich einer besonderen Aufgabe verschrieben hatte.« Thalemann brach ab und bestellte beim Kellner einen Kaffee. »Für Sie auch?«*

*»Gerne.«*

*»Ich habe mir nicht das Geringste dabei gedacht, die Einladung anzunehmen, und ein paar Tage später lernte ich Gabriel kennen – einen alten, schrulligen Mann, der in einer halbverfallenen Villa lebt und mit Hilfe einiger Verbündeter und enger Freunde seit Jahren alles sammelt und archiviert, was er zu den Vorgängen am 21. Dezember 1989 in Bukarest in die Finger bekommt – im Anschluss an die Massenkundgebung, die Nicolae Ceaușescu veranlasst hatte, um sein Volk wieder auf Linie zu bringen, wohlgemerkt: auf seine Linie …«*

Leonie hob den Kopf und nickte langsam, bevor sie weiter las. *»Aber es kam anders«, ergriff ich wieder das Wort, als Thalemann kurz innehielt. »Der Diktator musste das Weite suchen, es kam zu tagelangen Auseinandersetzungen, und es floss sehr viel Blut.«*

Dorina führte im Folgenden Thalemanns Bericht zu Gabriels Schilderungen aus, dass bis heute nicht klar sei, wer damals das Feuer eröffnet hatte, durch das letztlich ungefähr tausend Menschen ums Leben kamen – Einheiten der Armee? Securitate-Leute? Gar ein Bündnis aus beidem? *»Gabriel hat es sich zur Aufgabe gemacht, herauszufinden, wer die Strippen zog, in welcher Weise Securitate-Leute involviert waren, und er geht dabei alles andere als leise und unauffällig vor. Inzwischen hat er mit juristischer Unterstützung sogar die Herausgabe sämtlicher Dokumente aus den Archiven von Armee und Geheimdienst gefordert – sofern sie überhaupt noch existieren.«*

*»Wir haben uns lange unterhalten«, fuhr der Ingenieur nach kurzer Unterbrechung fort. »Eigentlich über alles Mögliche … Rumänien hinkt im Vergleich mit der ehemaligen DDR in der Aufarbeitung seiner Geschichte um viele Jahre hinterher, sagte er, und das klang sehr wehmütig.«*

*Pitești, dachte ich. Das wirkt wie ein Brandmal, dessen Umrisse niemals die Schärfe verlieren.*

*»Gabriel vertraute mir offensichtlich, weil ich auf Empfehlung seines Freundes Adrian gekommen war. Zum Schluss bat er mich, eine Handvoll Fotos mit nach Deutschland zu nehmen, auf die er erst kürzlich gestoßen sei, und sie jemandem in die Hand zu drücken, der interessiert sei, zu recherchieren, was aus den abgebildeten Hauptakteuren geworden ist.«*

Darauf reagierte Dorina heftig. Sogar ihre Schrift änderte

sich an dieser Stelle, stellte Leonie fest. Thalemanns Antwort lautete folgerichtig, dass er für eine solche Aufgabe nicht der Richtige sei, worauf *Gabriel still lächelte und seine Bitte dahingehend änderte, Thalemann möge die Fotos einstecken und zu Hause an irgendeine Zeitung schicken – anonym zum Beispiel. Vielleicht würde sich ja jemand ihrer annehmen. Viele Securitate-Leute seien damals, als es eng wurde, mit Hilfe der weitverzweigten Verbindungen des Geheimdienstes geflohen und hätten sich in den neunzehnhundertneunziger Jahren in Deutschland eine neue Identität und ein beschauliches Leben aufgebaut. Die alten Seilschaften über den Nachfolge-Geheimdienst SRI existierten seiner Ansicht nach immer noch. Wenn man den einen oder anderen aus seiner Behaglichkeit aufscheuchen und zur Verantwortung ziehen könnte, wäre das ganz in seinem Sinne und in dem seiner Mitstreiter, und es täte dem rumänischen Volk gut. Nichts geschähe, ohne ein Echo zu bewirken, und sei es vierundzwanzig Jahre später.*

*Ich lehnte mich zurück.*

*»Gabriel nennt sich auch ›der Archivar‹. Seine Arbeit ist nicht ungefährlich, doch je mehr er in der Öffentlichkeit Beachtung findet, desto schwieriger wird es, ihn unauffällig zum Schweigen zu bringen – so lautet zumindest seine Devise.« Thalemann atmete tief durch. »Er ist verdammt mutig. Das ist mir erst im Nachhinein klar geworden.«*

*»Sind Sie seiner Bitte nachgekommen?«*

Das war Thalemann. Zumindest hatte er die Fotos mitgenommen und zwischen Bauzeichnungen und mathematischen Berechnungen versteckt, doch darüber hinaus war er nicht aktiv geworden – aus gutem Grund, wie er betonte.

*»Seit meinem Besuch bei Gabriel erhalte ich anonyme Anrufe, manchmal mitten in der Nacht – sowohl in Hermannstadt als auch hier. Es meldet sich nie jemand, man hört nur ein Atmen … Und in der Post steckte, kaum dass ich in Lübeck eingetroffen war, ein Foto, auf dem der Archivar und ich abgebildet sind. Es sieht aus, als hätte jemand durch eines der Fenster der alten Villa das Bild geschossen. Auf der Rückseite steht: ›Misch dich nicht ein!‹« Seine Stimme hatte sich herabgesenkt. Dennoch war das leise Zittern deutlich zu hören. »Am nächsten Tag wurde mein Sohn nach der Schule auf dem Nachhauseweg von zwei Männern*

*entführt ...« Er hob die Hand, als ich zusammenschrak. »Warten Sie – er war lediglich für eine halbe Stunde verschwunden. Er sei in einem schicken Auto durch die Stadt gefahren, hat er mir erzählt. Der Junge war völlig unversehrt und fröhlich und ging davon aus, dass die kleine Stadtrundfahrt meine Idee war, quasi eine Überraschung ... Mir ist jetzt noch schlecht, und ich bin heilfroh, dass meine Frau nichts davon mitbekommen hat.«*

Eine mehr als deutliche Warnung, dachte ich. Dennoch hatte Thalemann es gewagt, sich mit mir zu treffen. Bewundernswert, schloss Leonie sich Dorinas Einschätzung an – seine Sympathie für die Journalistin mochte dabei keine unwesentliche Rolle gespielt haben.

*»Ich bin kreuz und quer durch die Stadt gefahren und habe schließlich mein Auto stehen lassen«, erläuterte er. »Während unseres Gesprächs habe ich mich endgültig entschlossen, Ihnen die mir anvertrauten Fotos zu übergeben, auch das von mir in der alten Villa. Ich will sie los sein, alle, aber ich bringe es nicht über mich, sie zu vernichten. Werfen Sie sie weg oder bewahren Sie sie auf. Aber wenn Sie versuchen möchten, etwas über die Hintergründe jener Ereignisse in Erfahrung zu bringen, müssen Sie sehr vorsichtig agieren und meinen Namen heraushalten.«*

Warum ist er bereit, dieses Risiko einzugehen?, überlegte ich. Er kennt mich doch kaum.

*»Gabriel liegt im Krankenhaus, wie ich vorhin bei einem Telefonat mit der Firma in Hermannstadt erfahren habe – eine Lebensmittelvergiftung, so heißt es jedenfalls ...«* Thalemann räusperte sich. *»Ich denke, dass Sie recht haben – man darf nicht alles einfach so stehen lassen oder schweigend hinnehmen, auch wenn eine Gefahr damit verbunden ist. Und das ist mein Anti-Helden-Betrag: Nehmen Sie die Fotos – Ihnen wird schon was einfallen, ohne mich und meine Familie ins Spiel zu bringen.«*

Er sah mich an. *»Ich glaube übrigens keine Sekunde daran, dass Sie die Bilder wegwerfen werden.«* Er griff in seine Umhängetasche und zog ein Taschenbuch heraus. *»Sollten Sie unbedingt lesen.«*

Rumänische Kurzgeschichten. Zwischen den Seiten achtundachtzig und neunundachtzig steckte der Umschlag mit den Fotos. Ich packte es unauffällig ein. *»Wann fliegen Sie zurück?«*

»*Nächste Woche.*« Er biss sich auf die Unterlippe. »*Wenn das nicht auf-hört, werde ich den Job hinschmeißen. Wie gesagt: Ich tauge nicht zum Helden.*«

»*Sehen wir uns wieder?*«

Er rang sich ein Lächeln ab. »*Ob das eine gute Idee ist?*«

»*Ich finde, schon.*«

Leonie legte die Blätter beiseite und stand auf, um sich einen Kaffee zu kochen. Ihr Kopf schwirrte – Adrian, Gabriel, Ru-mänien, Geheimdienst, Bukarest, das 89er Blutbad, ein kon-spiratives Treffen mit Dorina Siebert, und mittendrin ein ver-schreckter Thalemann, der sich trotz allem redlich bemühte, das Beste aus der Situation zu machen und sogar noch in der Lage war, mit der Siebert zu flirten. Die Antwort auf die Frage, was Patrick mit all dem zu tun hatte und wie die Unterlagen in seinen Besitz gelangten, war nicht einen Millimeter näher ge-rückt, und weitere Überlegungen zu seiner Beteiligung stellten reine Spekulationen dar. Nur eines schien inzwischen auf be-unruhigende Weise sicher: Sieberts Verschwinden war mit an Sicherheit grenzender Wahrscheinlichkeit kein Zufallsereignis.

## 7

Dagmar meldete sich keine halbe Stunde nachdem Hannah die SMS an sie gesendet hatte, und reagierte auf den Hinweis zu Detlef Konstedts bisexueller Neigung oder Spielerei, sollte sie sich tatsächlich bestätigen, genauso verblüfft.

»Das wäre in der Tat interessant, wenn ich mir im Moment auch noch nicht vorzustellen vermag, was dieser Aspekt mit der Entführung zu tun haben könnte ... Und was hoffst du heute Abend in dem Club zu entdecken – einen herumknutschenden Detlef?«, fragte sie.

»Nicht unbedingt. Aber vielleicht weiß jemand etwas über seinen Lover – der Besitzer vielleicht oder ein Barkeeper.«

»Und du glaubst, die lassen uns da rein – jenseits der vierzig und fünfzig?«

»Zum Reden garantiert, und Konstedt spielt schließlich auch nicht mehr in der Studentenliga. Das kriegen wir schon hin«, behauptete Hannah.

»Wie du meinst. Ich kann ja meine Stretchjeans anziehen und das Glitzer-Make-up auflegen ... Mir ist übrigens bei erneuter Aktendurchsicht noch etwas anderes aufgefallen, was mir keine Ruhe lässt. Einige Freunde, Kollegen und Angehörige erwähnen in ihren allgemeinen Beschreibungen, dass die Siebert ein Fan von Städtereisen sei. Mindestens fünf-, sechsmal im Jahr würde sie sich meist an einem verlängerten Wochenende oder während eines Kurzurlaubs auf den Weg machen, um europäische Metropolen zu besuchen – Rom, London, Palermo, Mailand, Porto, Barcelona. Die Inhaberin des Fitnessstudios bemerkt jedoch ergänzend, dass Siebert in den letzten Monaten auch in Kiew gewesen sei.«

»Nun, warum nicht?«

»Die Kollegen haben sich gründlich in Sieberts Wohnung

umgesehen, aber die Hinweise zu ihrer Reisetätigkeit in Form von Belegen, Flugtickets, Infomaterial und so weiter beschränken sich auf die Trips in westeuropäische Städte«, berichtete Dagmar weiter. »Ich habe heute früh noch mal in der Kriminaltechnik nachgehakt, ob versehentlich einige Belege nicht aufgelistet wurden oder die Akte schlicht noch unvollständig ist, aber dem ist nicht so. Auch der verantwortliche Kollege vor Ort ist sicher, dass nichts übersehen wurde, und hält es darüber hinaus für eine denkbare Variante, dass der Einbruch einem übergeordneten Zweck diente. Das könne man zumindest nicht ausschließen, meint er.«

Hannah war beeindruckt. Der lange Abend beim Inder schien motivierend auf Dagmar gewirkt zu haben. Sie wirkte hellwach und hochkonzentriert, und wenn Hannah nicht alles täuschte, war die Kollegin seit dem frühen Morgen intensiv mit beiden Fällen beschäftigt. »Übergeordneter Zweck klingt interessant. Es könnte demnach um die Beseitigung von Hinweisen gehen?«

»Könnte! Der spekulative Part ist ja eigentlich nicht meiner.«

»Das lasse ich jetzt einfach mal so stehen.«

»Weiser Entschluss. Fest steht jedenfalls, dass sich in Sieberts Wohnung keinerlei Belege zu Reisen nach Kiew fanden oder Mitbringsel und dergleichen und auch keine dementsprechenden Abbuchungen auf ihrem Konto festgestellt wurden, im Gegensatz zu anderen Reisen, die sie per Kreditkarte bezahlte, worüber ich mir höchstpersönlich einen Überblick verschafft habe ...«

»Vielleicht ...«

»Sie war in Kiew – zweimal, das letzte Mal vor wenigen Wochen, und beide Male nur für einige Tage beziehungsweise ein verlängertes Wochenende«, unterbrach Dagmar sie beherzt. »Das bestätigt laut Befragungsprotokoll die Inhaberin des Fitnessstudios. Ich habe gerade persönlich mit ihr gesprochen: Sie hatte den Eindruck, dass Dorina sich dort mit einem Liebhaber traf, aber ...«

»Wie kommt sie darauf?«

»Siebert nahm jeweils die gleiche Abendmaschine und entspannte sich vor dem Aufbruch zum Flughafen im Studio bei einem Saunagang und einer Massage. Sie wirkte stets, ja: aufgeregt, verträumt, verliebt.«

»Aha. Ansonsten hat aber bislang niemand dieses Reiseziel erwähnt, geschweige denn in Verbindung mit einer Affäre oder Liebschaft oder was auch immer?«

»Nein. Ich habe mich sogar mit zwei, drei Stichproben vergewissert. Mit Kiew kann niemand etwas anfangen, mit einem aktuellen Liebhaber auch nicht.«

»Eine heimliche Affäre? Sie hat über ihre Aufenthalte in der Ukraine nicht gesprochen – weder im Sender noch im Freundeskreis«, überlegte Hannah. »Aber warum erwähnte sie sie im Fitnessstudio? Weil es dort keine Rolle spielte?«

»Möglich oder Zufall«, meinte Dagmar. »Sie hatte bei ihrer ersten Reise – höchstwahrscheinlich irgendwann im Mai – die Gepäckkarte bereits an ihrem Koffer befestigt, als sie das Fitnessstudio verließ, und die Inhaberin konnte den Zielflughafen entziffern, worauf sie Siebert auf ihre Pläne ansprach.«

»Und die wand sich nicht heraus?«

»Klang nicht so, aber sie erging sich auch nicht in detaillierten Beschreibungen, einen Liebhaber erwähnte sie ebenfalls nicht. Sie fliege nach Kiew, bestätigte sie, nicht mehr, aber auch nicht weniger. Bei ihrem zweiten Trip lief es ganz ähnlich ab.«

»Was ist mit ihrem Reisepass?«

»Verschwunden.«

Hannah runzelte die Stirn. »Es mag verfrüht sein, aber ehrlich gesagt, glaube ich nicht an den Liebhaber. Ihre angebliche Aufregung kann auch einen ganz anderen Hintergrund gehabt haben.«

»Das sehe ich ähnlich«, meinte Dagmar. »Und wenn du jetzt erneut auf die Möglichkeit verweisen möchtest, dass sie unter Umständen an einer Story dran war, wie ein Kollege ja bereits andeutete, und ihre Tätigkeit verschleiern wollte, könnte ich der Theorie doch glatt etwas abgewinnen.«

»Im Sinne einer Indizienverdichtung?«

»So ist es. Immerhin ist es schon sehr auffällig, dass bei dem Einbruch in ihrer Wohnung alles verschwindet, was mit ihrer Reise nach Kiew zu tun hat, einschließlich ihres Passes.«

»Aber wie gehen wir weiter vor? Auf die Beantwortung einer Anfrage beim Auswärtigen Amt, was Sieberts Reisetätigkeit angeht, müssen wir viel zu lange warten«, entgegnete Hannah. »Selbst wenn die sich beeilen …«

»Das würde ich sofort unterschreiben. Wir haken ganz schlicht mal beim Flughafen nach, aber übers Wochenende dürfen wir von dort keine Antwort erwarten. Das dauert garantiert ein paar Tage«, fiel Dagmar ihr ins Wort. »Die Siebert ist übrigens Mitglied in einem Journalistenverband. Vielleicht lohnt sich dort eine Nachfrage, nur ob wir da heute jemanden erreichen, ist mehr als fraglich.«

Hannahs Handy signalisierte einen weiteren Anrufer. »Was hältst du davon, wenn du dort trotzdem mal dein Glück versuchst? Der Tag hat doch recht vielversprechend begonnen, vielleicht setzt sich das fort – und wir reden nachher noch mal? Ich bekomme gerade noch einen Anruf rein …«

»Gut, bis später.«

Hannah gab die Leitung frei.

»Hier spricht Berit Konstedt.«


Dagmar benötigte eine gute halbe Stunde, um in der Journalisten-Datenbank des Verbandes auf einen Hamburger Kollegen von Siebert zu stoßen, der zum einen Dorina kannte, zweitens auch am Samstag ans Telefon ging und darüber hinaus einen wichtigen Hinweis lieferte.

Beim Stichwort Kiew reagierte er sofort. »Dorina engagiert sich für Kollegen in der Ukraine, deren Rechte, wie ich wohl kaum näher zu erläutern brauche, auf übelste Weise beschnitten werden. Allerdings nicht aktiv und schon gar nicht vor

Ort, sondern als anonyme Geldspenderin – wie viele von uns.«

»Kann es sein, dass sie ihr Engagement verstärkt hat?«

»Tja, ausschließen möchte ich das nicht, aber es wäre mir neu.«

»Haben Sie eine Idee, mit wem sie sich in Kiew getroffen haben könnte?«

»Tja …« Der Journalist zögerte.

»Es ist sehr wichtig. Wir müssen in Erwägung ziehen, dass das Verschwinden von Dorina Siebert mit ihrer Arbeit zu tun hat. Zumindest mehren sich die Hinweise darauf.«

»Gut, ich strecke mal meine Fühler aus, ob da gerade aktuell etwas in Bewegung geraten oder jemand besser informiert ist als ich, den ich bitten könnte, Kontakt mit Ihnen aufzunehmen.«

»Danke. Und noch was: Wir wissen nicht, mit wem wir es zu tun haben.« Um genau zu sein: Wir wissen kaum etwas, aber die Bemerkung behielt Dagmar für sich.

»Ich werde mich bemühen, möglichst unauffällig nachzuhaken.«

»Sie haben was gut bei mir.«

»Darauf komme ich bei Gelegenheit zurück.«

Dagmar gab ihre Nummer durch und legte auf. Die Aussichten, Siebert aufzuspüren, womöglich lebend, und herauszufinden, was geschehen war, schwanden mit jedem Tag. Und falls tatsächlich eine Verstrickung mit ihrem Engagement für Journalisten in der Ukraine vorlag, dürfte es noch düsterer aussehen. Aber warum war sie so unvorsichtig gewesen, niemanden in ihre Pläne einzuweihen? Um eine Gefährdung für andere auszuschließen?

Nach kurzem Zögern nahm sie erneut das Telefon zur Hand und ließ sich mit einem LKA-Mann in Kiel verbinden, der einen guten Draht zum BND hatte, insbesondere wenn es darum ging, Nachfragen spontan und ohne bürokratischen Aufwand nachzugehen. Vielleicht würde er seinen Einfluss geltend machen. Anschließend goss sie sich frischen Kaffee ein und sah einen Moment zum Fenster hinaus. Die BKA-Tante sorgte für frischen Wind. Mal was anderes.

Berit Konstedt hatte einen Spaziergang am Elbe-Lübeck-Kanal vorgeschlagen, Treffpunkt Schleusenstraße. Hannah erkannte bereits von weitem, dass ihr Gesicht sich aufhellte, als sie Kotti entdeckte. Das Ufergebüsch stand dicht, Sonnenflecken tanzten auf dem Kanal; eine Gruppe Radfahrer fuhr klingelnd an ihnen vorbei; Kotti hechelte aufgeregt. Sie folgten dem Kanal nach kurzer Begrüßung in Richtung Kronsforde.

»Sandra hat mich angerufen«, erklärte Berit schließlich. Sie war blass, dunkle Schatten lagen unter ihren Augen. »Sie betonte, dass Sie ausdrücklich mich allein sprechen möchten, doch ehrlich gesagt weiß ich gar nicht, ob das wirklich so eine gute Idee ist.«

»Dennoch haben Sie sich gemeldet«, stellte Hannah fest.

»Vielleicht bin ich einfach nur neugierig, was Sie sich von einem Vier-Augen-Gespräch erhoffen. Ich kann Ihnen kaum mehr sagen als vorgestern Abend.«

Hannah warf ihr einen prüfenden Seitenblick zu. »Ich finde, dass es auf einen Versuch ankommt, ohne dass Ihr verständlicherweise besorgter Ehemann dabei ist.«

Berit warf den Kopf herum. »Er will nur verhindern, dass ich in Panik gerate ...«

»Sie leiden unter Panikattacken?«

»Manchmal.« Kotti lief dicht neben ihr, und sie beugte sich kurz herab, um ihn zu streicheln.

»Großenbrode«, sagte Hannah unvermittelt. »Verbringen Sie viel Zeit dort?«

»Ja, so oft es geht. Es ist das Ferienhaus meiner Kindheit. Ich habe dort glückliche Zeiten verlebt. Wissen Sie, ich liebe das Meer, und es tut mir gut, dort zu sein.«

»Ihr Mann wollte nicht, dass Sie alleine verreisen.«

Berit nickte. »Nein, davon hielt er gar nichts, aber er hatte so viel zu tun und konnte keinen längeren Urlaub einschieben, um mich zu begleiten, sondern gerade mal eine Woche Ende Juli für uns freischaufeln ... Es war seine Idee, dass ich schon mal vorausfahre und mich in den ersten Tagen ohne ihn, aber keineswegs allein, sondern unterstützt von Sandra in Großenbrode erhole.«

»Bis auf eine kurze Zeitspanne von ungefähr einer Stunde, in der die Ereignisse ihren Lauf nahmen«, wandte Hannah nachdenklich ein, während sie an einem reetgedeckten Bauernhaus vorbeigingen. »Das ist merkwürdig, oder?«

»Ja? Warum?«

Hannah wiegte den Kopf. »Nun, Ihr Mann hat Sie in Großenbrode abgesetzt, später telefonierten Sie noch einmal miteinander, und kurze Zeit darauf, bevor Ihre Freundin eintraf, fand der Überfall statt.«

»Jemand könnte das Haus beobachtet haben«, schlug Berit zögernd vor.

»Vielleicht. Und dieser Jemand wusste sehr genau, wie der zeitliche Ablauf geplant war.«

Berit blieb ruckartig stehen. »Was wollen Sie damit sagen?«

Hannah hob die Hände. »Ich treffe eine objektive Feststellung, Frau Konstedt. Unter Umständen hat man Sie und Ihren Mann in der letzten Zeit sehr genau im Auge behalten und Informationen über Ihre Pläne, Ihren Tagesablauf und so weiter gesammelt. Fragt sich nur, warum und auf welchem Wege. Es gab keine Lösegeldforderung, keine Drohungen oder Ähnliches. Das sehe ich richtig, oder?«

»So ist es.« Berit nickte und setzte sich langsam wieder in Gang. »Nichts von alldem, und mir ist auch nichts Besonderes oder Ungewöhnliches in der letzten Zeit aufgefallen – sofern ich das in meinem Zustand hätte bemerken können.«

»Auch nicht an Ihrem Mann?«

Berit warf ihr einen raschen Blick zu. »Wie meinen Sie das?«

»Nun, vielleicht spüren Sie, dass ihn etwas beschäftigt, aber er redet nicht darüber, weil er Sie nicht beunruhigen will«, erklärte Hannah. »Wäre doch möglich, oder? Er ist sehr besorgt um Sie und möchte alles fernhalten, was Sie belasten könnte.«

»Ja, das schon, doch ich habe nicht den Eindruck, dass er mir etwas Wichtiges verschweigt«, erwiderte Berit, aber in ihrer Stimme schwang ein leises Stocken.

»Vielleicht geht es gar nicht um Sie.«

Erneut blieb Berit stehen.

»Unter Umständen will jemand Druck auf Ihren Mann ausüben.«

Sie schüttelte langsam den Kopf und ging weiter. »Das kann ich mir nicht vorstellen.«

»Das muss nichts heißen.«

Dazu sagte Berit nichts.

»Würden Sie Ihre Ehe als vertrauensvoll und harmonisch bezeichnen?«, schob Hannah hinterher.

»Ja.« Berits Blick richtete sich nach vorn. »Durchaus.«

»Keine Affären?«

»Nein.«

Einen Moment war Hannah verblüfft, dass Berit ausgerechnet diese Frage gleichmütig hinnahm und ebenso spontan wie ruhig beantwortete. »Sind Sie sicher?«

»Ja.«

»Würden Sie eine Affäre dulden?«

Berit zuckte mit den Achseln. »Keine Ahnung. Ich gehöre nicht zu denen, die hundertprozentige Treue in einer dauerhaften Partnerschaft für unabdingbar halten, weil ich mir ausmalen kann, dass man auch mal an einem anderen Menschen Gefallen findet, sich sogar verliebt oder im Laufe einer langjährigen Ehe ein erotisches Abenteuer in Erwägung zieht … Das gilt übrigens auch für mich selbst, obwohl ich bisher noch niemandem begegnet bin, mit dem ich mir eine Affäre hätte vorstellen können. Aber natürlich kann ich nicht hundertprozentig einschätzen, wie ich reagieren würde, wenn ich plötzlich mit einer solchen Situation konfrontiert wäre.«

Das war die ausführlichste Antwort, zu der Berit bislang bereit gewesen war.

»Wenn Detlef sich verliebt oder eine Affäre hätte, wüsste ich das«, ergänzte Berit. »Wir würden darüber reden.«

Hannah unterdrückte einen Seufzer. Mit dieser Einschätzung könnte sie ziemlich weit danebenliegen, wie so viele Paare, die davon überzeugt waren, dass der Partner in jeder Lebenslage mit der einst gegenseitig zugesicherten Offenheit reagieren würde. Falls Detlef Konstedt tatsächlich eine bisexuelle Neigung hatte und auslebte, dürfte er bemüht sein, so wenig wie möglich darüber verlauten zu lassen – es sei denn, es herrschte ein stilles Übereinkommen auf der Grundlage einer stabilen und vertrauensvollen Ehe. Das war zumindest zum jetzigen Zeitpunkt nicht gänzlich auszuschließen, wenn Hannah diese Möglichkeit auch für unwahrscheinlich hielt, auch aufgrund der kritischen Anmerkungen von Sandra Gärtner.

»Ich verstehe.«

»Wollten Sie deswegen unter vier Augen mit mir reden? Um diesen Punkt genauer zu besprechen?«, fragte Berit.

»Ich wollte Sie alleine treffen, um Ihre Stellungnahme zu hören – zu völlig unterschiedlichen Gesichtspunkten, die bei einem solchen Fall in Erwägung gezogen werden müssen.«

»Meine Ehe ist in Ordnung. Sie hat mit den Geschehnissen nicht das Geringste zu tun.«

»Und was ist mit Dorina Siebert?«

Berit zuckte zusammen. »Das haben wir auch schon besprochen«, setzte sie eilig nach. »Ich habe keine Ahnung.« Sie strich eine Haarsträhne hinters Ohr. »Warum fragen Sie erneut nach dieser Frau? Ich kenne sie nicht.«

»Weil ich bereits bei unserem ersten Zusammentreffen den Eindruck gewann, dass Ihnen der Name sehr wohl etwas sagt und Sie ihn nicht nur mit einer Stimme im Radio in Verbindung bringen.«

»Selbst wenn – ich kann Ihnen nicht mehr sagen, als dass …« Berit blieb stehen und verschränkte ihre Hände ineinander. »Sie haben recht, dass der Name etwas auslöst, aber ich weiß nicht, was und warum.« Abrupt wandte sie sich um und schritt voran.

»Er löst Angst aus?«

Berit beschleunigte ihre Schritte. »Ich weiß nicht … Auf meine Erinnerungen ist nicht der geringste Verlass, und auf verschwommene Bruchstücke, die durch meinen Kopf geistern und mich verwirren, schon mal gar nicht …«

»Geben Sie den Bruchstücken einen Namen!«

»Es gibt keinen Namen – nur eine leise und undeutliche Stimme, die ich nicht zuordnen kann …«

Berit lief noch schneller und atmete plötzlich heftig. Hannah schloss zu ihr auf, Kotti tat es ihr gleich. »Was tun Sie, wenn Sie am Meer sind?«

Berit zögerte und fiel in eine langsamere Gangart.

»Schwimmen? Übers Wasser schauen und die Wellen zählen? Das Salz schmecken? Den Sand unter den Füßen spüren? Abends am Lagerfeuer sitzen?«

»Ja, so ähnlich. Ich genieße mit allen Sinnen. Nichts, was sonst den Alltag beherrscht, spielt eine Rolle. So war es früher auch immer.« Ihr Atem wurde ruhiger, und sie versuchte zu lächeln. »Mein Vater bestand darauf, dass wir alles anders machten als zu Hause: keine Nachrichten oder das übliche Fernsehprogramm, keine Verpflichtungen, keinen festen Tagesplan – nur das Essen musste pünktlich auf dem Tisch stehen.« Sie nickte. »Einfach mal treiben lassen. So erholte er sich am besten, und bei mir funktioniert es auch.«

Berit blieb stehen und blickte über den Kanal. »Ich kann Ihnen nichts sagen«, betonte sie nach einer Weile erneut und in ruhigem Ton. »Der Name ist in irgendeinem Zusammenhang gefallen, aber ich weiß nicht, in welchem.«

»Kontaktieren Sie mich, wenn es Ihnen wieder einfällt?«

Berit nickte, aber sie wich Hannahs Blick aus.

## 8

*Die Fotos spiegelten in eingefrorenen Szenen wider, was geschehen war: Eine friedliche Versammlung vieler Menschen, die einige Stunden ihre Freiheit mit einem fröhlichen Abgesang auf ihren Diktator feierten, war abrupt ins Gegenteil verkehrt: Innerhalb weniger Momente war nichts mehr wie zuvor, und es herrschte Angst, Gewalt, Tod. Fast meinte ich das Geräusch fliehender Schritte und die Angstschreie hören zu können. Es gibt viele solcher Aufnahmen, in allen möglichen Varianten, die überall auf der Welt entstehen, immer wieder. Ein Foto ließ mich vom ersten Augenblick an nicht mehr los, auch wenn ich es immer wieder zu verdrängen suchte: Mehrere Männer schlagen und treten auf jemanden ein, der bereits am Boden liegt, einer von ihnen blickt hoch, direkt in die Kamera, und sein Gesicht leuchtet vor Hass und Wut, vor Triumph und Lust an der Gewalt. Die Intensität und Klarheit seiner Mimik verfolgte mich bis in den Schlaf. Die Zeitlosigkeit des Geschehens, das genauso in irgendeiner U-Bahn-Station, auf dem Fußballplatz, in einem Hinterhof oder in einer einsamen Nebenstraße stattfinden könnte, nahm mich gefangen. Ich tauchte in die dunklen grausamen Augen des Aufblickenden, als könnte mich sein unerbittlicher Hass über all die Jahre erreichen. Er hat mich erreicht.*

Mich auch, dachte Leonie und atmete tief durch. Die Schilderungen berührten sie zutiefst, doch dann gab es einen abrupten Themenwechsel, den Dorina damit einläutete, dass Thalemann einige Tage nach dem Treffen abends vor dem Sender auf sie wartete.

*Ich bemerkte ihn erst, als ich im Begriff war, an seinem Auto vorbeizugehen, und er die Fensterscheibe herunterließ. »Hallo, schöne Frau, haben Sie schon was vor heute Abend?«*

*Ich beugte mich herunter und sah in sein lächelndes Gesicht – blaue Augen, Bartschatten, fragender Blick – und war einigermaßen verblüfft. Ich hatte bereits eine Verabredung, doch …*

»Ich fliege morgen zurück«, sagte er leise. »Ich würde mich freuen, Sie noch einmal zu treffen.«

Du bist verheiratet, dachte ich, und außerdem ...

»Der Spuk scheint vorbei zu sein«, fuhr er fort, und seine Stimme war plötzlich von einem Drängen beherrscht, das mich aufhorchen ließ. »Sie bringen mir Glück. Seit unserem Treffen gibt es keine nächtlichen Anrufe mehr und auch keine sonstigen Störungen. Manchmal denke ich, dass das vielleicht nur ein böser Alptraum war.«

Ein ziemlich scheußlicher Alptraum, der uns einander nähergebracht hat? Das allein wäre bereits ein hoher Preis.

»Ich würde gerne mit Ihnen darauf anstoßen.«

Wenn ich mich darauf einlasse ...

»Geben Sie Ihrem Herzen einen Stoß.«

Ich spürte ein sanftes Ziehen, in der Nähe des Herzens und sehr viel tiefer: in meinem Schoß. Ich zögerte zwei Sekunden, dann stieg ich ein, und wir fuhren schweigend Richtung Meer. In Scharbeutz nahmen wir uns ein Zimmer. Robert war der beste Liebhaber, der mir seit Jahren über den Weg gelaufen war, besser noch als mein ach so ungestümer Oliver. Robert verwöhnte und bedrängte mich, er verführte, beherrschte und umgarnte, er brachte mich zum Lachen und machte mich hilflos, und er löste eine Gier in mir aus, wie ich sie lange nicht mehr geschmeckt hatte und mit einem verheirateten Mann auch nicht schmecken sollte. Im Morgengrauen schliefen wir erschöpft ein. Als ich aufwachte, war er bereits gegangen. Ein Zettel lag auf dem Kopfkissen: »Sehen wir uns wieder?«

Nein, dachte ich. Das geht nicht. Du hast Frau und zwei Kinder und einen verantwortungsvollen Job in Rumänien, in dem Land, in dem Groß-onkel Bardo nach unendlichen Qualen starb, die ihm zugefügt worden waren und die er anderen zufügte; wo Leute leben, die nach wie vor sehr genau darüber wachen, wer sich warum für wen interessiert. Der Spuk mochte tatsächlich vorüber sein, aber das Foto mit dem Schläger, wie ich ihn inzwischen nannte, hatte sich in mir eingebrannt, und ich war un-schlüssig, welcher Verantwortung ich mich stellen musste – als Frau mit rumänischen Wurzeln und als Journalistin, aber auch als Geliebte. Alles, was mit Rumänien zu tun hat, lässt mich nicht wieder los – Bardo, der Schläger, der Archivar. Zu gerne würde ich einen Blick in seine Villa *werfen, nur von Weitem … und zu gerne würde ich Robert wiedersehen und dort, in dem wilden unberechenbaren Land, das so tief mit mir verbunden ist, erneut die Gier nach ihm schmecken.*

*Zwei Wochen später flog ich von Berlin nach Hermannstadt, ohne mit jemandem darüber zu sprechen, auch nicht mit Robert.*

Leonie war verblüfft. Mit allem Möglichen hatte sie gerechnet, aber dass die Aufzeichnungen sich plötzlich zu einer heißen Lovestory entwickelten, wäre ihr nicht in den Sinn gekommen. Doch vielleicht war das lediglich ein Kapitel der ganzen Geschichte, an deren Ende Sieberts Verschwinden stand.

Die Mittagssonne schien zum Fenster herein. Leonie ignorierte eine SMS von Patrick und las weiter. Dorina beschrieb sehr anschaulich, wie perplex Thalemann reagierte, als sie plötzlich unangekündigt in der Firma auftauchte und wie schnell er sich von seiner Überraschung erholte, um ihr ein Zimmer zu besorgen und jede freie Minute mit ihr zu verbringen – im Bett und auf Sightseeingtour in Hermannstadt und Umgebung. Die Villa des Archivars besuchte sie auf eigene Faust und ohne Thalemann gegenüber auch nur ein Wort zu erwähnen. Sie machte ein paar Fotos und klingelte sogar, aber niemand öffnete. Gabriel war wohl immer noch im Krankenhaus, wie sie befürchtete.

Dorina lief mit großen Augen und aufgeregt flatterndem Herzen durch die Stadt in Siebenbürgen, saugte Eindrücke auf wie ein Schwamm, lauschte der Sprache und dem Klang des Windes genauso aufmerksam wie den sehnsüchtigen Liebesschwüren, mit denen Robert sie überschüttete. Ausnahmezustand nannte sie dieses lange Wochenende, an dem sie sich gefährlich nahekamen und dennoch beiden klar war, dass es nur diese Möglichkeit für sie gab: eine ebenso leidenschaftliche wie heimliche Affäre. Und Dorina hatte sich längst mit Haut und Haaren darauf eingelassen. Ein nächstes Wiedersehen war in Kiew geplant.

*»Nimm dir ein paar Tage Zeit«*, sagte Robert. *»Ich lade dich ein. Wir*

*treffen uns am Flughafen und fahren gemeinsam runter nach Odessa ans*
*Schwarze Meer. Ich war schon einmal dort – es ist wunderschön, und der*
*Trip ist wie gemacht für ein Paar wie uns.«*

Dorina ahnte wohl zu Recht, dass Robert mit dieser Einladung zwei Fliegen mit einer Klappe schlagen wollte. Weitere
Treffen in Hermannstadt wären auf Dauer nicht unbemerkt
geblieben, und er befürchtete, dass seine Frau von der Affäre
erfahren könnte – auf welchen Wegen auch immer. Aber sie
nahm ihm diese Haltung nicht übel. Zweimal trafen sie sich in
Kiew, um von dort ans Schwarze Meer weiterzureisen, und
Dorinas Fokus in ihrem Reisebericht war auf das gemeinsame
Erleben gerichtet, auch wenn das Foto von dem Schläger immer wieder in ihr auftauchte und Irritation auslöste.

*Hin und wieder skypen wir zu später Stunde, und obwohl ich ihn di-*
*rekt nach einem Wiedersehen stundenlang wie verrückt vermisse, ebbt die*
*Sehnsucht fast schlagartig ab, sobald ich in meinen Alltag eintauche.*
*Vielleicht sind wir deshalb das perfekte Affären-Paar. Er will auf keinen*
*Fall seine Ehe und seinen Job gefährden – was ich ihm nicht verübeln*
*kann, denn ich würde an seiner Stelle nicht anders handeln –, ich fokus-*
*siere mich stets auf das gegenwärtige Erleben und muss ihn kaum verdrän-*
*gen.*

*Als ich von der zweiten Kiew-Reise zurückkehrte, war ein beschaulicher*
*und vielversprechender Frühsommer angebrochen, wie ich fast erstaunt fest-*
*stellte, und das Leben hätte im Prinzip so weitergehen können. Der Job im*
*Regionalteam nervte mich zwar immer wieder, zugleich war mir aber auch*
*der ganz große Elan, mit zusätzlichen umfangreichen Recherchen an einer*
*Reportage zu arbeiten, mit der ich mich für ein anderes Ressort bewerben*
*könnte, in den letzten Wochen abhandengekommen. Und das Feuer für das*
*ursprünglich zu Jahresbeginn geplante Rumänien-Projekt ließ sich beruf-*
*lich nicht mehr entfachen. Blieben noch die Fotos, besser gesagt: das eine*
*Foto, dessen Eindringlichkeit nicht verblasste, sosehr ich mir das inzwischen*
*auch wünschte. Denn was könnte ich schon tun, selbst wenn sich einzelne*
*Personen identifizieren ließen – was nach so langer Zeit ziemlich unrealis-*
*tisch war –, ohne Robert zu gefährden?*

*Auch zwischen uns ruhte das Thema, als hätte es nie existiert oder vor*

*Urzeiten oder aber als fürchteten wir, daran zu rühren und dadurch unsere kleine heile und so wunderbar lustvolle Welt zu gefährden. Vielleicht wäre tatsächlich alles so weitergelaufen, und es hätte nie einen Anlass gegeben, mir alles von der Seele zu schreiben, wenn der Kreis nach einer kurzen Verschnaufpause nicht doch wieder begonnen hätte, sich zu schließen, oder, um im Eingangsbild zu bleiben: der Stein nach einigem Stocken nicht erneut ins Rollen geraten wäre. Auslöser war das alberne Geburtstagsporträt eines mehrfach ausgezeichneten Beamten …*

Leonie zuckte zusammen, als es klingelte.


Martin nahm den Blick kaum vom Monitor, als die Tür aufschwang und Florian Henska eintrat, genannt Ori, dessen größter beruflicher Traum in Erfüllung ginge, wenn er anlässlich eines internationalen Turniers ein Spiel der deutschen Fußballnationalmannschaft kommentieren dürfte, der Herrenmannschaft natürlich, was sonst? Was für ein bescheuerter Traum, überlegte Martin nicht zum ersten Mal, als der Kollege sich räusperte. Wenn es doch wenigstens Basketball gewesen wäre oder Volleyball, Rudern, Turnen, Billard, irgendwas, aber nein: Fußball … Wie idiotisch einfallslos.

»Heh, Reich, gut, dass du noch da bist.«

»Echt?«, gab Martin in gedehntem Tonfall zurück. Sein Wochenenddienst war in Kürze beendet, und jeder, der jetzt noch was von ihm wollte, würde auf ziemlich taube Ohren stoßen.

»Der Chef schickt mich«, erklärte Ori und lehnte sich mit verschränkten Armen lässig an die Wand.

Martin hob den Blick und eine Braue. »Warum? Will er eine Runde Pizza ausgeben – ich nehme Schinken-Ananas-Curry, wenn's recht ist, und dazu eine kühle Blonde.«

Florian grinste. »Witzbold! Du sollst dich um diesen Akademie-Fuzzi kümmern.«

»Was für ein Akademie-Fuzzi?«

»Die Siebert sollte einen Fünfminutenbeitrag zu einem runden Geburtstag eines Akademie-Fuzzis machen.«

»Aha.«

»Und die ist ja nun nicht da, ich meine, die Siebert ...« Ori zuckte mit den Achseln. »Das Ding soll aber auf Sendung, und zwar nächste Woche. Da darf nichts schiefgehen – O-Ton Chef.«

»Keine Ahnung, was der meint«, wiegelte Martin ab. »Runde Geburtstage sind nicht gerade meine Spezialität. Außerdem habe ich gleich Feierabend.«

»Den kannst du knicken. Der Chef hat gesagt, du wüsstest, worum es geht – schließlich hast du andauernd mit ihr zusammengearbeitet.«

»Und was meint der Chef sonst noch so?«, gab Martin gähnend zurück und räkelte sich.

»Dass wohl ein Stuhl frei wird in der Redaktion.« Ori ließ die Arme sinken und nickte bedächtig.

Martin hielt inne und starrte den Kollegen mit zusammengezogenen Brauen an. »Ich höre ja wohl nicht richtig!«

»Mann, hab dich nicht so ... the show must go on – das weißt du doch ganz genau.«

»Ach Scheiße! Niemand weiß, was passiert ist, ob sie noch lebt, ob sie bereits tot ist, was man ihr angetan hat, und ihr ...«

Ori hob beide Hände. »Krieg dich wieder ein – ich geb bloß wieder, was der Chef gesagt hat: Du sollst dich um diesen Beitrag kümmern, und wenn du deine Sache gut machst ...«

»Hau ab, Ori!«

»Bin schon weg, Alter! Aber die Sache mit dem freien Stuhl würde ich mir an deiner Stelle noch mal genau überlegen. So eine Chance kriegst du auch nicht alle Tage.«

Martin sprang auf und knallte die Tür hinter Ori ins Schloss. Ihm war klar, dass Dorina nicht zum Kreis der beliebtesten Kollegen und Kolleginnen gehörte oder gehört hatte, wie manch einer bereits hinter vorgehaltener Hand tuschelte. Dazu war sie zu direkt, zu attraktiv, zu ehrgeizig, zu intelligent und ihre Ausstrahlung zu erotisch. Viele Frauen beneideten sie, und einigen Männern hatte sie das Herz gebrochen, wie Martin wusste – seines hätte er ihr ohne Zögern zu Füßen gelegt, wenn sie auch nur einmal mit ihm geschlafen hätte. Aber ich war immer nur der kleine Bruder und alles, nur nicht ihr Typ, dachte Martin seufzend, während er Dorinas Reportage-Ordner öffnete und die Dateien rasch überflog.

Vielleicht hatte ihr Verschwinden einen sehr persönlichen Hintergrund – ein Eifersuchtsdrama oder eine wildromantische Liebesgeschichte, von der niemand etwas wissen durfte, und damit man ihnen nicht auf die Schliche kam, hatte das illustre Paar ein spurloses und einigermaßen verwirrendes Verschwinden initiiert. Einschließlich eines Einbruchs in die eigene Wohnung? Als grandioses Ablenkungsmanöver? Na ja ... Nun, das eine musste mit dem anderen ja nichts zu tun haben. Martin schüttelte den Kopf. Wurde Zeit, mit der Herumspinnerei aufzuhören und sich wieder auf die Arbeit zu konzentrieren.

Akademie-Fuzzi? Runder Geburtstag? Ja, Martin entsann sich – Berthold Rabert, hochdekorierter GSG-9-Ausbilder und Berater und nunmehr auf der Polizeiakademie in Lübeck im Dienstgrad eines Polizeidirektors als Dozent tätig und somit wichtiger Sohn der Stadt, feierte die Tage seinen Sechzigsten. Der Sender wollte es sich nicht nehmen lassen zu gratulieren und bei der Gelegenheit mit einem pointierten Beitrag auf die übergeordnete Wichtigkeit von Raberts Aufgaben hinzuweisen. Martin klickte Dorinas Terminplaner an und überzeugte sich davon, dass ein Vorgespräch bereits in der Akademie stattgefunden hatte. Die Notizen dazu waren allerdings spärlich. Wahrscheinlich hatte Dorina vorgehabt, den Bericht direkt nach ihrem Dänemark-Urlaub fertigzustellen – ein kleines Dossier, Interview, Weggefährten und so weiter und so fort.

Martin sah auf die Uhr. Jede Wette, dass in der Akademie Samstagnachmittag auch niemand mehr zu sprechen war, aber er musste es wenigstens versuchen, denn ob nun Stühle frei wurden oder nicht: Die Anweisung seines Vorgesetzten war eindeutig, und bei aller Flachserei konnte er sich nicht einfach darüber hinwegsetzen, sonst würde sein Stuhl schneller wackeln, als er gucken konnte. Die Wette hätte er verloren. Eine Sekretärin nahm nach dem zweiten Klingeln ab und wusste nach wenigen einleitenden Sätzen, worum es ging.

»Ja, ich weiß, eine junge Frau vom Sender war hier, um mit dem Direktor zu sprechen«, entgegnete Marion Schneider. »Der hatte allerdings nur wenige Minuten Zeit, weil ihm plötzlich ein wichtiger und unaufschiebbarer Termin dazwischenkam, und musste das Ganze dann seinem Mitarbeiter überlassen, Peter Kayn, Erster Polizeihauptkommissar und Dozent für Polizeitraining.«

Martin atmete tief aus. Die Hinweise der Sekretärin klangen eingeschliffen und zugleich überaus freundlich und so munter, als hätte sie gerade einen zwölfstündigen Schönheitsschlaf genossen und den Tag mit dem Yoga-Sonnengruß, einem Fitnessdrink sowie intravenös verabreichtem Espresso begonnen.

»Möchten Sie einen weiteren Termin vereinbaren?«, schob sie freundlich nach.

»Ja, genau. Meine Kollegin ist … verhindert … und der Sender möchte den Beitrag natürlich trotzdem bringen …«

»Freut uns zu hören.«

»Gibt es eine Chance, gleich am Montag …«

»Nein. Direktor Rabert ist gestern verreist, für mindestens zwei Wochen.«

»Lassen Sie mich raten – er macht Urlaub, um den ganzen Geburtstagsrubel nicht miterleben zu müssen?«

»Tja …«

»Hm.«

»Vielleicht sprechen Sie mit Hauptkommissar Kayn?«, schlug Marion Schneider vor. »Wenn ich es richtig mitbekommen habe, war die Unterredung zwischen ihm und Ihrer Kollegin nur von relativ kurzer Dauer.«

Martin warf einen Blick in den Kalender. Eine Stunde, hatte Dorina vermerkt. Nach kurzer Besprechung klang das nicht unbedingt, aber vielleicht definierten die Polizeiakademiker Zeitfenster großzügiger als Rundfunkmenschen.

»Es ging ihr wohl plötzlich nicht gut. Vielleicht ein Kreislaufproblem.«

Martin runzelte die Stirn. Das war ihm neu. Dorina hatte normalerweise keine Probleme mit dem Kreislauf, aber …

»Ich hoffe nicht, dass sie ernsthaft erkrankt ist«, fuhr die Sekretärin in besorgtem Tonfall fort. »Sie war jedenfalls ziemlich bleich, als sie das Haus verließ. Ich habe sie noch gefragt, ob sie ein Glas Wasser möchte, aber da war sie auch schon zur Tür hinaus.«

Martin versuchte sich zu erinnern – vergeblich, was möglicherweise bedeutete, dass Dorinas Schwächeanfall lediglich ein kleiner Aussetzer gewesen war, den die eifrige Sekretärin überbewertet hatte. An größere gesundheitliche Probleme hätte er sich garantiert entsinnen können, auch wenn Dorinas Termin inzwischen etliche Wochen zurücklag. Doch vielleicht war er nicht im Büro gewesen, als sie zurückkehrte.

»Nun, wir hoffen, dass es ihr gutgeht«, ergriff er schließlich das Wort. »Aber … Meine Kollegin wird seit einigen Tagen vermisst. Vielleicht haben Sie davon gehört.«

Einen Moment blieb es still in der Leitung. »Ja, stimmt, ich habe von einem Vermisstenfall gehört, aber den Zusammenhang irgendwie nicht hergestellt … Siebert war der Name Ihrer Kollegin, nicht wahr?«

»Richtig – Dorina Siebert.«

»Das ist ja schrecklich.«

»Ja, das ist es.«

Frau Schneider räusperte sich. »Ich schaue mal nach, was ich für Sie tun kann«, versprach sie. »Hauptkommissar Kayn bereitet seinen Unterricht gerne am Samstag vor, weil er dann mehr Ruhe hat. Könnten Sie auch heute noch kurzfristig zu uns rauskommen? Ich könnte ihn bitten, sich zwischendurch eine halbe Stunde Zeit zu nehmen.«

Martin sagte zu, obwohl sich seine Begeisterung in Grenzen

hielt. Wenige Minuten später bot ihm die Sekretärin an, sich sofort auf den Weg zu machen.

Kayn hatte zwar zugesagt, aber mit der für ihn typischen Zurückhaltung reagiert, wenn er Unmut zu verbergen suchte, als Marion Schneider ihm den Termin mit Hinweis auf die besondere Situation im Sender schlicht aufdrückte. »Stellen Sie sich mal vor – die Journalistin, die die Sendung über Rabert vor einigen Wochen mit Ihnen besprach, ist spurlos verschwunden«, erklärte sie in besorgtem Ton. »Dorina Siebert – ich erinnere mich jetzt sehr genau an die Meldung im Radio. Schrecklich, oder?«

Kayn nickte. »In der Tat. Weiß man denn schon Näheres?«

Marion hob die Hände. »Da bin ich überfragt. Jedenfalls kann ich mich noch sehr genau entsinnen, dass es der Frau plötzlich nicht gut ging.«

Kayn runzelte die Stirn.

»Sie stolperte förmlich aus Ihrem Büro und war sehr blass.«

»Ja?«

»Erinnern Sie sich nicht?«

Kayn verzog den Mund. »Um ehrlich zu sein ...«

Nebenan klingelte das Telefon, und Marion verließ Kayns Büro mit eiligen Schritten. Dessen Gedächtnis war auch schon mal besser, überlegte sie, während das Klingeln abrupt endete. Sie rief den Kollegen von Dorina Siebert zurück, um ihm den Termin zu bestätigen, und setzte frischen Kaffee auf. Andererseits liegt die Begegnung schon eine Weile zurück, und Kayn hat wirklich eine Menge um die Ohren, stellte sie schließlich fest. Auch er feierte noch in diesem Jahr seinen sechzigsten Geburtstag, doch sein Terminkalender war voll wie bei einem fünfundzwanzigjährigen Jungmanager. Die Trennung von seiner jungen Frau, von der Marion durch Zufall erfahren hatte, dürfte ihm noch immer zu schaffen machen, und neuerdings kam die Sorge um seinen Vater hinzu, der inzwischen die neunzig überschritten hatte und seit einiger Zeit in einem Seniorenheim in Wismar untergebracht war. Offensichtlich litt er zunehmend unter Verwirrung, war oft krank und wollte zu allen möglichen Zeiten mit seinem Sohn sprechen. Auch mit der persönlichen Pflegerin telefonierte Kayn regelmäßig … Ja, Marion erinnerte sich plötzlich, dass sie einen dringenden Anruf durchgestellt hatte, als Dorina Siebert sich gerade von Rabert verabschiedet hatte und auf dem Weg in Kayns Büro war.

## 9

Es hatte keiner besonderen Überredungskünste bedurft, Dagmar vor ihrer Fahrt nach Hamburg von einer gemeinsamen Wohnungsbesichtigung zu überzeugen. »Weil du es bist, aber wir werden nichts finden – die Kollegen sind gründlich gewesen.«

»Das bezweifle ich in keiner Weise«, stimmte Hannah zu.

»Aber?«

»Manchmal weiß man ja gar nicht, worauf man achten muss.«

»Aha, nun gut.«

Fast zwei Stunden inspizierten sie Dorinas schöne Zweizimmer-Altbauwohnung Raum für Raum, und Hannah gab zu, dass sich der Erkenntnisgewinn in Grenzen hielt und ein schöner Sommertag Ende Juli anders genutzt werden konnte. Ein Parfum mit einer russischen oder ukrainischen Aufschrift war das einzige Indiz, das zu Kiew passte und darüber hinaus alles Mögliche bedeuten konnte. Während sie im Wohnzimmer jedes einzelne Buch prüfte, sah Dagmar sich in der Küche um und telefonierte zwischendurch mit einem LKA-Mann in Kiel sowie einem Hamburger Journalisten – zum zweiten Mal an diesem Tag, wie Hannah mitbekam.

In der Ukraine herrschte jede Menge politischer Zündstoff, über den es zu berichten lohnte, aber ein Zusammenhang mit Dorina Siebert war zum jetzigen Zeitpunkt nicht erkennbar oder entzog sich den üblichen Recherchen; man würde sich melden, sobald es Neuigkeiten gab, fasste Dagmar die Gespräche in Kurzform zusammen, während sie sich zu Hannah gesellte. »Das Gleiche gilt natürlich auch für die Kollegen in Dänemark und jede Polizeidienststelle, die uns mehr zur Siebert sagen kann. Oder auch zu den näheren Umständen des Geschehens, in dessen Mittelpunkt Berit Konstedt steht.«

Sie seufzte und wedelte dann mit einem unscheinbaren Notizzettel. »Der hing an der Pinnwand am Kühlschrank: eingeklemmt zwischen einer Einkaufsliste für den Bioladen und dem Abholschein für die Reinigung.«

Hannah nahm ihn entgegen. »Eine Telefonnummer.«

»Ja, Vorwahl Wismar.«

»Geben ihre Verbindungsdaten dazu etwas her?«

»Ich nehme an, dass die Frage ernst gemeint ist?« Dagmar warf ihr einen schrägen Blick zu.

»Na ja, wäre doch möglich, dass dir so ganz spontan etwas dazu einfällt.«

»Nee, so ganz spontan nicht, aber ich kann nachfragen, wenn du möchtest, während du einfach mal die Nummer wählst.«

»Gute Idee.«

Dagmar wandte sich um und ging zum Telefonieren in den Flur, während Hannah die Nummer eingab. Es klingelte zweimal. »Seniorenresidenz Wismar, guten Tag. Mein Name ist Katrin Pirak, was kann ich für Sie tun?«

Hannah stellte sich nach einer Verblüffungssekunde vor und beschrieb in wenigen Sätzen die Ermittlungen zu Dorina Siebert. »Und nun haben wir festgestellt, dass die Vermisste mit Ihrer Einrichtung telefonierte. Da wir jedem noch so kleinen Hinweis nachgehen, würde ich gerne von Ihnen erfahren, ob Sie mit dem Namen etwas anfangen können oder sogar wissen, in welcher Angelegenheit Frau Siebert anrief.«

»Siebert, Dorina Siebert … Der Name sagt mir gar nichts, tut mir leid«, entgegnete die Empfangssekretärin.

»Würde es Ihnen etwas ausmachen zu überprüfen, ob Frau Siebert eine Angehörige sein könnte?«

»Ich schau mal in den Computer, warten Sie bitte einen Moment.«

»Gerne.«

Leider wurde Frau Pirak nicht fündig, und Hannah beendete das Gespräch in Verbindung mit der Bitte um Rückruf, falls es etwas nachzutragen gäbe.

»In den Verbindungsdaten ist kein Anruf unter dieser Nummer aufgeführt«, berichtete Dagmar einen Moment später. »Sie könnte im Sender telefoniert haben ... Vielleicht gibt es einen beruflichen Hintergrund, denn dass sie nach einer Unterbringungsmöglichkeit für ihre Eltern Ausschau hielt, kann ich mir nicht vorstellen. Die leben im Ruhrpott und sind noch viel zu jung, wie ich mich zu erinnern glaube, und Residenz klingt darüber hinaus verdammt teuer. So viel wird sie kaum verdient haben.«

Hannah nickte langsam. »Eine Telefonnummer im Zusammenhang mit ihrem Job würde sie aber wohl eher in ihrem Handy speichern, oder?«

»Hat sie vielleicht und dann vergessen, den Zettel wegzuwerfen – er steckte ganz unscheinbar zwischen den anderen.«

»Das wäre eine Möglichkeit. Aber wir behalten das im Hinterkopf.«

»Selbstverständlich.« Dagmar lächelte. »Zwischen den hunderttausend anderen Gedankensplittern, Hinweisen und all den Ideen, die sich im Laufe meiner gut dreißigjährigen Dienstlaufbahn dort angesammelt haben, ist es ganz gut aufgehoben.«

»Was soll ich denn sagen? Seit fünf Jahren merke ich mir jedes noch so unwichtige Gespräch, ob ich will oder nicht.«

Dagmar nickte nachdenklich. »Wirklich jedes? Auch die Unterredung mit dem Zahnarzt oder dem Gynäkologen?«

Hannah nickte und winkte ab, bevor Dagmar auf die Idee kommen konnte, um eine Kostprobe zu bitten. Es war ihr selbst immer wieder unheimlich, mit welcher Präzision ihr Gehirn Wort für Wort speicherte und wie auf Knopfdruck stets zum Abruf bereithielt.

Eine halbe Stunde später machten sie sich auf den Weg nach Hamburg.

»Warum die Spezialisierung auf Vermisste?«, fragte Dagmar, als sie auf die A1 gefahren war. »War das schon immer dein Steckenpferd?«

»Ja, das kann man so sagen«, antwortete Hannah nach kaum merklichem Zögern. »Zu Beginn meiner Laufbahn als Kriminalpsychologin habe ich mich sehr intensiv mit Verhörtechniken befasst, insbesondere im Hinblick auf die möglicherweise unbewussten oder bewusst versteckten Motive des Täters, und sowohl beim LKA als auch beim BKA unterschiedliche Ermittlerteams unterstützt.«

»Und natürlich auch Teams, die mit der Vermisstensuche befasst waren«, mutmaßte Dagmar.

»Genau. Hier war ich besonders erfolgreich, so dass mir das BKA vor einigen Jahren den Auftrag erteilte, die bundesweite Suche nach Vermissten unter psychologischen Gesichtspunkten zu strukturieren und zu koordinieren und schließlich in Einzelfällen als Sonderermittlerin bundesweit und höchstpersönlich nach vermissten Frauen und Kindern zu forschen.«

»Du machst also diesen Job, weil du ihn besonders gut kannst? Ist es das?« Dagmar überholte zwei Campingbusse und warf Hannah dann einen Seitenblick zu.

»Das ist ein wichtiger Aspekt – aber nicht der einzige.« Hannah brach ab. Dann gab sie sich einen Ruck. »Meine Schwester verschwand vor über zwanzig Jahren. Es erfordert kein ausgeprägtes psychologisches Feingefühl, hierin ein Motiv für mein besonderes Interesse zu erkennen.«

Dagmar runzelte die Stirn. »Das wusste ich nicht. Tut mir leid, wenn ich einen wunden Punkt angesprochen habe.«

»Dieser wunde Punkt wird mich ein Leben lang begleiten.«

»Es gab nie eine Spur?«

»Nein.«

»Hast du nach ihr gesucht?«

Hannah öffnete den Mund – und schloss ihn wieder. »Alle möglichen Leute haben nach ihr gesucht: ohne Ergebnis.«

»Verstehe.«

Das bezweifle ich, dachte Hannah. »Und du? Wie heißt dein wunder Punkt? Deine Exschwiegermutter?«, wechselte sie das Thema.

»Damit liegst du gar nicht mal so falsch. Meine Ehe war ein ziemliches Drama.«

»Lass mich raten – eine hässliche Scheidungsgeschichte?«

»Nein. Ich habe einen wesentlich jüngeren Mann geheiratet, zum Leidwesen seiner Mutter, noch dazu einen hochsensiblen Typen, der eine schwere Depression entwickelte ... Er suchte Stärke und Halt bei mir, und beides konnte ich ihm nur bedingt geben, während seine Mutter sich danach verzehrte, wieder die einzige Frau im Leben ihres Sohnes zu sein ...« Dagmar schüttelte den Kopf. »Es endete in der Katastrophe – Einzelheiten erspare ich uns beiden.« Sie brach ab und überholte mit konzentrierter Miene einen LKW. »Er hat Suizid begangen. Das liegt jetzt zehn Jahre zurück, und manchmal wache ich morgens auf und fühle mich, als wäre es gerade gestern geschehen. Es gibt nicht viele Menschen, denen ich davon erzähle.« Sie lächelte unvermutet und völlig unpassend. »Von BKA-Tanten mal ganz zu schweigen.«

»Danke für das Vertrauen.«

»Dito. Soweit dazu. Themenwechsel: Wo genau müssen wir jetzt hin?«

Der Techno-Club befand sich in einer Parallelstraße zur Reeperbahn, und vor Mitternacht würde dort kaum etwas los sein. Hannah hatte dem Besitzer Rainer Schakor ihren Besuch mit dem Hinweis auf eine laufende Ermittlung angekündigt und um ein Gespräch unter sechs Augen gebeten, bevor die Tanzwütigen den Laden übernahmen. Ein glatzköpfiger, dürrer Enddreißiger, der eindringlich nach Schweiß roch, öffnete den Kommissarinnen wortlos eine Seitentür und verschwand ebenso stumm wieder, kaum dass er ihnen den Weg zum Hauptfloor im ersten Stock gezeigt hatte.

Rainer Schakor stand hinter der Theke und kontrollierte eine Warenlieferung. Der Raum war hell erleuchtet, Spiegel reflektierten das grelle Licht, es roch nach Zitrone, im Hintergrund wummerte ein gefälliger Beat und übertönte die Geräusche einer überdimensionalen Bodenreinigungsmaschine.

Schakor hob den Kopf und lächelte, als die Kommissarinnen grüßend näher traten. Der Mann wäre auch als Finanzberater, Bankvorstand oder gut gekleideter Fußballtrainer durchgegangen, überlegte Hannah, während sie ihn kurz, aber gründlich taxierte: knapp vierzig, groß und schlank, graublauer Anzug, dunkle Augen, sehr kurzes Haar – ein Pep-Guardiola-Typ und unbedingt ein Hingucker. Dagmar schien Ähnliches durch den Kopf zu gehen, denn sie schnalzte kaum hörbar mit der Zunge. Ihrem Gesichtsausdruck nach zu urteilen schien sie das Gespräch im Auto vollkommen abgestreift zu haben.

»Vielen Dank, dass Sie sich Zeit für ein Gespräch nehmen«, eröffnete Hannah die Unterredung.

»Sie sagten, dass es wichtig sei.« Ein erneutes Lächeln, mit dem Rainer Schakor strahlend weiße Zähne entblößte. »Dürfen Sie mir genauer erläutern, worum es geht?« Er beugte sich herunter und schien einen Lautstärkeregler zu bedienen, denn im gleichen Augenblick schwächte sich der Beat ab.

»Nun …«

»Was darf ich Ihnen zu trinken anbieten? Einen frisch gepressten Saft? Cappuccino? Oder kann ich Ihnen vielleicht einen besonderen Wunsch erfüllen?«

Wenn Hannah nicht alles täuschte, spitzte Dagmar mit nachdenklicher Miene einen winzigen Moment lang die Lippen, bevor sie um einen Orangensaft bat.

»Natürlich, gerne. Und Sie?«

»Ein Espresso wäre schön.«

Sie plauderten einige Minuten über Hamburg und Berlin und die unterschiedlichen Clubszenen der beiden Städte, bevor Hannah dem Clubbesitzer schließlich mehrere Fotos von Detlef Konstedt präsentierte, die Schakor mit konzentrierter Miene betrachtete.

»Hat er etwas angestellt?«, fragte er schließlich.

»Er ist häufiger Gast in Ihrem Club.«

»Nun, ich hoffe nicht, dass das allein einen Straftatbestand darstellt.« Das Lächeln fiel amüsiert aus, konnte aber nicht darüber hinwegtäuschen, dass der Mann ganz und gar nicht vorhatte, über seine Gäste zu plaudern oder gar ihr Vertrauen zu missbrauchen.

»Wir suchen seinen Lover«, ergriff Dagmar übergangslos das Wort. Ihr Gefallen an Schakor war eine Sache, der Grund ihres Besuchs eine ganz andere.

»Aha. Wie kommen Sie darauf, dass er …«

»Wir wissen es.«

»Und warum suchen Sie ihn?«

»Um ein Alibi abzuklären. Kein großes Ding also.«

»Finden Sie?«

»Konstedt legt großen Wert auf Diskretion, das ist uns klar«, ergriff Hannah das Wort. »Wir respektieren das sogar, aber wir müssen mit seinem Freund sprechen.«

»Ich kenne diesen Freund nicht. Detlef ist ab und zu zum Tanzen hier, mehr weiß ich nicht.«

»Gehen Sie doch noch mal in sich«, forderte Hannah ihn freundlich auf. »Vielleicht haben Sie ja doch eine Idee.«

Schakor schüttelte den Kopf. »Nein, tut mir leid.«

»Schade, hätte ja sein können.«

»Tja.«

»Nun, vielleicht wissen ja die anderen Gäste etwas mehr, oder Ihre Mitarbeiter geraten ins Grübeln«, überlegte Dagmar und trank einen Schluck Saft. »Wann, hatten Sie noch gleich gesagt, geht es hier so richtig los?«

Schakor verzog das Gesicht, was seiner Attraktivität allerdings kaum einen Abbruch tat. »Ja, schon gut, ich hab's verstanden – der Typ, mit dem Detlef hier manchmal auftaucht, heißt Robin Lertmann, aber ob das sein Lover ist, weiß ich nicht, und außerdem haben Sie das nicht von mir.«

»Natürlich nicht. Wissen Sie noch mehr, was wir dann nicht von Ihnen haben?«

»Nein.«

»Gut, vielen Dank.«

Fünf Minuten später standen sie wieder auf der Straße und schlenderten zum Auto zurück.

»Attraktiver Typ, oder?« Dagmar seufzte verträumt, während sie hinter dem Steuer Platz nahm.

»Und ob. Der würde mir auch gefallen ... Wie geht's weiter?«

Dagmar zückte ihr Handy. »Ich lasse Lertmann eben schnell checken. Mal sehen, was dabei herauskommt.«

Der Lübecker Kollege meldete sich eine Viertelstunde später, und Dagmar aktivierte die Lautsprecherfunktion ihres Handys. Robin Lertmann war fünfundzwanzig Jahre alt, ledig, wohnte nordöstlich von Hamburg in Ahrensburg und studierte Ingenieurwissenschaften in der Hansestadt. Abgesehen von einer lange zurückliegenden Jugendstrafe wegen einer Schlägerei lag nichts gegen ihn vor.

»Haben Sie auch mal einen Blick ins Netz geworfen? Präsentiert sich der junge Mann dort?«, fragte Dagmar nach.

»Nicht in auffälliger Weise. Er macht viel an der Uni ...«

»Schwule Zusammenhänge?«

»Nicht auf den ersten Blick, aber ich kann ja noch mal ...«

»Tun Sie das und achten Sie auch darauf, ob der Name Detlef Konstedt fällt, möglicherweise über Querverbindungen.«

»Okay – jetzt gleich?«

»Natürlich nicht. Lassen Sie sich Zeit. Passt es Ihnen Karfreitag?«

Er räusperte sich. »Ähm, ja, verstehe. Wird sofort erledigt.«

»Prima. Ich erwarte Ihren Rückruf – sagen wir in ungefähr zwanzig Minuten? Dann kann ich eben noch eine Kleinigkeit mit meiner Kollegin essen gehen.«

Hannah schmunzelte leise in sich hinein.


Diesmal hatte er sich nicht abwimmeln lassen. Leonie versteckte ihren Schreck, so gut sie konnte, und schob Kopfschmerzen und Müdigkeit vor, als er plötzlich in der Tür stand und wissen wollte, warum sie nicht auf seine SMS reagiert hatte. Aber Patrick war beharrlich geblieben. »Lass uns an die See fahren. Das wird dir guttun«, hatte er vorgeschlagen, sein Blick war offen und zärtlich gewesen, während er über ihre Wange strich. Noch vor wenigen Tagen hätte sie nichts anderes als diese liebevolle Geste wahrgenommen.

Nach einigem Hin und Her hatte sie schließlich nachgegeben. Alles andere wäre zu auffällig gewesen und hätte ihn möglicherweise stutzig werden lassen. Kaum war der Gedanke aufgetaucht, beschlich sie erneut vibrierende Unruhe. Was hatte Patrick mit all dem zu tun? Wie gut kannte sie ihn eigentlich? Mit wem hatte er dieses energische Telefonat geführt? Je mehr Zeit verging und umso eindringlicher sich abzeichnete, dass der Inhalt von Dorinas Aufzeichnungen in mehrfacher Hinsicht bedeutungsvoll war, desto unwahrscheinlicher klang eine harmlose Erklärung. Zugleich gestaltete sich ihre eigene Rolle zunehmend verzwickter – man könnte auch sagen: ihre Verantwortung wuchs.

Patrick schlug Grömitz vor, als sie im Auto saßen. »Wir gehen was essen und machen es uns am Strand gemütlich. Was meinst du?«

Mit jedem Kilometer, den sie in vertrauter Zweisamkeit zurücklegten, gelang es ihr besser, sich zu entspannen, und ihre Laune hellte weiter auf, als sie am Strand entlangliefen. Schließlich schob sie konsequent alles beiseite, was die Atmosphäre vergiften und sein Misstrauen wecken könnte, und die nächsten Stunden vergingen in friedlicher, nahezu fröhlicher Stimmung.

Die Dämmerung hatte bereits eingesetzt, und sie lagen immer noch im Strandkorb, aßen Eis und Kuchen, lauschten dem Lied der Wellen. Vielleicht spinne ich mir ja auch nur etwas zurecht, überlegte sie, als Patrick zur Promenade hochlief, um etwas zu trinken zu besorgen. Weil mein Leben zu eintönig, zu alltäglich geworden ist und ich bereit bin, jede Möglichkeit zu ergreifen, ihm etwas Schärfe, Vielfalt und Fülle zu verleihen. Vielleicht ist die Erklärung für die Geschehnisse so banal, dass ich sie nicht erkenne – und die komplizierte Wendung ist einzig durch meine heimliche Schnüffelei in Verbindung mit einer gewissen Hysteriebereitschaft entstanden. Wäre das nicht ein guter Ansatz, mit dem ich es mal versuchen sollte? Ja, schon, aber er stimmte nicht … Leider.

Sie setzte sich gerade auf und hob Patricks Jeans hoch, die in den Sand gefallen war. Sein Smartphone rutschte aus der Gesäßtasche. Sie zögerte nur den Bruchteil einer Sekunde, dann nahm sie es zur Hand. Wann hatte er telefoniert, während sie sich nach dem Frühstück angezogen hatte, um in die Firma aufzubrechen? Gestern Morgen, mein Gott – das war erst gestern gewesen?

Sie warf einen Blick in Richtung Promenade, aber Patrick war noch nicht in Sicht, und öffnete die Telefonliste, in der die angenommenen Anrufe verzeichnet waren. Mit ihrem eigenen Handy machte sie rasch zwei Aufnahmen. Ihr Herz pochte heftig, während sie Patricks Phone zurücklegte und sich wieder in den Strandkorb kuschelte. Er stand so plötzlich vor ihr, dass sie zusammenzuckte. »Heh, die können meinen Hunderter nicht wechseln. Hast du Kleingeld dabei – einen Zwanziger, oder so?«

Sie reichte ihm ihre Brieftasche. Er beugte sich über sie und küsste sie zärtlich. »Ich weiß ziemlich genau, was wir beide heute noch so alles vorhaben.«

»Hm, gut möglich.« Sie sah ihm erneut nach.

Eine Stunde später machten sie sich auf den Rückweg. Patrick war schweigsam geworden.

»Müde?«

»Ein wenig.«

»War ja auch ein langer Tag.«

Als Nächstes bemerkte sie, dass er die Autobahnauffahrt verpasst hatte und stattdessen geradeaus in Richtung Altenkrempe weitergefahren war. Sie gähnte und sah sich verwundert um. »Patrick, wir sind hier falsch.«

»Das wird sich noch zeigen«, gab er leise zurück.

Sie lächelte. »Planst du eine Überraschung?«

»So ähnlich.« Er wandte ihr das Gesicht zu, und sein Blick flammte für Sekundenbruchteile im Scheinwerferlicht eines entgegenkommenden Fahrzeugs auf.

Ihr gefror das Blut in den Adern. Was ist los, wollte sie flüstern, aber ihre Stimme versagte.

## 10

Sie hatte ihr Handy zu Hause gelassen und entdeckte die SMS erst nach der morgendlichen Runde mit Kotti. Die Nachricht enthielt nichts als einen Namen: Patrick Gehlberg, und die lediglich aus einigen Buchstaben bestehende Absenderkennung ließ darauf schließen, dass zur Wahrung der Anonymität ein Online-Webdienst benutzt worden war. Ein pfiffiger IT-Experte fände sicherlich einige Möglichkeiten, die Spur dennoch zurückzuverfolgen, aber das dauerte seine Zeit. Hannah informierte unverzüglich Dagmar, sprang unter die Dusche und machte sich nach einem eiligen Frühstück auf den Weg in die Dienststelle.

Gehlberg war Mitte vierzig, ledig, kinderlos, lebte in Lübeck und verdiente seine Brötchen als Fotojournalist, wie Dagmar bereits kurz nach Hannahs Eintreffen zu berichten wusste.

»Irgendwelche Überschneidungen mit unseren Fällen?«

»Darum kümmert sich der Kollege aus der Recherche gerade mit Hochdruck. Was wir schon sagen können, klingt auf den ersten Blick völlig nebensächlich und im Zusammenhang mit seinem Beruf eher selbstverständlich, könnte sich aber als interessanter Aspekt herausstellen …«

Dagmar goss Hannah ungefragt einen Kaffee ein. Sie war ungeschminkt und wirkte ein wenig übernächtigt, aber ihre Stimme klang munter und konzentriert. »Gehlberg ist offensichtlich viel auf Reisen. Auf seiner Homepage sind ganze Fotoserien eingestellt – tolle Aufnahmen übrigens. Der Mann versteht was von seinem Beruf und hat ein Auge für ungewöhnliche Motive.«

»Und weiter?«

»Er hat ein Faible für Ost- und Südosteuropa.«

»Aha, interessant. Vielleicht kennt er die Siebert und könnte uns mehr zu deren Reisen in die Ukraine erzählen.«

Dagmar hob die Achseln. »Tja, das war auch mein erster Gedanke, ansonsten ...«

Es klopfte, und ein Bär von einem Mann trat ein. »Rico Freyer, Innendienst, Recherche und Sonderaufgaben«, stellte er sich mit verlegenem Lächeln vor. Der Kollege war deutlich unter dreißig, verfügte über die imposante Figur eines Kampfsportlers der oberen Gewichtsklasse und hatte gehörigen Respekt vor seiner Chefin, die ihn am Abend zuvor recht unverblümt angeraunzt hatte. Sein Händedruck war erstaunlich sanft.

»Was Neues?«, fragte Dagmar und bot ihm mit einer beiläufigen Handbewegung einen Platz am Besprechungstisch an.

Der Stuhl ächzte, als Freyer sich setzte. »Ich glaube, der Mann verdient sehr gut – er fährt ein schickes Auto, besitzt ein teures Motorrad, verfügt über eine Eigentumswohnung im gehobenen Segment, spielt Golf und ...«

»Vielleicht ist er gut im Geschäft«, fiel Dagmar ihm ins Wort.

»Das ist er wohl, aber ...« Freyer wiegte seinen Kopf. »So gut nun auch wieder nicht. Unter Umständen hat die Familie Geld, aber um an dieser Stelle intensiver recherchieren zu können, brauchen wir natürlich einen Beschluss und der wiederum ...«

»Schon klar – wir haben es demnach mit einem gutsituierten Fotojournalisten zu tun«, fasste Dagmar dezent ungeduldig zusammen. »Und sonst? Kennt er Dorina Siebert oder die Konstedts?«

»Er kennt Detlef Konstedt von der Fliegerei«, entgegnete Freyer in gleichmütigem Tonfall. »Die beiden haben zusammen den Flugschein gemacht. Dazu gibt es ein paar schöne Bilder im Netz – auf einem ist übrigens Robin Lertmann mit von der Partie.«

Hannah hob eine Braue. »Das allerdings ist sehr interessant.«

»Mehr konnte ich auf die Schnelle nicht herausfinden, aber ich bleibe natürlich dran und gleiche die Daten mit den bisherigen Ermittlungsergebnissen ab.«

»Du wirst immer besser, Freyer!«, lobte Dagmar. Sie sah Hannah an. »Mit dem Gehlberg würde ich zu gerne sprechen.«

Hannah nickte. »Wer immer die SMS geschickt hat, weiß, dass es einen Zusammenhang gibt, oder vermutet ihn zumindest.«

»Hast du einen Verdacht, wer dahintersteckt?«

»Habe ich – Berit Konstedt oder ihre Freundin.«

Dagmar sah auf die Uhr. »Schauen wir uns den Knaben und seine schicke Eigentumswohnung mal genauer an?«

»Gute Idee.«

Doch Gehlberg war nicht zu Hause und ging auch nicht ans Telefon.

»Vielleicht hat er es abgestellt und schläft aus«, mutmaßte Dagmar. »Würde ich glatt machen, wenn ich frei hätte.«

Die Kommissarinnen warteten eine halbe Stunde im Auto.

»Wir haben genug, um den Konstedt zu befragen, und zwar auch am Sonntag, oder?«, gab Hannah schließlich zu bedenken. »Eine heimliche Liebesbeziehung, das unerwähnte Interview mit der Siebert, bei dem er die Nerven verlor, dazu jetzt noch der anonyme Hinweis auf einen Fotojournalisten, den er mit großer Wahrscheinlichkeit kennt, vielleicht sogar gut kennt …«

»Gut, versuchen wir es. Um Gehlberg können wir uns später noch kümmern.« Dagmar griff zum Telefon und gab die Anweisung über die Zentrale weiter, Detlef Konstedt zwecks Befragung abzuholen. »Er wird schäumen«, fügte sie auf dem Rückweg in die Dienststelle hinzu.

»Damit kann ich leben.«

»Ich auch, aber wir sollten damit rechnen, dass er früher oder später seinen Anwalt hinzuzieht, eher früher.«

»Soll er. Wir haben lediglich einige Fragen an ihn. Und sobald sein Freund ins Spiel kommt, wird er garantiert darauf verzichten, nach seinem anwaltlichen Beistand zu schreien.«

»Ja, durchaus vorstellbar.«

Es war stockdunkel, als sie die Augen aufschlug. Sie wusste nicht, wo sie war und wie viel Zeit vergangen war – einige Stunden? Eine ganze Nacht? Die Erinnerung an die Geschehnisse setzte in Bruchstücken ein, als könne sie den Eindruck nur in kleinen Dosen verkraften. In dem Moment, in dem Patrick seinen wutverzerrten Blick auf sie geheftet hatte, war ihr mit einem Schlag klar geworden, dass er ihre zusammengeklebte Fotokopie der Aufnahme mit Thalemann und dem Archivar in ihrer Brieftasche entdeckt hatte und seine heftige Reaktion nur bedeuten konnte, dass sie tatsächlich auf eine hochbrisante und gefährliche Geschichte gestoßen war – gefährlich für jeden, der sich damit befasste.

»Wo fahren wir hin, Patrick?«, hatte sie schließlich leise gefragt. »Und warum.«

»Sei still – wir klären das später.«

»Was klären wir später?«

»Sei still!«

Sie nestelte verstohlen nach ihrem Handy, als er abrupt bremste und in einen Waldweg einbog. Sie wurde in den Sitz zurückgedrückt. Der Motor erstarb, plötzlich war es still und dunkel. »Weißt du eigentlich, was du angerichtet, worauf du dich eingelassen hast?«, flüsterte er heiser. »Wer bezahlt dich?«

»Was redest du …«

Der Schlag traf sie mit voller Wucht seitlich am Hals und setzte sie sofort außer Gefecht. Als sie das Bewusstsein wiedererlangte, lag sie auf einem Sofa in einer ihr völlig fremden Umgebung. Eine Tischlampe verströmte dämmriges Licht, Patrick stand vor einer Küchenzeile am anderen Ende des Raumes und goss Wasser auf. Viel mehr konnte Leonie von dem Zimmer nicht erkennen. Es wirkt gemütlich, dachte sie, und es riecht nach Früchtetee. Was für ein absurder Gedanke in dieser furchterregenden und völlig irrationalen Geschichte! Als hätte sie laut gesprochen, drehte Patrick sich zu ihr um. Sie richtete sich langsam auf. Ein Übelkeit erregendes Pochen erfasste ihren Kopf. Er trat näher, stellte eine Tasse Tee auf den Couchtisch und schob sie zu ihr hinüber, bevor er sich in einen abgewetzten Sessel setzte und sie anblickte.

»Seit wann schnüffelst du hinter mir her?« Sein Blick war wach, kalt und fremd, und die klirrende Stimme passte perfekt dazu.

Ein Zittern schoss durch ihren Körper. War dieser wildfremde Mensch tatsächlich der sympathische und interessante Mann, mit dem sie bis vor kurzem eine erfreulich unkomplizierte und befriedigende Beziehung zu führen geglaubt hatte? Der Mann, der Distanz und Nähe so wundervoll harmonisch auszutarieren gewusst hatte; der ideale Partner und ein fantasievoller Liebhaber. Hatte sie nie gutgehütete Geheimnisse hinter seiner fröhlichen, unbeschwerten Art vermutet, die sich jetzt als perfekte Fassade entpuppte? Nein – bis vor einigen Tagen wäre ihr dieser Gedanke nicht gekommen. War ihr sein Aggressionspotential nie aufgefallen? Nein. Wobei seine sexuellen Vorlieben manchmal etwas pikant waren, ruppig, könnte man auch sagen. Das machte hin und wieder Spaß, aber …

Er hob das Kinn. »Nun? Es ist besser, wenn du dich entschließt, gleich die Wahrheit zu sagen.«

»Wo sind wir hier?«

Er beugte sich blitzschnell vor, packte mit raschem Griff ihren Haarschopf und riss ihren Kopf herum. Sie schrie auf vor Schmerz. »Beantworte meine Frage! Seit wann?« Er ließ sie wieder los, und Leonie fiel in die Polster zurück. Sie presste die Hände an die Schläfen und schloss kurz die Augen. »Ich schnüffle dir nicht hinterher …«

»Hör auf mich zu verarschen, verdammt noch mal! Warum schleppst du dieses Foto mit dir herum?«

Sie atmete mehrmals tief ein und aus, bevor sie ihm die Situation zu schildern begann, in der sie auf seinen Papiermüll aufmerksam geworden war. »Ich habe ihn wieder eingesammelt, und dabei fiel mir das Foto mit Thalemann auf«, schilderte sie stockend. »Er ist Ingenieur in meiner Firma. Das hat mich neugierig gemacht.«

Patrick nickte fast wohlwollend. »So weit, so gut. Das beantwortet aber nicht die Frage, warum du es mit dir herumschleppst, noch dazu sorgfältig zusammengeklebt.«

»Ich wollte in der Firma nachfragen, ob jemand den anderen Mann kennt – nur so.«

»Nur so?«

»Ja.«

»Und – kennt ihn jemand?«

»Ich bin noch nicht dazu gekommen, es herumzuzeigen.«

»Und das soll ich dir glauben?«

»Ja.«

»Tue ich aber nicht.«

»Warum nicht?«

Er griff in seine Gesäßtasche, zog ihr Handy hervor und legte es auf den Tisch. »Weißt du jetzt, warum?«

Natürlich wusste sie das. Welchen halbwegs vernünftigen und erklärbaren Grund konnte es geben, Fotos von seiner Anrufliste zu machen?

»Vielleicht bin ich eifersüchtig und wollte mich vergewissern, dass ich die einzige Frau bin, mit der du etwas hast.« Ihre Stimme war nur noch ein zartes, kindliches Flüstern, ein Wehklagen und angsterfülltes Flehen.

»Netter Versuch. Du hast noch eine Chance – wer hat dich auf mich angesetzt?«

»Niemand. Meine Neugier. Meine Dummheit. Meine Lust am Geheimnisvollen.«

»Na schön – dann eben anders.« Er stand auf und löste seinen Hosengürtel. »Wir hatten doch ohnehin noch einige Spielchen vor heute Nacht, wenn ich mich recht entsinne, oder? Danach solltest du unbedingt reden. Sonst bleibt mir nichts anderes übrig, als mir Hilfe zu holen.«

»Patrick …«

»Zieh dich aus!«

»Aber …«

Er war mit zwei Sätzen bei ihr und schlug sie halb besinnungslos, bevor er ihr die Kleider vom Leib riss. Leonie war zutiefst dankbar, dass ein wunderbarer Schutzengel, der tief in ihr ruhte, nach dem zweiten Schlag erwachte, um mit zarten Händen voller Behutsamkeit ihr Gesicht zu umschließen und sie in seinen Armen zu wiegen. Im gleichen Augenblick verebbte die Gewalt und verwandelte sich in ein fernes Rauschen. Sie atmete nur noch flach, während Fesseln in ihre Hand- und Fußgelenke schnitten und Patrick mit brutaler Kraft in sie eindrang. »Du wirst reden«, flüsterte er. »Das schwöre ich dir.«

Der Engel lächelte und sang ein Wiegenlied.

Sie wusste nicht, wie viel Zeit vergangen war, aber plötzlich schien die Sonne, und Minuten später herrschte wieder stockfinstere Dunkelheit. So schnell vergeht kein Tag, meldete sich ein ferner staunender Gedanke in ihr, nur im Traum spielt Zeit keine Rolle. Oder wenn man tot ist und mit den Engeln spielt. Vielleicht bin ich längst tot. Erst als ein Motorgeräusch an ihr Ohr drang, begriff sie, dass ein neuer Tag begonnen hatte und Patrick sie vor seiner Abfahrt in einen anderen Raum gebracht hatte – dem Geruch und der Dunkelheit nach zu urteilen in den Keller. Sie war gefesselt, und als sich der Engel erschöpft schlafen legte, kehrten Schmerz und Angst mit voller Wucht zurück, und sie ertrank in einer Welle der Verzweiflung.

Detlef Konstedt schäumte nicht. Er gab sich leicht angesäuert und entnervt, wirkte jedoch dezent verunsichert, als Hannah und Dagmar den Vernehmungsraum betraten und ihm gegenüber Platz nahmen.

»Ich hoffe, Sie wissen, was Sie tun«, bemerkte er mit Blick auf Dagmar in gereiztem Tonfall.

»Das hoffe ich bereits seit über fünfzig Jahren«, erwiderte die Kommissarin lapidar. »Manchmal vergeblich. Es gibt noch einige Fragen zu klären, und der Einfachheit halber möchten wir hier mit Ihnen sprechen und nicht in privatem Rahmen.«

»Aha. Der Einfachheit halber klingt ja fast gemütlich.«

»Außerdem hat es den Vorteil, dass wir Ihre Frau nicht belasten«, ergänzte Hannah.

Konstedt kniff die Augen zusammen. »Wollen Sie sich lustig über mich machen?«

»Wie käme ich dazu? Davon abgesehen bin ich dafür, dass wir dieses Geplänkel jetzt lassen, Herr Konstedt – umso eher können wir nach Hause gehen und den Rest des Sonntags genießen. Erzählen Sie uns doch bitte, was Sie über Dorina Siebert wissen.«

Konstedt blies kraftvoll durch die Nase aus. »Ach du liebe Güte. Langsam nervt es, finden Sie nicht?«

Hannah spürte, dass Dagmar in ihrer beherzten Art das Wort ergreifen wollte, doch sie kam ihr zuvor. »Ich stimme Ihnen zu, gebe jedoch zu bedenken, dass Sie sich mit derlei Einschätzungen auf dünnem Eis bewegen«, entgegnete sie ruhig. »Wir haben inzwischen in Erfahrung gebracht, dass Sie Frau Siebert nicht nur kennen, sondern sogar schon persönlich mit ihr gesprochen haben, zweimal, um ganz genau zu sein. Sie ist Ihnen im Rahmen eines Beitrages für ihren Sender zum Flughafen und dessen Finanzierungspolitik kräftig auf die Füße getreten, wie wir recherchiert haben, und als sie Ihnen ›schwammige Halbwahrheiten und Ablenkungsmanöver‹, bescheinigte, sind Sie verdammt sauer geworden.«

Konstedt hatte sich schweigend zurückgelehnt und bemühte sich, seine Verblüffung zu kaschieren.

»›Es reicht! Von mir kriegen Sie keine Freigabe für die Interviews. Außerdem werde ich mich über Ihre unverschämte Art beschweren.‹ So in etwa lauteten Ihre Worte, nicht wahr? Und Sie klangen sehr gereizt.«

Er rührte sich nicht.

»Worauf Frau Siebert bemerkenswert ruhig, nahezu abgeklärt reagierte«, fuhr Hannah fort. »Nur zu«, lautete ihre lakonische Antwort. »Ich bin Kummer gewöhnt, und mich haut so schnell nichts vom Hocker.«

Konstedt machte abrupt eine wegwerfende Handbewegung. »Ja, und? Sie haben das Material ausgegraben, nur: Was wollen Sie mir mit der alten Geschichte jetzt anhängen?«

»Ach, wissen Sie, es geht doch nicht darum, Ihnen etwas anzuhängen, aber man kann schon stutzig werden, dass Sie im Zusammenhang mit der Entführung Ihrer Frau und dem zeitnahen spurlosen Verschwinden einer Journalistin mehrfach behaupteten, Letztere gerade mal als Stimme aus dem Radio zu kennen, während wir nun belegen können, dass das Interview mit ihr verdammt unangenehm für Sie war. Sie wurden ziemlich vorgeführt, oder? Ging es um ihr verletztes Ego, oder befürchteten Sie Ärger mit dem Vorstand? Möglicherweise beides?«

Konstedt beugte sich vor, in seinen Augen funkelte mühsam unterdrückte Wut. »Die Siebert ist richtig frech geworden – ja! Und ich habe sie rausgeworfen und die Freigabe der Interviews verweigert – ja! Und? Glauben Sie allen Ernstes, ich hätte mich zwei Jahre später gerächt? Wie absurd ist das denn?«

»Zugegeben – das klingt tatsächlich abwegig, aber vielleicht haben Sie einfach eine sich plötzlich bietende Gelegenheit ergriffen. Die Kriminalgeschichte ist voll von solchen und ähnlichen Fällen, einer absurder und grausamer als der andere.«

»Sie machen sich lächerlich!«, fuhr Konstedt sie an.

Hannah hielt seinem Blick stand. »Der Einwand geht nicht gerade als schlagkräftiges, geschweige denn überzeugendes Argument durch«, erwiderte sie kühl. »Wir wollen und müssen aufklären, was geschehen ist – mit Ihrer Frau sowie Dorina Siebert. Und nun finden wir eine Überschneidung zwischen der Vermissten und Ihnen, noch dazu in Verbindung mit einer Lüge. Das ist alles Mögliche, aber bestimmt nicht lächerlich.«

Konstedt atmete mehrfach tief ein und aus. »Noch einmal – das Ganze liegt über zwei Jahre zurück. Ich habe es schlichtweg verdrängt, vergessen und unerwähnt gelassen«, erklärte er deutlich ruhiger. »Mehr können Sie mir nicht vorwerfen. Ich weiß nicht, was mit dieser Frau passiert ist, und ich weiß auch nicht, was meiner Frau widerfuhr. Ende.«

»Wir werden mit Hilfe Ihres Handys ein Bewegungsprofil erstellen«, mischte sich Dagmar ein. »Wir können dann feststellen, ob Sie zu fraglichen Zeiten in einem Radius unterwegs waren, der uns nachdenklich stimmt und weitere Fragen provoziert.«

»Ich war nicht in Dänemark – falls Sie darauf hinauswollen«, erwiderte Konstedt kopfschüttelnd.

»Aber vielleicht in der Nähe von Plön?«, schlug Hannah vor.

Er musterte sie sekundenlang entgeistert. »Was für ein irrwitziger Gedanke! Warum sollte ich meiner Frau so etwas antun?«

»Vielleicht steht sie Ihnen im Weg.«

»Wie bitte? Was reden Sie da?«

»Nun, möglicherweise planen Sie ein neues Leben mit Robin.«

Sein Gesicht verlor schlagartig sämtliche Farbe. Er verschränkte die Hände, dann strich er sich über die Wangen. Keine Frage – damit hatte er nicht gerechnet.

»Möchten Sie etwas trinken?«

»Nein, danke … Wie haben Sie das herausgefunden?«, schob er leise nach.

»Zufall«, antwortete Hannah. »Ganz davon abgesehen interessiert mich Ihr Liebesleben nicht im Geringsten, aber im Zusammenhang mit …«

»Es gibt keinen Zusammenhang«, unterbrach er sie. »So gut wie niemand weiß von Robin … von meiner zeitweisen Vorliebe für Männer. Weder in meiner Familie noch im Job, und Berit hat auch keine Ahnung. Ein halbes Leben verbringe ich jetzt schon so … Egal, die Details tun hier nichts zur Sache.« Er wischte sich eine Haarsträhne aus der Stirn. »Ich liebe meine Frau, und wir führen eine harmonische Ehe – nur damit Sie nicht die falschen Schlussfolgerungen ziehen.«

»Das tun wir nicht. Was genau bedeutet eigentlich, dass so gut wie niemand von Ihrer Bisexualität Kenntnis hat?«

»Ganz einfach – ich gebe mir große Mühe, es zu verheimlichen, Toleranz hin oder her. Ich gehöre nicht zu den Typen, die sich outen, womöglich mit großem Getöse. Abgesehen davon bin ich ja schließlich verheiratet, und da kommt in der Regel eine Affäre nicht gut an, ob nun mit einem anderen Mann oder einer Frau ist ja letztlich zweitrangig.«

»Aber das klappt nicht immer, oder?«

Er runzelte die Stirn. »Wie meinen Sie das?«

»Nun, ich schätze, dass es Eingeweihte in Ihrem Umfeld gibt, die sehr wohl Bescheid wissen.«

»Ja?« Konstedt runzelte die Brauen.

»Zum Beispiel Patrick«, behauptete Hannah, ohne mit der Wimper zu zucken.

Er hielt kurz die Luft an. »Patrick?«

»Patrick Gehlberg, ein Fotojournalist. Sie kennen ihn vom Flugunterricht.«

Konstedt lehnte sich langsam zurück und nickte bedächtig. »Ja, stimmt.«

»Sie scheinen ein Faible für Journalisten zu haben.«

»Quatsch.«

»Gehlberg ist recht umtriebig und erfolgreich in seinem Job. Wie lange kennen Sie ihn schon?«

»Keine Ahnung – wir sind uns irgendwann mal über den Weg gelaufen, im Zusammenhang mit der Fliegerei wahrscheinlich«, wiegelte Konstedt ab. »Er ist ein netter Kerl.«

»Hatten Sie mal eine Affäre mit ihm?«

»Nein, der ist weder schwul noch bi, soweit ich weiß.«

»Sind Sie sicher?«

»Ja. Ich glaube, der hat eine Freundin ...«

»Das muss ja nun gar nichts heißen.«

Konstedt schüttelte entnervt den Kopf.

»Wie kommt es, dass ausgerechnet er – den Sie als netten Kerl bezeichnen, der Ihnen mal über den Weg gelaufen ist, also eher ein flüchtiger Bekannter – über Ihr Liebesleben Bescheid weiß, das Sie doch ansonsten sorgsam abschotten?«

Konstedt deutete ein Achselzucken an. »Das hat sich zufällig so ergeben«, meinte er zögernd.

»Könnten Sie das bitte erläutern?«

»Mein Gott – er wusste es einfach«, fuhr er sie plötzlich an. »Vielleicht hat er mich irgendwo gesehen, in einer Bar, in einem Club ... Das kann ich nicht ausschließen. Aber er ist keiner, der damit hausieren geht.«

Hannah warf Dagmar einen raschen Blick zu. Die nickte kaum merklich und stand auf. »Bin gleich zurück.«

Hannah war sicher, dass die Kollegin erneut versuchen würde, Gehlberg zu erreichen. Eine Antwort auf die Frage, was die beiden Männer verband, hätte sie gerne auch von ihm gehört. Konstedts Blick folgte der Lübecker Kommissarin, dann wandte er sich wieder Hannah zu. »Was wollen Sie noch von mir? Es besteht keinerlei Veranlassung ...«

»Vielleicht doch«, fiel sie ihm ins Wort. »Werden Sie erpresst?«

»Scheiße – nein!«, blaffte er sie an und hob eine Faust, als wollte er auf den Tisch schlagen, ließ sie nach kurzem Innehalten aber wieder sinken. »Weder von Gehlberg, falls Sie darauf hinauswollen, noch von jemand anderem! Meine Frau war in den Händen irgendeines Gewalttäters, kurze Zeit später verschwindet eine Journalistin, mit der ich vor Jahren mal einen Disput hatte, und ein Bekannter weiß zufälligerweise, dass ich eine außereheliche Beziehung mit einem Mann habe – das ist die Situation. Ich kann darin weiß Gott keinen für mich strafrechtlichen Aspekt entdecken, oder sind Sie anderer Ansicht?«

»Nein, bin ich nicht«, gab Hannah zu. Aber ich glaube dir nicht – du verschweigst uns etwas. Ihre Vermutung, dass der Mann an irgendeiner entscheidenden Stelle log, verstärkte sich von Begegnung zu Begegnung, ihre Antipathie ebenfalls, und an genau dem Punkt musste sie vorsichtig sein. Sie konnte und durfte nicht ausschließen, dass seine unwirsche Zurückhaltung gegenüber der Polizei mit seiner schwulen Beziehung zusammenhing und der Heimlichtuerei, die ihm möglicherweise in Fleisch und Blut übergegangen war. Ebenso wenig konnte sie ihm die Sorgen um seine Frau, die natürlich an seinen Nerven gezehrt hatten, absprechen.

»Dann kann ich ja gehen, oder?«

Hannah nickte. Sie hatten keinerlei Handhabe, ihn gegen seinen Willen festzuhalten, und dessen war er sich natürlich bewusst. Er stand auf und blieb an der Tür noch einmal stehen. Langsam drehte er sich zu ihr um.

»Ich kann Ihnen nicht versprechen, dass wir kein Wort mehr über Robin verlieren werden«, beantwortete sie seine Frage, bevor er sie gestellt hatte. »Das hängt von der weiteren Entwicklung des Falles ab, aber wir werden uns bemühen, diesen Aspekt mit der nötigen Diskretion zu behandeln.«

Konstedt verließ wortlos den Raum. Kurz darauf stand Dagmar in der Tür. »Wir haben Gehlberg erreicht. Er kommt in Kürze vorbei.«

## 11

Es war eine gute Idee gewesen, allein zu verreisen. Zur Ruhe zu kommen, Gedanken und Widersprüche aufzulösen oder wenigstens den Versuch zu unternehmen, während er in den Pyrenäen und in Nordspanien wochenlang einen Fuß vor den anderen setzte, manchmal mutterseelenallein, dann wieder in einer Gruppe mit anderen Wanderern. Claudia wollte Ende Juli mit den Kindern Freunde in Frankfurt besuchen und von dort weiter zu ihrer Schwester in die Staaten fliegen, um sich in den Trubel von New York zu stürzen. Nichts für ihn und auch wenig geeignet, ihre angeknackste Ehe in den Griff zu bekommen. Das war beiden klar gewesen – schon vor der aktuellen Entwicklung.

Es war ihm immer noch schleierhaft, wie sie von Dorina erfahren hatte, und sie war auch nicht bereit gewesen, darüber Auskunft zu geben. Die Szene, die sie ihm gemacht hatte, als er in den ersten Julitagen in Lübeck eintraf, war filmreif gewesen. Aber nicht nur das – Claudia war inmitten ihrer Hysterie abgrundtief verletzt, das spürte er natürlich, und er verzichtete darauf, Dorina noch einmal zu treffen, bevor er nach Spanien aufbrach. Sie würde es verstehen. Sie würde auch verstehen, dass er diese Beziehung nicht fortsetzen konnte. Aber darüber würde noch zu sprechen sein.

Im Grunde war sie seine Traumfrau – unabhängig und gescheit, attraktiv und humorvoll. Sie klammerte nicht, und der Sex mit ihr war grandios, was nicht nur damit zusammenhing, dass zu Beginn einer Beziehung meist das Bett im Vordergrund stand, weil alles neu und aufregend war. Vielleicht sehen wir uns in einem anderen Leben wieder, dachte er ein ums andere Mal, und das klang manchmal fast wie ein Mantra. Die wehleidige und sehnsuchtsvolle Note verzieh er sich.

Er war ohne Smartphone losgewandert und hatte sich sicherheitshalber lediglich ein altes Prepaidhandy mit langer Akkuleistung besorgt. Ich bin für niemanden zu sprechen, außer für mich selbst und den alten Jakob, hatte er grimmig beschlossen. Und für Claudia – im Notfall. Er hoffte, dass es keinen geben würde.

Vielleicht habe ich wieder Lust auf sie, wenn wir uns nach vielen Wochen wiedersehen, überlegte Robert, als er eines Abends in einer Herberge in Bilbao beim Essen saß. Irgendwo hatte er vor gar nicht allzu langer Zeit gelesen, dass erotische Anziehung zwischen langjährigen Paaren nur funktionierte, wenn sie den Mut aufbrachten, Distanz zuzulassen. Klang logisch. Mitten in der Nacht wachte er auf – den lachenden Mund von Dorina vor Augen, ihre Hände umschlossen seinen Schwanz, er hörte ihr Stöhnen und Betteln, während er ihren Höhepunkt verzögerte, spürte ihre Fingernägel im Rücken und eine gewaltige Erektion. Später schlich er aus dem Zimmer, setzte sich vors Haus, wo er dem Zirpen der Grillen lauschte und ein Glas Wein trank. Ich will dich wiedersehen, flüsterte er stumm.

Patrick Gehlberg war ein gutaussehender, leger und selbstsicher auftretender Typ. Er wirkte etwas müde, als er ungefähr eine halbe Stunde später eintraf, verströmte jedoch den Duft eines guten Eau de Toilette, und die noch feuchten Haarspitzen zeugten von einer nicht allzu lange zurückliegenden Dusche. Kotti, der neben Hannah saß, warf er einen raschen unsteten Blick zu.

»Kaffee?«, fragte Dagmar. »Ist gerade frisch aufgebrüht.«

»Das wäre großartig.«

Dagmar stellte ihm eine Tasse bereit, bevor sie neben Hannah Platz nahm. »Danke, dass Sie sich die Zeit nehmen«, leitete wie vereinbart die Lübecker Kommissarin die Unterredung ein. »Im Zusammenhang mit zwei Ermittlungsfällen taucht Ihr Name auf.« Sie lächelte amüsiert, als Gehlberg mit gespieltem Entsetzen die Augen aufriss.

»Sie machen Scherze, oder?«

Dagmar winkte ab. »Nein. Sagt Ihnen der Name Konstedt etwas?«

»Ja, Detlef Konstedt«, bestätigte er prompt und trank einen Schluck Kaffee. »Den kenne ich. Seine Frau war einige Tage spurlos verschwunden – davon habe ich gehört. Fürchterlich.« Er schüttelte den Kopf. »Wie kann ich in diesem Zusammenhang weiterhelfen?«

»Wie würden Sie die Beziehung zu ihm charakterisieren?«

»Ich würde ihn nicht unbedingt als engen Freund bezeichnen, eher als guten Bekannten. Wir hatten zusammen Flugstunden«, plauderte Gehlberg. »Und ab und zu nehmen wir mal einen Drink zusammen, aber das war es dann auch schon.«

»Ist Berit dann auch mit von der Partie?«

»Nein. Mit ihr hatte ich bisher eher gar nichts zu tun. Hat sich nie ergeben.«

»Können Sie sich vorstellen, was vorgefallen ist? Warum jemand die junge Frau entführt hat?«

Gehlberg warf ihr einen erstaunten Blick zu, in den er auch Hannah einbezog, bevor er sich wieder Dagmar zuwandte. »Natürlich nicht. Wie kommen Sie darauf, dass ich Näheres dazu wissen könnte?«

»Nun, man macht sich doch so seine Gedanken, wenn im Bekannten- oder Freundeskreis Derartiges passiert, oder hat zufällig im Gespräch etwas aufgeschnappt, was sich im Nachhinein als bedeutsam erweisen könnte«, schlug Dagmar vor. »Das ist nur so eine Idee.«

»Verstehe. Aber ich muss Sie enttäuschen. Ich habe nicht die geringste Vorstellung, was da abgelaufen sein könnte.«

»Schade.«

Gehlberg lächelte charmant. »Sie sprachen von zwei Entführungsfällen, wenn ich es richtig verstanden habe.«

»Nicht ganz, meine Kollegin sprach von zwei Ermittlungsfällen«, korrigierte Hannah, während sie ihn sehr genau im Auge behielt.

»Ach? Dann habe ich mich wohl verhört«, gab er stirnrunzelnd zurück.

Vielleicht, dachte sie. Womöglich weißt du aber längst, worum es im zweiten Fall geht. »Dorina Siebert«, schob sie nach kurzer Pause nach. »Eine Lübecker Journalistin, die für den Hörfunk arbeitete. Sie wird seit mindestens einer Woche vermisst. Können Sie uns dazu etwas sagen?«

»Nein.«

»Sie kennen die Kollegin nicht näher?«

»Nein. Aber das ist auch nicht weiter verwunderlich, schließlich arbeiten wir in völlig unterschiedlichen Branchen mit gänzlich anderen Medien.«

Hannah beugte sich ein Stück über den Tisch. »Ich verstehe. Aber Journalismus bleibt Journalismus, oder? Man bekommt doch schon mal mit, wenn eine Kollegin oder ein Kollege an einer heißen Story dran ist.«

»Nicht unbedingt«, widersprach Gehlberg. »An aktuellen und populären Themen sind viele dran, und das weiß man dann auch voneinander oder arbeitet sogar zusammen. Aber wer überzeugt ist, einen dicken Fisch an Land zu ziehen, ist natürlich bemüht, schneller als die Konkurrenz zu sein, und dann redet man logischerweise nicht über seine Recherchen.«

»Auch wenn es um sehr brisante, vielleicht sogar gefährliche Storys geht?«

»Dann ist womöglich erst recht Stillschweigen angebracht«, erklärte er mit wissendem Lächeln. »Gehen Sie davon aus, dass die Kollegin im Zusammenhang mit Recherchen verschwand?«

Hannah nickte. »Das ist eine mögliche Option. Dorina Siebert hat zumindest in der letzten Zeit ein Faible für Osteuropa entwickelt – genauer gesagt: die Ukraine. Die Gegend ist auch Ihnen nicht unbekannt, wie wir in Erfahrung gebracht haben.«

Ein winziges Zucken über dem rechten Auge verriet seine Irritation. Er lächelte ein wenig verlegen und winkte ab. »Ja … Und? Als Fotograf sagen mir viele Gegenden zu.«

»Kann ich aus der Antwort schließen, dass Sie nicht das Geringste über Sieberts Arbeit wissen?«

»Das sollten Sie unbedingt, ich betonte und erklärte das ja bereits. Warum insistieren Sie eigentlich derart?«

»Das ist relativ einfach zu erklären: Wir haben einen anonymen Hinweis erhalten.«

»Ach? Wie das?«

»Der Hinweis besteht schlicht und ergreifend aus Ihrem Namen«, entgegnete Hannah.

»Interessant oder auch merkwürdig, aber ...« Er hob beide Hände. »Damit kann ich nicht das Geringste anfangen. Vielleicht hat sich jemand einen dummen Scherz erlaubt.«

»Bei schweren Verbrechen ist das mit den Scherzen – auch den dummen – so eine Sache.«

»Wem sagen Sie das, aber es gibt solche kranken Typen«, meinte Gehlberg bemerkenswert gelassen. »Ich kann mich nur wiederholen – es ist mir schleierhaft, wer dabei warum meinen Namen ins Spiel bringt.«

»Beunruhigt Sie das gar nicht?«

»Dass es Idioten gibt? Doch, schon, aber es führt zu nichts, sich über jeden Einzelnen aufzuregen. Das ist jedenfalls meine Meinung. Am besten, man geht achselzuckend darüber hinweg und kümmert sich ausschließlich um seinen Kram.«

»Sie wissen, dass Detlef Konstedt ein Doppelleben führt, nicht wahr?«, wechselte Hannah das Thema.

Gehlberg nickte langsam. »Ja.«

»Wie haben Sie davon erfahren?«

»Ich habe die beiden in einem Club gesehen – die Situation war eindeutig. Aber was hat das mit Berit und dieser Journalistin zu tun?«

»Das versuchen wir gerade herauszufinden.«

»Tja. Ich fürchte, ich kann Ihnen dabei nicht weiterhelfen.« Gehlberg trank seinen Kaffee aus und blickte von einer Kommissarin zur anderen. »Wenn Sie keine weiteren Fragen haben, würde ich jetzt gerne gehen«, erklärte er in liebenswürdigem Ton.

»Natürlich. Vielen Dank noch mal.«

»Keine Ursache.«

Er stand auf und ging ohne große Eile mit lässigen Schritten zur Tür.

»Ach, Herr Gehlberg«, ergriff Hannah noch einmal das Wort.

Er drehte sich, die Hand bereits an der Klinke, um. »Ja?«

»Sie mögen keine Hunde, stimmt's?«

Er lächelte gespielt schuldbewusst. »Erwischt. Tiere sind grundsätzlich nicht meine Welt, aber Hunde … ja, ich mag sie einfach nicht.«

»Haben Sie schlechte Erfahrungen gemacht?«

»Das auch, ja.« Er nickte. »Ich bin vor einiger Zeit mal von drei Viechern auf einmal angegriffen worden … sehr unerfreulich, kann ich Ihnen sagen.«

Hannah stutzte. »Das tut mir leid, so ein Erlebnis vergisst man natürlich nicht.«

»Damit haben Sie unbedingt recht.« Er grüßte und schlüpfte durch die Tür.

»Was hältst du von ihm?«, fragte Dagmar kurz darauf und stand auf, um sich zu strecken und ihre verspannten Schultern zu lockern.

»Hm, glatter Typ, geschmeidig, eloquent«, antwortete Hannah prompt. »Hat sofort auf jede Frage die passende Antwort parat – und der Fauxpas mit den Entführungsfällen hat ihn ziemlich gewurmt. Davon bin ich jedenfalls überzeugt, und ich gehe davon aus, dass Konstedt ihn vorgewarnt hat.«

»Den Eindruck habe ich auch«, stimmte Dagmar zu. »Konstedt ist dir bezüglich seines Lovers ziemlich schnell auf den Leim gegangen, und ähnlich prompt hat Gehlberg gar nicht erst versucht, etwas abzustreiten. Das passt nicht zu der Heimlichtuerei, mit der Konstedt das Thema ansonsten behandelt und sehr wahrscheinlich von denjenigen, die darüber Bescheid wissen, auch behandelt wissen will. Und wie verbuchen wir die Befragung mit ihm?«

»Unter offene Posten. Immerhin erfolgte der Hinweis auf Gehlberg anonym, und falls tatsächlich Berit dahintersteckt, muss sie einen sehr guten Grund haben, uns indirekt auf den Mann aufmerksam zu machen.«

Dagmar lehnte sich an den Türrahmen. »Soll ich ihn genauer durchleuchten lassen? Ich habe einen ganz guten Draht zum LKA in Kiel. Oder machen das deine BKA-Leute?«

»Wir bitten beide, etwas intensiver in ihren Datenbanken zu stöbern.«

Er wird zurückkehren, um mich zu töten. Er wird zurückkehren, um mich zu töten. Er wird ... Leonie schlug die Augen auf und starrte in die Dunkelheit, obwohl sie nicht das Geringste erkennen konnte. Fast schien es, als hätte der Gedanke sie geweckt – pochend wie der Schmerz, der sich in ihrem gesamten Körper ausgebreitet hatte, begleitet von dumpfer Verzweiflung.

»Wer bezahlt dich?«, hatte er wissen wollen. Sie drehte sich langsam auf die andere Seite und biss sich auf die Lippe, um den brennenden Schmerz in ihrem Unterleib nicht herauszuschreien. Wie kommt er auf so etwas? Wofür hält er mich?, dachte sie entgeistert. Für eine professionelle Schnüfflerin? Wie absurd ... vielleicht nicht, wenn sie darüber nachgrübelte, wer er eigentlich war, wenn er sein zweites, sein wahres Gesicht zeigte: ein brutaler Schläger und Vergewaltiger, ein Fotojournalist, der offensichtlich einer Kollegin nachspioniert und ihre Unterlagen gestohlen, womöglich ihre Entführung und ihren Tod mit zu verantworten hatte. Patrick war vielleicht einer von denen, die Thalemann beobachtet hatten und sehr wahrscheinlich auch Dorina, oder er arbeitete mit Leuten zusammen, die genau das taten. Geheimdienstleute? Wer weiß, was Dorina herausgefunden hatte und wem sie hätte gefährlich werden können ... An der entscheidenden Stelle hatte Leonie ihre Lektüre unterbrechen und die Aufzeichnungen verstecken müssen.

Er wird meine Wohnung durchsuchen und sie finden, überlegte sie weiter. Dann wird er zurückkommen und mich verhören, und natürlich wird er mir nicht glauben, dass ich aus eigenem Antrieb handelte und den entscheidenden Abschnitt noch gar nicht gelesen habe. Falls Dorina wegen des Inhalts ihrer Aufzeichnungen verschwand und sehr wahrscheinlich getötet wurde, so steht mir das Gleiche bevor. So erschreckend die Gedanken und Schlussfolgerungen waren – ihr Geist entpuppte sich zunehmend deutlicher als scharfsinniger Wachmacher, der ihre körperlichen Qualen nicht verminderte, aber zumindest dafür sorgte, dass sie leichter zu ertragen waren, weil ihr Fokus plötzlich ein anderer war. Alles mündete in der einen und entscheidenden Frage: Hatte sie eine Überlebenschance? Und wenn ja – welche?

Vor vielen Jahren hatte sie einen Selbstverteidigungskurs absolviert, doch sie bezweifelte, dass sie in der Lage sein würde, Schläge effektiv zu parieren und Patrick mit einem Gegenangriff derart zu überraschen, dass ihr anschließend die Flucht gelang. Menschen waren in Todesgefahr zu erstaunlichen Leistungen fähig, aber sie war in einer denkbar schlechten körperlichen Verfassung, und gegen einen Gegner wie Patrick musste sie mehr zu bieten haben als eine verzweifelte Abwehrreaktion. Hinzu kam die schlichte Überlegung, was sie eigentlich gewonnen hätte, wenn sie ihn tatsächlich außer Gefecht zu setzen imstande wäre. Etwas Zeit, bevor er seine Leute und Mitstreiter auf sie hetzte. Konnte die Polizei sie schützen? Gute Frage.

Leonie setzte sich langsam auf – Zentimeter für Zentimeter. Sie atmete schnell und unregelmäßig, ihre vor dem Bauch gefesselten Hände zitterten. Warum hat Patrick die Aufzeichnungen kopiert und versteckt?, fuhr es ihr plötzlich durch den Kopf. Wenn es Kopien gab, existierten auch Originale, die er möglicherweise an einem anderen Ort versteckt oder … seinen Auftraggebern geliefert hatte. Doch wozu die Kopien? Eine Sicherheitsmaßnahme? Für wen? Es warf kein gutes Licht auf ihn, dass jemand quasi aus einem lächerlichen Zufall heraus Einblick in Sieberts Material hatte nehmen können, das er sorgfältig versteckt zu haben glaubte. Und die heftige Reaktion hatte seine offensichtlich tragende Rolle bei der Geschichte überhaupt erst in ganzem Umfang sichtbar gemacht – wenigstens für Leonie, was ihre Aussichten nicht eben rosiger gestaltete.

»Vielleicht wissen die noch gar nicht, was passiert ist«, flüsterte Leonie in die Dunkelheit hinein, wer immer auch *die* waren. »Und vielleicht sollen die auch gar nichts erfahren ...« Plötzlich wusste sie, dass sie nur eine einzige Chance hatte zu überleben.

Ein entferntes Summen wurde lauter und ging über in ein Motorengeräusch, das sich stetig näherte. Leonie presste eine Faust auf den Mund und wimmerte leise. Der Motor erstarb, kurz darauf erklangen Schritte über ihr, dann war ein Schaben und Knarzen zu hören, eine Luke in der Decke öffnete sich, und ein blendender Lichtstrahl tastete nach ihr. Leonie zwinkerte.

»Komm hoch«, sagte Patrick.

Erst jetzt erkannte sie, dass der Kellerraum eher ein Verlies mit sehr niedrigen Abmessungen war, von dem eine schmale Holzstiege nach oben führte. Sie war nackt, voller Schmutz und Blut.

»Hörst du?«

»Ja«, flüsterte sie. Sie hatte Schwierigkeiten beim Aufstehen, und das Erklimmen der Leiter war fast lächerlich anstrengend, mit gefesselten Händen noch dazu mühsam. Sie atmete laut, ihr Puls raste, während sie Stufe für Stufe nahm und schließlich den Kopf durch die Luke steckte. Direkt neben der Öffnung befand sich eine Kommode, die, den Geräuschen nach zu urteilen, normalerweise direkt über dem Kellerzugang platziert war und nur bei Bedarf zur Seite geschoben wurde.

Er stand mit verschränkten Armen mitten im Raum und sah ihr mit dunklem Blick entgegen. »Tapfer, tapfer, alle Achtung.« Er nickte. »Tee?«

»Kann ich mich waschen und mir etwas anziehen?«, flüsterte sie.

»Das ist nicht nötig.«

»Mir ist kalt.«

Er zuckte mit den Achseln. »Dir wird gleich wärmer.«

Sie zog sich hoch und stand langsam auf. Schwindel ließ sie taumeln, und ihr Magen wollte rebellieren. Sie zwang sich ruhig zu atmen und kreuzte die Arme vor der Brust, so weit die dünnen Schnüre, die ihre Handgelenke umschlossen, das zuließen. Patrick wies auf die Couch. »Setz dich.«

Sie schlich durch den Raum und sah sich dabei verstohlen um. Die Einrichtung, von der sie am Abend oder in der Nacht zuvor in der Dunkelheit kaum etwas hatte erkennen können, war spartanisch: Küchenzeile, Sofa, Sessel, Schrank, Tisch, auf dem eine alte Zeitung und ein aufgeschlagenes Sudoku-Heft lagen. Es war nicht auszumachen, ob es weitere Zimmer gab. Durch ein großes Fenster fiel strahlendes Licht; es war taghell, friedlich und still. Neben der Eingangstür stand ein Kanister. Leonie hörte Vogelgezwitscher, sonst nichts – ein abseits gelegenes Wochenendhaus, dachte sie, irgendwo nordwestlich von Altenkrempe, mitten im Wald. Hier hört mich niemand. Sie griff nach der Decke auf der Couch und zog sie sich mit ungelenken Bewegungen über die Schultern. Patrick reichte ihr eine Tasse Tee und setzte sich gegenüber – wie am Abend oder in der Nacht zuvor. Er taxierte sie mit kühlem Blick, als hätte es niemals eine zärtliche Geste zwischen ihnen gegeben. Oder als sei sie völlig bedeutungslos. Sie war völlig bedeutungslos.

»Keine dummen Ausflüchte oder sonstige Spielereien. Wie und wann hast du die Polizei benachrichtigt?«

Sie hatte die Tasse mit beiden Händen umschlossen und zitterte vor Kälte, obwohl sommerliche Temperaturen herrschten. Sie warf ihm einen perplexen Blick zu. »Ich habe die Polizei nicht benachrichtigt.«

Er schüttelte den Kopf. »Leonie – ich habe dich bereits gestern halbtot geschlagen und auf unerfreulichste Art gevögelt.

Oder hat dir das vielleicht sogar gefallen?« Er grinste hämisch. »Wie dem auch sei, das kann ich natürlich jederzeit wiederholen – fragt sich nur, wie sinnvoll das für dich ist.«

»Das ist überhaupt nicht sinnvoll«, gab sie eilig zurück und stellte die Tasse vorsichtig wieder ab. »Aber ich habe die Polizei nicht informiert. Wie denn auch? Du hast doch mein Handy.«

»Du kannst die Info auch irgendwann in den letzten Tagen weitergegeben haben – die Polizei reagiert häufig ein bisschen träge.«

»Auch wenn du mir nicht glaubst – nein, so war es nicht«, entgegnete sie so ruhig wie möglich.

Er ließ sie nicht aus den Augen. »Gut, lassen wir diesen Punkt vorerst beiseite.« Er lehnte sich zurück. »Mit wem hast du über mich gesprochen?«

»Mit niemandem.«

»Nein?«

Sie schüttelte den Kopf.

»Wie bist du auf mein Versteck auf dem Dachboden gekommen?«

»Zufällig.«

»Etwas genauer.«

»Du hast dort oben mal einen Zweitschlüssel hinterlegt«, erwiderte sie nach kurzem Überlegen.

»Das stimmt.« Er nickte. »Und für wen arbeitest du? Wer ist dein Auftraggeber?«

»Es gibt keinen Auftraggeber.«

Patrick beugte sich blitzschnell vor, griff nach der Tasse und schüttete ihr den brühend heißen Tee ins Gesicht. Der Schmerz setzte erst nach zwei Sekunden ein. Sie schrie und presste die Hände auf Augen und Wangen.

»Überleg dir sehr genau, wie du sterben willst. Unerfreulich schmerzvoll oder halbwegs menschlich.« Er stand langsam auf.

Aus schmalen Augenschlitzen beobachtete sie, dass er zur Tür ging und den Kanister holte. Er stellte ihn neben den Sessel, in den er sich wieder sinken ließ.

Leonies Gesicht brannte, aber der Schmerz war erträglicher, als sie befürchtet hatte. Ihr Körper war offensichtlich in der Lage, sich an Schmerzen zu gewöhnen – vielleicht war der Schock auch so übermächtig groß, dass er als Schutzschild fungierte. Oder der wunderbare Engel half ihr, die Situation zu ertragen. Das musste Patrick jedoch nicht wissen, und sie jammerte lauter als unbedingt nötig. Seine Wut hatte sich gewandelt. Er agierte überlegt und kaltblütig und war so noch viel gefährlicher. Sie zweifelte keinen Augenblick daran, dass er vorhatte, sie zu töten und das Haus in Brand zu setzen, um sämtliche Spuren zu beseitigen, so wie er in den Stunden zuvor in seiner und ihrer Wohnung sämtliche Hinweise vernichtet oder versteckt hatte. Zuvor musste er in Erfahrung bringen, mit wem er es tatsächlich zu tun hatte, aber die Wahrheit würde er ihr nicht abnehmen. Erfinde etwas, flüsterte der Engel mit dem wunderschönen Lächeln – wie in der Musik, auf der Bühne, Improvisation eines Themas. 18055, schoss es ihr plötzlich durch den Kopf. Patrick hatte kürzlich ein Paket gepackt und dazu den Karton eines großen Versandunternehmens benutzt. Sie erinnerte sich, dass er einen Adressaufkleber ausgedruckt und dabei leise »Take five« gesummt hatte, und wenig später waren sie gemeinsam zum Einkaufen gefahren. Das Paket lag in einer Plastiktüte auf dem Rücksitz, und sie hatte einen beiläufigen Blick auf das Adressfeld erhascht und die Postleitzahl erfasst. Das Gehirn speicherte die merkwürdigsten Dinge ab.

»Also, noch einmal – wer?«, hob Patrick erneut an.

Sie ließ die Arme sinken. »Take five« – warum nicht? »Rostock.«

Seine Reaktion war beeindruckend. Er riss die Augen auf und starrte sie fassungslos an. »Ist das dein Ernst? Aber ... das ist doch ... Nein, du lügst!«

»Warum sollte ich?«

»Du elendes Miststück!« Er sprang auf, seine linke Hand schoss vor und umklammerte ihren Hals, mit der rechten wollte er zuschlagen, doch Leonie kippte nach hinten, rutschte vom

Sofa auf den Boden und wich so dem Hieb aus. Sie hielt sich am Tisch fest und spürte plötzlich das Sudoku-Heft unter ihren Händen. Der Bleistift rollte auf den Boden. Blitzschnell griff sie nach ihm. Er war angespitzt. Hilf mir, Engel, dachte sie und stieß zu.

# 12

Hannah hatte den restlichen Sonntag mit Kotti am Strand verbracht, da mit weiteren Ergebnissen kurzfristig nicht zu rechnen war. Dagmar hatte ihr Boltenhagen empfohlen, und der Tipp war gut gewesen. Sie lief die Steilküste entlang, um dem Touristentrubel auszuweichen, telefonierte fast eine halbe Stunde mit Achim und versuchte, einen klaren Kopf zu bekommen.

Sie war den vierten Tag in Lübeck, doch greifbare Ergebnisse, die über Indiziensammeln, vage Verdachtsmomente und das Aufdecken erster Hintergrundverflechtungen hinausgingen, waren nicht in Sicht. Das war ein bisschen mager – so würde es Krüger auch sehen. Vielleicht müssen wir noch tiefer in die einzelnen Biographien und Beziehungszusammenhänge einsteigen, überlegte sie. Wo ist die Verknüpfung zwischen Berit und Dorina? Stellt sie vielleicht doch nur ein Hirngespinst dar? Welche Rolle spielt der umtriebige Gehlberg? Hannah war davon überzeugt, dass er Dorina kannte, aber was hieß das schon? Wie funktionierte eine Ehe, in der einer von beiden gleichgeschlechtlichen Ambitionen nachging? Nicht auszuschließen, dass das Paar auf seine individuelle Weise harmonisch zusammenlebte, doch der Hinweis von Sandra Gärtner, dass sich die Beziehung abgekühlt hatte, besagte etwas anderes. Und wenn die beiden ihrer Ehe schlicht zu viel zugemutet hatten, und nun war die Ernüchterung eingetreten und mit ihr eine spürbare Distanz? Unter Umständen war es Detlef Konstedt leid gewesen, Rücksicht auf Berit zu nehmen, und er strebte danach, frei für seinen jungen Freund zu sein und zugleich das Vermögen seiner Frau zu erben. Aber dann hätte er Berit töten oder den Auftrag dazu erteilen müssen, und dass sie nach einigen Tagen wieder zurückkehrte, passte nicht einmal

ansatzweise in diese Theorie. Blieb die Frage, was der Entführer von Berit gewollt hatte.

Handelte es sich doch um einen gestörten Gewalttäter, dessen Weg die junge Frau zufällig gekreuzt hatte und dessen Tat
nicht einmal ansatzweise mit den Geschehnissen um Dorina
Siebert zusammenhing? Hannah war sicher, dass diese Annahme falsch war, aber die Beweis- und Indizienlage konnte bes-
tenfalls als spärlich bezeichnet werden.

Als sie zum Wagen zurückkehrte, war sie müde und hungrig.
Kotti sprang auf den Rücksitz und rollte sich ein. Wo wird man
von drei Hunden gleichzeitig angegriffen, fiel ihr plötzlich
Gehlbergs Hundegeschichte ein. Sie schüttelte den Kopf und
fuhr los. Unterwegs kaufte sie an einem Imbiss zwei Fischbrötchen und eine Flasche Bier. Der Verkäufer zwinkerte ihr zu. Sie
lächelte zurück. Es ist schön hier draußen, dachte sie.

Als sie in Lübeck eintraf, setzte gerade die Dämmerung ein,
und der Himmel bot ein farbenprächtiges Schauspiel. Sie aß
mit gutem Appetit, überließ Kotti die Reste und notierte einige Stichpunkte auf ihrer To-do-Liste für den nächsten Tag.

Der Sonntagskrimi war öde. Hannah war kurz vor dem Ein-
nicken, als Dagmar anrief. »Bist du fit?«

»Das wäre geprahlt.« Sie gähnte. »Hast du Neuigkeiten?«

»Kann man so sagen. In der Nähe von Schönwalde am
Bungsberg ist am frühen Abend ein abgelegenes Wochenendhaus in Flammen aufgegangen. Als die Feuerwehr eintraf, war
nicht mehr allzu viel übrig, aber es stellte sich relativ schnell
heraus, dass es sich um Brandstiftung handelt – man hat einen
Benzinkanister identifizieren können.«

»Hm, klingt unangenehm, aber ...«

»Außerdem hat man eine Leiche gefunden«, fuhr Dagmar
ungerührt fort. »Vor einer halben Stunde hat mich ein Kollege
von der Kriminaltechnik informiert, dass es einen ersten Hinweis auf die Identität gibt.« Sie legte eine Kunstpause ein.

Hannah hielt für einen Moment die Luft an. »Dorina Siebert?«

152

»Nein.«

»Du machst es sehr spannend.«

»Es handelt sich um eine männliche Leiche, und es könnte sich um Gehlberg handeln.«

Hannah war schlagartig hellwach. »Wie bitte?«

»Es wurde ein halb zerschmolzener Fotoapparat gefunden, an dessen Unterseite sich eine Gravur befindet, und der Nachname ist entzifferbar. Darüber hinaus ist der Mann nicht erreichbar, aber hundertprozentige Sicherheit bedeutet natürlich auch das nicht. Lange Rede, kurzer Sinn – ich fahre mit zwei Kollegen raus. Möchtest du uns begleiten?«

Es war reines Glück gewesen, dass sich das Feuer nicht ausgebreitet hatte. Bäume und Büsche nahe dem kleinen Haus, das ungefähr sechs Kilometer nordwestlich von Schönwalde in idyllisch anmutender Wald- und Wieseneinsamkeit gestanden hatte, waren angekohlt, und dichte Rauchschwaden hingen immer noch in der Luft, als Hannah mit den Lübecker Kollegen eintraf, aber das Schlimmste war verhindert worden. Grelle Scheinwerfer leuchteten die Szenerie aus; mindestens ein Dutzend Beamte durchsuchten die Überreste; ein Sarg stand bereit; einige Dorfbewohner hatten sich hinter der Absperrung eingefunden und beobachteten das Geschehen.

Dagmar ließ sich von dem Leiter der Kriminaltechnik und dem Einsatzleiter der Feuerwehr sowie dem örtlichen Polizeibeamten auf den neuesten Stand bringen, während Hannah zuhörte und gleichzeitig ihre Blicke schweifen ließ. Das Haus gehörte einem Schönwalder, der es regelmäßig an Feriengäste vermietete, die ihre Ruhe haben wollten und nicht allzu viel Wert auf Komfort legten, wie der Eigentümer bereits ausgesagt hatte. In den letzten beiden Monaten hatte es ein Rostocker gemietet. Dagmar wies einen Lübecker Kollegen an, sich um die Personalien zu kümmern. »Wo genau habt ihr die Leiche gefunden?«

»In dem einzigen Raum des Hauses«, erwiderte der Techniker – ein bärtiger Rotschopf Ende dreißig. »Auch wenn es voreilig klingen mag: Ich behaupte, dass der nicht durchs Feuer ums Leben gekommen ist.«

Hannah tauschte einen schnellen Blick mit Dagmar. Der Mann wies mit dem Daumen über die Schulter. »Am besten, ich zeig's euch mal, Kolleginnen.«

Er stapfte, ohne eine Antwort abzuwarten, in Richtung Sarg, und den beiden Kommissarinnen blieb nichts anderes übrig, als ihm zu folgen. Hannah spürte förmlich, wie sie erblasste. Eingehende Leichenschau war noch nie ihre Stärke gewesen, von Brandopfern ganz zu schweigen. Als der Techniker den Deckel anhob, begann sie, flach durch den Mund zu atmen, um den Geruch nicht unmittelbar ertragen zu müssen. Übelkeit stieg wellenartig in ihr auf. Sie spürte, dass Dagmar sie kurz ansah. Gehlberg – falls es sich tatsächlich um ihn handelte – war völlig verkohlt. Hannahs Knie begannen zu zittern, der Magendruck erhöhte sich. Die Fischbrötchen begannen zu rumoren.

»Sieht schlimm aus, aber ...« Der Mann wies auf die Überreste des Gesichts. »Er hat was im Auge. Einen Schraubenzieher oder Stift, und falls der lang genug ist und mit der nötigen Kraft hineingerammt wurde, dürfte dies eine heftige Hirnblutung und den fast sofortigen Tod verursacht haben. So lautet meine erste Einschätzung – allerdings ohne Garantie, denn solange der Doktor noch nicht ...«

Den Rest der Erläuterungen sparte Hannah sich. Sie wandte sich abrupt um und lief eilig ein paar Schritte, um die Fischbrötchen hinter einem Gebüsch wieder auszuspucken. Als sie sich schwer atmend aufrichtete, stand Dagmar nur wenige Schritte hinter ihr und reichte ihr ein Taschentuch. »Lange keine Leiche mehr gesehen?«

»Brandopfer sind ...«

»Wirklich fies, fast so schlimm wie Wasserleichen, ich weiß.« Dagmar legte kurz eine Hand auf Hannahs Schulter, ihre Stimme klang nicht eine Spur ironisch. »Mach dir nichts draus.

Komm, wir besorgen dir einen Tee, und ich zeig dir mal was anderes.«

Zwei Minuten später standen sie am Auto über eine Karte gebeugt, die Dagmar auf ihr Smartphone geladen hatte.

»Von hier bis in die Nähe von Plön quer durch einsame Wälder und Felder sind es gerade mal zwanzig Kilometer«, erklärte sie.

Hannah trank einen Schluck Tee und nickte. Ihr Magen beruhigte sich allmählich. »Ich weiß, worauf du hinauswillst, aber ich bleibe dabei – Berit war meiner Überzeugung nach nicht in der Lage, eine so lange Strecke durch die Gegend zu irren.«

»Ich kenne deinen durchaus berechtigten Einwand, aber es gibt Leute, die ein solches Pensum täglich abspulen, und ...«

»Trainiert und gesund, kein Problem.«

»Trotzdem! Wer weiß, welche Energiereserven sie in Todesangst mobilisiert hat – der Mensch ist in höchster Gefahr zu bemerkenswerten Leistungen fähig!«, beharrte Dagmar.

Hannah schüttelte den Kopf. »Mag sein, ich will das nicht völlig ausschließen, auch wenn ich anderer Ansicht bin. Dennoch hat dein Hinweis Gewicht, denn dieses abgelegene Haus ist wie geschaffen, um jemanden gefangen zu halten. Falls man Berit tatsächlich hier festhielt und der Entführer sich entschloss, sie laufen zu lassen, hat er sie etliche Kilometer entfernt ausgesetzt – um sie und auch die Polizei in die Irre zu führen.«

Dagmar nickte nachdenklich. »Es gibt oder vielmehr gab sogar einen kleinen Kellerraum, der mit einigen Möbelstücken ausgestattet war.«

Einen Moment starrten sie beide in die Dunkelheit. »Worum, verdammt, geht es hier?«, fragte Dagmar leise. »Das stinkt alles gewaltig zum Himmel, oder?«

»Im wahrsten Sinne des Wortes.«

»Gut möglich, dass wir die Unterstützung vom LKA brauchen ... Ich werde übrigens die Gegend mit einer Hundestaffel gründlich absuchen lassen.«

»Du denkst an Dorina?«

»Natürlich, du nicht?«

»Doch, und ich überlege gerade, ob sie und Gehlberg sich möglicherweise doch kannten und sogar an ein und derselben Geschichte interessiert waren – auch wenn das heute im Gespräch mit uns ganz anders klang. Vielleicht hatte er gute Gründe, über die Verbindung zu schweigen.«

Dagmar verzog das Gesicht. »Das dürfte allerdings eine ziemliche miese Geschichte sein – vor ein paar Stunden saß der Knabe noch bei uns in der Dienststelle, und nun ...« Sie brach ab und sparte sich den Rest. »Mit wem müssen wir gleich morgen früh sprechen?«

»Mit Berit Konstedt«, erwiderte Hannah prompt. »Und auch erneut mit ihrem Mann. Außerdem möchte ich natürlich mit dem Rostocker reden, der das Haus angemietet hat, aber erst nachdem wir genau überprüft haben, um wen es sich handelt und in welcher Weise dieser Mietvertrag zustande gekommen ist.«

»Darum kümmert sich Rico noch heute Nacht. Ein KTU-Team wird sich Gehlbergs Wohnung vornehmen, sobald seine Identität zweifelsfrei feststeht, was in wenigen Stunden der Fall sein dürfte, wenn sich die Kollegen beeilen.«

»Schön.«

Eine Weile blieb es still. »Danke dir«, sagte Hannah dann. »Eine kotzende BKA-Tante ist ja echt 'ne Zumutung.«

Dagmar lächelte. »Glaub mir, ich habe schon Schlimmeres erlebt.«


Sie hatte fast eine Stunde gebraucht, um sich zu beruhigen, die Erstarrung abzuschütteln und dann ihre weitere Vorgehensweise zu planen. Patrick hatte wie ein Tier aufgeschrien, war zuckend zu Boden gestürzt und innerhalb weniger Augenblicke gestorben. Leonie war auf dem Boden sitzen geblieben, hatte ihrem hektischen Atem gelauscht und dem rasenden Puls nachgespürt. Das Gefühl, in einem irrationalen Geschehen gefangen zu sein, drohte sie zu überwältigen, und so hatte sie sich schließlich mühsam aufgerafft – wie viel Zeit vergangen war, konnte sie nicht sagen: zehn Minuten, zwanzig, vielleicht sogar ein halber Tag? Nichts schien unmöglich.

Schritt für Schritt, keine Hektik, dachte sie, immer eins nach dem anderen, ein Takt folgt dem nächsten, auch im schnellsten Trommelwirbel verbirgt sich Rhythmus und Organisation. Sie suchte nach einem Messer, um sich von der Fessel zu befreien, was einfacher ging, als sie erwartet hatte. Dann trank sie mit flatternden Händen ein Glas Wasser, ein zweites, sie wusch sich und suchte, da ihre eigenen Sachen unauffindbar waren, nach Ersatzklamotten. In dem schmalen Kleiderschrank hing nur Männerkleidung, aber das spielte keine Rolle – sie schlüpfte in eine Jeans, die ihr drei Nummern zu groß war, streifte ein Baumwollhemd über und griff nach einem Paar Sportschuhe, die ebenfalls nicht einmal entfernt passten.

Danach folgte der erste Teil des schwierigsten Parts. Sie musste Patrick durchsuchen – er war im Besitz ihres Handys sowie des Wohnungs- und Autoschlüssels. Sie rollte ihn von der Seitenlage auf den Rücken. Mit einem Auge starrte er an die Decke, der Stift ragte aus dem zweiten heraus, und sie zwang sich, nicht hinzusehen, sondern schob ihr hilfloses Entsetzen beiseite. Handy und Wohnungsschlüssel hatte er nicht bei sich, aber beides entdeckte sie wenige Minuten später, als sie das Auto durchsuchte.

Sie fuhr den Wagen ungefähr hundert Meter weiter in den Schutz einer Baumgruppe und aktivierte das Navi. Ich bin in der Nähe von Schönwalde, dachte sie verblüfft. Sie kannte die Gegend von Ausflügen, die sie mit Freunden unternommen hatte. Ein schönes Fleckchen Erde, wo man zur Ruhe kommen konnte ... Leonie schüttelte die Gedanken ab und plante die Rückfahrt über mehrere Umwege. Dann kehrte sie zum Haus zurück, verteilte das Benzin und warf nach letztem Zögern ein brennendes Streichholz auf den Boden. Er spürt es nicht mehr, er spürt es nicht mehr, er ... Als die Flammen aufloderten, rannte sie zum Auto und betete, dass ihr die Feuerwehr nicht entgegenkommen würde. Aber die Sirenen vernahm sie erst, als sie Minuten später auf eine Landstraße abgebogen war und in Richtung Eutin weiterfuhr.

Inzwischen hatte ein beruhigender Automatismus die Regie übernommen, in dessen Obhut sie sich zunehmend besser aufgehoben fühlte. Niemand durfte auf sie aufmerksam werden, das war das oberste Gebot und ihre einzige Chance. Wenn sie den Wagen bei Patrick vor der Tür abstellte, um von dort nach Hause zu fahren, würden sich garantiert scharenweise Leute an sie erinnern – allein wegen ihres seltsamen Aufzuges. Also fuhr sie zunächst zu ihrer Wohnung, parkte hinter dem Haus und schlich im Treppenhaus nach oben, nachdem sie sich vergewissert hatte, dass gerade niemand im Flur unterwegs war.

Natürlich hatte Patrick die Aufzeichnungen entdeckt – in der Abstellkammer herrschte ein ziemliches Durcheinander, und auch der Rest der Wohnung wies Spuren eiligen Suchens auf. Egal, dachte Leonie, während sie mit zitternden Knien den vertrauten Geruch ihrer Küche und ihres Wohnzimmers einatmete. Ich lebe, dachte sie, ich lebe und atme und zittere, ich habe einen Menschen getötet, der beinahe mich getötet hätte … Sie streifte die Klamotten ab, stopfte sie in eine Plastiktüte, die sie später unterwegs entsorgen würde, schluckte zwei Schmerztabletten und stellte sich minutenlang unter die Dusche. Ihr malträtierter Körper brannte und flehte um Ruhe. Später, später. Sie trocknete sich nur halbherzig ab, zog eine weite Leinenhose sowie ein langärmliges Shirt und Sandalen an. Dann hastete sie erneut durch den Flur und wählte blitzschnell den Hinterausgang, als Stimmen ertönten und die vordere Tür knarrend aufflog.

Patricks üblicher Parkplatz war frei. Sie stellte den Wagen ab und löschte nach kurzem Überlegen die letzten Touren vom Navi. Den Schlüssel warf sie in den nächsten Gully, die Klamottentüte in einen Altkleidercontainer. Dann fuhr sie mit dem Bus nach Hause. Sie trank eine Flasche Wasser, nahm zwei Schmerz- und eine Schlaftablette und legte sich ins Bett. Niemals kann ich einschlafen, dachte sie. Nach all dem kann kein Mensch einschlafen ...

Morgens um kurz nach vier wachte sie auf – hungrig. Wer Hunger hat, ist gesund oder befindet sich auf dem besten Wege der Genesung, hatte Großmutter Hedwig immer gesagt. Leonie aß Toast mit Käse und Marmelade, sie trank Milchkaffee und begann aufzuräumen. Um sieben rief sie in der Firma an und meldete sich krank; gegen neun Uhr frühstückte sie ein zweites Mal und legte sich wieder schlafen. In ihrem Kopf herrschte wohltuende Leere.

## 13

Dagmar wirkte zwar deutlich übernächtigt, als Hannah am nächsten Morgen in der Dienststelle eintraf, aber ihre Miene verriet höchste Anspannung und Konzentration. Die Ermittlungen liefen bereits auf Hochtouren, es herrschte eine rege Arbeitsatmosphäre, Kiel war eingeschaltet, hielt sich aber zurzeit noch im Hintergrund.

»Es ist Gehlberg«, warf sie Hannah nach einem kurzen Telefonat mit der Rechtsmedizin zu und griff erneut zum Hörer, um ein bereitstehendes Technikteam und zwei Beamte der Mordkommission in die Wohnung des Opfers zu schicken sowie die Polizeistation in Schönwalde zu informieren.

»Was ist eigentlich mit Angehörigen?«, schob Hannah einige Minuten später nach.

»Gehlberg stammt aus Göttingen, Eltern und andere Angehörige leben dort. Die Kollegen vor Ort werden gleich informiert. Hinweise auf Freunde, Beziehung und so weiter erhalten wir hoffentlich in Kürze.«

»Die Konstedts?«, fragte Hannah.

»Sind bereits auf dem Weg hierher. Übernimmst du die Befragungen? Dann kann ich mich schon mal um den anderen Kram kümmern.«

»Natürlich. Gibt es schon Neuigkeiten, was diesen Rostocker angeht?«

»Das kläre ich sofort – neben einem Dutzend anderer Sachen. Wo der Kaffee steht, weißt du ja. Ansonsten kannst du natürlich meinen Schreibtisch nutzen. Fühl dich wie zu Hause und halt mich auf dem Laufenden.« Dagmar rauschte nach nebenan.

»Dito.« Hannah blickte ihr einen Moment amüsiert nach, und Kotti tat es ihr gleich. In den nächsten Stunden würden unzählige Informationen in der Dienststelle zusammenlaufen, die, je nach ermittlungsrelevanter Bedeutung, weitere Entscheidungen und Überprüfungen erforderlich machten und eine Vielzahl neuer Aktivitäten auslösten. Inmitten dieser emsigen Betriebsamkeit den Überblick und alle Fäden in der Hand zu behalten, keine Frage, kein Indiz, keinen Hinweis zu vergessen, war weder einfach noch ein Zuckerschlecken, aber Dagmar war eindeutig die richtige für diesen Job – fand zumindest Hannah.

Eine Viertelstunde später informierte sie eine Beamtin, dass das Ehepaar Konstedt eingetroffen sei und im Vernehmungsraum warte. Hannah machte sich umgehend auf den Weg, begrüßte beide und übersah geflissentlich Detlef Konstedts abweisend skeptische Miene. Sie setzte sich und bat ihn höflich, zunächst im Nebenraum zu warten.

»Warum?«

»Weil ich ein getrenntes Gespräch für sinnvoller erachte.«

»Aber ...«

»Bitte, Herr Konstedt – Ihre Frau ist durchaus in der Lage, ohne Ihr Beisein ein Gespräch mit mir zu führen.«

Er zögerte sichtlich, stand aber, als Berit ihm zunickte, schließlich auf und verließ den Raum. Dass ihm die Vorgehensweise nicht passte, war sein Problem. Berit Konstedt warf Hannah einen fragenden Blick zu, kaum dass die Tür ins Schloss gefallen war.

»Der anonyme Hinweis stammt von Ihnen.«

»Wie kommen Sie darauf?«

Hannah schüttelte den Kopf. »Bitte keine Ausweichmanöver mehr«, sagte sie ruhig. »Ich weiß, dass es Ihnen nach wie vor nicht gut geht, und ich nehme Rücksicht darauf, soweit es irgendwie möglich ist. Aber die Zeit läuft uns gerade ein bisschen davon, und wir müssen schnell und zielgerichtet handeln, um endlich herauszufinden, womit wir es hier zu tun haben, und bevor weiteres Unglück geschieht. Wir haben Gehlberg gestern Nacht tot aufgefunden.«

Berit schnappte nach Luft und starrte sie entsetzt an. »Um Gottes willen!«

»Wir ermitteln also nunmehr in zwei Vermisstenfällen, deren Hintergründe nach wie vor weitgehend unklar sind, und von Dorina Siebert fehlt immer noch jede Spur. Zusätzlich haben wir es nun noch mit einem Mordfall zu tun, der sehr wahrscheinlich dem gleichen Zusammenhang zuzuordnen ist wie die Entführungen. Zumindest steht dieser Verdacht im Raum«, fuhr Hannah rasch fort, um Berit Konstedt keine Zeit zu geben, nach weiteren Ausflüchten zu suchen. »Also, kurz und knapp: Woher kennen Sie ihn?«

»Er ist ein Bekannter meines Mannes.«

»Das wissen wir natürlich. Mich interessiert, warum Sie uns – noch dazu in anonymer Weise – auf ihn aufmerksam gemacht haben.«

Berit sah auf ihre Hände. »Das ist schwer zu erklären.«

»Versuchen Sie es bitte.«

Sie sah zur Seite.

Hannah ließ ihr einen Moment Bedenkzeit, dann ergriff sie erneut das Wort. »Frau Konstedt, darf ich Sie darauf aufmerksam machen, dass Ihre SMS gestern Morgen eintraf und Gehlberg am Abend ums Leben kam? Auf höchst unerfreuliche Weise übrigens. Das stimmt mich, ehrlich gesagt, ein wenig nachdenklich, wie Sie vielleicht verstehen können.«

Berit wandte ihr wieder das Gesicht zu. »Das ist in der Tat merkwürdig, aber ein Zufall«, erwiderte sie ruhig.

»Das behaupten Sie.«

»Ja.« Sie blickte einen Moment ins Leere. »Hören Sie, ich kann nichts beweisen und …«

»Vielleicht können wir es.«

»Das möchte ich bezweifeln.«

»Warum erzählen Sie nicht einfach, was Ihnen durch den Kopf ging und Sie derart beunruhigte, dass Sie die Initiative ergriffen? Ich entscheide dann selbst, ob und in welcher Weise Ihre Anhaltspunkte bedeutsam sein könnten.«

Berits Augen spiegelten Unsicherheit, doch sie nickte kaum merklich. »Nun gut. Er war irgendwann im Krankenhaus, als ich … als es mir noch ziemlich schlecht ging – nach dem Unfall, meine ich«, begann sie stockend zu schildern. »Ich habe nicht besonders viel von dem mitbekommen, was sich um mich herum tat oder was mit mir geschah, was überhaupt passiert war. Aber einiges schon … Zumindest erinnere ich mich an dieses und jenes, falls ich meiner Erinnerung trauen kann, wohlgemerkt. Die Ärzte sagten später, dass ich ganz allmählich aus dem tiefen Koma aufgetaucht war und ins Wachkoma hinüberglitt und von dort Stück für Stück den Weg zurückfand. Bewusste Hirnaktivitäten gäbe es in diesem tiefen Zustand der Bewusstlosigkeit nicht – eigentlich. Allerdings …« Sie runzelte die Stirn. »Hirnforscher entdecken immer wieder Erstaunliches.«

Hannah nickte. »Ja, ich weiß. Ein hochinteressantes Forschungsgebiet. Und Sie verbinden Erinnerungen mit dieser Phase der Genesung?«

»Ja, ich entsinne mich, dass Detlef oft da war und an meinem Bett saß. Und das ist ja die Wahrheit und keine Spinnerei!«, betonte Berit eifrig.

Hannah warf ihr ein leises Lächeln zu. »Natürlich nicht. Um Spinnerei geht es hier nicht.« Berits Ängste und die Skepsis gegenüber ihren Wahrnehmungen waren nur allzu verständlich. Sehr wahrscheinlich litt sie nach wie vor unter eindrucksvollen Flashbacks – gekoppelt mit Erinnerungslücken sorgten sie für große Verwirrung und Angst. »Und Gehlberg hat Sie auch besucht?«, nahm sie den Faden wieder auf.

Berit schüttelte den Kopf. »Nein, er hat Detlef besucht. Mich kannte er ja kaum.«

»Die beiden saßen demnach an Ihrem Bett«, schlussfolgerte Hannah. »Und?«

»Sie haben sich unterhalten.«

»Und Sie erinnern sich an Bruchstücke dieser Unterhaltung?«

»Das klingt absurd, doch ich hatte den Eindruck, dass der Name Dorina Siebert gefallen ist, mehrfach. Aber«, sie machte eine abwehrende Handbewegung, »ich bin keineswegs sicher, nur …« Sie brach ab.

»Haben Sie mit Ihrem Mann darüber gesprochen?«

Sie zuckte mit den Achseln. »Ja. Er weiß nicht, was ich meine, und kann sich an eine Unterhaltung mit Gehlberg, in der Dorina Siebert erwähnt wurde, nicht erinnern, weder im Krankenhaus noch anderswo«, erwiderte sie leise. »Er schätzt, dass ich durcheinander bin und Zusammenhänge herstelle, die gar nicht existieren. Und es ist sehr wahrscheinlich, dass er damit richtig liegt.«

Oder auch nicht, dachte Hannah. Dass Konstedt abstritt, mit Gehlberg über die Journalistin gesprochen zu haben, wunderte Hannah nicht im Geringsten. »Rät er Ihnen, nicht darüber zu sprechen?«

»Ja, er meint, dass ich nicht noch für zusätzliche Verwirrung sorgen soll«, erklärte Berit zögernd. »Er hält das sogar für gefährlich.«

Hannah stutzte. »Wieso gefährlich?«

Berit überlegte kurz. »Er ist der Meinung, dass sich meine Fantasien und meine Verwirrtheit erst so richtig festigen, wenn ich darüber rede und ihnen ständig Raum gebe. Irgendwann würde ich felsenfest an Vorgänge glauben, die gar nicht passiert seien und sich lediglich in meinem Kopf abgespielt hätten.«

Interessant, dachte Hannah.

»Und wenn Sie ihn jetzt mit meiner Aussage konfrontieren …« Berit brach kopfschüttelnd ab.

»Ich verstehe Ihren Konflikt und werde ihn zu diesem Punkt nur sehr oberflächlich befragen, zumindest zu diesem Zeitpunkt der Ermittlungen«, versprach Hannah. »Was hat Sie bewogen, die Initiative zu ergreifen?«

»Ich erlebe die Szene immer wieder – auch im Traum: die beiden an meinem Bett, das Piepen der Geräte, der Geruch nach Krankenhaus, die leisen, drängenden Stimmen und der Name

Siebert«, antwortete Berit nun ohne das geringste Zögern. »Ich glaube mittlerweile, dass das etwas zu bedeuten hat.« Sie blickte auf ihre Hände. »Und ich glaube, dass die Frau tot ist – das ist ein sehr eindringliches Gefühl, das mich nicht loslässt.«

Hannah schwieg betroffen. Sie fürchtete, dass Berit recht hatte – so oder so.

»Wir haben Gehlberg in einem einsamen Wochenendhäuschen in der Nähe von Schönwalde gefunden – beziehungsweise was noch davon übrig ist«, fuhr sie kurz darauf fort. »Der Mörder hat alles in Brand gesetzt, vermutlich um sämtliche Spuren zu beseitigen. Wir halten es durchaus für denkbar, dass Dorina Siebert dort gefangengehalten wurde und möglicherweise auch Sie. Sie haben keinerlei Erinnerungen an die Umgebung, an einen Raum?«

»Es war dunkel und roch modrig.«

»Vielleicht ein Keller?«

»Kann sein«, stimmte Berit zu. »Gibt es denn Spuren von Frau Siebert?«

»Bislang nicht. Vielleicht entdecken die Kriminaltechniker noch etwas, was uns Anhaltspunkte für die weitere Suche bietet.« Hannah lehnte sich zurück. »Gehlberg ist tot, Dorina verschwunden, aber Sie leben, Frau Konstedt. Der Täter hat Sie frei gelassen. Warum? Wenn Sie sich in den Händen desselben Entführers befunden haben, und die Wahrscheinlichkeit erhöht sich nach meiner Überzeugung mit jedem Tag ...«

»Ich habe ihm nichts sagen können«, fiel Berit ihr plötzlich mit flatternder Stimme ins Wort. »Ich wusste nichts.« Ihre Lippen waren weiß geworden. »Und ich weiß nichts.«

»Er hat Fragen gestellt?«

Berit begann zu zittern. »Bei mir sagt jeder früher oder später die Wahrheit, meinte er. Ich kann ihn nicht beschreiben, ich kann mich lediglich manchmal an szenische Ausschnitte erinnern, die ebenso plötzlich wieder verschwinden, wie sie unvermittelt auftauchen oder mich sogar völlig unerwartet im Alltag überfallen, egal, womit ich gerade beschäftigt bin. Aber er hat mir eine Chance gegeben, weil mein Tod unnötig sei, eine nutzlose und damit ungerechtfertigte Verschwendung.«

Hannah war verblüfft. »Das hat er gesagt?«

»Ja – oder so ähnlich. Er hat immer leise gesprochen, fast geflüstert. Eine angenehm ruhige Stimme.« Sie schluckte. »Er ist sehr grausam – er tut, was er tun muss, aber er quält und tötet nicht ohne Grund, das liegt ihm nicht.«

Hannah atmete kraftvoll aus. »Was wollte er von Ihnen wissen?«

Berit starrte ins Leere.

»Es ging um Dorina Siebert, nicht wahr?«

Sie nickte langsam. »Ich konnte ihm nichts sagen. Ich kannte die Frau doch gar nicht. Eine Stimme aus dem Radio. Aber er müsste es genau wissen. Sehr genau, das betonte er mehrfach, als wollte er mir sein Handeln unbedingt erklären ...« Berit brach ab.

Hannah stand auf und reichte ihr ein Glas Wasser. Sie trank in kleinen Schlucken und sah schließlich auf. »Was hat mein Mann mit all dem zu tun?«

Gute Frage, dachte Hannah. Eine von vielen guten Fragen.


Mirko Sehler, ledig, vierzig Jahre alt, lebte in Rostock und verdiente seinen Lebensunterhalt als Schmuckdesigner, wie Rico Freyer inzwischen in Erfahrung gebracht hatte und Dagmar vortrug, während sie gemeinsam nach vorne in ihr Büro gingen.

»Der war ziemlich baff, als er kapierte, was passiert war.«

»Warum ist er in Rostock, obwohl er ein Ferienhaus gemietet hat, und welche Verbindung gibt es zu ...«

»Gehlberg fotografiert manchmal seinen Schmuck«, ergriff Rico eilig das Wort. »Für Sehlers Online-Shop. Sie wollten sich im Ferienhaus treffen, aber Sehler hatte zwischenzeitlich in Rostock Wichtiges zu erledigen ...«

»Aha.« Dagmar öffnete die Tür und trat vor Rico ein. »Kann er kurzfristig nach Lübeck kommen?«

Freyer nickte. »Er hat zwei Termine und macht sich dann auf den Weg hierher.«

»Bestens. Haben die Suchtrupps schon was gefunden?«

»Nein, dafür gibt es erste Ergebnisse aus Gehlbergs Wohnung. Der Laptop gibt nicht viel her – auf den ersten Blick –, aber die Kollegen kümmern sich bereits um Mails und Kontakte.«

»Was für Kontakte?«

»Auftraggeber, Bekannte, auch weibliche.«

»Gut.« Dagmar goss sich einen Kaffee ein und hielt die Kanne hoch. »Du auch?«

»Nein, danke. Eine externe verschlüsselte Festplatte ist bereits bei unserer IT-Frau. Die dürfte nicht lange brauchen, um sie zu knacken.«

»Klingt vielversprechend. Weiter.«

»Die Telefonverbindungsnachweise müssten heute noch reinkommen«, fuhr Rico fort. »Handy haben wir allerdings bisher nicht gefunden. Ist vielleicht mit verbrannt. Das wird sich noch zeigen.«

»Okay.« Dagmar blickte auf die Uhr. »Der Typ war Fotograf. Sieh dir mal genauer an, was dem so vor die Linse gekommen ist, sobald Material vorliegt. Vielleicht hat er ja auch Schweinkram fotografiert.« Sie zog eine Braue hoch.

»Auf dem Laptop oder …«

»Egal, wo. Die Kollegen sollen alles mitbringen, was ihnen diesbezüglich in die Hände fällt.«

»Alles klar, Chefin.« Rico wandte sich zum Gehen.

»Und beeilt euch.«

»Natürlich.«

»Ach, noch was.«

Rico drehte sich wieder um. »Ja?«

»Sein Wagen steht auf dem Parkplatz hinter seinem Wohnhaus, wenn ich es richtig verstanden habe. Da stellt sich natürlich die Frage, wie er nach Schönwalde gekommen ist. Mit seinem Mörder?«

Rico nickte. »Ich sag draußen Bescheid, dass die Techniker nach Reifenspuren Ausschau halten.«

»So was in der Art meinte ich. Außerdem will ich wissen, warum und womit der so gut verdient hat und ob es irgendwelche Verbindungen zur Siebert gibt, die uns bislang entgangen sind. Um die entsprechenden Beschlüsse kümmere ich mich sofort. Und wenn du schon dabei bist – jag diesen Mirko Sehler auch durch die Datenbank. Kann nicht schaden, wenn wir mehr von dem wissen. Das ist dann auch ganz im Sinne unserer BKA-Kollegin.«

»Okay.« Damit schloss er die Tür hinter sich.

Dagmar setzte sich an ihren Schreibtisch, atmete dreimal tief durch und arbeitete unverzüglich ihre Telefonliste ab, bevor sie Hannah eine SMS schrieb: »Wie weit bist du mit den Konstedts?«

Drei Sekunden später klingelte ihr Handy.

»Berit macht sich gerade auf den Weg zu ihrem Therapeuten«, begann Hannah übergangslos zu berichten.

»Ach du liebe Güte! Was hast du …«

»Sie ist durchaus etwas mitgenommen, aber der Termin war ohnehin für heute Vormittag vereinbart«, unterbrach Hannah rasch, um Dagmars Befürchtungen zu zerstreuen. »Wenn du Zeit hast, dann komm rüber – ich fange jetzt mit ihrem Mann an.«

»Mach ich gerne, aber vorweg: Hatte sie etwas Neues zu berichten?«

»O ja, es geht um die Siebert. Der Entführer hat Berit freigelassen, weil sie nichts über die Journalistin wusste. Davon war er überzeugt, nach seiner ›Befragung‹.«

Dagmar blies die Wangen auf.

»Er ist sich seiner Sache verdammt sicher gewesen, ein Profi, wenn du mich fragst.«

»Es ist dennoch ungewöhnlich, dass er sie wieder freiließ.«

»Er hat ihr eine Chance gegeben, weil ihr Tod unnötig sei, ›eine nutzlose und damit ungerechtfertigte Verschwendung‹, so schilderte es Berit wörtlich. Darüber hinaus hat sie den Eindruck, dass Gehlberg und ihr Mann nach ihrem Unfall im Krankenhaus an ihrem Bett saßen und sich über die Siebert unterhielten.«

»Ach nee.« Dagmar ließ Hannahs Neuigkeiten einen Moment sacken, während sie mit dem Handy am Ohr ihr Büro verließ.

»Ihr Mann versuchte ihr das auszureden, und obwohl sie ihren eigenen Wahrnehmungen nicht traut, ließ ihr die Sache keine Ruhe. Interessant, oder?«

»In der Tat. Bin übrigens in zwei Minuten da.« Dagmar unterbrach die Verbindung und eilte den Gang entlang in Richtung Vernehmungsraum.

Gehlberg hatte für die unterschiedlichsten Auftraggeber gearbeitet: Zeitschriften, Online-Medien, Privatleute, kleine und auch mittelständische Unternehmer. Seine Buchhaltung war samt Hunderten von Fotos, die säuberlich in Ordnern abgelegt waren, auf einer externen Festplatte gespeichert, deren Sicherung durch Passwörter recht knifflig, aber keineswegs unlösbar war. Ricos IT-Kollegin hatte immerhin zwanzig Minuten benötigt und anerkennende Worte gefunden.

Fest stand, dass der Mann viel auf Reisen gewesen war und den Großteil seiner Einkünfte über kleine Firmen und private Auftraggeber erwirtschaftete, die ihn häufig mehrfach oder sogar regelmäßig beschäftigten – für aufwendig gestaltete Familienporträts, Aufnahmen von Feiern und Jubiläen und sogar Reiseberichte, die Gehlberg satte Honorare beschert hatten. Rico überprüfte stichprobenartig einige Namen und stellte erstaunt fest, dass von zehn Auftraggebern drei gar nicht existierten – zwei waren verstorben, und zwar lange vor Rechnungsstellung, der dritte war ein Fantasiename. Irrtum oder Versehen?

Rico nahm sich die nächsten zehn Namen vor und stieß dabei wieder auf zwei Nieten sowie einen interessanten Auftraggeber – Berthold Rabert, Direktor an der Polizeiakademie in Lübeck. Er hatte viel Geld für einen zugegebenermaßen beeindruckend schönen Familienbildband bezahlt, der über einen Zeitraum von zwei Jahren entstanden war, wie Rico recherchierte – Hochzeitsfotos, Geburtstage, eine Taufe, einige sehr schöne Landschaftsaufnahmen von der Lübecker Bucht.

Dann entdeckte Rico in einem Unterverzeichnis der weitverzweigten Organisationsstruktur in einem versteckten Ordner ein Dutzend Fotos ganz anderer Art: Dorina Siebert – in leidenschaftlicher Umarmung mit einem Mann oder mit ihm händchenhaltend in einem Lokal sowie zahlreiche Abbildungen von Flugtickets und Reisedaten, die der junge Kommissar erst bei genauerem Hinsehen erkannte. Verblüfft griff er zum Telefon, um seine Chefin umgehend zu informieren.

»Was ist los? Ich hoffe, es ist wichtig. Ich will gerade in die Vernehmung.«

»Sehr wichtig.« Rico grinste. An ihre oftmals barsche Art hatte er sich längst gewöhnt, ihr Sarkasmus gehörte ebenso zu seinem Arbeitsalltag wie ihre hektische Art, ihm Dutzende von Stichworten zwischen Tür und Angel zuzuwerfen und nichts anderes als die sofortige Erledigung zu erwarten.

»Ich höre!«

»Ich verschaffe mir gerade einen Überblick über Gehlbergs umfangreiche Dateien auf seiner externen Festplatte, und dabei habe ich eine sehr aufschlussreiche Fotoserie entdeckt. Er hat Sexfotos von der Siebert und einem bislang unbekannten Mann gemacht. Außerdem gibt er in seiner Buchhaltung zumindest teilweise Einnahmen von nichtexistierenden Quellen an – soweit es meine erste Stichprobe ergeben hat.«

»Schwarzgeld?«

»Könnte man durchaus vermuten.«

»Lass das genau prüfen.«

»Mach ich. Aber das kann etwas dauern …«

»Und ich will natürlich wissen, mit wem die Siebert schläft und warum ihn das interessiert und was er sonst noch so auf der Festplatte hat«, fuhr sie unbeirrt fort.

»Schon klar, aber auch das braucht seine Zeit. Noch was, Chefin – der Gehlberg hat Tickets und sonstige Reisedokumente der Siebert abgelichtet, und zwar seit Anfang des Jahres, wenn ich das im Moment richtig überblicke.«

Einen Augenblick herrschte Schweigen. »Sind Flüge nach Kiew dabei?«

»Ja.«

»Schick mir das mal aufs Handy. Und dazu auch ein unverfängliches Foto von Sieberts Lover, soweit das machbar ist.«

»Unverfänglich? Die sehen alle ziemlich eindeutig aus, wenn die Bemerkung erlaubt ist – da ist kaum was Jugendfreies dabei.«

Dagmar stöhnte leise auf. »Such dir ein Bild aus, auf dem er nicht gerade mit lustvoll verdrehten Augen und weit geöffnetem Mund seinem Orgasmus entgegenhechelt, und wähle einen Gesichtsausschnitt, den ich guten Gewissens herumzeigen kann. Jetzt verstanden?«

»Ach so – ja, klar. Jetzt gleich? Ähm, ich ziehe die Frage zurück.«

»Schön zu hören.«


Hannah war perplex. Sie standen im Vorraum zum Vernehmungszimmer, in dem Detlef Konstedt seit geraumer Zeit wartete, und sahen sich die Fotos auf Dagmars Handy gemeinsam ein zweites Mal an, während Hannah aus den neuesten Informationen ein Gesamtbild zu entwickeln versuchte. »Sexfotos, Schwarzgeld und ein Fotograf, der sich für das Liebesleben und die Reisen einer Kollegin interessiert.« Sie blickte wieder hoch. »Er hat sie verfolgt – in wessen Auftrag und warum auch immer. Und er scheint in dem Job ziemlich geübt zu sein. Das Schwarzgeld ist ein eindeutiges Indiz für lukrative Nebeneinkünfte, die er als Schnüffler verdiente. Vielleicht hat er es übertrieben, und jemand, der das alles gar nicht spaßig fand, hat kurzen Prozess mit ihm gemacht. Womöglich hat er sogar etwas mit ihrem Verschwinden zu tun.«

Dagmar nickte langsam. »Und das ist nur die Spitze des Eis-
berges. Mal sehen, was es da noch so alles zu entdecken gibt.
Aber guck dir mal die Reiseinfos genauer an. Fällt dir was
auf?«

Hannah fasste die Bilder erneut ins Auge. Plötzlich wusste
sie, worauf die Kollegin anspielte. »Das sind Buchungsbestäti-
gungen vom Flughafen Lübeck.« Sie sah hoch und atmete
scharf ein. »Konstedt hat Gehlberg die Infos besorgt!«

»Darauf würde ich glatt meinen Hintern verwetten.« Dagmar grinste.

»Ich bin gespannt, wie er reagiert.«

»Das werden wir sofort erfahren.« Dagmar steckte ihr Handy ein und öffnete schwungvoll die Tür.

Konstedt sah ihnen ungeduldig entgegen. »Wo ist meine
Frau? Sie hat einen wichtigen Termin.«

»Ich weiß, und sie dürfte längst bei ihrem Therapeuten sitzen«, entgegnete Hannah. »Ein Kollege hat sie bereits hinge-
fahren.«

»Aha.« Er schüttelte den Kopf. »Warum erfahre ich das erst
jetzt? Und weshalb lassen Sie mich so lange warten? Ich habe
noch anderes zu tun …«

»Erwartet man Sie im Flughafen?« Hannah rückte ihren
Stuhl zurecht und rief sich innerlich zur Ordnung. Die Aus-
sicht, Konstedt mit einigen Überraschungen zu konfrontieren,
die ihm mit großer Wahrscheinlichkeit den Boden unter den
Füßen wegziehen dürften, bereitete ihr eine gewisse Genugtu-
ung. Doch das stand ihr nicht zu, selbst wenn der Mann ihrer
Auffassung nach schwerwiegende Fehler begangen hatte, deren Ausmaß sich gerade erst abzuzeichnen begann.

»Ja, selbstverständlich. Was soll die merkwürdige Frage?«

»Haben Sie heute Morgen schon Nachrichten gehört oder
gelesen, oder wurden Sie über besondere Vorkommnisse informiert?«

»Was meinen Sie? Wir waren kaum aufgestanden, da …«

»In der Nähe von Schönwalde hat es gebrannt. In einem

abgelegenen Ferienhaus hat man eine Leiche gefunden. Allerdings fand das Opfer den Tod nicht in den Flammen, sondern war bereits vorher ermordet worden.« Hannah fixierte ihn. »Können Sie sich denken, von wem ich spreche?«

Er runzelte die Stirn. »Ich stehe nicht auf Ratespiele.«

»Es handelt sich um Ihren Freund Patrick Gehlberg.«

Konstedt starrte sie mit offenem Mund an, während es Dagmar übernahm, die Sachlage in aller Kürze zu skizzieren.

»Sie müssen sich irren«, entgegnete er schließlich fast tonlos.

»Tun wir nicht. Und die Rechtsmedizin schon mal gar nicht.«

»Das ist grauenvoll.«

»Ja, das ist es ohne Zweifel«, stimmte Hannah zu. »Möchten Sie etwas dazu sagen?«

»Was? Wie meinen Sie das?«

»Das wissen Sie ganz genau.«

Er ließ sich in die Lehne zurückfallen. Seine Erschütterung wirkte echt.

»Herr Konstedt, wir sind seit gestern Abend damit befasst, die Hintergründe dieses schrecklichen Geschehens zu erforschen«, erklärte Hannah, als er schwieg. »Der Zusammenhang mit anderen schrecklichen Taten der letzten Zeit, die uns bereits länger beschäftigen, liegt wohl auf der Hand, und es wäre angesichts Ihrer eigenen Lage ausgesprochen souverän und hilfreich für die weitere Ermittlungsarbeit, wenn Sie sich endlich entschließen könnten, ohne Verzögerung und weitere Ausweichmanöver – Stichwort Ratespiele – die Karten auf den Tisch zu legen.«

Konstedt massierte sich mit beiden Händen den verspannten Nacken, sagte aber weiterhin nichts.

»Nun gut, dann eben nicht«, übernahm Dagmar nach kurzer Pause in lapidarem Tonfall. »Wir haben Fotos gefunden. Fotos und andere Unterlagen, die schon bei oberflächlicher Durchsicht beweisen, dass Gehlberg nicht nur ein erfolgreicher Fotojournalist war, sondern einem lukrativen Nebenjob nachging, für den er hin und wieder Helfershelfer benötigte. Leute wie Sie zum Beispiel. Warum hat er Dorina Siebert verfolgt? Was ist für wen so interessant an der Frau?«

Konstedt wischte sich über die Nase und atmete tief aus. »Er war an ihren Reisedaten interessiert«, antwortete er schließlich.

»Hat er Ihnen gesagt, wofür er die brauchte?«, schob Hannah nach.

»Nein, er sagte nur, dass er meine Unterstützung bräuchte.«

»Und auf diese Erklärung hin geben Sie, ein langjähriger Mitarbeiter der Geschäftsführung, sensible Daten weiter? Das ist nicht Ihr Ernst, oder?«

»Kein schöner Zug, aber ...«

»Das entspricht vor allen Dingen nicht der Wahrheit«, unterbrach Hannah ihn mit leicht erhobener Stimme. »Wenn mich mein Eindruck nicht trügt, ist Ihnen Ihre Position in der Geschäftsführung des Flughafens sehr wichtig, oder?«

Konstedt zwinkerte nervös. »Patrick erklärte mir, dass die Siebert einigen Leuten auf die Füße getreten sei, und die würden gerne genauer wissen, was sie in der nächsten Zeit vorhat.«

Dagmar schüttelte den Kopf und beugte sich vor. »Ach, ich verstehe«, ergriff sie beherzt das Wort. »Sie wollten ihr eins auswischen – die alte Interviewgeschichte nagte noch an Ihnen! Da haben Sie nicht lange gezögert, Ihren Freund zu unterstützen, mochte sich sein Ansinnen bei genauerer Überlegung auch etwas merkwürdig anhören. Ist Ihnen eigentlich klar, dass Sie damit Ihren Job los sind und eine Menge Ärger auf Sie zukommt – in mehrfacher Hinsicht?«

Er verschränkte die Hände. »Es steckte noch etwas anderes dahinter«, sagte er stockend.

»Wir sind ganz Ohr.«

»Patrick ließ durchblicken, dass sich meine Beziehung zu Robin herumsprechen könnte ...«

»Er hat Sie also erpresst?«, fragte Hannah.

»Auf indirekte Weise – ja.«

»Was genau heißt indirekt?«

»Nun, er … sprach es nicht deutlich aus, mehr zwischen den Zeilen. Das konnte er ganz gut, verstehen Sie?«

»So ungefähr. Aber dann verschwand plötzlich Ihre Frau und kehrte nach einigen Tagen zutiefst traumatisiert zurück. Sie wurde gefoltert – ist Ihnen das eigentlich wirklich klar?«

Er griff sich an den Hals. »Ich habe da keinen Zusammenhang gesehen …«

»Schließlich wird Dorina Siebert vermisst, die Frau, die Ihr umtriebiger Freund mit Ihrer tatkräftigen Unterstützung im Auge behielt – ein Schnüffelauftrag. Sehen Sie da immer noch keinen Zusammenhang?«

Er schluckte. »Patrick meinte, dass es den nicht gäbe.«

»Und das haben Sie ihm geglaubt? Oder wollten Sie es ihm glauben?«

»Nun, zu dem Zeitpunkt …«

»Inzwischen ist Gehlberg tot, er wurde auf grausamste Art ermordet. Existiert zwischen den einzelnen Geschehnissen immer noch kein Zusammenhang für Sie?«

Konstedt knetete seine Hände.

»Haben Sie Ihrem Freund erzählt, dass Berit Sie auf Dorina angesprochen hat?«

»Bitte? Wie kommen Sie denn darauf?«

»Haben Sie oder haben Sie nicht?«, beharrte Hannah.

Er wandte das Gesicht ab und schloss kurz die Augen.

»Wer kam auf die Idee, dass Ihre Frau ein paar Tage in Großenbrode verbringen sollte?«

Schweigen.

Hannah beugte sich vor. »Berit ist in einem idealen Zeitfenster überfallen und entführt worden. Hat Ihnen das wirklich nie zu denken gegeben?«

»Das hätte ein Zufall sein können«, wandte er ein.

»Hätte, hätte … Herr Konstedt, sobald wir dem Staatsanwalt unsere Wertung der Ereignisse darlegen und mit den entsprechenden Beweisen und Indizien untermalen, wird er große

Lust und ein noch größeres Engagement entwickeln, ein Verfahren gegen Sie einzuleiten – Unterstützung bei einer Straftat, missbräuchliche Weitergabe von Daten und so weiter. Ihren Job sind Sie demnächst los, Ihre Frau dürfte auch keine Lust mehr auf die Ehe mit Ihnen haben, sobald sie die Einzelheiten erfährt – warum zögern Sie noch, endlich für Klarheit zu sorgen und wenigstens jetzt bei der Aufklärung der Ereignisse zu helfen?«

»Für mich war es so!«, entgegnete er mit plötzlich erhobener Stimme. »Ich hielt es für einen Zufall.«

»So weit waren wir schon«, stellte Dagmar fest. »Für wen arbeitete Gehlberg? Wo ist Dorina Siebert?«

Konstedt hielt kurz die Luft an, um sie dann kraftvoll auszustoßen. »Ich glaube, es sind gefährliche Leute«, sagte er leise. »Er hat viele Jahre für sie gearbeitet. Über Details wollte er nicht mit mir sprechen. Er wollte die Buchungsdaten, das war alles ... und, ja, er war beunruhigt, als ich bemerkte, dass Berit plötzlich über Dorina sprach, also ihren Namen erwähnte, mehrfach ... Sie muss ihn irgendwo aufgeschnappt haben.«

Der Entführer hatte die Aufgabe, detailliert in Erfahrung zu bringen, was Berit über Dorina wusste. Nicht mehr, aber auch nicht weniger. Ihr Tod sei unnötig, »eine nutzlose und damit ungerechtfertigte Verschwendung«, hatte Berit die Erklärung des Täters wiedergegeben – nach Stunden der Folter war er hundertprozentig sicher gewesen, dass die junge Frau völlig ahnungslos war und ihn darüber hinaus nicht identifizieren könnte. So beschloss er, ihr eine Chance zu geben und sie lebend auszusetzen.

»Gehlberg war viel unterwegs«, meinte Hannah. »Wohin haben ihn seine Reisen geführt?«

»Keine Ahnung. Er erzählte nichts darüber, keine Einzelheiten jedenfalls.«

»Flog er nicht von Lübeck?«

»Er war häufig mit dem Wagen unterwegs, wenn ich das richtig mitbekommen habe.«

»Hatte er zurzeit eine feste Beziehung?«

Konstedt wiegte den Kopf. »Keine Ahnung. Falls ja, hätte er kaum mit mir darüber gesprochen.«

»Warum nicht?«

Konstedt zuckte mit den Achseln. »Über Beziehungskram sprachen wir nicht.«

»Aha. Nun gut.« Dagmar streckte den Arm aus und stellte das Aufnahmegerät ab. »Es reicht fürs Erste. Halten Sie sich bitte zu unserer Verfügung.«

»Ich kann gehen?«

Sie nickte. »Wir können ihn nicht länger festhalten, wenigstens im Moment nicht«, meinte Dagmar mit mürrischer Miene, als die Tür hinter ihm ins Schloss gefallen war. »Aber der weiß natürlich mehr – darauf würde ich wetten.«

»Ich auch.«

»So ein Arsch! Ist dem eigentlich klar, dass er die Leiden seiner Frau zu verantworten hat?«, schob Dagmar nach.

»Ich glaube schon. Doch er wird alles daransetzen, seinen Kopf aus der Schlinge zu ziehen, und an der einen oder anderen Stelle wird ihm das wahrscheinlich sogar gelingen.«

»Arsch.«

»Das sagtest du bereits.«

»Ich weiß. Gehen wir Mittagessen?«

»Gute Idee.«

Woran hat Dorina gearbeitet?, fragte sich Hannah, während sie in die Kantine hinuntergingen. Ein heißes Eisen, über das niemand etwas wusste.

## 14

Leonie war klar, dass die Polizei früher oder später bei ihr auftauchen würde. Sie hatten zwar eine betont lockere Beziehung
geführt, aber sich als Paar auch nicht versteckt, und ihre Telefonnummer oder Zeugenaussagen würden früher oder später
zu ihr führen. Wenn sie sich im Spiegel betrachtete, wurde ihr
immer noch übel – sie sah krank aus, elend und mitgenommen. Selbst wenn sie sich gut schminkte, waren die blauen
Flecken von den Schlägen im Gesicht unübersehbar, und auch
der unaufmerksamste Polizist würde angesichts der Ereignisse
stutzig werden. Sie hoffte, dass es eine Weile dauern würde,
bis man mit ihr sprechen wollte, aber darauf verlassen konnte
sie sich nicht.

So nah wie möglich an der Wahrheit dranbleiben, überlegte sie, als sie mittags aufstand und sich im Spiegel betrachtete.
Unauffällig und nur an notwendigen Stellen lügen. War sie
dazu in der Lage? Ja, entschied sie. Wer fähig ist, einen Menschen zu töten, ein Haus abzufackeln und anschließend sein
unauffälliges Verschwinden durchaus überlegt zu organisieren
und trotz starker körperlicher Beeinträchtigungen ebenso
zielorientiert umzusetzen, war selbstverständlich in der Lage,
die Polizei halbwegs intelligent zu belügen. Darüber hinaus
blieb ihr gar nichts anderes übrig, wollte sie nicht entweder
als Mörderin ins Gefängnis wandern oder von den Leuten
getötet werden, mit denen Patrick zu tun hatte. Wenn sie mit
ihrer Vermutung richtig lag, dass das Projekt Dorina Siebert
aufgrund ihrer Entdeckung aus dem Ruder zu laufen drohte,
hatte Patrick nur eines im Sinn gehabt: sämtliche Spuren ihrer
Einmischung, die ja auch sein Versagen offenbarte, zu tilgen.
Rostock war ein Treffer gewesen – »Take five« hatte Patrick
nahezu entsetzt. Was würden die Leute, mit denen er zusam-

menarbeitete, annehmen, wenn sie von seinem Tod und dem Brand erfuhren? Ein tragischer Unfall? Wohl kaum? Eine interne Auseinandersetzung zwischen Geheimdienstleuten, die tödlich endete? Sie durfte getrost davon ausgehen, dass die Hintermänner es genauer wissen wollten und jede vorschnelle Handlung ihrerseits, jede unüberlegte Reaktion Konsequenzen nach sich ziehen würde, über die sie nicht einmal nachdenken, geschweige denn sich im Detail vorstellen wollte.

Leonie schüttelte den Kopf. Wenn alte Freunde oder Bandmitglieder ihre Überlegungen ohne Kenntnis der Hintergründe mitverfolgen könnten, würden sie sie für völlig durchgeknallt halten. Vor wenigen Tagen war ihre Welt noch in Ordnung gewesen – sie hatte sich über eine aufregende und nicht alltägliche Beziehung gefreut, ihren Brotverdienst ausgebaut und einem schönen Sommer entgegengesehen. Und plötzlich war nichts mehr wie zuvor. Patrick hatte sich als grausamer und heimtückischer Mann mit dubiosen Verbindungen entpuppt, der sie, ohne mit der Wimper zu zucken, ermordet hätte, wenn sie nicht unerwartet und erfolgreich zum Gegenangriff übergegangen wäre.

Wenn sie wenigstens die Aufzeichnungen zu Ende gelesen hätte und nun wüsste, was den Stein erneut ins Rollen gebracht hatte. Die Polizei war bereits auf Patrick aufmerksam geworden, fiel ihr plötzlich wieder ein. Er war befragt worden und hatte angenommen, sie hätte ihn angeschwärzt. Hatte sie aber nicht. Wer dann? Gute Frage.

Sie ging in die Küche und kochte sich einen starken Kaffee. Ich muss Überraschung heucheln, dachte sie. Darin war sie noch nicht einmal als Kind gut gewesen, wenn sie lange vor dem Heiligen Abend längst gewusst hatte, welche Geschenke sie bekam. Sie schüttelte erneut den Kopf und streifte ihre seltsamen Gedanken ab. Dann verschickte sie mehrere Kurznachrichten und sagte die Bandprobe ab. Begründung: ein Unfall mit dem Fahrrad. »Bin etwas zerbeult und kann kaum den Takt halten.« Das war nicht mal gelogen, allenfalls schamlos untertrieben.

Hannah ging gleich nach dem Essen ihre To-do-Liste durch, hakte einige Punkte ab, schrieb weitere dazu und setzte sich zum Telefonieren in Dagmars Büro, während die Kollegin zur Teambesprechung eilte. Der Anruf in der Elektromotorenfabrik brachte keine neuen Erkenntnisse – Dorina hatte sich für eine Reportage mit einem Ingenieur getroffen, der das Werk in Hermannstadt mit aufgebaut hatte und zurzeit leitete. Das lag jedoch schon einige Monate zurück, und das Projekt war im Sande verlaufen, wie die Sekretärin ihr berichtete.

»Und Herr Thalemann befindet sich noch im Urlaub?«

»Ja – ich denke, er kommt in den nächsten Tagen zurück.«

»Danke. Ich melde mich dann noch einmal.«

Anschließend telefonierte Hannah mit einem Kollegen vom BKA, der jedoch zu Gehlberg nicht das Geringste vorliegen hatte.

»Habt ihr kein weitergehendes Stichwort, abgesehen von der nach wie vor vermissten Journalistin?«, fragte er seufzend. »Seine Reisetätigkeit allein bringt uns nicht weiter. Alles Mögliche könnte dahinterstecken – oder auch gar nichts. Ich brauche einfach ein bisschen mehr Material.«

»Das bekommt ihr umgehend. Ich bitte den hiesigen Kollegen, euch die Liste seiner Auftraggeber und Fotodateien weiterzuleiten, die wir auf einer externen Festplatte entdeckt haben«, meinte Hannah nach kurzem Überlegen. »Da sind einige Fantasienamen dabei, die lediglich der äußerst lukrativen Abrechnung dienen. Vielleicht könnt ihr was damit anfangen.«

»Das klingt schon besser. Ich kümmere mich darum und hake auch beim BND nach.«

»Danke.«

Hannah setzte sich kurz mit Rico in Verbindung, der ihrer Bitte so schnell wie möglich nachzukommen versprach. Dann loggte sie sich ins Internet ein und rief die Website der Elektromotorenwerke auf. Wenige Minuten später entdeckte sie ein Porträt von Robert Thalemann. Der Lover, dachte sie perplex. Im nächsten Moment stand Dagmar in der Tür. Hannah drehte den Monitor in ihre Richtung. »Darf ich vorstellen – Robert Thalemann, Ingenieur im Lübecker Elektromotorenwerk, Firmenleiter in Hermannstadt und Dorinas Lover.«

»Das ist ...«

»Sehe ich auch so. Im Firmenporträt wird erläutert, dass er ein glücklich verheirateter Familienvater ist.«

»Tja – möglicherweise schließt das eine das andere nicht aus, wenigstens seiner Ansicht nach«, entgegnete Dagmar trocken. »Finde ich ungefähr so witzig wie die Behauptung: Schatz, es ist nicht so, wie du denkst ... Wie dem auch sei, wir leiten das sofort an Rico weiter. Vielleicht kann er mit dieser Info Querverbindungen herstellen.« Sie griff zu ihrem Handy.

Hannah nickte. »Ich habe gerade mit ihm gesprochen, er stellt Material für das BKA zusammen und soll den Hinweis ebenfalls weitergeben. Außerdem möchte ich wissen, wo die Fotos entstanden sind. Hat Dorina ihn in Hermannstadt besucht? Oder haben die beiden sich vielleicht in Kiew getroffen? Wir erinnern uns an die verliebt wirkende Dorina, wie sie von der Leiterin des Fitnessstudios beschrieben wurde. Da ist ja vielleicht doch was dran gewesen.«

»Aber warum sind die Belege der Kiew-Reise aus ihrer Wohnung verschwunden, wenn es um eine Lovestory geht?«, grübelte Dagmar.

»Vielleicht sind sie gar nicht verschwunden, weil Thalemann für sie über das Werk gebucht hat und die Belege in der Firma sind – das würde auch erklären, dass sich keine Abbuchung auf ihrem Konto findet.«

»Und dennoch – hebt man als alleinlebender Single von einer Reise mit dem Liebsten nicht doch irgendetwas auf? Die Bordkarte, eine Restaurantrechnung, was auch immer. Als Erinnerung?«

»Kein schlechter Einwand«, meinte Hannah. »Halten wir für

den Moment fest, dass sie sich möglicherweise mit Thalemann in Kiew getroffen hat und Hinweise auf diese Reise offensichtlich verschwunden sind. Aber warum dort?«

»Gute Frage.«

»Eine von vielen, die wir auch dem Thalemann stellen müssen, der sich noch im Urlaub befindet. Ach, übrigens: Direktflüge nach Hermannstadt gehen nicht von Lübeck ab.«

»Das ist korrekt.« Dagmar runzelte die Stirn und wählte eine Kurzwahl auf ihrem Handy. »Ich lasse da noch mal bundesweit nachhaken. Möglicherweise hat Rico sich auf Lübeck beschränkt, weil die Siebert ansonsten grundsätzlich von hier gestartet ist. Und ansonsten ist Mirko Sehler eingetroffen …«

Sehler war der Typ »ewiger Junge« – mittelgroß, sehr schlank, glattes Gesicht mit offenen sympathischen Zügen, dunkle Augen hinter einer Nickelbrille, nicht eine graue Strähne im kurzgeschnittenen braunen Haar. Man konnte ihn mühelos auf höchstens dreißig schätzen.

»Ja, ich bin vierzig«, bestätigte er mit leisem Lächeln, als Dagmar verwundert auf ihren Notizblock blickte. »Irgendwann werde ich wahrscheinlich über Nacht altern und mit einem Schlag grau und faltig werden.«

»Das hoffe ich nicht«, erwiderte sie charmant und bedankte sich für sein rasches Kommen, bevor sie das Aufnahmegerät einschaltete und die üblichen Vorbemerkungen zu Protokoll gab. »Reine Routine«, meinte sie abwinkend.

Sein Lächeln huschte davon. »Wie konnte das passieren? Wissen Sie schon Genaueres?« Er warf Hannah einen fragenden Blick zu, bevor er wieder Dagmar ansah.

»Leider nein. Wir gehen von verschiedenen Ermittlungsansätzen aus. Sie waren mit Gehlberg verabredet, wenn ich meinen Kollegen, der bereits mit Ihnen sprach, richtig verstanden habe?«

»Ja. Er fotografiert regelmäßig meinen Schmuck. Ich wollte

eigentlich schon am Samstag rausfahren, aber es kam dann etwas dazwischen.«

»Und Gehlberg hatte einen Schlüssel?«

»Ja – oder um genau zu sein: Ich habe den Schlüssel am Haus deponiert, unter der Mülltonne. Das mache ich immer so, damit ich ihn nicht vergesse, und Patrick konnte rein, ohne auf mich warten zu müssen.«

»Ich verstehe. Der Eigentümer sagte, Sie hätten es für zwei volle Monate gemietet, aber Sie befanden sich zum Zeitpunkt des Unglücks in Rostock. Könnten Sie uns das erklären?«, fragte Dagmar.

Wieder nickte Sehler. »Ich habe bei dem günstigen Angebot einfach zugegriffen, obwohl klar war, dass ich nicht die ganze Zeit vor Ort sein könnte, sondern immer nur für einige Tage, vielleicht eine Woche am Stück, doch das war es mir wert.«

Dagmar warf einen Blick in ihre Notizen. »Herr Sehler, angesichts der Ereignisse müssen wir Sie bitten, uns darüber in Kenntnis zu setzen, wann Sie dort waren und was Sie insbesondere am Sonntag gemacht haben.« Sie lächelte vergleichsweise milde, wie Hannah feststellte.

»Sie meinen – ich brauche ein Alibi?« Sehler erwiderte das Lächeln. »Schon klar. Ich werde zu Hause meinen Terminkalender durchgehen und Sie informieren. Reicht Ihnen das?«

»Natürlich. Schaffen Sie das zeitnah?«

»Ich werde mich bemühen.«

Hannah beugte sich über den Tisch vor. »Könnte es sein, dass Gehlberg das Haus zwischenzeitlich genutzt hat? Vielleicht sogar ohne Ihr Wissen?«

Sehler wiegte den Kopf und musterte sie einen winzigen Moment lang eindringlich. »Nun, abgesprochen war das zwar keineswegs, aber ich kann es nicht ausschließen, da ja der Schlüssel stets verfügbar war und Patrick wusste, dass ich nur unregelmäßig Zeit finden würde, rauszufahren.«

»Warum mieten Sie eigentlich ein Haus hier in Schönwalde?«, schob sie nach. »Warum nicht in der Nähe von Rostock?«

»Ich mag die Gegend und mache hier immer mal wieder Urlaub.«

»Einfach so?«

»Ja.« Er nickte. »Außerdem ist dieser Ort ideal für meine Bedürfnisse: abgelegen, ruhig, inmitten der Natur und aufgrund des nicht gerade gehobenen Standards preiswert. Besser gesagt – es war ideal ... Und die Anreise ist gut zu bewältigen – anderthalb Stunden ist nicht die Welt, oder?«

»Sie sind Schmuckdesigner.«

»Richtig, ich fertige vornehmlich Herrenschmuck.«

»Und davon können Sie leben?«

»Inzwischen ja«, bestätigte er. »Ich betreibe einen Onlineshop, bin regelmäßig auf Märkten mit einem Stand vertreten und beliefere auch Schmuckläden.«

»Und wie haben Sie Gehlberg kennengelernt?«

Sehler schlug ein Bein über das andere. »Ganz einfach – ich habe einen guten Fotografen gesucht, und jemand hat ihn empfohlen ...« Er hob die Hände. »Das liegt einige Jahre zurück. Er ist ... war ein netter Kerl und ein sehr guter Fotograf.«

»Wissen Sie mehr über ihn? Freunde, Freundin, Bekannte?«

»Über Privates hat er nicht viel erzählt. Wenn wir uns trafen, ging es um meinen Schmuck und die vorteilhafteste Art, ihn zu präsentieren – zum Beispiel draußen, in Verbindung mit der Natur. Er hatte immer sehr gute Ideen ...« Er schüttelte den Kopf. »Wie traurig ...«

Hannah nickte nachdenklich. »Sagt Ihnen der Name Dorina Siebert etwas?«

Sehler überlegte kurz. »Nein«, meinte er dann. »Tut mir leid.«

»Berit Konstedt?«

»Auch nicht.«

Die Antwort kam ein bisschen schnell, fand Hannah. »Es ist ausgesprochen freundlich von Ihnen, so rasch nach Lübeck zu kommen, nur um unsere Fragen zu beantworten.«

»Das mache ich gerne. Außerdem wollte ich ohnehin nach

Schönwalde – wie gesagt: Ich hatte für zwei Monate im Voraus bezahlt, wovon ich ja nun gar nichts mehr habe. Vielleicht gibt mir der Eigentümer ein paar Euro zurück.«

»Dann wünsche ich Ihnen alles Gute für Ihr Unterfangen.« Sehler lächelte. »Wir sind durch?«

»Ja, fürs Erste jedenfalls. Oder hast du noch was?« Hannah blickte Dagmar an.

»Nein – bitte denken Sie daran …«

»Die Terminliste – natürlich. Ich kümmere mich darum.«

Die Tür schloss sich leise hinter ihm. Dagmar seufzte. »Netter Kerl, oder?«

»Ja, schon, aber …«

»Was gefällt dir nicht an ihm?«

»Kann ich nicht sagen. Besonders schockiert über Gehlbergs Tod wirkte er jedenfalls nicht.«

»Über den Mord haben wir nicht gesprochen«, gab Dagmar zu bedenken. »So geht er wohl von einem Unglück aus. Außerdem weiß er es schon seit ein paar Stunden.«

»Warten wir ab, was die Überprüfung und sein Alibi ergeben.«

»Einverstanden.« Dagmar gähnte und reckte sich, dann stand sie auf. »Ich muss rüber – ein bisschen Dampf machen. Kommst du mit?«

Hannah bezweifelte, dass das Team zusätzlichen Druck benötigte, aber sie enthielt sich eines Kommentars. Im zentralen Großraumbüro ging es zu wie in einem Bienenstock. Rico, der gerade mit zwei Kollegen sprach, sah auf, als Hannah und Dagmar eintraten, und winkte ihnen zu. »Hab was – bin gleich da.«

»Super!«, rief Dagmar ihm zu. »Lass dir bloß Zeit.«

Hannah hob kurz den Blick zur Decke.

»Die Sexfotos sind an unterschiedlichen Orten aufgenommen worden«, erklärte Rico zwei Minuten später und tippte auf den Stapel Fotos in seiner Hand. »In der absoluten Vergrößerung ist die jeweils unterschiedliche Bettwäsche gut zu erkennen.«

Dagmar sah ihn verständnislos an. »Ich weiß ja nicht, wo du so absteigst, aber ich kenne Hotels, die regelmäßig die Bettwäsche wechseln. Das allein dürfte also kein Argument sein, von mehreren Hotels auszugehen.«

Rico starrte sie einen Moment verdutzt an, dann lachte er verlegen auf. »So habe ich das nicht gemeint. Auf einer Aufnahme lässt sich ein in die Wäsche eingenähtes Hoteletikett entziffern …«

»Nämlich?«

»Ein Fünf-Sterne-Hotel am Schwarzen Meer in Odessa. Eine Kollegin ruft gerade dort an, um sich den Aufenthalt bestätigen zu lassen. Ich hoffe …«

»Odessa?«, fragte Dagmar überrascht.

»Ja, sie könnten von Kiew nach Odessa gereist sein«, bestätigte Rico. »Es soll dort sehr schön sein.«

»Also ging es tatsächlich um einen Liebesurlaub …«

»Schon, aber wer hat die Fotos gemacht?«, wandte Hannah ein. »Vielleicht ist Thalemann damit erpresst worden. Wird Zeit, dass der Mann aus dem Urlaub zurückkehrt.«

Dagmar nickte. »Finde ich auch. Und weiter? Was ist mit dem anderen Ort?«

»Hermannstadt beziehungsweise Rumänien«, sagte Rico. »Das ist jedenfalls sehr wahrscheinlich, denn das Muster auf der Bettwäsche enthält rumänische Schriftzeichen.«

»Interessant. Demnach war Gehlberg auch in Rumänien und hat sich Dorina an die Fersen geheftet.«

»Oder jemand vor Ort hat die Schnüffelarbeit übernommen und den Kram an ihn weitergeleitet«, meinte Hannah. »Das zumindest halte ich für wahrscheinlicher. Gehlberg war sehr vorsichtig.«

Rico nickte. »Seine Reisedaten geben zum Zeitpunkt der Kiew-Flüge nichts her. Aber die Überprüfung läuft noch.«

»Und Hermannstadt?«

»Auch dieser Abgleich ist in Arbeit – mit freundlicher Unterstützung von BKA und BND.«

»Wie dem auch sei – die Fotos sind auf seiner externen Festplatte gespeichert. Was hatte er damit vor?« Hannah fuhr sich mit beiden Händen durchs Haar. »Ich glaube nicht einen Augenblick daran, dass es hier um eine Ehegeschichte geht, aber völlig ignorieren dürfen wir diesen Punkt natürlich trotzdem nicht.«

Plötzlich hielt sie inne. Stichwort Rumänien. »In Rumänien gibt es ein zunehmend größeres Problem mit Straßenhunden, die Menschen anfallen und sogar töten.«

»Ja, ich habe letztens etwas darüber gelesen. Und?«, fragte Dagmar.

»Gehlberg hat bei der gestrigen Befragung erwähnt, dass Tiere grundsätzlich nicht seine Welt seien und Hunde schon mal gar nicht. Als ich nachfragte, ob er schlechte Erfahrungen gemacht habe, meinte er: ›Ich bin vor einiger Zeit mal von drei Viechern auf einmal angegriffen worden … sehr unerfreulich, kann ich Ihnen sagen.‹ Wo wird man schon von drei Hunden auf einmal angegriffen?« Hannah runzelte die Stirn.

»Nun gut – selbst wenn er persönlich vor Ort war, um die Siebert zu observieren, sein Faible für Südosteuropa, Rumänien und so weiter besteht schon eine ganze Weile, wie wir auch wissen.«

Hannah lächelte. »Ich sammle lediglich Stichpunkte, Auffälligkeiten.«

Rico räusperte sich. »Apropos Stichpunkte – ich weiß nicht, ob es eine Rolle spielt, und wenn ja, welche, aber Dorina Sieberts Familie stammt aus Rumänien. In den siebziger Jahren sind sie übergesiedelt und im Ruhrpott heimisch geworden, wo Dorina zur Welt kam.«

»Hm …«

Dagmars Handy klingelte. Mit deutlich genervtem Gesichtsausdruck stellte sie die Verbindung her. »Was ist los?« Sie lauschte eine Minute, ohne etwas zu erwidern, und Hannah beobachtete, wie ihre Miene innerhalb weniger Sekunden gefror. Sie wusste sofort, welche Nachricht sie erhalten hatte.

»Die Kollegen haben Dorina einige Kilometer nordwest-lich von Schönwalde am Bungsberg in der Nähe des Fernmel-deturms gefunden«, berichtete Dagmar schließlich mit spröder Stimme. »Sie war vergraben. Die Hunde haben sie aufgespürt.«

Plötzlich war es sehr still in dem großen Raum. Jemand räusperte sich, ein anderer flüsterte leise »Scheiße«.

# 15

Diesmal hatte sie sich einfach gedrückt – eine zweite Leiche würde sie innerhalb so kurzer Zeit nicht verkraften – und eine lange Runde mit Kotti gedreht, bevor sie zunächst in die Pension zurückgefahren war. Dorinas Tod war bei nüchterner Betrachtung keine große Überraschung, aber der Schock saß trotzdem tief. Die ganze Mannschaft hat einen Funken Hoffnung bewahrt, und sie ist mir irgendwie ans Herz gewachsen, dachte Hannah.

Hin und wieder baute sie im Laufe einer intensiven Ermittlung emotionale Nähe zu einem Vermissten auf – als würde sie den Menschen nicht nur aus Beschreibungen, Akten und von Fotos kennen, sondern wäre ihm persönlich begegnet oder sogar mit ihm befreundet gewesen. Professionelle Distanz war nicht immer möglich, das gestand sie sich zu. Häufig endeten die Fallbearbeitungen mit der furchtbaren Gewissheit, dass ein Leben beendet war – durch Unfall, Suizid oder im Zusammenhang mit einer Gewalttat. Als noch quälender empfanden die meisten Angehörigen das Vakuum der schmerzvoll drängenden Unsicherheit, in dem alles und nichts möglich war und niemand Ruhe fand, von Frieden ganz zu schweigen.

Doch in Dorinas Fall herrschten nach wie vor Zweifel und Verwirrung, die Ermittler tappten im Dunkeln oder schoben die wachsende Zahl von Indizien, Deutungsansätzen und Querverbindungen unschlüssig hin und her. Ihr Tod hinterließ eine Lücke, die auch dann wenig Raum für allmählich einkehrenden Frieden bieten würde, wenn es gelingen sollte, die Hintergründe aufzuklären. Davon zumindest war Hannah überzeugt. Berits Tod wäre Verschwendung gewesen, so die ungewöhnliche Einschätzung des Täters. Sie hatte nichts gewusst, nichts über Dorina. Deren Tod war demnach unbedingt nötig gewesen – im Sinne des Mörders. Was hatte sie gewusst? Was hatte ihr Urteil besiegelt? War das die entscheidende Frage? Und musste man sie in Bezug auf Patrick Gehlberg, unabhängig davon, ob er unter Umständen etwas mit ihrem Tod zu tun hatte, womöglich ebenfalls stellen?

Hannah ging unter die Dusche und hörte von weitem den Singsang ihres Handys, das den Eingang einer SMS signalisierte. Rico oder eine Kollegin aus dem Rechercheteam würden sie auf dem Laufenden halten, und sie stand für Befragungen jederzeit zur Verfügung. Zehn Minuten später machte sie sich auf den Weg zu Patrick Gehlbergs letzter Freundin, Leonie Schubert.

Die junge Frau wohnte in einem unauffälligen Mehrfamilienhaus in der Nähe des Mühlenteichs, das auch schon bessere Tage gesehen hatte. Der graublaue Anstrich hätte dringend einer Auffrischung bedurft, der Vorgarten verdiente diese Bezeichnung nicht, und im Flur roch es streng. Leonie Schubert lebt in einem deutlich bescheideneren Umfeld als ihr Freund, stellte Hannah fest, warum auch immer. Schubert öffnete nach dem zweiten Klingeln und blieb mit teilweise verdecktem Gesicht hinter der halbgeöffneten Tür stehen. Hannah stellte sich und Kotti vor, während sie ihren Dienstausweis zückte.

»Polizei? Worum geht es?«, fragte Leonie Schubert nach einem langen Blick.

»Sie waren mit Patrick Gehlberg befreundet, wie unsere Ermittlungen ergeben haben. Dürfte ich Ihnen einige Fragen zu ihm stellen?«

»Wir sind immer noch befreundet«, betonte sie sofort. »Was führt Sie zu mir?«

»Es wäre angenehmer, wenn wir das nicht im Flur besprechen müssten.«

»Nun gut, kommen Sie herein.« Das klang keineswegs unfreundlich, zeugte jedoch auch nicht von überschäumender Begeisterung.

Leonie Schubert schob die Tür auf, wandte sich um und ging

voran ins Wohnzimmer – ein großer und mit wenigen zweckmäßigen Möbeln farbenfroh eingerichteter Raum –, wo sie Hannah mit beiläufiger Geste einen Platz auf dem Sofa anbot. Als das Licht auf ihr Gesicht fiel, waren deutliche Spuren von Gewalteinwirkung zu erkennen. Außerdem war die junge Frau bleich; sie wirkte mitgenommen und kränklich. Ihre Wangen waren eingefallen, als hätte sie in kurzer Zeit Gewicht verloren, und die Augen waren von dunklen Ringen tief umschattet.

Hannah runzelte die Stirn. »Darf ich fragen, was passiert ist?«, fragte sie.

Schubert wies kurz auf ihr Gesicht. »Ach, Sie meinen das? Ein übler Fahrradsturz«, erwiderte sie und wich ihrem Blick aus. »Sieht scheußlich aus, nicht? Irgendein Idiot hat mir die Vorfahrt genommen. Ich konnte gerade noch so ausweichen, bin dafür aber in einen Zaun gekracht. Ist schon fast eine Woche her, aber mir geht es immer noch nicht besonders gut. War heftiger, als ich zunächst angenommen hatte.«

»Mit Kopfverletzungen ist nicht zu spaßen. Waren Sie beim Arzt?«

»So schlimm ist es nun auch wieder nicht. Ein paar Tage noch, dann dürfte es überstanden sein. Mögen Sie etwas trinken?«

»Nein, danke.«

Schubert hob den Blick. »Was ist mit Patrick?«

Hannah zögerte nur einen Moment. »Er wurde gestern Abend in einem Wochenendhaus in der Nähe von Schönwalde tot aufgefunden«, sagte sie dann.

Leonie Schubert sah sie sekundenlang regungslos und mit geweiteten Augen an. »Schönwalde?«, flüsterte sie. »Dort hat es irgendwo gebrannt ... Ich habe davon gehört.«

»Sie waren ein Paar, nicht wahr?«

Schubert zwinkerte. »Ja ... wir ... es war eine lockere Beziehung, aber ...« Sie schüttelte den Kopf. »Sind Sie sicher? Ich meine ...« Sie atmete tief aus. »Wieso ...«

»Wann haben Sie ihn zum letzten Mal gesehen?«

»Am Samstag – er hat mich abgeholt, und wir sind nach Grömitz gefahren. Er meinte, ein paar Stunden am Strand würden mir guttun, und er hatte recht, es war ein wirklich schöner Tag«, erklärte sie gehetzt. »Um Gottes willen ...« Sie brach ab.

»Wie ging es weiter? Wann sind Sie nach Hause gekommen?«

»Ich weiß es nicht genau. Gegen Abend, glaube ich – er wollte noch mal weg.«

»Hat er gesagt, wohin?«

Sie schüttelte den Kopf.

»Und Sie wissen nicht, wann er wieder zu Hause eintraf, und haben ihn im Laufe des Sonntags auch nicht mehr gesehen oder gesprochen?«, fragte Hannah weiter. Offensichtlich wusste die junge Frau nichts von Gehlbergs Besuch im Kommissariat.

»Er war immer viel unterwegs, und es war nicht üblich zwischen uns, jeden Termin abzusprechen. Wie gesagt – wir hatten eine eher lockere Beziehung, in der jeder auch seiner Wege ging, schon immer.« Sie blickte Hannah an. »Wie ist er gestorben? Was ist überhaupt passiert? War er in dem Haus, das abgebrannt ist?«

Hannah nickte. »Kennen Sie dieses Haus? Waren Sie schon mal mit ihm gemeinsam dort?«

»Nein. Er hat, wie gesagt, nicht erwähnt, wohin er wollte und wie lange er unterwegs sein würde.«

»Er machte nicht die geringste Andeutung, was er am Wochenende noch so vorhatte?«

»Nein. Ich ...« Sie runzelte die Stirn. »Ich ging von einem beruflichen Termin aus. Manchmal muss er recht spontan los ... musste er, meine ich.«

»Er war in dem Schönwalder Haus nicht allein. Wir gehen davon aus, dass er ermordet wurde. Der Täter hat anschließend Feuer gelegt, um sämtliche Spuren zu vernichten.«

»Das ist doch Irrsinn! Wer sollte Patrick ermorden?«

»Das würden wir sehr gerne in Erfahrung bringen. Sagt Ihnen der Name Berit Konstedt etwas?«

»Nein, so auf Anhieb nicht«, erwiderte Schubert nach kurzem Überlegen.

»Dorina Siebert?«

Sie runzelte die Stirn. »Den Namen habe ich schon mal gehört. Das ist die vermisste Journalistin, nicht wahr?«

»Richtig.«

»Was hat sie mit Patrick zu tun, wenn ich fragen darf?«

»Es gibt Übereinstimmungen, denen wir nachgehen. Fest steht, dass Patrick sie kannte.«

»Hm, ja ... und? Sie ist auch Journalistin.«

»Dorina Siebert ist wenige Kilometer von dem abgebrannten Haus entfernt gefunden worden – Leichenspürhunde haben sie entdeckt.«

Leonie Schubert erstarrte. »Was? Sie ist tot?«

Kotti hob den Kopf, und auch Hannah ließ die junge Frau nicht aus den Augen. »Kannten Sie sie?«

»Nein!«, entgegnete sie hastig.

»Hat Patrick mal von ihr gesprochen?«

»Nein ... keine Ahnung.«

»Warum reagieren Sie so heftig?«

»Na, Sie sind gut!«, ereiferte sich Schubert. »Tauchen hier auf und erzählen mir, dass Patrick tot ist, ermordet und die Leiche einer Kollegin gefunden wurde! Darf man da nicht heftig reagieren?«

»Doch, natürlich«, stimmte Hannah zu.

»Leichen gehören normalerweise nicht zu meinem Alltag.«

»Das vergesse ich wohl manchmal.«

Schubert hob das Kinn.

»Sie sind mich gleich wieder los«, versprach Hannah. »Eine Sache noch: Wir haben Fotos von Frau Siebert gefunden – auf einer externen Festplatte Ihres Freundes. Wie es aussieht, hat er die Journalistin beobachtet oder beobachten lassen.«

»Warum sollte er das tun?«

»Das ist die entscheidende Frage.«

Hannahs Handy vibrierte in der Seitentasche ihres Blazers. »Entschuldigen Sie bitte einen Moment.«

»Natürlich.« Schubert atmete tief durch. Die Unterbrechung war ihr ganz offensichtlich nur recht. Sie hatte Mühe, die Fassung zu bewahren, was ihr kaum zu verdenken war.

Hannah öffnete eine SMS von Rico. »Leonie Schubert arbeitet als Bürokraft in den Elektromotorenwerken.« Sie steckte das Handy wieder ein und sah hoch. »Sie kennen Robert Thalemann, nicht wahr?«

»Ja, er ist ein Arbeitskollege oder besser gesagt ein Vorgesetzter, wenn er in Lübeck ist.« Die Antwort kam ohne Zögern. »Er kümmert sich um unser Werk in Hermannstadt, ist aber zurzeit im Urlaub«, setzte sie nach. »Auf dem Jakobsweg, glaube ich.«

»Hat Ihr Freund Robert Thalemann mal erwähnt?«

»Nein – warum sollte er? Ich verstehe nicht, was das alles ...«

»Ihr Freund war nicht nur als Fotojournalist tätig«, unterbrach Hannah sie freundlich, aber bestimmt.

»Aha, sondern?«

»Als Schnüffler. Auch wenn in seinem Beruf die Grenzen manchmal fließend sein mögen, in diesem Fall hat das eine mit dem anderen nur ganz am Rande zu tun, wie wir bereits nach ersten Recherchen sagen können.«

»Ich weiß nicht, worauf Sie hinauswollen.«

»Nun, ich könnte mir vorstellen, dass Sie einiges von dem mitbekommen haben, was Ihren Freund beschäftigte.«

»Ich habe schon gesagt, dass wir kein ...«

»Ich weiß, was Sie sagten: ›Er war immer viel unterwegs, und es war nicht üblich zwischen uns, jeden Termin abzusprechen. Wie gesagt – wir hatten eine eher lockere Beziehung, in der jeder auch seiner Wege ging, schon immer.‹«

Leonie Schubert stutzte und nickte dann. »Genau das sagte ich vorhin.«

»Bekommt man aber nicht dennoch mal am Rande, rein zufällig etwas mit? Ein aufschlussreiches Telefonat zum Beispiel? Eine eigentümliche Bemerkung? Nach den Ereignissen fällt Ihnen vielleicht doch das eine oder andere zu Patricks Geschäften und Terminen ein.«

»Im Augenblick fällt mir gar nichts dazu ein«, entgegnete Schubert brüsk. »Ich glaube, ich habe noch nicht mal kapiert, was Sie mir gerade alles erzählt haben. Ich weiß nur, dass er oft auf Reisen war, auch im Ausland, und dass er gut verdiente.« Sie hob die Hände, denen ein deutliches Zittern anzusehen war, und ließ sie schnell wieder sinken. »Er war eben ein angesagter Fotograf.«

»Durchaus.«

Einen Moment blieb es still. Schubert wandte den Blick ab und sah zum Fenster hinaus. »Ich möchte jetzt alleine sein.«

»Natürlich.« Hannah stand auf und legte ihre Visitenkarte auf den Tisch. »Falls Ihnen noch etwas einfällt. Die Kollegen werden sich in den nächsten Tagen noch einmal mit Ihnen in Verbindung setzen, um ein Protokoll aufzusetzen.«

Zwei Minuten später stand Hannah auf der Straße. Es existierten seltsame Übereinstimmungen zwischen den beteiligten Personen und den näheren Umständen, dachte sie auf dem Weg zum Auto. Berit hatte einen Unfall erlitten, in dessen Folge sie ins Koma gefallen war, Leonie Schubert hatte sich bei einem Sturz vom Fahrrad schlimme Verletzungen zugezogen; darüber hinaus arbeitete sie in derselben Firma wie Dorinas Lover Thalemann, und Fotos von beiden hatte wiederum Leonies Freund gesammelt, zu welchem Zweck auch immer. Gehlberg stirbt in einem Wochenendhäuschen in der Nähe von Schönwalde, kaum einen Tag später wird Dorinas Leiche in derselben Gegend gefunden. Dorina und Thalemann waren sich schon vor Monaten offensichtlich aufgrund seiner Arbeit in Rumänien nähergekommen, die die Journalistin in den Mittelpunkt eines Beitrages hatte stellen wollen, was im Sender allerdings niemand bestätigte; doch die Andeutung über das angeblich »dicke Ding«, die sie einem Kollegen gegenüber in ausgesprochen nachdenklicher und ernster Stimmung gemacht hatte, lag erst einige Wochen zurück. Existierte hier dennoch ein Zusammenhang?

Hannah setzte sich hinters Steuer. Beim Einbruch in Dorinas Wohnung waren sehr wahrscheinlich sämtliche Hinweise auf Kiew, Hermannstadt und auch Thalemann entfernt worden. Das war jedoch erst im späteren Ermittlungsverlauf klar geworden – ohne weitergehende Recherchen und Anhaltspunkte wäre die Polizei zunächst von einem schlichten Raub ausgegangen.

Wonach genau suchen wir? Nach dem Zentrum des Geschehens, dem auslösenden Faktor aller Ereignisse. Hannah war davon überzeugt, dass er existierte. Sie startete den Motor und schlug den Weg zur Dienststelle ein.

Das Lübecker Team arbeitete mit Unterstützung anderer Dienststellen einschließlich des BKA unter Hochdruck, so dass bis zum späten Abend bereits eine ansehnliche Zahl von Ermittlungsergebnissen vorlag, die den Verdacht von Gehlbergs unmittelbarer Beteiligung an Dorina Sieberts Entführung und ihrem Tod nicht erhärteten, ganz im Gegenteil. Eine Überprüfung seines akkurat geführten Terminkalenders sowie der inzwischen vorliegenden Handydaten einschließlich eines Bewegungsprotokolls schloss einen Abstecher nach Dänemark zwar nicht aus – zumal der Mann falsche Fährten gelegt haben konnte, was ihm Hannah zweifellos zutraute, und womöglich mehrere Handys unter verschiedenen Namen benutzt hatte –, doch die Wahrscheinlichkeit war eher gering. Mehrere berufliche Termine wurden von Geschäftspartnern prompt bestätigt, und zwar auch im Zeitfenster von Dorinas vorläufig angenommenem Todeszeitpunkt, den der Rechtsmediziner nach der ersten Untersuchung schätzungsweise zehn Tage zurückdatierte.

Die bundesweite Überprüfung von Gehlbergs Reisetätigkeit

belegte zahlreiche Flüge in Richtung Osteuropa, doch eine Überschneidung mit Dorinas Aktivitäten ergab sich nicht, dafür stets ein Zusammenhang mit einem Fotoauftrag. Hannah schätzte diesen Aspekt als ebenso bedeutsam wie beunruhigend ein, denn er ließ den Schluss zu, dass der Mann ausgesprochen professionell vorgegangen war, keinen Aufwand gescheut oder einer gut aufeinander eingespielten Gruppe angehört hatte – die Ahnungslosigkeit seiner Freundin unterstützte diese Hypothese, auch wenn Hannah vermutete, dass die junge Frau sich zumindest im Nachhinein das eine oder andere zusammenreimen könnte, was auch für die Ermittlungen bedeutsam wäre. Eine zweite Befragung sollte durchaus in Erwägung gezogen werden.

Der BND hatte nach Dagmars Kenntnisstand noch keine weitergehenden Informationen, ob Gehlberg womöglich als gut getarnter Spitzel und/oder im OK-Bereich unterwegs gewesen war, aber weitere Ergebnisse der Überprüfung seiner sichergestellten Fotodateien im Hinblick auf mögliche andere Opfer seiner Schnüffelaktivitäten standen noch aus.

Doch unabhängig davon, wie geschickt er wo und für wen tätig gewesen war und ob es je gelingen würde, einen lückenlosen Nachweis zu erbringen, denn Gehlberg konnte weiteres Material an sicheren Orten versteckt und/oder gespeichert haben – der entscheidende Hintergrund, warum Dorina Siebert als derart gefährlich eingeschätzt worden war, dass sie nach einem längeren Prozess der Beobachtung entführt worden war und schließlich hatte sterben müssen, entzog sich nach wie vor genauso einer Erklärung wie die Umstände vom grausamen Mord an Gehlberg. Hier lag die Mutmaßung nahe, dass es zu internen Konflikten im Täterkreis gekommen war.

Was für allgemeine Verblüffung sorgte, war der Zustand von Dorinas Leiche und ihre Auffindungssituation. Der Täter hatte ihr Grab inmitten dichten Buschwerks ausgehoben und sie nahezu liebevoll bestattet. Sie war nackt, ihre Arme lagen gekreuzt über der Brust, ihr Gesichtsausdruck wirkte friedlich.

»Sofern man das von einer Leiche behaupten kann, die im Hochsommer anderthalb Wochen Liegezeit hinter sich hat«, wie Dagmar erläuterte, während sie Hannah die Aufnahmen in ihrem Büro präsentierte. »Sie hat wenig Gewalt erfahren, nicht zu vergleichen mit dem, was Berit Konstedt ertragen musste oder wie es Gehlberg am Ende seines Lebens ergangen ist. Sehr wahrscheinlich starb sie aufgrund einer Überdosierung mit einem Narkotikum – ob es sich um das gleiche Mittel handelt, das Berit verabreicht wurde, kann der Doktor noch nicht sagen. Die Analysen laufen, und wir kriegen natürlich Bescheid, sobald das Ergebnis vorliegt.«

Hannah war perplex. »Er hat ihr nichts getan?«

»Na ja – er hat sie entführt und getötet.«

»Du weißt, was ich meine.«

»Ja, natürlich. Vielleicht hat sie ihm alles gesagt, was er wissen wollte.«

»Und dieses Wissen machte ihren Tod unabänderlich?« Hannah nickte langsam und blickte erneut auf die Fotos. »Wie hat er sie dort hingeschafft?«

»Ich schätze, er hat sie erst dort getötet«, meinte Dagmar. »Die nächste Straße ist zu weit entfernt, als dass er sie getragen haben könnte, noch dazu ohne aufzufallen.«

»Und niemand hat etwas gesehen?«

»In der Dämmerung oder abends? Die Befragungen in der Umgebung laufen natürlich, aber …«

»Sie konnte nicht fliehen, weil er sie mit einer Waffe bedrohte?«, fragte Hannah weiter.

»Er hatte ihr bereits etwas gespritzt«, schlug Dagmar vor. »Sie war müde und hatte längst aufgegeben.«

»Sie fügte sich ins Unabänderliche?«

»Schon möglich.«

»Warum?«

Dagmar seufzte. »Eine weitere entscheidende Frage. Vorschläge, an welchen Stellen wir noch recherchieren können?«

»Kannst du jemanden auftreiben, der die rumänische Sprache beherrscht und im Netz nach Berichten über die Hunde-plage sucht?«

»Was erhoffst du dir ausgerechnet davon?«

Hannah hob die Hände. »Keine Ahnung. Irgendeinen wei-tergehenden Hinweis.«

»Ich versuche mal mein Glück.«

»Gut. Ansonsten sollten wir uns noch einmal im Detail mit Dorinas Terminen vor ihrer Abfahrt nach Dänemark befas-sen«, schlug Hannah vor. »Außerdem wüsste ich ganz gerne, wann dieser Thalemann in Lübeck zurückerwartet wird. Der Jakobsweg ist ziemlich lang.«

»Okay. Noch was?«

»Garantiert, aber im Augenblick fällt mir nichts mehr ein. Ich fahre jetzt in die Pension und lege mich ins Bett.«

Dagmar sah der Kollegin einen Moment hinterher und gähnte herzhaft. Sie wollte gerade ihr Büro verlassen, als der Rechts-mediziner anrief.

»Ich habe die eingehende Leichenschau abgeschlossen und bin jetzt mitten in der Obduktion«, sagte Doktor Tabert.

Dagmar atmete tief durch. Sie war froh, nicht dabei zu sein. Allein der Geruch …

»Es bestätigt sich bislang, dass die Frau zumindest keine grobe körperliche Gewalt erfahren hat. Keine Hinweise auf heftige Schläge, Tritte, Schnitte, Vergewaltigung, Brandverlet-zungen und so weiter und so fort.«

Und so weiter und so fort, wiederholte Dagmar stumm. »Andere Auffälligkeiten?«

»Was ihr gespritzt oder verabreicht wurde, kann ich noch nicht sagen«, fuhr Tabert fort. »Aber ihr Mageninhalt dürfte Sie interessieren – selbstverständlich nur unter rein fallspezifi-schen Gesichtspunkten.« Er schob ein leises Kichern hinter-her. »Entschuldigung.«

»Schon gut.« Jeder hat wohl seine ganz eigene Art, mit den Belastungen dieses Jobs umzugehen, dachte Dagmar, und Tabert war bekannt für seinen skurrilen Humor. »Was haben Sie entdeckt?«

»Sie hat etwas verschluckt – ein Metallteilchen oder -band, nicht sehr groß. Ich schicke Ihnen ein Foto zu, wenn es recht ist. Vielleicht kann jemand was damit anfangen.«

»Ja, danke.«

Die Aufnahme traf wenige Minuten später ein und wirkte unspektakulär – ein silbernes Bändchen von gerade einmal zwei Zentimetern Länge. Das gucken wir uns morgen genauer an, dachte Dagmar und gähnte erneut. Sie war hundemüde und kaum noch aufnahmefähig. Nach einem letzten Rundgang machte sie sich auf den Heimweg.

## 16

Sie hatte sich nicht aus dem Haus getraut – weder am frühen noch am späten Abend. Vom Fenster aus war auf der Straße niemand zu erkennen, der sich auffällig verhielt, was jedoch gar nichts heißen musste. Weder Patricks Kollegen noch die Polizei würden sie auf so unprofessionelle Weise beobachten, dass sie es auf Anhieb bemerkte. Inzwischen fiel Leonie in ihrer Wohnung nicht nur die Decke auf den Kopf, auch ihre Lebensmittelvorräte gingen zur Neige, und so schob sie am nächsten Morgen in aller Frühe sämtliche Bedenken beiseite und machte sich auf den Weg zum nächsten Discounter. In der ersten Viertelstunde klopfte ihr Herz bis zum Hals, und ihre Knie waren weich, aber je länger sie unterwegs war, ohne etwas Ungewöhnliches zu bemerken, desto ruhiger wurde sie.

Als sie gegen acht mit vollen Taschen zurückkehrte, war sie fast guter Dinge und lief nahezu leichtfüßig die Treppen hinauf. Während des Frühstücks ließ sie das Radio laufen – die Meldung über den Fund von Dorina Sieberts Leiche ließ sie erneut erstarren. Den Teil der Unterredung mit der Kommissarin hatte sie für einige Stunden einfach ausgeblendet. Sie sprang abrupt auf und stellte sich mit ihrer Kaffeetasse ans Fenster. Die Tränen schossen ihr in die Augen. Zum ersten Mal, seit all das passiert war, dachte sie verwundert. Ich weine um diese Frau, die mir plötzlich so nahegekommen ist, ohne dass sie selbst es bemerkt hatte. Dorina mit ihrer Leidenschaft für Robert Thalemann und ihrer düsteren Familiengeschichte, die höchstwahrscheinlich unmittelbar mit ihrem Eifer zusammenhing, etwas in Erfahrung bringen zu wollen, das niemand wissen durfte.

Leonies Hände zitterten, sie stellte ihre Tasse ab und wischte sich über die Wangen. Wenn Patrick und seine Leute auch nur halb so schlau und gefährlich waren, wie es allein die Ereignisse

der letzten Tage nahelegten, würde die Polizei keine oder lediglich unzureichende Hinweise auf die Hintergründe der Geschehnisse bei ihm entdecken. Er war gewarnt gewesen und
hatte genügend Zeit gehabt, begangene Fehler auszumerzen
und Unterlagen verschwinden zu lassen. Dass es ihm nicht gelungen war, sie, Leonie, wie geplant zu beseitigen, sondern er
dabei selbst umgekommen war, bedeutete keineswegs, dass
andere Lücken nicht hatten geschlossen werden können. Sie
begab sich in allergrößte Gefahr, sobald sie es wagte, aus der
Deckung zu kommen, das war so sicher wie das Amen in der
Kirche; und man würde sie in Ruhe lassen, solange sie den
Eindruck erweckte, vollkommen ahnungslos zu sein. Während
laufender Ermittlungen einen weiteren Mord zu begehen oder
erneut eine Frau verschwinden zu lassen und noch mehr Aufsehen zu erregen, dürfte nicht im Interesse dieser Leute sein.
Das zumindest hoffte sie inständig.

Patrick hatte ein Paket nach Rostock geschickt, dachte sie
weiter und nahm ihre Tasse wieder zur Hand. Darüber hinaus
hatte er Kopien von Dorinas Aufzeichnungen und einiger Fotos versteckt, Letztere stammten von Thalemann, der sie wiederum vom Archivar erhalten hatte – ausgenommen jenes, auf
dem er und der alte Mann ins Gespräch vertieft waren und das
als deutliche Warnung verstanden werden sollte. Wem hätten
die Aufnahmen Schaden zufügen können? Und bestand in ihrem Besitz gleichzeitig Patricks Nutzen? Vielleicht. Vielleicht
war aber auch alles ganz anders.

Spätestens übermorgen muss ich wieder zur Arbeit, dachte
Leonie weiter. Sie wirkte immer noch krank, geschwächt und
fühlte sich wie durch den Reißwolf gedreht, doch es war garantiert eine gute Idee, ihren normalen Alltag wieder aufzunehmen – für sie selbst und andere, die sie im Auge behielten.
Normaler Alltag bedeutete: ihren Job zu machen, Trauer und
Betroffenheit über Patricks Tod zu zeigen, und zwar überzeu-
gender als im Gespräch mit der Kommissarin, die sie mit ihren dunklen warmen Augen sehr aufmerksam gemustert und

so manch merkwürdige Reaktion hoffentlich Leonies Schock zugeschrieben hatte.

Thalemann, fuhr es ihr durch den Kopf. Er weiß von nichts. Er wird nichtsahnend hier ankommen und erfahren, dass seine Geliebte entführt und getötet wurde. Und alles hatte mit seiner Arbeit in Rumänien begonnen und damit, dass er Dorina ins Vertrauen gezogen hatte.

Nach kurzem Zögern griff Leonie zum Telefon, um in der Firma anzurufen und die stets gut informierte Petra Weiland zu fragen, ob Thalemanns Ankunft inzwischen bekannt war, legte jedoch auf, bevor die Verbindung zustande kam. Und wenn er gar nicht in Spanien, vielleicht sogar niemals dort eingetroffen war? Wo befand sich seine Familie? War es klug, den Kontakt zu ihm zu suchen?


Der Zeitungsbericht war ungefähr ein Jahr alt und fügte sich nahtlos in eine Reihe mit zahllosen anderen und insbesondere im Laufe der letzten Monate zunehmenden Berichten über Angriffe von Straßenhunden in Rumänien, in deren Folge sogar Menschen ums Leben gekommen waren, vornehmlich Kinder, und die die Regierung schließlich veranlasst hatte, drastische Gegenmaßnahmen zu ergreifen und die Hunde zum Abschuss freizugeben, was wiederum Tierschützer in der ganzen Welt auf den Plan gerufen hatte.

In Ermangelung eines schnell zur Verfügung stehenden Übersetzers hatte Rico sich gleich am frühen Morgen auf die Suche nach Fotos im Netz gemacht und die dazugehörigen Berichte von einem Computerprogramm ins Englische übersetzen lassen. Da der Sachverhalt ohnehin immer der gleiche war, schien ihm die Vorgehensweise sinnvoll, fürs Erste jedenfalls. Der vorliegende Zeitungsbericht bot insofern etwas Neues, da ein zweispaltiges Foto dazugehörte und Gehlbergs Name genannt wurde. Drei Hunde hätten ihn abends in der Nähe von Bukarest aus dem Nichts heraus angegriffen, wie der Artikel ihn zitierte, und lediglich das beherzte Eingreifen eines Freundes hätte Schlimmeres verhindert. Die Aufnahme war unscharf und arg verpixelt, aber neben Gehlberg, der mit einem verbundenen Arm in die Kamera schaute, stand kein Unbekannter.

Rico lehnte sich zurück und blickte zu seiner Kollegin Ann-Kathrin Maurer hinüber, die am gegenüberliegenden Schreibtisch mit den Recherche-Anfragen vom Vorabend beschäftigt war und die Akten auf den neuesten Stand brachte.

»Hast du schon was zu Mirko Sehler, dem Rostocker, was über den allgemeinen Kram hinausgeht?«, fragte er.

Sie sah hoch. »Was hättest du denn gerne?«

»Eine detaillierte Biographie, wenn's recht ist, und jede Kleinigkeit zählt.«

»Sagt wer?«

»Im Moment ich – in einer halbe Stunde: die Chefin.«

»Okay.« Sie grinste.


Hannah hatte nicht gut geschlafen, sondern war mehrfach in der Nacht hochgeschreckt, weil Dorina Siebert an der Hand von Berit Konstedt durch ihre Träume schlich und beide mit vorwurfsvollen Augen, die ihr aus bleichen Gesichtern entgegenleuchteten, ihren Blick suchten. Am nächsten Morgen war sie so erschöpft, dass sie nach dem Frühstück kurzentschlossen in ihr Zimmer zurückkehrte und ohne jegliche Reue und an Kotti gekuschelt zwei Stunden Schlaf nachholte. Als sie in der Dienststelle eintraf, war es bereits Vormittag. Dagmar saß nach verschiedenen Besprechungen und Telefonaten im Zentralbüro zwischen Rico und einer jungen Kollegin mit Sommersprossengesicht, die sich als Ann-Kathrin Maurer vorstellte, während ringsherum längst die übliche Hektik herrschte – abgesehen von den aktuellen Ermittlungen hatte die Inspektion auch den ganz normalen Polizeialltag in Lübeck zu bewältigen.

»Mirko Sehler und Gehlberg waren zusammen in Rumänien, genauer gesagt in Bukarest«, erklärte Dagmar nach kurzer

Begrüßung und wies auf den Bildschirm. »Du hattest den richtigen Riecher.«

Hannah trat hinter sie und musterte das Zeitungsfoto, auf dem beide Männer zwar nicht gut, aber doch zweifelsfrei zu erkennen waren.

»Und Sehlers Lebenslauf ist durchaus interessant.«

Hannah zog sich einen Stuhl heran. »In Bezug auf unsere Fälle?«

»Das kann man noch nicht eindeutig sagen, aber … Ann-Kathrin, referierst du die Infos noch einmal?«

»Klar, gerne. Sehler wurde 1973 in Rostock geboren und wuchs auch dort auf, seine Eltern trennten sich, als er zwei Jahre alt war«, berichtete die Beamtin in lebhaftem Ton, während sie hin und wieder einen Blick in ihr Dokument warf. »Im Sommer 89 ist seine Mutter über Ungarn in den Westen abgehauen – wie einige damals, die die Schnauze endgültig voll hatten und die Zeichen der Zeit zu deuten wussten. Ihren Sohn ließ sie zurück, damals war er noch nicht einmal sechzehn Jahre alt und hatte gerade mit der Ausbildung zum Edelmetallfacharbeiter begonnen …«

Hannah schüttelte den Kopf. »Sie ist in den Westen gegangen, ohne ihr Kind mitzunehmen?«

Dagmar zuckte mit den Achseln. »Das ist beileibe kein Einzelfall gewesen.«

»In dem allgemeinen Wirrwarr ist sich der Junge zunächst selbst überlassen geblieben, bevor er Monate später zu seinen Großeltern zog«, fuhr Ann-Kathrin fort.

»Woher stammen eigentlich diese ausführlichen biographischen Angaben?«, fragte Hannah dazwischen.

»Vor zwanzig Jahren gab es ein Ermittlungsverfahren gegen Sehler, in dem die familiären Verhältnisse eine Rolle spielten. In dem Zusammenhang wurde eine ziemlich dicke Akte angelegt, die mir die Rostocker freundlicherweise zur Verfügung gestellt haben – jedenfalls nachdem ich mit einem Kollegen gesprochen habe, den ich von der Polizeischule kenne«, erläuterte die junge Beamtin eifrig. »Er hat mir vorhin den ganzen Kram rübergefaxt – die alten Fälle sind noch nicht komplett digitalisiert, wie Sie sicher wissen und …«

Hannah lächelte. »Durchaus.«

Dagmar machte eine ungeduldige Handbewegung. »Was unsere liebe Kollegin vom BKA eigentlich sagen will, aber höflicher, nahezu charmant und zugleich bemerkenswert knapp zum Ausdruck bringt, ist Folgendes: Komm zum Punkt.«

»Gerne. Die Staatsanwaltschaft war davon überzeugt, dass er seine Mutter beseitigt und getötet hatte.«

»Wie bitte?« Hannah klappte die Kinnlade herunter.

»Birgit Sehler lebte damals in Kiel und hieß inzwischen Seidel mit Nachnamen. Sie hatte einen Witwer mit zwei erwachsenen Söhnen geheiratet und stattete Rostock plötzlich einen Besuch ab, als ihre Eltern, die sich bis zur Volljährigkeit um den Enkel gekümmert hatten, kurz hintereinander verstarben – das war Ende 1992 und Anfang 93. Es gab ein ansehnliches Barvermögen zu erben. Einige Zeit später verschwand Birgit Seidel – spurlos. Sehler hatte ein gutes Motiv, er war natürlich alles andere als gut auf seine Mutter zu sprechen, und so richtete sich der Ermittlungsfokus sofort auf ihn. Man fand in seiner Wohnung eine Haarspange, die seine Mutter in den Tagen vor ihrem Verschwinden getragen haben soll, doch er behauptete überzeugend, dass sie schon vor Jahren derartigen Haarschmuck trug und er diese Spange aufbewahrte, seit sie ohne ein Wort gegangen war. Ein Zeuge, der Sehler zum fraglichen Zeitpunkt in Kiel in der Nähe der Wohnung seiner Mutter gesehen haben wollte, relativierte später seine Aussage – er war einfach nicht mehr sicher. Sehlers Alibi war zwar nicht wasserdicht, aber …«

Ann-Kathrin zuckte mit den Achseln. »Darauf ließ sich jedenfalls kein Prozess aufbauen, und schließlich musste das offizielle Verfahren eingestellt werden. Man behielt ihn noch eine Weile im Auge, aber das war es – zunächst jedenfalls.«

Hannah hatte längst ein seltsames Gefühl beschlichen. Der

Mann hatte wie ein großer Junge vor ihnen gesessen und kaum an einen Vierzigjährigen erinnert, geschweige denn an jemanden, der zwanzig Jahre zuvor ein schweres Verbrechen begangen haben könnte. »Und weiterhin keine Spur von der Frau?«

»Nein. Ungefähr ein Jahr darauf wurde jedoch im Rahmen einer Gewalttat ein junger Mann aus Kiel verhaftet – Tom Seidel, zweiundzwanzig, der älteste Sohn des Witwers, den Birgit geheiratet hatte«, fuhr Ann-Kathrin konzentriert fort. »Bei den Routineüberprüfungen und im Zuge weiterer Nachforschungen geriet der Vermisstenfall Birgit Seidel erneut in den Fokus. Tom, ein zugleich labiler und aggressiver Typ, war dem zunehmenden Druck offensichtlich nicht gewachsen. Er legte schließlich ein Geständnis ab – um sein Gewissen zu erleichtern, wie er sagte. Er gab zu, seine Quasi-Stiefmutter, die er von der ersten Begegnung an gehasst hatte, geschlagen und dabei getötet zu haben, allerdings lediglich teilweise aus eigenem Antrieb.«

Hannah stutzte.

»Er behauptete, dass Mirko Kontakt zu ihm aufgenommen habe. Er sei Auftraggeber und Drahtzieher gewesen, habe die Leiche verschwinden lassen und ihn sogar bezahlt.«

»Wie bitte? Ein Auftragsmord von einem Zwanzigjährigen?«

»Tja, so klang es zumindest – allerdings: Nichts davon ließ sich verifizieren, obwohl die Beamten hellhörig reagierten und erneut nachhakten, vornehmlich weil ihnen die Frage keine Ruhe ließ, warum Seidel ohne besondere Not eine solche Behauptung aufstellte.«

Die Frage hätte ich mir auch gestellt, dachte Hannah. »Und von Birgit Seidel, geborene Sehler, fehlt demnach bis heute jede Spur? Es gab zu keinem Zeitpunkt weitere Hinweise?«

Ann-Kathrin nickte. Einen Moment blieb es still.

»Ich mag die Gegend und mache hier immer mal wieder Urlaub«, zitierte Hannah schließlich Sehlers Aussage. »Das waren seine Worte, als wir ihn auf sein Interesse an Schönwalde ansprachen. Hier stimmt was nicht, oder?«

»Gut möglich, und wir haben noch etwas«, sagte Dagmar und öffnete eine weitere Fotodatei. »Schau mal, was der Rechtsmediziner in Dorinas Magen gefunden hat. Gestern Abend konnte ich noch nicht viel damit anfangen, es war ja fast schon Nacht, und ich war ziemlich fertig.«

Ein silbernes Band, dachte Hannah, feingliedrig ...

»Es könnte der winzige Abschnitt einer Kette sein, oder?«

Hannah nickte.

»Hältst du es für möglich, dass sie uns einen Hinweis geben wollte?«, überlegte Dagmar.

»Das halte ich für möglich. Vielleicht hat sie ihm eine Kette vom Hals gerissen, oder im Haus lag etwas herum ... Wie dem auch sei, sie hat schnell reagiert. Dem Staatsanwalt wird das trotzdem nicht reichen, solange es keine weiteren Beweise gibt, fürchte ich, aber mit dem Mann sollten wir uns eindeutig näher beschäftigen.«

»Vorschlag?«

»Ich gehe die Akte im Detail durch und nehme erst mal Kontakt zu den Rostockern auf. Vielleicht kann ich mit einem der damaligen Ermittler sprechen. Zwanzig Jahre ist zwar eine lang Zeit, aber das sollte uns nicht abhalten, genauer hinzusehen. Außerdem sollten wir sehr genau wissen, mit wem wir es zu tun haben, bevor wir das nächste Mal mit ihm sprechen.«

Meine Schwester Liv ist bereits über zwanzig Jahre verschwunden, schoss es Hannah durch den Kopf.

»Das wollte ich hören. Dann kann ich schon mal ...«

»Chefin?« Ein uniformierter Beamter stand mit der Hand an der Klinke in der offenen Tür. »Hier ist jemand, der Sie unbedingt sofort sprechen will – es geht um Dorina Siebert, und der Mann heißt Robert Thalemann.«


Hannah hatte schon lange keinen Mann mehr erlebt, der derart erschüttert auf den Tod eines Menschen reagierte. Thalemann, der gerade nach Lübeck zurückgekehrt war und im Radio von Dorinas Tod erfahren hatte, brach schluchzend zusammen, als

Dagmar ihn in ihrem Büro über die Hintergründe informierte. Schließlich wandte er sich um und starrte Hannah mit nassem Gesicht und roten Augen an, als nähme er sie gerade erst in diesem Moment wahr.

»Können wir irgendetwas für Sie tun?«, fragte sie.

»Ja – drehen Sie die Zeit zurück«, antwortete er mit dumpfer Stimme. »Bitte, bitte …« Erneut schlug er die Hände vors Gesicht.

Dagmar stand auf und holte ihm ein Glas Wasser. Sie schien ähnlich berührt wie Hannah. Er griff abwesend nach dem Glas, seine Hände zitterten. »Ich bin schon einen Tag früher zurückgekehrt«, flüsterte er. »Ich war in Spanien, auf dem Jakobsweg, und habe nichts gewusst … Anderthalb Wochen, sagten Sie, ist sie bereits tot?« Er blickte von Hannah zu Dagmar. »Und man hat sie da draußen verscharrt …« Seine Hände zitterten. »Unfassbar.«

»Herr Thalemann, wir müssen Ihnen einige Fragen stellen«, richtete Hannah schließlich wieder das Wort an ihn.

Er nickte langsam. »Ja, natürlich, meine heftige Reaktion gibt Ihnen natürlich zu denken, und ich will ganz offen sein. Wir hatten einige Monate lang eine Beziehung, eine Liebesbeziehung.« Er zuckte mit den Achseln. »Ich bin verheiratet, habe zwei Kinder und würde meine Familie niemals verlassen, aber das war nicht wichtig, weder für Dorina noch für mich …« Er brach ab.

»Wusste Ihre Frau davon?«

»Sie hat es irgendwie erfahren. Bevor ich Anfang Juli nach Spanien aufbrach, hatten wir eine ziemlich heftige Auseinandersetzung.«

»Wo ist Ihre Frau jetzt?«

»Sie ist vor einigen Tagen mit den Kindern nach Frankfurt gefahren, Freunde besuchen, und inzwischen auf dem Weg in die Staaten – New York und so weiter.«

Hannah und Dagmar wechselten einen schnellen Blick. Es war nicht sehr wahrscheinlich, dass Thalemanns Frau etwas mit

Dorinas Tod zu tun hatte – schon gar nicht nach der allerneuesten Entwicklung –, aber gänzlich unter den Tisch fallen durfte der Ansatz nicht. Vermutlich würde sich das Ehedrama als Nebenschauplatz herausstellen, doch Eifersucht gehörte zu den stärksten Motiven überhaupt, und das Zeitfenster passte zu Dorinas Entführungs- sowie dem angenommenen Todeszeitpunkt. Der Staatsanwalt würde ihnen die Akte um die Ohren hauen, wenn sie diesen Aspekt nicht zumindest ansprachen.

»Herr Thalemann, wir müssen die Angaben genauer prüfen«, sagte Hannah.

»Wie meinen Sie das?«

»Ihre Frau wusste von der Affäre …«

»Beziehung!«

»Gut – Ihre Frau wusste von Ihrer außerehelichen Liebesbeziehung, und Sie hatten eine heftige Auseinandersetzung mit ihr, wie Sie eben erwähnt haben.«

»Natürlich, aber … Sie glauben doch nicht im Ernst …«

»Haben Sie eine Vorstellung, wie sie davon erfahren haben könnte?«

»Nein, ganz und gar nicht. Ich arbeite hauptsächlich in …«

»Rumänien, Hermannstadt«, ergänzte Hannah. »Dorina hat Sie dort besucht, und Sie waren darüber hinaus gemeinsam in der Ukraine unterwegs, Richtung Odessa.«

Thalemann starrte sie mit offenem Mund an. Dann schluckte er, seine Schultern sackten ein. »Verdächtigen Sie mich etwa auch? Sind Sie deswegen so gut informiert? Sie sind völlig auf dem Holzweg.« Das klang bitter.

»Wir sind so gut informiert, weil wir seit Dorinas Verschwinden und erst recht seit dem Auffinden ihrer Leiche nach den Hintergründen forschen und mit sehr vielen Menschen gesprochen haben. So wissen wir inzwischen, dass Sie beide sich Anfang des Jahres im Zusammenhang mit einer geplanten Hörfunkreportage kennenlernten. Aber das ist beileibe nicht alles.«

»Was meinen Sie damit?«

»Am Tag vor Dorinas Auffinden kam ganz in der Nähe ein Fotojournalist aus Lübeck ums Leben, genauer gesagt: Er wurde ermordet. Sagt Ihnen der Name Patrick Gehlberg etwas?«

Thalemann überlegte nur kurz. »Nein.«

»Wir sind bei ihm auf Fotodateien gestoßen, die den Schluss nahelegen, dass Sie und Dorina beobachtet wurden. Es gibt aussagekräftige Sexfotos von Ihnen beiden.« Möglicherweise hat Gehlberg Thalemanns Frau damit überrascht, fuhr es Hannah durch den Kopf. Ein zusätzliches Spielchen, um Unruhe zu stiften, oder womöglich doch der Hauptgrund von Gehlbergs Aktivitäten? Das klang bizarr, unwahrscheinlich bis abwegig, und doch …

»Wollen Sie damit andeuten, dass meine Frau einen Schnüffler beauftragt hat?«, entgegnete Thalemann perplex.

»Ich will damit zunächst einmal behaupten, dass Sie beide beobachtet wurden. Ob es weiteres Material gibt, wissen wir im Moment nicht, das wird alles noch sehr genau geprüft, aber ausschließen würde ich das keinesfalls.«

Thalemann biss sich auf die Unterlippe. »Meine Frau würde so etwas niemals tun«, sagte er dann leise.

»Warum nicht?«

»Sie empfindet es als persönliche Niederlage, dass ich mit einer anderen Frau zusammen war. Das hat sie zutiefst verletzt, und sie würde mit niemandem darüber sprechen – das käme einem Eingeständnis gleich.«

Möglich, dachte Hannah.

»Nun gut, der Fall hat sich inzwischen als beunruhigend vielschichtig erwiesen, und wir stoßen täglich auf neue Aspekte. Haben Sie eine Vorstellung, welchen Grund es gäbe, Sie und Dorina zu beobachten und zu fotografieren, da doch Ihre Frau, wie Sie versichern, nichts damit zu tun hat?«, ergriff Dagmar das Wort.

»Haben Sie ausschließlich Sexfotos gefunden?«, antwortete Thalemann nach deutlichem Zögern mit einer Gegenfrage.

»Nein. Auf einigen Aufnahmen sieht man Sie in einem Lokal und beim Spaziergang, stets in inniger Verbundenheit.
Darüber hinaus waren Dorinas Reisedaten auch von Interesse,
zumindest die in Richtung Osten«, erläuterte Dagmar. »Aber
ich muss hinzufügen, dass wir mit unseren Auswertungen
noch ganz am Anfang stehen.«

»Außerdem wurde in Dorinas Wohnung eingebrochen, und
wir gehen inzwischen davon aus, dass die Tat im Zusammenhang mit ihrer Entführung und ihrem Tod steht«, ergänzte Hannah.

Thalemann nickte kaum wahrnehmbar, und Hannah fixierte ihn. »Was geht Ihnen durch den Kopf?«

Er wich ihrem Blick aus. »Kann ich gehen? Bitte.« Seine
Stimme klang matt.

»Herr Thalemann ...«

»Ich muss jetzt alleine sein, bitte haben Sie Verständnis dafür.« Er rieb sich mit beiden Händen übers Gesicht und war
offensichtlich kurz davor, erneut die Fassung zu verlieren.

Dagmar zuckte mit den Achseln. Sie hatten keine Handhabe, den Mann festzuhalten. »Halten Sie sich bitte zu unserer
Verfügung.«

Thalemann stand wortlos auf und verließ den Raum.

»Der ist völlig fertig«, stellte Dagmar fest. »Die beiden haben sich wirklich gemocht, oder?«

»Das Gefühl habe ich auch, und ich würde ihn gerne im
Auge behalten.«

»Tatsächlich? Ich muss dir wohl kaum erzählen, dass ich
ohne Beschluss nichts machen kann.«

Hannah lächelte. »Musst du nicht, nein. Aber er war ihr Geliebter, die Fotos sprechen eine deutliche Sprache. Seine Frau,
die wir im Übrigen auch überprüfen müssen, hat ihm eine Szene gemacht. Wir gewichten das nicht sonderlich, aber ...«

»Du hast recht, vielleicht lässt sich daraus eine gewisse
Dringlichkeit ableiten«, stimmte Dagmar zu und griff zum Telefon, um sich mit dem Staatsanwalt verbinden zu lassen. Sie

brauchte fünf Minuten, um ihn zu überzeugen, dass Thalemann unter Beobachtung gestellt werden müsse.

»Falls du gleich noch mit Rico sprichst«, fügte Hannah hinzu, als die Kollegin sich die Hände rieb und zur Tür eilte. »Er oder ein Kollege, eine Kollegin möge bitte die Fotodateien auch nach Thalemann durchstöbern, und zwar nicht nur im Zusammenhang mit Dorina und außerehelichen Aktivitäten.«

»Woran denkst du?«

»Vielleicht geht es um ihn und die Firma in Hermannstadt, und Dorina ist da mit hineingerutscht, ganz zufällig, und hat ihre Fühler ausgestreckt. In dem Zusammenhang könnte sie das berühmt-berüchtigte dicke Ding entdeckt haben, von dem im Laufe der letzten Tage ab und an die Rede war«, meinte Hannah.

»Dann wäre Thalemann auch in Gefahr.«

»Nicht auszuschließen.«

Dagmar blies die Wangen auf. »Okay, ich leite das weiter – du kümmerst dich jetzt erst mal um Rostock?«

»Mach ich. Bis später.«

## 17

Karsten Wisner war Mitte vierzig, von massiger Statur, selten gut rasiert, dafür hin und wieder bester Laune. In der Regel kam er in abgewetzten Jeans, Lederjacke und Motorradstiefeln zum Dienst, und wer ihn nicht kannte, würde ihn garantiert nicht für einen Hauptkommissar halten, sondern für einen fragwürdigen Typen aus der Bikerszene, der sich widerwillig zur Vernehmung einfand und irgendwann garantiert ein paar Jahre absitzen musste. Karsten hatte nichts dagegen, er spielte mit den Vorurteilen der Leute, und wenn es um Ermittlungen im Milieu ging, hatte er keine Probleme damit, in zwielichtigen Bars Befragungen durchzuführen. Die bösen Jungs hielten ihn zunächst für einen der ihren, und wenn sich der Irrtum aufklärte, waren sie trotzdem beeindruckt. Meistens jedenfalls. Zwei-, dreimal hatte er Prügel bezogen, aber das gehörte zum Berufsrisiko dazu – so wie schlaflose Nächte auf der Flucht vor miesen Träumen, Überstunden und Beziehungsstress. Unter Letzterem litt er selten, aus dem einfachen Grund, weil seine Beziehungen kaum diesen Namen verdienten. Zurzeit war er mit einer einige Jahre jüngeren Bistrobetreiberin liiert, die – wie viele vor ihr – insgeheim zu hoffen begann, ihn zähmen und bald in ein schwiegermuttertaugliches Modell verwandeln zu können. Er spürte die prüfenden Seitenblicke wie feine Nadelstiche. Es wurde Zeit, den Absprung zu suchen, obwohl gerade sie vieles bot, was ihn rundum zufriedenstellte und was er vermissen würde – komplikationsloser Sex, Spontanität, ihr wunderbar ordinäres Lachen und noch so einiges mehr. Aber darüber würde er ein anderes Mal nachdenken.

Die Lübecker hatten sich zum zweiten Mal an diesem Tag gemeldet. Beim ersten Mal war es lediglich um eine Akte gegangen, die ein junger Kollege herausgesucht hatte, beim zweiten Anruf sollte es um Details und Hintergründe gehen, wie sie nur die seinerzeit ermittelnden Kommissare liefern konnten. Karsten erinnerte sich noch gut an den Vermisstenfall vor zwanzig Jahren, den die Kriminalpsychologin vom BKA mit ihm erörtern wollte, sobald er Zeit für ein längeres Gespräch erübrigen konnte, und die würde er sich nehmen, nachdem er vom Gericht zurückgekehrt war, wo er als Zeuge der Staatsanwaltschaft aussagte.

Er hatte damals fünfzehn Kilo weniger auf den Rippen gehabt, und seine Hosen waren weniger abgewetzt gewesen, doch sein Nimbus als ewiger Halbstarker hatte sich bereits deutlich abgezeichnet. Er war nach der Polizeischule frisch ins Team gekommen und arbeitete Seite an Seite mit Hauptkommissar Peter Kayn, einem damals Vierzigjährigen, der kurz zuvor aus Magdeburg dazugestoßen war. Beschattungs- und Verhörmethoden waren seine herausragenden Spezialgebiete gewesen, er hatte ein Faible für Nahkampfstile, die er fleißig trainierte, und nutzte jede Gelegenheit für Fortbildungen. Kayn war ein Karriere- und Anzugtyp, der nichtsdestotrotz einiges auf dem Kasten hatte und schließlich Mitte der neunziger Jahre weitergezogen war, um einen aussichtsreicheren Posten zu übernehmen. Im Team hatte es einige Kollegen gegeben, die ihm ausgewichen waren, ohne dass Karsten ihre Beweggründe hatte nachvollziehen können. Er selbst war gut mit dem Mann klargekommen und hatte seinen Instinkt und seinen scharfen Verstand bewundert. Darüber hinaus gab es auch genügend Kollegen, die Karsten auswichen. Man konnte es nicht allen recht machen, und vielleicht sollte man das auch gar nicht erst versuchen.

Als sie im Zuge eines Amtshilfeersuchens aus Kiel das erste Mal gemeinsam bei Mirko Sehler aufkreuzten, war Karsten davon überzeugt, dass ein jüngerer Bruder oder der Nachbarsjunge ihnen die Tür geöffnet hatte. Der damals Zwanzigjährige sah aus wie fünfzehn, war schmal und blass; lediglich seine wachen Augen und die ruhige, gelassene Art, mit der er auf die beiden

Kommissare und ihre Fragen reagierte, wichen von diesem Eindruck ab. Die kleine Wohnung in der Hochhaussiedlung am Hafen machte einen ordentlichen Eindruck, und Sehler bat sie ohne Umstände freundlich herein. Seine Mutter hatte er zum letzten Mal auf der Beerdigung des Großvaters gesehen und davor einige Jahre gar nicht, gab er höflich Auskunft. Sie hatte 89 »rübergemacht«, erklärte er lapidar.

Kayn war noch verblüffter als Karsten, als sich im Zuge der Nachforschungen und während weiterer Vernehmungen herausstellte, dass Mirko sich monatelang alleine durchgeschlagen hatte und schließlich auf Betreiben des Jugendamtes, das seinerzeit noch Jugendfürsorge hieß, bei den Großeltern untergekommen war – gegen seinen Willen und nur, um die Unterbringung in einem Heim zu verhindern.

»Ich war schon als kleines Kind viel zu häufig bei denen«, berichtete er freimütig.

»Und? Was war so schlimm daran?«

»Alles.« Sehler verzog keine Miene. »Er war ein treuer Genosse und mieser Schläger, und sie hat immer nur zugesehen, wenn er mich verprügelte, am liebsten mit dem Gürtel oder einer Gerte. Sie hat sich nicht eingemischt, weil sie sonst auch etwas abbekommen hätte. Aber vielleicht mochte sie es auch – zusehen, meine ich.« Sein ruhiger, sachlicher Tonfall passte in keiner Weise zu den Schilderungen.

Nachbarn und Bekannte bestätigten später auf Nachfrage, dass dem Alten häufig die Hand ausgerutscht sei, wie es so schön hieß.

»Aber mit fast sechzehn waren Sie kein kleines Kind mehr«, wandte Kayn ein und lächelte ihm aufmunternd zu.

Körperlich schon, überlegte Karsten. Falls Sehler damals von ähnlich zarter Statur gewesen war, dürfte er kaum eine Chance gegen einen kräftigen, zur Gewalt neigenden Mann gehabt haben, auch wenn der Jahrzehnte älter war.

»Sie haben recht, aber es dauerte noch einige Zeit, bis ich das begriff«, entgegnete er. »Mit knapp siebzehn habe ich mich zum

216

ersten Mal gewehrt. Das war ein großartiges Gefühl.« Er nickte ernst.

»Erzählen Sie«, forderte Kayn ihn auf.

»Da gibt es nicht viel zu erzählen. Als er an diesem Abend ausholte, keine Ahnung, warum, wurde es seltsam still in mir. Ich hatte genug ertragen, und von nun an sollte alles anders werden. Dann habe ich wie aus dem Nichts heraus reagiert und seinen Arm gepackt. Bevor er sich von seiner Überraschung erholen konnte, habe ich ihm mit voller Kraft in den Unterleib getreten und ihn dabei richtig gut erwischt – als hätte ich das schon tausendmal gemacht. Er hat mich nie wieder angefasst.« Das klang stolz. »Nicht lange danach bin ich ausgezogen und habe mein eigenes Leben geführt.«

Karsten hatte große Mühe, sich vorzustellen, wie der schmale Junge plötzlich entdeckte, dass er die Opferrolle abstreifen konnte wie einen zu klein gewordenen Kinderpullover, und dem Alten derart in die Eier trat, dass dem endlich die Puste ausging, aber das musste nichts heißen. Kayn jedenfalls war ziemlich beeindruckt und zeigte das auch. »So etwas schaffen nicht viele«, sagte er. »Sie haben sich gewehrt.«

»Ja, und das hat mein Leben verändert«, erwiderte Sehler ruhig. »Plötzlich schien alles möglich.«

Eine Woche später hatte sich der Verdacht erhärtet, dass Mirko Sehler bittere Rache an seiner Mutter genommen haben könnte. Ein Zeuge hatte sich gemeldet, und bei der Wohnungsdurchsuchung fand sich eine Haarspange. Sehler wurde festgenommen, doch während der Vernehmungen blieb er genauso gelassen und souverän wie in den Gesprächen zuvor.

»Sie haben ein sehr starkes Motiv, und das wissen Sie auch«, erklärte Kayn. »Ihre Mutter hat sich Ihnen gegenüber schändlich verhalten, nicht nur, als sie 89 einfach verschwand, sondern auch schon vorher. Sie überließ ihr Kind dem prügelnden Großvater und einer schwachen Großmutter.«

»Er durfte mich immer schlagen«, führte Sehler aus. »Auch in ihrer Gegenwart. Wird Zeit, dass ihm jemand Manieren beibringt, hat sie ständig gesagt. Ich habe mich immer gefragt, welche Manieren sie eigentlich meinte, denn sie selbst hatte noch nie welche besessen. Wie konnte sie also beurteilen, was ich falsch machte?« Er schüttelte tadelnd den Kopf.

Karsten war nicht nur wieder einmal verblüfft, wie grausam und niederträchtig der Mensch war, sondern völlig perplex, wie sorglos und naiv der Junge sein Motiv bestätigte, fast im Plauderton und scheinbar ohne die leiseste Ahnung, welche Schlussfolgerungen die Beamten daraus zogen. Das bedeutete entweder, dass er unschuldig wie ein Neugeborenes war und gar nicht auf die Idee kam, die Tragweite seiner Schilderungen durch die Augen der Ermittler zu betrachten. Oder er war der Täter und fühlte sich hundertprozentig sicher. Kayn schien Ähnliches durch den Kopf zu gehen.

»Ihre Mutter hat in Kiel sehr schnell ein neues Zuhause gefunden und sogar geheiratet – einen Witwer mit zwei erwachsenen Kindern. Sie hat nie den Kontakt zu Ihnen gesucht, nicht wahr?«

Sehler schüttelte den Kopf. »Nein.«

»Das muss bitter gewesen sein.«

»Ich habe nichts anderes von ihr erwartet.«

»Ich verstehe, aber plötzlich gab es doch einen Grund für Ihre Mutter, nach Rostock zu kommen und Ihnen zu begegnen. Ihre Großeltern waren kurz hintereinander gestorben, und sie hinterließen ein ansehnliches Sümmchen Bargeld, auf das sie Anspruch erhob. Was haben Sie empfunden, als Ihre Mutter auf einmal vor Ihnen stand – des Geldes wegen?«

»Ich habe mich geschämt«, antwortete Sehler nach einigem Überlegen. »Für sie. Sie war ein durch und durch schlechter Mensch.«

Kayn lehnte sich zurück, rieb sich das Kinn und warf Karsten einen schnellen Seitenblick zu. »Was haben Sie mit ihr gemacht?«

»Nichts. Ich weiß nicht, was passiert ist.«

»Ich schätze, Sie haben ihr aufgelauert, um ihr mal so richtig die Meinung zu sagen, und dabei ist es zu Handgreiflichkeiten gekommen, die Ihre Mutter nicht überlebte«, meinte Kayn. »Jedes Gericht der Welt hätte Verständnis und würde Nachsicht und Milde üben angesichts Ihrer Kindheit. Sie dürfen mit einer Jugendstrafe rechnen, erst recht, wenn Sie jetzt die Karten offen auf den Tisch legen.«

Sehler nickte höflich, als hätte er mit dem Vorschlag gerechnet. »Ich weiß, worauf Sie hinauswollen. Aber da kann ich nicht mitspielen – so war es nicht.«

»Es gibt einen Zeugen, der Sie in Kiel gesehen hat, die Haarspange ist ein weiteres Indiz, auch wenn Sie beteuern, dass Sie sie seit damals aufbewahren«, fuhr Kayn fort. »Das allerdings passt überhaupt nicht zu Ihrer ansonsten kühlen und distanzierten Haltung. Warum sollten Sie ein Andenken an Ihre Mutter aufbewahren? Sie war ein Scheusal.«

Mirko nickte nachdenklich. »Stimmt. Aber so ist es nun mal. Nicht immer passt alles zusammen, und jeder von uns hat wohl so eine Schwachstelle – eine alberne Sehnsucht nach einer heilen Welt, die nicht existiert.«

Zwei weitere Stunden drehten sie sich im Kreis, ohne dass Mirko irgendein Zeichen von Erschöpfung, Aggression oder Niedergeschlagenheit zeigte oder seine Aussage auch nur um einen Deut änderte. Einige Tage später wurden die Ermittlungen eingestellt. Bei Karsten blieb ein ungutes Gefühl zurück, während Kayn fast bewundernd reagierte.

»Ich bin davon überzeugt, dass er etwas mit ihrem Verschwinden zu tun hat«, stellte er bei einem Feierabendbier am Hafen fest. »Das ist ein ganz ausgebuffter Typ – mit zwanzig Jahren, das musst du dir mal vorstellen.« Kayn wischte sich den Schaum vom Mund.

»Ich fürchte, dass du recht hast, aber was macht dich so sicher?«, fragte Karsten.

»Er ist schlau, ohne Empathie, und er fühlt sich völlig im Recht. Seine Mutter hat einen großen Fehler gemacht, nach Rostock zurückzukehren. Für den musste sie nun bezahlen. So

sieht der Junge das, und er schläft gut. Keine Spur von Alp-
träumen, Schuldgefühlen oder was auch immer. Er ist mit Gewalt und Lieblosigkeit groß geworden und hat sich daraus mit
einem Schlag befreit. Er würde in einer ähnlichen Situation
immer wieder so handeln.« Kayn schüttelte den Kopf, starrte
einen Moment ins Leere und wechselte dann abrupt das Thema.

Ein Jahr später meldete Kiel sich erneut und bat die Rosto-
cker, den Beschuldigungen von Tom Seidel nachzugehen. An
Kayns Gesichtsausdruck beim Lesen der Anfrage erinnerte
Karsten sich bemerkenswert gut. Seine Mimik spiegelte eine
Mischung aus Verblüffung und halbherzig versteckter Aner-
kennung wider. »Teufelskerl«, hatte er geflüstert. »Was für eine
Idee!«

Eine halbe Stunde später war er alleine losgezogen, um mit
Mirko Sehler zu sprechen, aber es war nichts dabei herausge-
kommen, was den jungen Mann in Bedrängnis brachte.

»Keine Chance«, meinte Kayn am nächsten Tag. »Der hat
nur still gelächelt. Hammer, oder?«

Kommt drauf an, dachte Karsten, als er, sein zweites
Aalbrötchen vertilgend, ins Kommissariat zurückkehrte und
an diese lange zurückliegende Szene dachte. Er besorgte sich
eine Flasche Cola und ein Stück Kuchen in der Cafeteria und
stapfte mit schweren Schritten in sein Büro. Wo war Kayn eigentlich in der Zwischenzeit gelandet? Berlin? Hamburg?
Wiesbaden? Der Mann ging mittlerweile auf die sechzig zu und
dürfte fest in einem gut gepolsterten Chefsessel sitzen. Karsten
fuhr den PC hoch und griff zum Telefon, um die BKA-Frau
anzurufen.

Bei der emsigen Durchsicht der Fotodateien waren inzwischen
weitere Aufnahmen von Dorina aufgetaucht – vornehmlich
Sightseeing-Fotos aus Hermannstadt, wie sich herausgestellt
hatte. Die Überprüfung anderer heimlich beobachteter Personen und ihrer Identifizierung hatte das BKA übernommen, wo

auch der Abgleich mit Gehlbergs Aufträgen und Auftraggebern koordiniert wurde. Darüber hinaus stand inzwischen fest, dass es sich bei dem Narkotikum mit neunundneunzigprozentiger Wahrscheinlichkeit um das gleiche Mittel handelte, mit dem auch Berit Konstedt betäubt worden war.

Dagmar war erst am Nachmittag dazu gekommen, ein spätes Mittagessen einzunehmen, und ließ das Gespräch mit dem Rechtsmediziner nachklingen, während sie sich einen üppigen Nachtisch gönnte.

»Sie ist aufgrund einer Überdosis gestorben«, hatte er betont. »Soviel kann ich jetzt sagen. Rein theoretisch könnte sie sich das Zeug aber auch selbst verabreicht haben, und irgendjemand hat sie später begraben. So betrachtet, könntet ihr im Moment noch nicht einmal von Mord sprechen.«

Und ebenso theoretisch könnte man sogar behaupten, dass ihre Entführung eine juristisch nicht hundertprozentig haltbare Bezeichnung darstellte, so lange keine Klarheit über die Hintergründe herrschte, sondern Vermutungen und Interpretationsansätze das Ermittlungsgeschehen bestimmten. Dorina war plötzlich verschwunden gewesen, und wer dafür verantwortlich war, legte akribischen Wert darauf, sämtliche Spuren zu tilgen, insbesondere solche, die mit Thalemann und Rumänien zusammenhingen. Diese Absicht zumindest war eindeutig belegbar.

Dagmar schüttelte den Kopf und ging mit einem frischen Kaffee hoch ins Büro. Der Fall entwickelte eine Vielschichtigkeit und Dynamik, die zusehends an ihren Nerven zerrte. Angefangen hatte alles mit zwei Vermisstenfällen, von denen einer sich ohne Einwirkung der Polizei löste, und einer BKA-Tante, die unbedingt einen Zusammenhang hatte herstellen wollen. Fünf Tage später gab es zwei Leichen, und es war immer noch unklar, worum es hier wirklich ging, abgesehen davon, dass Dorina Siebert im Fokus eines professionell arbeitenden Schnüfflers gestanden hatte, der nach Aussage von Detlef Konstedt im Dienst gefährlicher Leute unterwegs gewesen und selbst unter unerfreulichsten Umständen zu Tode gekommen war.

Rico informierte sie im Vorbeigehen, dass Thalemann sich nicht aus dem Haus bewegte, während sich seine Familie in den Staaten aufhielt, wie er überprüft hatte, und Hannah mit einem der beiden Ermittler aus Rostock telefonierte, der seinerzeit mit dem Mirko-Sehler-Fall befasst war.

»Hast du schon was zu Thalemanns Firma und deren Engagement in Rumänien zusammengestellt?«, fragte Dagmar.

Er blieb stehen. »Ja – da gibt es allerdings keine Auffälligkeiten. Ein Kurzexposé habe ich dir gemailt.«

»Prima. Hat noch mal jemand im Sender angerufen, um Dorinas Terminkalender in den letzten Tagen vor ihrem Urlaub anzufordern?«

Rico kratzte sich verlegen am Hinterkopf. »Ja … Ich glaube schon, aber ich hake gleich noch mal nach.«

»Bestens. Den solltest du mir dann auch umgehend auf den Rechner schicken. Und sagt mir Bescheid, falls sich bei dem Thalemann was tut.«

»Ja, natürlich.«

Hannah hatte zehn Minuten lang konzentriert zugehört und lediglich hier und da eine Zwischenfrage gestellt, während Karsten Wisner den alten Fall darlegte und ihr seine Beobachtungen schilderte.

»Das ist jedenfalls ein denkwürdiger Fall gewesen, der lange nachklang«, schloss er seinen Bericht. »Dieser junge Bursche, den nichts aus der Ruhe zu bringen schien und der immer im gleichen unaufgeregten Tonfall sprach, egal, was er gerade erzählte, hat uns ziemlich verblüfft. Sowohl mein damaliger Chef als auch ich waren davon überzeugt, dass Mirko etwas mit dem Verschwinden seiner Mutter zu tun hatte.«

»Demnach hielten Sie Tom Seidels Geständnis beziehungsweise seine Behauptungen für vorstellbar?«

»Tja, irgendwie schon, auch wenn es auf den ersten Blick

absurd klang. Und wie auch immer er das angestellt haben mochte – Sehler hat keine Spuren hinterlassen und vielleicht sogar tatsächlich den Seidel die Drecksarbeit machen lassen, nur dass der im Nachhinein mit der Tat nicht klarkam. Vielleicht lohnt es sich, den Mann noch mal zu befragen.«

»Das denke ich auch«, stimmte Hannah zu.

»Darf ich erfahren, warum Sie an Sehler interessiert sind?«

»Wir ermitteln in zwei Entführungs- und zwei Todesfällen, die höchstwahrscheinlich einem Hintergrund zuzuordnen sind, der sich aber bislang lediglich in zig Andeutungen und ebenso vielen Details erschließt, ohne jedoch ein einheitlich überschaubares Gesamtbild zu ergeben, obwohl inzwischen verschiedene Dienststellen auf Hochtouren arbeiten«, entgegnete Hannah prompt und erläuterte im weiteren Verlauf ihrer Zusammenfassung auch die Bekanntschaft zwischen Mirko Sehler und Gehlberg.

»Sein Auftreten bei der Befragung wirkte unauffällig und harmlos, er war höflich und zuvorkommend und macht darüber hinaus den Eindruck eines deutlich jüngeren Mannes«, führte Hannah weiter aus. »Doch zwei Aspekte geben uns inzwischen zu denken. Zum einen hat die Journalistin vor ihrem Tod einen kleinen Abschnitt einer Kette verschluckt, und wir glauben, dass sie uns damit einen Hinweis auf den Schmuckdesigner Sehler geben wollte – das ist eine These, nicht mehr, aber auch nicht weniger. Zum anderen waren Gehlberg und Sehler gemeinsam in Rumänien, und dieses Stichwort fällt inzwischen sehr oft, zu oft, um genau zu sein. Kurzum: Wir sind händeringend auf der Suche nach dem, was Dorina Siebert in Erfahrung gebracht haben könnte und was zugleich ihr Todesurteil bedeutete.«

»Das klingt nach richtig viel Arbeit.«

»Sie sagen es. Ihr Exchef …«

»Peter Kayn – wenn Sie Wert darauf legen, strecke ich mal meine Fühler nach ihm aus.«

»Wir freuen uns über jede Unterstützung.«

»Ich kümmere mich darum. Möglicherweise könnte er Ihnen noch mehr über Sehler erzählen. Die letzte Befragung mit
ihm hat er alleine durchgeführt. Bei ihm hat sich damals fast
so was wie Bewunderung für den Jungen eingeschlichen.«

»Wie meinen Sie das?«

»Im Sinne von: so jung und schon derart gerissen. Er war
regelrecht fasziniert.«

»Verstehe. Ich danke Ihnen, Kollege.«

»Gerne.«

Hannah ließ das Gespräch nachklingen und notierte dann
einige Stichpunkte für ein Memo, das sie an das Team weiter-
leitete. Anschließend informierte sie Dagmar, dass sie Gehlbergs Freundin, Berit Konstedt und Thalemann abklappern
würde, um ihnen Fotos von Sehler zu zeigen sowie Berit einen
Ausschnitt von der Bandaufnahme der Befragung mit ihm
vorzuspielen.

»Gute Idee«, kommentierte die Kollegin. »Kommst du anschließend noch mal rein?«

»Kommt drauf an ... Wir telefonieren noch mal. Ich brauche übrigens alles zu Tom Seidel, was ihr auftreiben könnt.«

Dagmar seufzte. »Ja, ist notiert. Bis später.«

»Falls dieser Arbeitstag heute tatsächlich irgendwann endet,
könnten wir noch was essen gehen. Was hältst du davon?«

»Eine ganze Menge.«

## 18

Er war Kurierfahrer geworden und hatte die Berufswahl nie bereut. Seine Routen erstreckten sich in der Nord-Süd-Achse von Flensburg bis Hannover sowie in der West-Ost-Richtung von Bremen bis ungefähr Wittenberge, hin und wieder auch bis Berlin. Es interessierte ihn nicht, was er transportierte – in der Regel wichtige Unterlagen und, allgemein ausgedrückt, Wertgegenstände jeder Art, die seine Auftraggeber keinem der bekannten Zustell- und Versandunternehmen anvertrauen mochten und die in einem Mittelklasse- oder Lieferwagen Platz fanden. Ein kleiner Kreis von Stammkunden heuerte ihn manchmal an, um Diebesgut und Drogen von A nach B zu schaffen. Das Risiko war angesichts exquisiter Bezahlung sowie seiner Erfahrung und hervorragenden Vorbereitung tragbar; der Nervenkitzel bot Abwechslung. Hin und wieder beschäftigte Tom einen Aushilfsfahrer, ansonsten kümmerte er sich um alles, einschließlich der Tourenplanung und Buchhaltung.

Auch privat verlief sein Leben ganz zufriedenstellend – er war seit zehn Jahren verheiratet und hatte zwei Kinder in die Welt gesetzt, und an die Zeit, als Birgit Sehler plötzlich in sein Leben und das seiner Familie getreten war, dachte er nur noch selten zurück, oder besser gesagt: Er gab sich Mühe, keinen Gedanken mehr an sie zu verschwenden, aber manchmal war das nicht genug, und die Geschehnisse durchfluteten ihn, als lägen sie kaum ein paar Tage zurück.

Sie war der mieseste Mensch gewesen, der ihm je begegnet war – hartherzig, kalt, eigennützig, intrigant, verlogen, und er begriff bis heute nicht, wie sein Vater damals so blind gewesen sein konnte, diese Frau zu heiraten und sich ihr völlig auszuliefern. Von einem Tag auf den anderen hatte nur noch Birgits

Meinung gezählt, waren ausschließlich ihre Bedürfnisse und Wünsche wichtig gewesen, und nichts anderes hatte mehr Gewicht gehabt. Tom war damals Anfang zwanzig gewesen, und seine Abneigung gegen Birgit sowie die Sorge um seinen Vater waren von Woche zu Woche gewachsen, während sein jüngerer Bruder Maik die einzig richtige Konsequenz gezogen, nämlich sich distanziert und sein eigenes Leben geführt hatte. Tom hingegen schaffte das nicht; er war nach dem Tod seiner Mutter der wichtigste Mensch für seinen Vater geworden, doch von ihrer gegenseitigen Fürsorge und ihrem Vertrauen zueinander spürte er innerhalb weniger Monate nichts mehr. Birgit hatte das Regiment übernommen, und während Maik in der Lage gewesen war, sich zu schützen, hatte Tom den Kampf aufgenommen und verloren – auf ganzer Linie. Sein Vater hatte ihn nicht mehr sehen wollen, und Birgit hatte ihn nur höhnisch ausgelacht. Danach war ihm sein Leben zusehends entglitten – er trank und kiffte zu viel, ließ sich mit den falschen Leuten ein, hatte ständig Geldsorgen. Als dieser schmale Hänfling plötzlich auftauchte und ein offenes Ohr für ihn hatte, schien Ruhe einzukehren. Erst Wochen nach ihrer ersten Begegnung und nach vielen interessanten Gesprächen, ein Teil davon in äußerst bierseligem Zustand, zumindest was Tom anbelangte, kapierte er, dass dieser ebenso seltsame wie aufmerksame und spendierfreudige Junge, der manchmal tagelang wie vom Erdboden verschluckt war, um dann wieder aufzutauchen und die Unterhaltung vom letzten Gespräch aufzunehmen, als hätten sie sich gerade mal vor zehn Minuten getrennt, lediglich wenige Jahre jünger als er und außerdem der Sohn von Birgit war. Kaum war die Überraschung abgeklungen, rückte Mirkos Mutter in den Mittelpunkt des Gesprächs, und der Bursche hielt mit seiner Meinung über sie und dem, was seiner Ansicht nach mit ihr geschehen müsste, nicht lange hinterm Berg.

»Sie sollte die Prügel ihres Lebens beziehen«, hatte Mirko ihm leise zugeflüstert. »Es müsste sich endlich mal jemand finden, der sie nicht nur durchschaut hat, sondern auch den Mut aufbringt, ihr die Missetaten aus dem Leib zu prügeln.« Seine Augen funkelten bei diesen Worten, und Tom spürte, wie er innerlich zu beben begann angesichts der Vorstellung, ihr jeden Schmerz wiedergeben zu können, den sie ihm und anderen zugefügt hatte.

»Vielleicht ist es sogar deine Pflicht, das zu tun.«

»Wie meinst du das?«

»Weißt du wirklich, wie es deinem Vater geht? Oder deinem Bruder? Ich war immer zu schwach, körperlich zu schwach und zu jung, um mich wehren zu können«, hatte er hinzugefügt. »Aber du könntest das, davon bin ich überzeugt. Du hast diese Stärke und die Aggressivität, die nötig ist.«

Im Nachhinein klang das alles ein bisschen abgefahren, leicht verrückt und stand in seltsamem Widerspruch zu der unschuldigen Ausstrahlung dieses zarten Jüngelchens, aber als Mirko Wochen später erneut darauf zu sprechen kam, hatte Tom keine Mühe, in eine konkrete Planung einzusteigen. Bis an sein Lebensende würde er immer wieder darüber nachsinnen, wie einfach es war, einen Menschen zu entführen, und zwar ohne Aufsehen zu erregen und Spuren zu hinterlassen.

Sie war zu Fuß auf dem Nachhauseweg von ihrem Fitnesstraining, das sie dreimal in der Woche zuverlässig wie ein Uhrwerk absolvierte, wie Tom unauffällig in Erfahrung gebracht hatte. Es war später Abend. Er hatte sich den Wagen von einem entfernten Freund ausgeliehen und hielt in einer ruhigen Nebenstraße an, die Birgit in wenigen Minuten erreichen würde. Mirko öffnete die Schiebetür, während Tom ausstieg und unauffällig Ausschau hielt. Als er Birgit in einiger Entfernung an ihren schnellen Schritten und der schmalen Silhouette erkannte, spürte er, wie sein Gaumen trocken wurde und sein Herzschlag sich beschleunigte. Nicht einen Augenblick dachte er darüber nach, die Aktion abzubrechen. Sie kam schnell näher, und er duckte sich hinter den Wagen. Die Straße war frei, Birgit ging eilig an ihnen vorbei, ohne sie zu beachten. Tom erhob sich, schloss mit wenigen, leisen Schritten zu ihr auf, packte sie

mit grobem Griff und stieß sie in den Wagen. Sie war so überrascht, dass sie zu schreien vergaß, und als sie den Mund öffnete, schlug er sie nieder. Der Schlag setzte sie sofort außer Gefecht, und ein wunderbares Gefühl von Stärke und Macht
durchströmte seinen Körper. Er atmete schnell, aber gleichmäßig. Eine halbe Stunde später hielten sie in der Nähe einer still-
gelegten Müllhalde, und Birgit, inzwischen geknebelt und gefesselt, erkannte ihren Sohn. Ihre Augen weiteten sich.

»Jeder kriegt, was er verdient, nicht wahr?«, flüsterte Mirko,
als sie ausgestiegen waren. Er zog ihr den Knebel herunter.

»Du bist immer zu feige gewesen, dich zu wehren, du
Nichtsnutz!«, entgegnete sie angesichts ihrer Lage bemerkenswert unerschrocken.

»Nein«, gab er genauso leise wie zuvor zurück. »Ich handle
überlegt und mache mir an dir nicht die Hände schmutzig,
sondern überlasse das jemandem, der kräftiger ist als ich und
ähnlich gute Gründe hat. Ich werde zuschauen.«

Tom war für Sekunden irritiert über das Zwiegespräch der
beiden, über die aufgeladene hasserfüllte Atmosphäre, und in
dieser Zeitspanne bot sich die allerletzte Möglichkeit, aus der
Situation auszusteigen und eine Eskalation zu verhindern,
doch in jenem Augenblick des Wankens warf Birgit ihm plötzlich einen Blick zu und grinste abfällig. »Der? Ausgerechnet
der will es mir zeigen? Dass ich nicht lache, das ist genauso ein
alberner und großkotziger Nichtsnutz wie du.«

In dem Moment riss etwas in ihm entzwei. Er schlug zu
und hörte nicht eher auf, bis sie still und blutüberströmt zu
seinen Füßen lag und Tom erschöpft neben ihr zu Boden
sank. Dass sie tot war, begriff er erst Minuten später, und die
Erkenntnis, dass Mirko, der die ganze Zeit mit leuchtenden
Augen stumm zugesehen hatte, dieses Risiko von vornherein
eingeplant, den Ablauf vielleicht genau so erhofft hatte, machte sich erst in ihm breit, als der Junge einen Müllsack über die
Leiche zog und Tom aufforderte, seine Klamotten auszuzie-
hen, während er ihm einen Beutel mit Wechselkleidung in die

Hände drückte. Tom war am Ende seiner Kräfte, während Mirko auf alles vorbereitet schien und völlig ruhig und sachlich reagierte.

»Ich habe sie getötet«, sagte Tom mit dumpfer und zugleich erstaunter Stimme, als sie wieder im Wagen saßen und losfuhren. »Sie ist tot, verstehst du? Und ich habe es getan!«

»Ja, das hast du. Das sollte wohl so passieren. Ich kümmere mich um alles Weitere.«

Tom starrte ihn von der Seite an. »Um Gottes willen, wie meinst du das denn?«

»Wir fahren jetzt zu dem Wagen, den ich für meine Rückfahrt bereitgestellt habe, und laden sie um. Du fährst zurück nach Kiel und bringst deinem Bekannten das Fahrzeug zurück, nachdem du es gründlich gereinigt hast. Geh in die Badewanne, wirf deine Klamotten weg und lass dich ein paar Tage nirgendwo blicken.«

»Das geht nicht. Ich muss arbeiten und ...«

Mirko wies auf das Handschuhfach. »Darin ist ein Umschlag mit Geld. Nimm ihn dir. Und keinerlei Kontakt mehr zwischen uns.«

Tom fuhr sich durch die Haare. »Du bist ja ... Irgendwann kommt das alles raus«, flüsterte er entsetzt. Hysterie drohte ihn zu übermannen. »Mein Gott, ich habe sie getötet! So was kommt immer irgendwann raus. Und ich bin nicht stark genug, ich verliere die Nerven. Man wird sie suchen und ...«

»Beruhige dich, man wird sie nicht finden.«

»Woher willst du das wissen?«

»Ich weiß es einfach. Außerdem ist es gerecht so, und irgendwann passiert das Gerechte. Darauf kannst du dich verlassen. Es ist immer nur die Frage, wer wann dafür sorgt.«

»Und wenn sie mich vernehmen? Ich bin unsicher, man kann mich schnell in die Enge treiben und ...«

Mirko wandte kurz den Kopf. »Sollte es dazu kommen, und du siehst keinen anderen Ausweg, schieb alles auf mich.«

»Was?«

Mirko lächelte. »Ich werde kein Problem damit haben, und sie werden uns nichts beweisen können.«

Tom war völlig perplex, aber je länger er darüber nachdachte, desto mehr war er davon überzeugt, dass Mirko wusste, was er tat und recht behalten würde.

Zunächst verlief alles nahezu lächerlich einfach. Die Suche nach der vermissten Birgit Sehler blieb ergebnislos, obwohl die Polizei anfänglich engagiert vorging und jeden Hinweis überprüfte. Tom wurde in diesem Zusammenhang jedoch lediglich einmal aus Routinegründen befragt, und er hatte keine Mühe, zugleich Bestürzung und Ahnungslosigkeit zur Schau zu tragen – die Beamten nahmen ihm seine Haltung ab. Worüber er sich besonders freute, war die Tatsache, dass sein Vater kurze Zeit später wieder den Kontakt zu ihm aufnahm. Er wirkte, ja, nicht nur besorgt und irritiert, sondern irgendwie beschämt und erweckte keineswegs den Eindruck, seine Frau inständig zu vermissen. Bereits nach vier Wochen begann er, ihre Sachen wegzuräumen. Irgendwann passiert das Gerechte – dieser Satz schoss Tom immer wieder durch den Kopf. Manchmal kehrte das Geschehen in einem bizarren Traum zurück, und meist hatte Tom im Rückblick den Eindruck, dass es genau das gewesen war: ein bizarrer irrealer Traum.

Erst ein Jahr später fiel ihm die Geschichte wieder vor die Füße. Im Streit um eine Frau hatte er die Nerven verloren und bei einer Prügelei einen Gleichaltrigen krankenhausreif geschlagen. Die anschließenden Vernehmungen, in denen plötzlich auch wieder Birgit Sehler im Mittelpunkt stand, waren so unangenehm, dass er schließlich keinen anderen Ausweg fand, als Mirkos Rat zu beherzigen. Und wieder sollte der seltsame Junge recht behalten – Konsequenzen zog sein Geständnis in keiner Weise nach sich. Seine Hinweise wurden zwar überprüft, aber das war es dann auch schon. Seine Behauptungen waren nicht nachzuvollziehen, es fanden sich keinerlei Ansatzpunkte, die seine Schilderung bekräftigten, und man nahm an, dass er schlichtweg gesponnen habe. Die Akte wurde geschlos-

sen. Da er Mirkos Aufforderung, keinerlei Kontakt zu ihm aufzunehmen, befolgte, erfuhr er nie, ob und in welcher Weise in
Rostock ermittelt worden war. Er war jedoch ziemlich sicher,
dass Mirko die Situation erfolgreich gemeistert hatte.

Manchmal fragte er sich, was aus dem seltsamen Jungen geworden war und welchen Weg er eingeschlagen hatte. Irgendwann passiert das Gerechte.


Niemand hatte etwas mit dem Foto von Mirko Sehler anfangen können, und Berit Konstedts Reaktion auf seine Stimme
spiegelte zwar Unsicherheit wider, aber von eindeutigem Wie-
derkennen war das meilenweit entfernt. »Es gibt eine gewisse
Ähnlichkeit«, meinte sie vage. »Doch der Mann sprach meistens sehr leise oder flüsterte sogar.«

Berit wirkte insgesamt gefasster als bei ihren letzten Begegnungen. Sie hatte Hannah in ein Arbeitszimmer des Anwesens
geführt, das mit rustikalen und dunklen Möbeln ausgestattet
war. Vielleicht das ehemalige Büro ihres Vaters, überlegte Hannah und sah zum Fenster hinaus, das den Blick auf den Kanal
freigab. Es war still im Haus, Detlef Konstedt ließ sich nicht
blicken oder war unterwegs. Die Ehe der jungen Frau ging
Hannah nichts an, und es lag ganz gewiss nicht in ihrer Verantwortung, aufgrund des Informationsvorsprungs aus Befragungen und Recherchen zu ihrem Mann auf pikante Details zu
verweisen oder auch nur Andeutungen zu machen. Inwiefern
Dagmar oder die Staatsanwaltschaft im Laufe des weiteren Ver-
fahrens aktiv werden und die Geschäftsführung des Flughafens
über die missbräuchliche Verwendung geschützter Personen-
daten informieren würde, konnte Hannah nicht einschätzen,
und sie war froh, sich darüber keine Gedanken machen zu
müssen.

»Wie geht es Ihnen, Frau Konstedt?«, fragte sie, kurz bevor
das Schweigen peinlich werden konnte. »Ist Ihnen noch etwas
eingefallen, was für unsere Ermittlungen bedeutsam sein könnte?«

»Ich bin inzwischen hundertprozentig sicher, dass die beiden sich über Dorina Siebert unterhalten haben«, erwiderte
sie. »Aber das konkrete Thema oder einen Wortlaut kann ich
wirklich nicht wiedergeben.«

»Haben Sie noch einmal mit Ihrem Mann darüber gesprochen?«

»Ja.« Sie nickte mit ernstem Gesicht. »Er bestätigte mir nun,
dass Patrick herausfinden wollte, woran die Journalistin arbeitete – quasi ein beruflicher Wettstreit. Das sei ihr Gesprächs-
thema gewesen.« Sie blickte auf ihre Hände.

»Und warum hat er das nicht gleich gesagt, statt es abzustreiten und Sie zusätzlich zu irritieren?«

Berit überlegte einen Moment. »Eine überzeugende Antwort auf diese und auch andere Fragen steht noch aus«, entgegnete sie schließlich betont sachlich. »Ich denke, er hatte
Patrick versprochen, Stillschweigen darüber zu bewahren, und
war völlig perplex, als sich herausstellte, dass ich etwas mitbekommen hatte. So perplex, dass er es abstritt – und dies umso
heftiger, je deutlicher sich abzeichnete, dass da etwas nicht mit
rechten Dingen zuging. Und einmal im Lügennetz verfan-
gen …« Sie hob die Hände.

Hannah nickte.

»Patrick wusste, wann Sie nach Großenbrode fahren würden, nicht wahr?«

»Das halte ich für möglich.«

Einen Moment blieb es still. Schließlich stand Hannah auf
und verabschiedete sich. »Danke für Ihre Hilfe.«

Berit erhob sich ebenfalls und reichte ihr die Hand. Ihr Lächeln galt Kotti.

Hannah war auf dem Weg in Richtung Innenstadt, als Rico
sich über Handy meldete. »Dieser Tom Seidel scheint insgesamt sauber zu sein«, berichtete er. »Verheiratet, zwei Kinder,
lebt in Kiel, betreibt seit vielen Jahren einen kleinen Kurierdienst – ohne Auffälligkeiten. Womit der Mann immer mal
wieder Probleme hat, ist seine mangelnde Selbstbeherrschung.

Alle paar Jahre gerät er in eine Prügelei und langt ganz gut hin, aber mehr lässt sich nicht gegen ihn vorbringen.«

»Was für eine Art von Kurierdienst?«

»Alles Mögliche – Dokumente, Kleinteile, ein wertvolles Möbelstück, wichtige Fracht, die schnell, persönlich und besonders sicher transportiert werden muss. Er liefert in einem Radius von drei-, vierhundert Kilometern und macht in der Regel alles selbst.«

»Können Sie herauskriegen, wo der Mann morgen unterwegs ist?«

»Ich kann es versuchen.«

»Danke.«

»Noch was«, fügte Rico hinzu, bevor Hannah sich verabschieden konnte. »Thalemann hat Besuch bekommen, ist aber nicht weiter aufregend – jemand aus der Firma.«

»Aha. Wie ließ sich das so schnell feststellen?«

»Es ist jemand mit einem Firmenwagen vorgefahren.«

»Nun gut, aber die Kollegen sollen sehr genau hinschauen.«

»Richte ich aus … Ähm, die Chefin steht gerade hinter mir. Ich soll fragen, ob in einer Stunde beim Inder okay ist.«

»Das ist es.«


Sollte das Ganze tatsächlich an dieser Stelle enden? Hatte sie sich in den letzten Tagen in allergrößte Gefahr begeben und in diesem Zusammenhang sogar einen Menschen getötet, um sich nun, wie das Kaninchen auf die Schlange starrend, für wie lange auch immer in ihrer Wohnung zu verkriechen und darauf zu hoffen, dass niemand auf die Idee kam, mal genauer nachzuhaken, ob sie nicht doch irgendwie in die Ereignisse verwickelt war? Mittlerweile war die Polizei ein zweites Mal bei ihr aufgetaucht. Sie fahndeten nach Verdächtigen, was die Täter garantiert in Alarmbereitschaft versetzen dürfte.

Die Kommissarin mit dem zierlichen Hund war nur wenige Minuten geblieben und schließlich unverrichteter Dinge wieder abgezogen, doch Leonie war davon überzeugt, dass sie sehr

233

genau mitbekommen hatte, wie Leonie stutzig geworden war. Sie konnte sich zwar nicht daran erinnern, dass Patrick vor ungefähr einem Jahr von Hunden angegriffen worden war, zumindest hatte er nichts Derartiges erzählt. Allerdings entsann sie sich, dass er im vergangenen Sommer mit verbundenem Arm von einer längeren Reise zurückgekehrt war. Er sprach seinerzeit von einer banalen Schürfverletzung, die er sich beim Klettern zugezogen habe, was sie nicht hinterfragt hatte, warum auch? Den Namen Mirko Sehler hatte sie noch nie gehört, und das Foto von ihm sagte ihr auch nichts, doch dass er aus Rostock stammte, wie die Kommissarin beiläufig erwähnte, ließ sie aufmerken. Take five.

Erneut huschte Thalemann durch ihren Kopf. Der Mann musste informiert werden – Leonie würde sich nie verzeihen, wenn ihm oder seiner Familie etwas passierte, was hätte verhindert werden können, wenn jemand mutig genug gewesen wäre, ihn zu warnen. Vielleicht gelang es ihr, Kontakt zu ihm aufzunehmen, ohne sich selbst in noch größere Gefahr zu bringen. Immerhin hatte sie sich bislang recht geschickt angestellt – sie lebte noch, und die Polizei hatte sie nicht verhaftet.

Telefonieren war keine gute Idee, jedenfalls nicht von zu Hause aus. Nicht auszuschließen, dass sie mittlerweile unter Verfolgungswahn litt und zu viele Actionfilme gesehen hatte, aber soweit sie wusste, war es ziemlich einfach, Telefone abzuhören. Darüber hinaus musste auch die Polizei nicht wissen, mit wem sie Kontakt aufnahm. Leonie kaute ihre Fingernägel in nervöser Hektik fast um die Hälfte herunter, bis sie schließlich entschied, dass sie das Haus verlassen musste, um von einem öffentlichen Telefon aus Kontakt zu einem Arbeitskollegen aufzunehmen. Sie schlüpfte in dunkle unauffällige Klamotten, stopfte ihr Haar unter ein Cape und verließ das Haus durch den Hintereingang, als die Abenddämmerung einsetzte. Der Plan, den sie geschmiedet hatte, mochte nicht grandios sein, aber das musste er auch nicht – es genügte völlig, wenn er sich als praktikabel erwies.

Eine Viertelstunde später sprach sie mit Joachim Lind, genannt Jo, der in der Transportabteilung und im Werkschutz arbeitete und, obwohl einige Jahre jünger, seit der letzten Betriebsfeier ein Auge auf sie geworfen hatte. Sie war davon überzeugt, dass er den Mund halten würde, wenn sie ihn darum bat.

»Hi, hier spricht Leonie – du musst mir einen Gefallen tun.«

»Na klar – jeden, das weißt du doch«, erwiderte er sofort vergnügt. »Allerdings bin ich noch in der Firma, Spätschicht. Musst dich noch ein Stündchen gedulden. Gehen wir dann zu mir oder zu dir?« Er kicherte.

Leonie verdrehte die Augen, aber immerhin entlockte ihr Jos unbekümmerte Art ein Lächeln. »Ist der Thalemann wieder da?«

»Nö … Warte mal, doch. Ich hab gehört, dass er in Lübeck eingetroffen ist, aber in der Firma war er noch nicht. Kommt wohl morgen. Wieso? Was willst du denn von dem? Bisschen alt für dich, oder?«

»Keine Gegenfragen – bitte!«, sagte sie leise. »Es ist wirklich extrem wichtig, Jo. Ich weiß nicht, wen ich sonst fragen soll, und du musst die Klappe halten!«

Joachim schwieg einen Moment beeindruckt. Sie hörte, dass er Kaugummi kaute. »Alles klar. Ich bin dabei. Was liegt an?«

»Du musst dir einen Firmenwagen organisieren und mich zu Thalemann nach Hause fahren.«

»Heh?«

»Außerdem brauche ich eine von unseren Jacken mit dem Firmenlogo. Du wartest im Auto, während ich mit ihm rede, und stellst mir keine Fragen, wenn ich zurückkomme.«

»Das ist kein …«

»Nein, kein Scherz, keine versteckte Kamera. Irgendwann erkläre ich dir alles.«

»Okay, weil du es bist. Wo soll ich dich abholen?«

Leonie beschrieb ihm das Einkaufszentrum hinter ihrem Wohnhaus, wo sie eine Dreiviertelstunde auf ihn wartete. Seine Augen weiteten sich, als sie einstieg und das Licht der Innenbeleuchtung für Sekundenbruchteile ihr Gesicht erfasste. »Oh, Scheiße ...«

»Du sagst es. Ich brauche dein Handy und die Festnetznummer von Thalemann.«

Der Ingenieur ging nach dem vierten Klingeln an den Apparat. »Hier spricht Leonie Schubert, ich arbeite in der Buchhaltung, und ich weiß, was passiert ist«, erklärte sie hastig. »Bitte hören Sie einfach nur zu. Ich muss mit Ihnen sprechen. Sie sind in Gefahr, so wie ich auch – Stichwort: der Archivar.«

Sie hörte, dass er scharf einatmete. »In wenigen Minuten fährt mich ein Kollege in einem Firmenwagen zu Ihnen«, fuhr sie eilig fort. »Bitte lassen Sie mich sofort herein. Vielleicht wird Ihr Haus beobachtet. Es darf mich niemand erkennen.«

Stille.

»Haben Sie das verstanden?«

»Ja. Bis gleich.«

Leonie stieg aus, kaum dass der Wagen am Bordstein angehalten hatte, und eilte durch den Vorgarten. Im gleichen Augenblick öffnete sich die Tür, und ein bleichgesichtiger Thalemann ließ sie eintreten.

»Kommen Sie.« Er führte sie schweigend in eine große heimelig wirkende Wohnküche, wo es nach Kräutern und Kaffee roch. Im Haus war es fast gespenstisch still.

Und wenn wir abgehört werden? Fiel diese Befürchtung unter Hysterie, unnötige Panikmache, oder war sie eine realistische Annahme? Vollkommen egal – sicher war sicher. Sie zeigte mit dem Daumen Richtung Fußboden und formte lautlos »Keller?«. Die Tatsache, dass er sofort begriff, worauf sie hinauswollte, ließ tief blicken.

Er führte sie durch einen langen Gang in einen Heizungsraum, und als sie dort in der Abgeschiedenheit plötzlich dicht voreinanderstanden, wirkte die Situation absurd und beängstigend zugleich. Er zog die Tür heran. »Woher wissen Sie vom Archivar?«, flüsterte er.

»Die Einzelheiten spielen keine Rolle«, erwiderte sie nach kurzem Überlegen. Thalemann musste nicht alles wissen, sondern nur so viel, dass er ihr vertraute. »Ich bin zufällig auf die Aufzeichnungen von Dorina Siebert gestoßen und habe einen Teil davon lesen können, leider nicht den entscheidenden. Ich befürchte, dass Sie und Ihre Familie in Gefahr sind, so wie ich auch, und ich wollte Sie warnen, bevor …«

Thalemann musterte sie eingehend. »Was für Aufzeichnungen?«

»Sie hat alles aufgeschrieben …« Leonie räusperte sich. »Ein tagebuchähnlicher Bericht, der mit ihrer ursprünglichen Idee für eine Reportage beginnt, in dem es aber auch um Ihre Beziehung geht sowie um Dorinas besonderes Verhältnis zu Rumänien und aufrüttelnde historisch-politische Ereignisse des Landes. Und sie erwähnt und beschreibt die Fotos, die der Archivar Ihnen anvertraute und die wiederum Sie ihr übergaben.«

Thalemann schloss kurz die Augen. »Aber das ist Monate her!«, entgegnete er plötzlich heftig. »Und die Aufnahmen spielten überhaupt keine Rolle mehr. Ich bin einmal auf äußerst eindringliche Art gewarnt worden, dass ich mich nicht einmischen soll … Daran habe ich mich gehalten, und Dorina hat nicht das Geringste über ungewöhnliche oder beunruhigende Vorgänge erzählt … Allerdings hatten wir in den letzten Wochen wenig Kontakt.« Er hob die Hände und ließ sie wieder sinken. »Wie sind Sie eigentlich an die Aufzeichnungen gekommen? Warum soll ich Ihnen überhaupt glauben?«

»Ich habe sie durch Zufall entdeckt, und das hat mich fast das Leben gekostet!«, erwiderte sie aufgebracht. »Die Einzelheiten erspare ich Ihnen besser.« Was fiel dem Kerl eigentlich ein? »Ich habe mich nur entschlossen, den Kontakt zu Ihnen zu suchen, weil … Diese Leute fackeln nicht lange, das ist mir auf eindringliche Weise klar geworden, und Sie haben Familie. Im Übrigen hätte ich das nicht tun müssen, damit bringe ich mich selbst in Gefahr, und dass die Situation verdammt brenzlig ist, dürfte Ihnen klar sein, oder gehen Sie mit jeder nur halbwegs bekannten Besucherin schnurstracks in den Heizungskeller?«

»Nein, natürlich nicht.« Thalemann schüttelte den Kopf und rieb sich mit beiden Händen über die Wangen.

Leonie atmete zweimal tief durch. Was hatte sie erwartet? Der Mann war völlig fertig. »Dorinas Bericht hat mich gerührt und bewegt wie schon lange nichts mehr«, fuhr sie deutlich ruhiger fort. »Sie muss etwas Wichtiges entdeckt haben, das den Stein ins Rollen brachte und sie dazu bewegte, nachzuforschen und die Ereignisse schriftlich festzuhalten – so ähnlich lautete der letzte Satz, den ich las.«

Er nickte bedächtig. »Verzeihen Sie«, bat er schlicht. »Ich bin völlig von der Rolle – wie aus dem Leben gefallen … Ich war übrigens bereits bei der Polizei, bin also gewarnt. Eigentlich wollte ich nur wissen, was passiert war, nachdem ich auf der Rückfahrt von dem … Leichenfund erfahren hatte. Als Nächstes eröffnete man mir, dass ein Fotojournalist, der auch nicht mehr lebt, Aufnahmen von uns gemacht hat, und zwar hauptsächlich kompromittierende. Aber wen, abgesehen von meiner Frau, interessiert unsere Beziehung? Ich verstehe das nicht. Es gab diese eine Warnung an mich, die mich ziemlich erschreckt hat – garantiert waren das Geheimdienstleute. Wer denn auch sonst? Schließlich könnte der Archivar ihnen und den damals und auch heute noch verantwortlichen Politikern und Militärangehörigen mit seiner Arbeit durchaus das Leben schwermachen, und zwar nicht nur in Rumänien.« Er warf Leonie einen fragenden Blick zu. »Darüber hat Dorina auch etwas geschrieben, nicht wahr?«

Sie nickte.

»Doch sie wird erst Monate später entführt …« Er ließ den Kopf sinken und hob ihn rasch wieder. »Wo sind die Aufzeichnungen jetzt?«

Leonie winkte ab. »Ich bin erwischt worden, und sie sind längst entsorgt, das dürfen Sie mir glauben. Wie gesagt, der entscheidende Teil ist mir entgangen, aber ich bin hundertprozentig davon überzeugt, dass es etwas mit Rumänien, mit Pitești oder mit dem Machtwechsel 1989 zu tun hat.«

»Dorina ist nicht aktiv geworden – davon hätte sie mir erzählt«, widersprach Thalemann. »Es war uns beiden klar, wie schnell man sich bei diesen Leuten die Finger verbrennen kann. Ohne Rücksprache hätte sie nichts unternommen.«

»Sind Sie sicher? Sie erwähnten vorhin, dass Sie in den letzten Wochen wenig Kontakt zu ihr hatten. »

»Ja, trotzdem. Darüber hätte sie ganz bestimmt mit mir gesprochen.«

»Vielleicht war ihr gar nicht klar, in welcher Gefahr sie schwebte«, wandte Leonie ein. »Oder sie hat geschwiegen, weil ihr wichtig war, Sie aus der ganzen Geschichte herauszuhalten. Um sie zu schützen, Sie und Ihre Familie.«

Thalemann starrte sie entsetzt an und atmete schwer. »Hätte ich doch bloß …« Er brach ab.

»Wie geht es eigentlich dem Archivar?«, fragte Leonie nach einer Weile.

»Als ich abreiste, lebte er noch, aber es ging ihm nicht gut. Es würde mich gar nicht wundern, wenn die angebliche Lebensmittelvergiftung auf das Konto dieser Leute geht und er inzwischen gestorben ist.«

»Kehren Sie eigentlich nach Rumänien zurück?«

»Ich muss, zumindest noch für einige Monate, um einen Nachfolger einzuarbeiten, und die Firmenleitung möchte eigentlich, dass ich den Job weitermache. Aber …« Er starrte an ihr vorbei ins Leere. »Egal, wie es nun weitergeht. Ich werde keine ruhige Minute mehr haben, weder hier noch dort.«

Leonie warf einen kurzen Blick auf seine zitternden Hände. »Ich glaube, wir sind sicher, solange niemand hinterfragt, wie viel wir wissen.« Es sollte tröstlich klingen, auch in ihren eigenen Ohren. »Sonst wäre längst etwas passiert.«

»Meinen Sie das im Ernst? Die haben doch Zeit. Vielleicht sind sie bei Dorina genauso vorgegangen – in aller Ruhe und zu einem Zeitpunkt, der den Zusammenhang kaum herstellt. Nur so ein Gedanke.«

»Mag sein, aber wenn sie annähmen, wir könnten konkret wissen, womit Dorina sich beschäftigte und worauf sie gestoßen war ...«

»Denen ist klar, dass wir Angst haben und es nicht wagen, etwas zu unternehmen. Keine Polizei der Welt könnte uns ständig beschützen.«

Leonie schluckte.

Er lächelte schief. »Aber ich hoffe dennoch inständig, dass Sie recht haben.«

Ich auch, dachte sie. »Wir dürfen in keiner Weise auffallen«, schob sie nach.

Thalemann streckte die Hand aus und legte sie kurz auf ihre Schulter. »Danke. Sie sind ziemlich mutig.«

Leonie lächelte verlegen. Das hatte noch nie jemand zu ihr gesagt. »Wenn es etwas gibt, was wir besprechen sollten, rufen Sie mich bitte über das Handy vom Kollegen Joachim Lind an«, fuhr sie schließlich fort. »Er hat mich zu Ihnen gefahren, aber er weiß von nichts. Wir können ihm vertrauen.«

»Mein Gott, wie absurd das alles klingt! Ich hätte so gerne mein stinknormales Leben zurück.«

Leonie nickte. »Den Spruch würde ich mir sofort aufs T-Shirt drucken.«

Thalemann brachte sie wenig später nach oben zur Haustür. Sie spähte einen Moment durch den schmalen Spalt nach draußen und drehte sich dann noch einmal zu ihm um. »Passen Sie auf sich auf.«

»Das Gleiche wollte ich auch gerade sagen.« Er musterte ihr Gesicht. »Wer hat Sie eigentlich so zugerichtet?«

»Das wollen Sie gar nicht wissen«, behauptete sie und schlüpfte hinaus in die Dunkelheit.

## 19

»Wir benötigen dringend mehr Hintergrundinfos und eine gute, sogar eine sehr gute Strategie, bevor wir Mirko Sehler erneut befragen«, leitete Hannah das Gespräch ein, kaum dass ihre Teller abgeräumt waren und der Kellner den Mangoschnaps serviert hatte. »Wenn wir zu früh nachhaken, ohne etwas in der Hand zu haben, das ihn beeindruckt, ist er gewarnt und windet sich heraus – so cool, wie der Rostocker Kollege ihn beschreibt.«

»Wenn er tatsächlich so cool ist. Immerhin liegt diese andere Geschichte zwanzig Jahre zurück, und wer weiß, was damals wirklich passiert ist«, wandte Dagmar ein und prostete ihr zu.

»Eben. Aber solange wir zu wenig wissen, ist er klar im Vorteil, sollte er tatsächlich ...«

»Hältst du diesen Knaben allen Ernstes für fähig ...«

»Nein, aber vielleicht ist genau das seine Masche«, beharrte Hannah. »Kann es sich tatsächlich um reine Zufälle handeln, dass er mit Patrick Gehlberg in Rumänien unterwegs war, die Holsteiner Gegend mag, wie er selbst bemerkte, und Dorina dieses Kettenteil verschluckte?«

»Zugegeben, das stimmt nachdenklich. Doch wenn er so ausgebufft ist, warum erwähnt er seine Vorliebe überhaupt?«

»Weil er sich absolut sicher fühlt. Das sollte uns zu denken geben.«

»Nun gut.« Dagmar nahm ihr Smartphone zur Hand. »Rico hat mir den Terminkalender von Dorina gemailt. Er enthält berufliche und private Termine, und zwar beginnend vier Wochen vor ihrem Verschwinden beziehungsweise vor dem Urlaub.« Sie seufzte lang anhaltend. »Dutzende aufregender Eintragungen, kann ich dir sagen – Redaktionsbesprechungen ohne Ende, Termine mit Interviewpartnern, Absprachen mit

der Technik, Telefonnotizen, dazwischen Friseur- und Fitness-
termine und Ähnliches. Ich habe dir den Kram weitergeleitet.
Falls du heute Nacht nicht schlafen kannst – bei der Lektüre
dürftest du innerhalb von fünf Minuten in den Tiefschlaf sinken.« Sie lächelte. »Für eine Journalistin, die auf einer heißen
Spur war und womöglich deshalb sterben musste, klingt das
alles zum Abwinken langweilig. Wenn ich es nicht genauer
wüsste, würde ich glatt darauf tippen, dass wir komplett auf
dem Holzweg sind, aber das nur so nebenbei bemerkt.«

Sie klickte die nächste Seite an. »Sogar um Geburtstage so-
genannter wichtiger Persönlichkeiten musste sie sich kümmern ... zum Beispiel um den Sechzigsten von Polizeidirektor
Berthold Rabert, GSG-9-Ausbilder und Berater und auf der
Polizeiakademie in Lübeck als Dozent tätig. Der Sender will
oder wollte wohl einen Beitrag über ihn bringen.« Dagmar
schüttelte den Kopf und stutzte plötzlich.

»Was ist?« Hannah nippte an ihrem Schnaps und stellte das
Glas wieder ab.

»Hier steht ein zweiter Name, etwas undeutlich geschrieben, aber, ja: Peter Kayn.« Dagmar runzelte die Stirn. »Da
klingelt was, oder? Aber woher kennen wir den?«

»Rostock«, antwortete Hannah nach kurzem Überlegen.
»Peter Kayn war seinerzeit der Vorgesetzte vom Kollegen
Karsten Wisner. ›Wenn Sie Wert darauf legen, strecke ich mal
meine Fühler nach ihm aus. Möglicherweise könnte er Ihnen
noch mehr über Sehler erzählen. Die letzte Befragung hat er
alleine vorgenommen. Bei ihm hat sich damals fast so was wie
Bewunderung für den Jungen breitgemacht‹«, zitierte sie. »›So
jung und schon derart gerissen. Er war regelrecht fasziniert‹.«

»Hat das irgendetwas zu bedeuten?«, fragte Dagmar.

»Das wüsste ich auch gerne. Guck doch mal, was das Netz
zu seinem Namen hat.«

Dagmar blickte wieder auf ihr Handy. »Nicht viel, was in
unserer Branche nicht weiter verwundert, denn der Mann ist
auch in der Akademie beschäftigt«, erklärte sie eine Minute

später. »Unter Umständen hat Dorina mit ihm über Rabert gesprochen.«

»Möglich.« Hannah sah mit nachdenklicher Miene zum Fenster hinaus.

»Was ist? Woran denkst du? Das klingt doch harmlos. Kayn hat Karriere gemacht und ist ein Kollege von Rabert.«

»Durchaus richtig, aber ... schon wieder eine Überschneidung. Das gefällt mir nicht, was natürlich nicht unbedingt das beste Argument ist, ich weiß, aber ...«

»Wir kümmern uns morgen darum«, versprach Dagmar. »Vielleicht weiß ja der Wisner dann auch schon mehr.«

»Du meinst, ich soll aufhören zu spekulieren, wir haben auch so schon genug zu bedenken?«

»Hm, so ähnlich.«


Karsten hatte den frühen Abend bei Bulette und Kartoffelsalat in seiner Stammkneipe verbracht. Im Hintergrund lief der Fernseher, neben ihm saßen zwei Kollegen, die die Festnahme irgendeines jugendlichen Dealers feierten, aber Karsten hatte sich den Namen nicht gemerkt, und die näheren Umstände klangen nicht besonders aufregend, zumal der Typ ihnen seit einem halben Jahr auf der Nase herumtanzte und sehr wahrscheinlich innerhalb kürzester Zeit wieder seinen Geschäften nachgehen würde. Außerdem war er mit den Gedanken woanders. Die Sache mit Sehler und Kayn beschäftigte ihn. Schließlich trank er sein Bier aus und verließ das Lokal, ohne sich großartig zu verabschieden. Darüber würde sich niemand wundern. Im Kommissariat herrschte wohltuende Ruhe – zwei Spätdienstler waren unterwegs, und die Bereitschaftsleute saßen unten in der Zentrale zusammen. Karsten ließ sich in seinen Sessel fallen, der bedenklich unter seinem Gewicht ächzte.

Kayn hatte damals wenig über seinen Werdegang erzählt. Fest stand, dass er bereits einige Stationen hinter sich hatte; Karsten erinnerte sich an Magdeburg, und von Berlin war auch mal die Rede gewesen, aber genauer konnte er sich nicht erinnern. »Wer aufsteigen will, muss viel herumkommen«, hatte Kayn mal gesagt, ohne sich in Details zu verlieren oder gar die eine oder andere Anekdote beizusteuern.

Karsten fuhr seinen PC hoch, um kurz darauf festzustellen, dass sein alter Chef seit einigen Jahren als Ausbilder und Trainer an der Lübecker Polizeiakademie beschäftigt war. Merkwürdiger Zufall. Andererseits dürfte es die Sache für Hannah Jakob und ihre Kollegen vereinfachen, was sie im Rahmen ihrer ohnehin aufwendigen Ermittlungen sicherlich begrüßen würden. Die können einfach bei ihm vorbeigehen und den alten Fall von Angesicht zu Angesicht besprechen, und Kiel ist ja auch quasi um die Ecke, dachte er und nickte vor sich hin. Und ich bin raus aus dem Spiel.

Er trommelte eine Weile mit den Fingern auf der Schreibtischplatte, das Geräusch füllte den Raum aus wie ein nicht ganz sauber im Takt arbeitendes Metronom, während er den Gedanken kreisen ließ. Nein, er war nicht raus, beschied er schließlich, ganz und gar nicht. Er hatte zugesagt, seine Fühler auszustrecken, aber es ging nicht darum, ein paar Kontaktdaten herauszusuchen und mit ein, zwei Telefonaten oder Klicks festzustellen, was der Exkollege und Exchef Kayn inzwischen so machte. Es ging um mehrere schwerwiegende Verbrechen, in deren Umfeld nun auch dieser alte ungeklärte Fall wieder auftauchte, in dem zu viele Fragen offengeblieben waren, die er seinerzeit nicht gestellt hatte.

Der Verhör- und Observierungsspezialist und nun Ausbilder und Trainer, dem Mirko Sehler so offenkundig Bewunderung abgerungen hatte, war bei der letzten Vernehmung mit ihm allein gewesen, und zwar zu Hause bei Sehler. Angesichts der damals von Tom Seidel vorgebrachten Beschuldigung ein ganz und gar nicht üblicher Vorgang, zumal weder Zeit- noch besondere Personalnot geherrscht hatte, wie Karsten sich erinnerte. Aber er war damals ein blutiger Anfänger gewesen und hatte sich nicht in solche Entscheidungen einzumischen. Das ungute Gefühl, ein seltsam dunkles Befremden, an das er sich plötzlich überdeutlich erinnerte, hatte er beiseitegeschoben. War über Kayns Vernehmung je ein vorschriftsmäßiges Protokoll gefertigt worden? Und stellte er, Karsten, sich diese Frage zum ersten Mal? Oder hatte er sie damals auch verdrängt? Möglich.

Nachträglicher Übereifer war im Ermittleralltag weiß Gott nicht immer das Mittel der Wahl, aber sofern man sich die Hintergründe im stillen Kämmerlein bewusst machte – zum Beispiel ein schlechtes Gewissen –, konnte man dem eigenen Tatendrang einen angemessenen Rahmen zuweisen. Die Gefahr, beträchtlich übers Ziel hinausschießen und sich zwischen alle Stühle zu setzen, war damit keineswegs vom Tisch, aber das könnte er in diesem Fall leichter ertragen, als sich irgendwann erneut fragen zu müssen, warum er initiativlos zugesehen hatte. Karsten hielt es für unabdingbar, dass die Lübecker gut vorbereitet in ein Gespräch mit Peter Kayn gingen, und dazu gehörten Einzelheiten zu seinem Werdegang und vielleicht sogar zu seiner Arbeitsweise.

Das Netz und die allgemeinen Abfragen boten keinerlei Anhaltspunkte zu Kayn. Irgendwo in den Tiefen des Archivs müsste sich noch Kayns Personalakte und somit auch seine Bewerbung für Rostock befinden, in der Lebenslauf, Ausbildung und vorherige Dienststellen dokumentiert und beschrieben waren. Auch wenn die letzten zwanzig Jahre fehlten, lohnte sich vielleicht ein Blick in die Akte. Doch um diese sensiblen Daten einzusehen, genügten keineswegs Hinweise auf denkwürdige Zufälle oder plötzlich aufsteigende ungute Gefühle in Kombination mit besonderem Ermittlereifer, und die Unterstützung der Lübecker Kollegen war für sich genommen keineswegs ein ausreichender Grund.

Karsten blickte auf die Uhr. Es war spät, aber wenn er Glück hatte, würde er Franziska Behr antreffen, die häufig den Spätdienst übernahm, um in aller Ruhe alte Akten zu digitalisieren. Franzi, knapp über sechzig, war heilfroh, wenn sie in der Stille des Kellergewölbes die Regale abschreiten und für

Übersicht und Ordnung sorgen durfte. Ohne Genehmigung, Stempel und Unterschrift hatte man kaum eine Chance bei ihr – so jedenfalls die offizielle Meinung über die Hüterin der Akten. Karsten wusste, dass sie sehr wohl Ausnahmen machte, sie mussten nur gut begründet und von jemandem vorgebracht werden, der bei ihr einen Stein im Brett hatte. Karsten hatte bei ihr zwei Steine im Brett, nachdem er ihr vor ein paar Jahren einige Male, wie sie es beide gerne herzhaft ausdrückten, den Arsch gerettet hatte, weil sie mehrfach sturzbetrunken zum Dienst erschienen war. Miese Zeit damals, soviel wusste Karsten, und er ahnte noch einiges mehr, aber sie hatte nie darüber reden wollen, und er hatte das akzeptiert.

Franzi hatte Dienst und wirkte schlecht gelaunt. Karsten brachte ihr einen frischen Kaffee und eine Portion Eis mit, was sie mit dezent hochgezogener Braue zur Kenntnis nahm.

»Nuss?«

»Nuss und Karamell.«

»Dein Glück.«

»Was macht dein Enkel?«

»Keine Familiengeschichten, bitte!«

Karsten grinste. »Schon gut.«

»Was willst du überhaupt hier?«

»Ich muss mir zwei Akten genauer angucken.«

»Aha. Da bin ich mal gespannt.« Franzi begutachtete ihren Eisbecher mit abschätzenden Blicken.

»Zum einen geht es um einen alten Fall, zu dem eine Kollegin bereits eine Kopie nach Lübeck gefaxt hat – Mirko Sehler.«

»Ja, und weiter?«

»Peter Kayn war damals leitender Hauptkommissar, und ich war der Grünschnabel, der ihm hinterherdackeln musste.«

»Grünschnabel klingt gut, hinterherdackeln auch. Kann ich mir bei dir gar nicht mehr vorstellen.«

»Ich muss mal in seine Personalakte gucken.«

»Wenn der Chef unterschrieben hat, kannst du in alles Mögliche hineingucken.« Sie grinste.

»Es ist niemand mehr da, und ich denke, er würde kaum zustimmen, solange ich mir nicht eine seitenlange Begründung aus den Fingern sauge. Und dazu habe ich weder Zeit noch Lust.«

»Peter Kayn. Ja, ich erinnere mich. Der war vor hundert Jahren und nicht besonders lange hier. Warum interessierst du dich für ihn?«

»Nenn es ein komisches Gefühl und mach eine Ausnahme, bitte. Kann sein, dass ich das Ding in einer Stunde zurückbringe, gähnend nach Hause gehe und mich kopfschüttelnd frage, wie ich so bescheuert sein konnte, unnötig Überstunden zu machen.«

»Und mich dazu anzuhalten und sogar zu bestechen, Dienstanweisungen sträflich zu missachten«, ergänzte Franzi.

»Genau.«

Sie ließ ihn noch fünf Minuten zappeln, aber eigentlich war längst klar, dass sie sich zierte, weil es zum Spiel dazugehörte. Eine Viertelstunde später saß Karsten wieder an seinem Schreibtisch und schlug die verstaubte Akte auf. Kayn hatte eine akkurate Bewerbung mit ausführlichem Lebenslauf abgegeben. Der Mann war 1953 in Berlin geboren und aufgewachsen. Seine Polizeilaufbahn begann 1972, Polizeischule, Kommissariatslaufbahn und so weiter; in der Nachwendezeit unterstützte er während der organisatorischen Neuausrichtung verschiedene Kommissariate in Ostberlin, Leipzig und Magdeburg. Karsten notierte sich die wesentlichen Stichpunkte, die zwar interessant, aber insgesamt unauffällig klangen. Der Mann hatte ohne Zweifel eine saubere Karriere hingelegt. Dabei könnte man es belassen, aber es fehlten zwanzig Jahre, und für die eingehende Datenbankrecherche der Zeit nach Rostock, die im Abgleich Rückschlüsse ermöglichte, benötigte er die Hilfe eines Fachmannes oder einer Fachfrau.

Karsten streckte sich und griff nach kurzem Blick auf die Uhr zum Telefon. David hatte längst Feierabend, und die Kollegin Lisa war auch nach Hause gegangen – Überstunden abfeiern. Sie ging nicht ans Telefon und war auch über Handy nicht zu erreichen, kluges Mädchen. Also David, dachte Karsten. Er wird mich umbringen ...

»Was gibt es?«, polterte David, als er nach dem sechsten Klingeln abhob.

»Ich muss was recherchieren.«

»Ach ja? Mach doch oder warte bis morgen. Ich ...«

»Es ist wichtig.«

»Es ist immer wichtig. Ich habe Feierabend, und nebenan sitzt etwas sehr, sehr Schnuckeliges in meiner Badewanne, mit nichts anderem als einigen wenigen Schaumbläschen an ausgesprochen reizvollen Stellen benetzt ... Wenn du verstehst, was ich meine.«

»Tu ich – lass noch ein paar Liter heißes Wasser nachlaufen und sag ihr, dass du in einer Stunde zurück bist, vielleicht auch in zwei, dafür mit einem Strauß Rosen und spitz wie Nachbars Lumpi«, schlug Karsten vor.

»Super Tipp! Vergiss es! Das muss bis morgen warten.«

»Du könntest jetzt auch 'ne schnelle Nummer schieben und nachher eine zweite Runde einlegen.«

»Romantik ist dein zweiter Vorname, was?«, giftete David. »Scheiße, Alter, worum geht es?«

»Amtshilfe für Lübeck – die haben aktuell mit zwei Entführungen und zwei Todesfällen zu tun, sogar das BKA ist eingeschaltet, und es gibt eine ganze Reihe offener Fragen.«

»Das ist blöd.«

»Ja, ist es. Unter anderem geht es um einen zwanzig Jahre alten Vermisstenfall, mit dem damals Kiel und Rostock beschäftigt waren. Die Ermittlungen hier haben mein Exvorgesetzter Peter Kayn und ich geführt. Gut möglich, dass bei der Vernehmung eines Verdächtigen nicht hundertprozentig sauber gearbeitet wurde«, erklärte Karsten und ließ die Worte, mit denen er hoffte, die Dringlichkeit angemessen zu unterstreichen, einen Moment sacken.

»Geht das genauer?«

»Im Moment nicht. Ich selbst kam gerade von der Polizeischule und war noch zu grün hinter den Ohren, um den richtigen Durchblick zu haben, aber das nur so nebenbei.« Er räusperte sich. »Jedenfalls tauchen Namen von damals wieder auf,
was nicht nur mir zu denken gibt, und die Lübecker sind froh,
wenn wir ihnen bei der Hintergrundrecherche ein bisschen
zur Hand gehen.«

»Und was genau willst du wissen?«

»Ganz einfach – so viel wie möglich über Peter Kayn. Wohin hat es den Mann direkt nach seiner Zeit hier bei uns ver-
schlagen – Dienststellen, Positionen, Auffälligkeiten und so
weiter«, fuhr Karsten fort. »Einzelheiten, die sich mit seinem
Lebenslauf bis Mitte der neunziger Jahre abgleichen lassen,
wären auch nicht schlecht.«

»Ach du liebe Güte! Sonst noch Wünsche?«

»Vielleicht stellt sich nach einer halben Stunde heraus, dass
die Recherche eine Einbahnstraße ist, aber ich will es genau
wissen. Und noch was – niemand darf mitbekommen, dass
wir etwas suchen. Der Typ ist nämlich inzwischen ein hohes
Tier, und selbstverständlich habe ich keinen Beschluss, auch
keine offizielle oder halboffizielle Anweisung oder so was in
der Art.«

»Das wundert mich jetzt aber«, spottete David. »So einen
langen Vortrag hast du übrigens schon lange nicht mehr gehalten, und das Ganze klingt durchaus nach einer spannenden
Aufgabe ...«

»Sag ich doch!«

»Aber erstens solltest du dir sofort abschminken, dass ich
ohne Zugangsberechtigung an welche Hauptpersonalakte auch
immer herankomme oder diesbezüglich herumtrickse«, wandte David energisch ein. »Weder heute Nacht noch sonst wann.
Vergiss das sofort wieder, falls deine Überlegungen in diese
Richtung zielen. Das kostet mich nämlich meinen Job. Und
zweitens: Warum hat die Recherche nicht bis morgen Zeit?«

»Morgen stapeln sich die aktuellen Vorgänge auf deinem

und auch auf meinem Schreibtisch, und der Chef läuft durch die Gegend. Dem will ich nichts erklären müssen, nicht zu diesem Zeitpunkt. Und die Lübecker haben es natürlich eilig. Ansonsten – mach dich einfach auf die Suche. Du findest schon was, da bin ich sicher. Du findest immer was.«

Zwei Minuten blieb es still in der Leitung. »Gut, ich komme, aber mach dir nicht allzu viel Hoffnungen, dass wir da fündig werden. Außerdem will ich einen halben freien Tag für die Aktion.«

»Abgemacht.«

»Koch Kaffee.«

»Alles klar.«


Der Mann hatte kaum Spuren im Netz hinterlassen. Anlässlich der Sechzig-Jahr-Feier der Bundespolizei, die vor zwei Jahren in der Lübecker Akademie stattgefunden hatte, fiel sein Name, auf Pressekonferenzen tauchte er hin und wieder auf, und darüber hinaus ließ sich nachvollziehen, dass er seinerzeit von Rostock nach Dresden und dann wieder hoch in den Norden nach Bremen gezogen war, wo er jeweils leitende Positionen besetzt und – einigen wenigen Zeitungsberichten zufolge – gute Arbeit geleistet hatte, bevor er 2006 zur Akademie kam. Querverbindungen zu Mirko Sehler ließen sich nicht herstellen, nicht auf den ersten Blick.

Karsten reagierte auf das Ergebnis der nächtlichen Suche mit gemischten Gefühlen – es war zu oberflächlich, um sich damit zufriedenzugeben, denn mehr als einige Stichpunkte hatten sie nicht entdeckt. Und sollte aus dem ersten unguten Gefühl ein Verdacht gegen Kayn erwachsen und sich erhärten, würde ohnehin eine interne Ermittlung folgen. Und dort würde dann auch er, Karsten, Rede und Antwort stehen müssen.

Es war nach zwei Uhr in der Frühe, als er sich von David verabschiedete und einen Kurzbericht für die Lübecker schrieb, bevor er selbst Feierabend machte.

## 20

Tom Seidel hatte um zehn Uhr eine Lieferung in Neumünster abgeholt und war die A7 in Richtung Hamburg weitergefahren, in Höhe Bad Bramstedt würde er auf einem Rasthof einen Zwischenstopp einlegen. So lautete die Info von Rico, die morgens auf Hannahs Handy eintraf. Angefügt waren das Kennzeichen seines Fahrzeugs sowie ein aktuelles Foto des Mannes und der Hinweis, dass er für ein kurzes Gespräch mit der Kommissarin zur Verfügung stehen würde. »Begeistert ist er aber nicht«, hatte Rico noch erwähnt.

Wer reagierte schon begeistert, wenn die Polizei ihn sprechen wollte? Hannah sparte sich den morgendlichen Besuch in der Dienststelle, sondern erledigte einige Telefonate in der Pension und brach zügig auf. Ihre Stimmung war gedrückt, was nicht nur an dem facettenreichen Fall lag, der aufgrund seiner erdrückenden Fülle von Haupt- und Nebenschauplätzen und bemerkenswerten Überschneidungen zunehmend unübersichtlicher wurde. Ein schneller Erfolg war auf ihrem Spezialgebiet ohnehin selten, aber die Konturen des Geschehens und der Hintergründe waren in den letzten Tagen kaum einen Deut schärfer hervorgetreten – ganz im Gegenteil, die Verwicklungen nahmen zu.

Zwei Leichenfunde waren hinzugekommen, wobei Dorinas Entdeckung erst durch den toten Fotojournalisten möglich geworden war. Gehlberg war ein Spitzel gewesen, ein hervorragend organisierter, davon war Hannah überzeugt – doch für wen genau er warum gearbeitet hatte, blieb bisher noch verschwommen, selbst wenn das Stichwort Rumänien fiel. Der BND hatte noch keine Idee zu seinem Namen, was aber nicht unbedingt etwas heißen musste.

Mirko Sehler war tatverdächtig, doch die Indizien, die bei

jedem anderen zu einer scharfen Vernehmung ausgereicht hätten, mussten in seinem Fall doppelt und dreifach geprüft und durch Hintergrundinformationen ergänzt werden, zumindest war Hannah fest davon überzeugt, und Dagmar sah das glücklicherweise ähnlich. Eine vergleichbar gute und zugleich verdeckte Vorbereitung war nötig, bevor sie mit Kayn sprachen. Mit dumpfen Ahnungen allein kamen sie auch hier nicht weiter, ganz im Gegenteil.

Hannah stand nach zehn Minuten Autobahnfahrt im Stau und schimpfte entnervt, worauf Kotti auf dem Rücksitz leise winselte. Natürlich spürte er ihre Unruhe und Anspannung, die nach dem spätabendlichen Telefonat mit ihrem Lebensgefährten noch um einiges angewachsen war. Achim beschwerte sich nicht oft, dass sie häufig unterwegs war und dann nahezu ausschließlich in ihrer eigenen Welt lebte. Gestern war es so weit gewesen, und sie hatte hilflos und verletzt reagiert und war schließlich sogar laut geworden, was einigermaßen selten vorkam. Aber ja, warum auch nicht? Hannah schüttelte den Kopf. Weil ich perfekt sein will, ganz einfach – stets ausgeglichen, flexibel, konflikt- und anpassungsfähig, beruflich und privat. Bloß keine Ausrutscher, keine Schwächen, immer gelassen bleiben und vor allen Dingen den eigenen Ansprüchen genügen.

Als Sonderermittlerin mit psychologischem Schwerpunkt musste sie in der Lage sein, sich innerhalb kürzester Zeit in nahezu jedes Team einzufügen, mochte man ihr auch noch so skeptisch gegenüberstehen. Mit ihrer zurückhaltenden Art erstickte sie von vorneherein jeglichen Konkurrenzkampf im Keim und nahm damit Persönlichkeiten wie Dagmar den Wind aus den Segeln. Ihr angriffslustiges Herumpoltern ließ Hannah unbeeindruckt, was ihr bei der im Übrigen hochsympathischen Kollegin einige Pluspunkte eingetragen hatte. Sobald die Harmonie im Team hergestellt war, konnte Hannah ihre besonderen Ermittlungsbegabungen ausspielen – kreative Wege abseits der üblichen Routinen entwickeln, stundenlange

Befragungen mit höchster Konzentration leiten, wobei ihr kein einziges Wort entging, und innerhalb kürzester Zeit Rückschlüsse ziehen ... Und privat sollte es natürlich ähnlich perfekt funktionieren. Verständnisvolles und liebevolles Miteinander, Rücksichtnahme, Aufmerksamkeit und die Bereitschaft, auch in schwierigen Situationen im Gespräch zu bleiben, hatten Achim und sie sich auf die Fahnen ihrer Beziehung geschrieben. Klang alles wunderbar, funktionierte auch meistens, aber manchmal tat es einfach gut, nicht perfekt sein zu wollen, sondern unwirsch und laut zu reagieren, zynisch und unfair, weil der andere einen wunden Punkt getroffen hatte oder womöglich sogar mehrere und die Kraft fehlte, souverän zu bleiben.

»Entweder es geht um dich und deine ohne Zweifel wichtige Arbeit, oder du sorgst dich um Ben, weil du ihn nicht loslassen kannst. Wahlweise geht dir mal wieder die alte Geschichte mit deiner Schwester im Kopf herum – auch die kannst du einfach nicht ruhen lassen. Bei jedem neuen Vermisstenfall spielt sie mit«, hatte er plötzlich in bitterem Tonfall ausgestoßen. »Du denkst häufiger an sie als an mich. Und wenn wir auflegen, werde ich bereits bereuen, so offen ausgesprochen zu haben, was mir im Kopf herumgeht, denn du vergisst ja kein einziges Wort, als könntest du auch das nicht loslassen.«

Sie war für Sekunden völlig perplex gewesen, bevor sie den Schmerz spürte, der seinen Vorwürfen folgte. »Für meine Gedächtnisleistung kann ich nichts, wie du weißt. Das müssen wir nicht diskutieren«, entgegnete sie schließlich, und Wut schwang in ihrer Stimme. »Aber gut – worüber möchtest du mit mir sprechen, Achim? Über deine Praxis? Über die Betreuung deiner Marathonläufer, die zum x-sten Mal in Berlin an den Start gehen und in der Ü-50-Gruppe endlich unter die ersten zehn ins Ziel kommen wollen, koste es, was es wolle? Oder über deine übergriffige Mutter, die partout nicht einsehen will, dass ich weder private noch berufliche Entscheidungen mit ihr abspreche? So etwas in der Art? Oder darüber, wann wir das letzte Mal guten Sex hatten?«

»Was ist denn mit dir los? Das ist verdammt unfair!«

»Ja, das ist es. Muss auch mal sein. Schlaf gut.« Damit hatte sie aufgelegt.

Hätte ich mir gar nicht zugetraut, dachte Hannah erneut, als es im Schritttempo weiterging und der Verkehr plötzlich wieder rollte. Beziehungsprobleme waren so ziemlich das Letzte, was sie jetzt gebrauchen konnte, aber danach fragte niemand. Sie schaltete das Radio ein und konzentrierte sich auf die bevorstehende Begegnung mit Tom Seidel.

Fünf Minuten vor der vereinbarten Zeit parkte sie direkt vor der Raststätte und hielt nach einem dunklen Variant mit Kieler Kennzeichen Ausschau. Sie entdeckte ihn hundert Meter weiter. Tom Seidel – mittelgroß, Brille, kurzes braunes Haar, auf unauffällige Weise gepflegt, sportlicher Typ – stieg aus, als sie vor dem Wagen stehenblieb und ihn ansah. »Sie sind die Kommissarin?«, fragte er und beäugte sie kurz.

»Ja, die bin ich.« Hannah stellte sich vor und gab ihm die Hand. Er hatte einen kraftvollen Händedruck. Wie ein aggressiver Schläger wirkte er keinesfalls, auch nicht wie jemand, der schnell die Nerven und die Selbstbeherrschung verlor. Jeder Mensch hatte seinen speziellen wunden Punkt, und manch einer lernte nie, angemessen zu reagieren, wenn er getroffen wurde.

»Ich bin, ehrlich gesagt, etwas überrascht.«

»Das kann ich mir gut vorstellen. Gehen wir einen Kaffee trinken?«

Freundlich, gelassen, souverän. Hannah atmete tief durch.

Sie suchten sich im Bistro einen freien Tisch, bevor Seidel Kaffee holte. Sein Blick war unstet, als er sich schließlich setzte. »Also, das ist schon etwas ungewöhnlich … Worum geht es denn?«

»Wir stecken in sehr umfangreichen Ermittlungen, wie mein Kollege angedeutet haben dürfte.«

Seidel trank einen Schluck. »Hat er.«

»Und wir sind unter Zeitdruck. Deshalb haben wir auf den ganzen offiziellen Behördenkram verzichtet und Sie lediglich um einige Minuten Gesprächszeit gebeten, die Sie freundlicherweise sofort bereit waren, uns zur Verfügung zu stellen.«

»Das hier ist also keine Vernehmung oder so etwas? Ich meine, Sie sind vom BKA, wenn ich das richtig verstanden habe.«

»Ich unterstütze die Lübecker als Sonderermittlerin in Vermisstenfällen«, bestätigte Hannah. »Und unser Treffen stellt lediglich eine Unterredung dar. Wir erhoffen uns auf unkomplizierte und schnelle Weise Auskünfte von Ihnen, die sich unter Umständen für die aktuellen Ermittlungen als bedeutsam erweisen könnten. Ich bitte Sie darüber hinaus ausdrücklich, unser Gespräch absolut vertraulich zu behandeln.«

»Na klar, kein Ding.« Er runzelte die Stirn. »Und um wen oder was geht es dabei?«

»Mirko Sehler.«

Seidel stellte seine Tasse, die er gerade zum Mund führen wollte, wieder ab. »Was? Hat er etwas angestellt?«

»Ich möchte mit Ihnen über den alten Fall sprechen. Die Akte dazu ist mir bekannt«, entgegnete Hannah ruhig.

Seidel zwinkerte nervös. »Ach je, wie kommen Sie denn auf diesen alten …«

Hannah schüttelte den Kopf. »Lassen wir das, bitte. Sie haben Sehler seinerzeit schwer beschuldigt und sich selbst belastet, aber Ihre Angaben ließen sich nicht bestätigen – Mirko Sehler war nicht das Geringste nachzuweisen und Ihnen im Übrigen auch nicht. Keine Spuren, keine Leiche, nichts. Niemand nahm Ihnen ab, dass Sie, quasi von ihm angetrieben, Birgit Sehler erschlagen haben, worauf deren Sohn dann die Leiche entsorgte.«

Seidel nickte und rieb sich mit einer Hand über den Nacken.

»Der Fall liegt zwanzig Jahre zurück«, fuhr Hannah fort. »Sie waren sehr jung. Was halten Sie davon, Ihre Aussage noch einmal zu überdenken?«

»Ja, und dann?«

»Nun, möglicherweise stellt sich die ganze Geschichte im Nachhinein ein wenig anders dar.«

Seidel ließ sich in die Lehne fallen. »Sie meinen, ich könnte Mist erzählt haben?«

»Zum Beispiel. Sie haben mit irgendeiner kleinen Lüge begonnen, als seinerzeit die Vernehmung verschärft wurde und plötzlich der alte Fall wieder auf dem Tisch lag, nur um mal anzutesten, wie sie sich anhört und wie die Beamten darauf reagieren«, schlug Hannah vor.

»Ich weiß, was Sie meinen, aber … Die Geschichte hat mir nicht den geringsten Vorteil gebracht. Warum hätte ich mir das ausdenken sollen?«

»Das ist zugegebenermaßen ein sehr gutes Argument, aber vielleicht hatten Sie mit Sehler irgendeine Rechnung offen, von der sonst niemand etwas weiß. Im Zuge jenes Verhörs wegen erneuter Gewalttätigkeit verlieren Sie die Nerven, und ehe Sie sich versehen, sprudelt auf einmal diese abenteuerliche Geschichte aus Ihnen heraus, in der Sie beide nicht besonders gut wegkommen, aber das war Ihnen in der Situation völlig egal«, spann Hannah den Faden weiter.

»Ja, so ähnlich war es ja auch. Nur dass diese abenteuerliche Geschichte nicht erlogen war, auch wenn mir damals niemand geglaubt hat, weil es keine Beweise gab und Mirko alles abstritt …« Seidel hob plötzlich das Kinn und riss die Augen auf. »Halt, Moment mal, haben Sie die Frau etwa gefunden? Sind Sie deswegen hier und …«

Hannah schüttelte rasch den Kopf. »Nein! In dem Fall hätten wir Sie zu einer offiziellen Vernehmung abgeholt. Wie gesagt – ich erhoffe mir aus dem Gespräch mit Ihnen lediglich Hinweise bezüglich einer anderen auf Hochtouren laufenden Ermittlung.«

»Zu der Sie natürlich nichts sagen dürfen?«

»Das ist richtig.«

»Nun gut.« Er zögerte sichtlich irritiert. »Ich könnte die ganze Geschichte natürlich noch einmal aufwärmen, aber je länger ich darüber nachdenke, desto mehr Zweifel stellen sich ein, ob das wirklich so schlau ist. Ich würde mich ja erneut schwer belasten, und das möchte ich nicht – weder hier bei einem angeblich harmlosen Gespräch mit Ihnen noch anderswo. Vielleicht finden Sie demnächst die Leiche, und dann ...«

Hannah hob eine Braue. »Das heißt, Sie würden Ihre damalige Geschichte heute nicht wiederholen, wenn Birgit Sehler tatsächlich gefunden würde?«

»Mord verjährt nicht. Ich würde mir jedenfalls sehr genau überlegen, was ich zu Protokoll gebe.«

»Das ist nachvollziehbar. Doch erstens existiert nun einmal die alte Akte und Ihre damalige Aussage, die man Ihnen dann selbstverständlich unter die Nase halten würde, und zweitens ginge es bei Ihnen höchstwahrscheinlich um Totschlag.«

»Egal.« Er verschränkte die Arme vor der Brust. »Ich könnte die Aussage widerrufen und damit begründen, dass ich damals total unter Stress stand.«

»Nun gut, lassen wir Birgit Sehler und die Umstände ihres Verschwindens mal außen vor. Vielleicht erzählen Sie mir etwas über ihren Sohn, den Sie irgendwann kennengelernt haben – in welchem Zusammenhang auch immer.«

Seidel schob seine Kaffeetasse beiseite. »Was soll ich Ihnen da erzählen? Das ist ewig her. Wir waren damals gerade mal halb so alt.« Er starrte einen Moment ins Leere. »Mirko war ein schmaler Junge, den niemand so richtig für voll genommen hat, ein zartes Kerlchen, den jeder Windstoß aus den Schuhen gehoben hätte. Man traute ihm nichts zu. Aber ...« Er wischte sich über die Nase. »Mirko war schlau und ein bisschen durchgeknallt. Und er wusste sehr genau, was er wollte und wie er es bekam. Er hat seine Mutter gehasst, aus gutem Grund, und ich fand sie auch zum Kotzen. Niemand hat sie vermisst, selbst mein Vater hat sich schnell wieder beruhigt. Soviel kann ich Ihnen sagen.«

Niemand hat sie vermisst. So etwas passierte. Es gab Ehemänner und Väter, die spurlos verschwanden, und die ganze Familie atmete befreit auf. Wenn man genauer nachforschte, stellte sich heraus, dass der Mann ein brutaler Tyrann gewesen war, dessen zerstörerische Missetaten niemand mehr hatte ertragen können.

»Er hatte ein seltsam klingendes Motto«, fuhr Seidel plötzlich unaufgefordert und mit leiser Stimme fort. »Irgendwann passiert das Gerechte.«

Hannah ließ den Satz nachklingen. Seidels Augen huschten über ihr Gesicht. »Ich muss jetzt weiter, Frau Kommissarin.«

»Ja, vielen Dank für Ihre Unterstützung und …«

»Ich werde unser Gespräch nirgendwo erwähnen.«

Hannah lächelte. Seidel verabschiedete sich und verließ das Bistro mit eiligen Schritten. Sie sah ihm einen Moment hinterher, bevor sie ihr Handy zückte und Dagmars Nachricht las, in der sie Wisners Recherchen zu Kayn zusammenfasste. Der Mann war herumgekommen, ohne Zweifel, und nach Lage der Dinge mussten sie mit dem Akademie-Ausbilder reden, zum einen über Mirko Sehler und seine damalige Vernehmung sowie zum anderen über seine Begegnung mit Dorina Siebert. Der Eintragung im Kalender nach zu urteilen, hatten sie miteinander gesprochen, und vielleicht war Kayn etwas aufgefallen, was über die geplante Sendung anlässlich Raberts Geburtstag hinausging.

Hannah rief Dagmar an, als sie im Auto saß, um sie auf den neuesten Stand zu bringen und die Einzelheiten zur weiteren Vorgehensweise mit ihr abzusprechen.

»Und was ist mit Sehler?«, fragte Dagmar schließlich. »Wir sollten allmählich Nägel mit Köpfen machen. Ich werde langsam unruhig. Nicht, dass uns da was entgleitet.«

»Vielleicht verfügen wir nach dem Gespräch mit Kayn über entscheidende Details, mit denen wir den jungen Mann irritieren können. Aber es ist sicherlich eine gute Idee, ihn im Auge zu behalten, unauffällig natürlich. Flirte doch mal mit dem Wisner.«

Dagmar knurrte etwas Unverständliches.

»Tja, und dann? Lassen wir ihn abholen? Er wird einen Anwalt verlangen.«

»Wir bitten ihn zum Gespräch. Ein paar Details bezüglich des abgebrannten Hauses sind noch zu klären …«

»Gute Idee«, fiel Dagmar ins Wort. »Außerdem ist da tatsächlich was dran. Ein KTU-Zwischenbericht ist gerade auf meinem Schreibtisch gelandet. Sie haben mehrere einzelne Schuhe entdeckt – verkohlt und geschmolzen natürlich, aber es handelt sich sehr wahrscheinlich um Frauenschuhe, und zwar unterschiedlicher Größe. Dazu könnte man ihm sicherlich ein paar Fragen stellen.«

»So ist es, und wenn es eng wird, kann er einen Anwalt hinzuziehen. Aber ich denke, dass er sich damit Zeit lassen wird. Er hat damals auch keinen Anwalt gehabt.«

»Stimmt, warten wir es ab. Ich kümmere mich jetzt erst mal um einen Termin in der Akademie und fahre anschließend in die Rechtsmedizin.«

»Gibt es da was Neues?«

»Das nicht, aber Dorinas Eltern sind gestern in Lübeck eingetroffen. Die Identifizierung ist ja nur noch eine reine Formsache. Sie wollen Abschied von ihrer Tochter nehmen, und ich habe zugesagt, sie zu begleiten …«

Hannah schwieg einen Moment. Darum beneide ich sie nicht.

»Ich bemühe mich anschließend, sie zu einem Gespräch zu bewegen, aber ich muss kaum betonen, dass das unter Umständen völlig zwecklos ist. Und bedrängen werde ich sie auf keinen Fall. Erschütterte Eltern in die Enge treiben geht gar nicht für mich.«

Sie ist sensibler, als man ihr auf den ersten oder zweiten Blick zutraut, dachte Hannah.

»Du klingst übrigens heute ein wenig verschnupft, wenn die Bemerkung erlaubt ist«, hob Dagmar wieder an. »Alles in Ordnung?«

»Ein bisschen Stress zu Hause.«

»Oh, verstehe. Na gut, bis später.«

Sie hielten einander an den Händen, ihre Gesichter waren grau, die Augen lagen in tiefen Höhlen, während sie den Leichnam ihres einzigen Kindes stumm betrachteten. Dagmar spürte, wie sich ihr Herz zusammenzog, als Dorinas Eltern Abschied von ihrer Tochter nahmen. Einige Minuten lang herrschte Stille, dann wandten sich beide in einer gemeinsamen Bewegung ab und verließen den Raum. Dagmar tauschte einen kurzen Blick mit dem Assistenten des Rechtsmediziners und atmete tief aus, bevor sie ihnen folgte. Sie hielt sich im Hintergrund, während das Ehepaar langsam den Flur hinunterging und schließlich in den strahlenden Sonnenschein hinaustrat. Dorinas Mutter weinte stumm, der Vater starrte blicklos ins Leere.

»Verzeihen Sie«, sagte Dagmar leise und suchte den Blickkontakt zum Vater. »Ertragen Sie es, einige Fragen ...«

Er schüttelte den Kopf. »Wir haben doch schon so viele Fragen beantwortet, als Dorina verschwand. Wir können jetzt nicht mehr sagen als vor einer Woche. Aber vor einer Woche hatten wir noch Hoffnung.« Er atmete schwer. »Zumindest einen Rest.«

»Die Ermittlungen laufen inzwischen auf Hochtouren«, fuhr Dagmar fort. »Und wir wissen mittlerweile, dass Ihre Tochter bespitzelt wurde.«

»Was? Wie kommen Sie darauf?«

»Man hat sie fotografiert und verfolgt, unter anderem während eines Aufenthaltes in Hermannstadt und ...«

»Dorina war in Rumänien?« Er starrte Dagmar fassungslos an, während seine Frau entsetzt den Atem anhielt.

»Sie hatte im Rahmen ihrer Arbeit im Sender einen Lübecker kennengelernt, der in Hermannstadt ein deutsches Werk leitet, und ihn dort besucht. Wie gesagt, es gibt Fotos von den beiden, aber wir vermuten darüber hinaus, dass Dorina etwas

Brisantes entdeckt hat. Einer ihrer Kollegen erzählte uns, dass sie vage Andeutungen gemacht habe, die wir jedoch sehr ernst nehmen, zumal weitere Indizien für einen solchen Hintergrund sprechen.«

»Rumänien! Das hätte sie nicht tun dürfen«, flüsterte er entsetzt. »Unsere Familie konnte dort nicht weiterleben …« Er schüttelte den Kopf. »Securitate, verstehen Sie?«

Dagmar runzelte die Stirn. »Der rumänische Geheimdienst? Aber den gibt es doch gar nicht mehr.«

»Nein? Nun, man gab ihm einen neuen Namen. Das bedeutet nichts, nicht in Rumänien, nicht in diesem System der Gewalt. Wie konnte sie nur …« Er wandte sich erschüttert ab.

»Wir haben bislang nicht den Hauch einer Ahnung, wem oder was Ihre Tochter auf der Spur war. Ihre Wohnung ist durchsucht worden, jegliche Hinweise, Aufzeichnungen und so weiter sind verschwunden, und offensichtlich hat sie sich mit niemandem darüber ausgetauscht.« Dagmar warf ihm einen fragenden Blick zu.

Er schüttelte sofort den Kopf. »Mit uns hätte sie niemals über dieses Thema gesprochen. Rumänien war tabu in unserer Familie. Der Bruder meines Vaters starb im Gefängnis, am Tag seiner Entlassung, wir hatten das Glück, nach Deutschland ausreisen zu können, das seit vierzig Jahren unsere Heimat ist. Mehr möchte ich nicht dazu sagen.« Er legte seiner Frau den Arm um die Schulter und drückte sie einen Moment fest an sich, bevor er Dagmar wieder ansah, seine Augen schwammen in Tränen. »Nichts Schlimmeres könnte passiert sein, als dass unser Kind vom rumänischen Geheimdienst oder dessen Schergen hingerichtet wurde – warum auch immer. Die brauchen keinen besonderen Grund. Wenn Sie so etwas erfahren, will ich es nicht wissen.«

Dagmar blieb sekundenlang betroffen stehen, während das Paar sich abwandte und die Straße hinunterging. Ein verlorener grauer Punkt, der immer kleiner wurde. Schließlich griff sie zu ihrem Handy, um Rico anzurufen.

»Gibt es schon Neuigkeiten, was die Auswertung der Fotos angeht, insbesondere zu Hermannstadt?«

»Nein, Chefin, aber ich könnte mich noch mal dahinter-klemmen.«

»Tu das, und nenn in diesem Zusammenhang die Stichwor-te Securitate beziehungsweise dessen Nachfolger und Sieberts rumänische Familiengeschichte. Ein Großonkel ist offensicht-lich im Knast ums Leben gekommen. Wenn du nichts zu tun hast, kannst du selbst auch schon mal die Datenbanken durch-forsten. Es ist nämlich eilig.«

»Ähm …«

»Ist der Termin in der Akademie bestätigt worden?«

»Ja.«

»Na bitte.«

## 21

Hannah sagte lange Zeit kein Wort, nachdem Rico Kurzbericht erstattet und dann Dagmars Büro in aller Eile wieder verlassen hatte. Solange Menschen existierten, würden sie Grausamkeit und Gewalt ausüben, um ihre Machtposition zu sichern oder auszubauen, und dafür war ihnen jedes Mittel recht. Nicht gerade eine neue Erkenntnis, schon gar nicht, wenn man sich mit Verbrechen beschäftigte. Dennoch – das Pitești-Experiment gehörte zum Niederträchtigsten, womit Hannah sich je auseinandergesetzt hatte. Folter als Werkzeug der Befreiung zu bezeichnen und Menschen zu zwingen, sich gegenseitig zu quälen und zu terrorisieren, um sie im Sinne des Regimes zu neuen und wahren Persönlichkeiten zu erziehen, konnte eigentlich nur einem kranken Hirn entsprungen sein. Doch die Maßnahmen waren im Zusammenspiel mächtiger Leute erdacht, jahrelang angewendet und auf zahlreiche Gefängnisse in Rumänien ausgeweitet worden, bis die öffentlichen Reaktionen schließlich zu einem Abbruch führten. In einem von ihnen war Dorinas Großonkel Bardo gequält worden und ums Leben gekommen, und gut zwanzig Jahre später war es der Familie gelungen, ein Visum für Deutschland zu ergattern.

»Was für eine Scheiße ist da abgelaufen?«, ergriff Dagmar so plötzlich das Wort, dass Hannah zusammenzuckte. Sie stand auf und trat ans Fenster, sah eine Weile hinaus und drehte sich dann wieder der Kollegin zu. »Dorina wächst im Ruhrgebiet auf, sie wird Journalistin und geht nach Lübeck. Sie ist unbequem, Autoritäten und große Namen halten sie nicht davon ab, bohrende und direkte Fragen zu stellen – siehe Detlef Konstedt, dem sie so richtig auf die Füße getreten ist.«

Hannah nickte. »Der ist noch Jahre nach dem Interview nicht gut auf sie zu sprechen.«

»Schließlich schiebt man sie in die regionale Unterhaltungs-abteilung ab, aber damit will sie sich auf Dauer nicht abfinden«, fasste Dagmar weiter zusammen. »Sie recherchiert auf eigene Faust und ohne Absprache mit der Chefredaktion – auf der Suche nach einem guten Thema, das sie wieder in das politische Ressort zurückbringt. Kann man das in etwa so darstellen?«

»Ich denke schon«, stimmte Hannah zu. »Mach weiter.«

»Anfang des Jahres nimmt sie Kontakt zu den Elektromotorenwerken auf und trifft sich mehrfach mit Thalemann, um über eine geplante Sendung mit ihm zu sprechen. Wenig später gibt es an dieser Stelle einen Bruch. Die beiden verlieben sich und gehen eine heimliche Beziehung ein, treffen sich in Hermannstadt, in Kiew, fahren nach Odessa. Der berufliche Aspekt gerät völlig in den Hintergrund ...«

»Soweit wir wissen«, wandte Hannah ein. »Bei dem Einbruch in ihre Wohnung ist alles beseitigt worden, was mit Rumänien oder sonstigen Aktivitäten in Osteuropa in Verbindung steht.«

»Ja, ja, schon klar, aber diese Reportage hatte, wenn ich es richtig verstanden habe, mehrere Aspekte und beschränkte sich nicht nur auf die Elektromotorenwerke und auch nicht ausschließlich auf Rumänien.«

»Aber auf Osteuropa. Ob Ungarn oder Rumänien, spielte dabei wohl keine großartige Rolle. Doch worauf willst du hinaus?«

»Vielleicht ließ sie ihre ursprünglichen Pläne komplett fallen und beschäftigte sich gar nicht mehr mit dieser Sendung«, mutmaßte Dagmar. »Immerhin waren seit der ersten Kontaktaufnahme mit Thalemann einige Monate vergangen. Hätte sie nicht längst mal ein Konzept einreichen oder ein Gespräch mit der Chefredaktion führen können? Hat sie aber nicht. Warum nicht? Weil sie verliebt und häufig auf Reisen war? Oder weil es nicht mehr interessant schien?«

»Weil es längst ein anderes Thema gab?«, schlug Hannah

vor. »Auf das sie in Hermannstadt gestoßen ist, womöglich rein zufällig?«

Dagmar hob kurz die Hände. »Im Sender erledigt sie ihren üblichen Job, arbeitet alles andere als aufregende Themen ab. Schließlich fährt sie nach Dänemark und verschwindet dort nahezu spurlos, bevor wir ihre Leiche im Zusammenhang mit Gehlbergs Tod in der Nähe von Schönwalde finden. Offenbar weiß niemand, womit sie sich in den letzten Tagen oder auch Wochen zuvor in Lübeck tatsächlich auseinandersetzte. Sie macht eine Andeutung gegenüber einem Kollegen und Ex-Lover, aber auch Thalemann ist völlig ahnungslos – warum eigentlich? Warum weiß er nicht mehr?«

Das ist eine interessante Frage, dachte Hannah. Manchmal war es hilfreich, den Beginn der Ermittlungen zu rekapitulieren. »Originalton Oliver Schiehl, der seinerseits Dorinas Worte wiedergibt: ›Sie sei auf ein ziemlich dickes Ding gestoßen, rein zufällig, wolle aber noch nicht mit Einzelheiten herausrücken, so lange die Story nicht rund sei.‹ Das waren in etwa ihre Worte, und die klangen verdammt ernst. Mehr weiß ich nicht.«

Dagmar kehrte an ihren Schreibtisch zurück. »Und diese Einschätzung bezog sich auf einen aktuellen Zeitraum, wenn ich das richtig sehe.«

»Laut Schiehl ja, aber er konnte nicht konkreter werden.«

»Vielleicht ist es den Einbrechern tatsächlich gelungen, alle Spuren zu tilgen. Das ist ungewöhnlich und unterstreicht ihre Professionalität«, bemerkte Dagmar. »Von Kiew erfuhren wir ja erst aufgrund des Hinweises aus dem Fitnessstudio.«

»Und unsere Ermittlungen nahmen erst Fahrt auf, als wir von Berit Konstedt auf Gehlberg hingewiesen wurden und dessen Tod zu weiteren Recherchen führte, die uns erstmals mit dem Namen Mirko Sehler konfrontierten«, ergänzte Hannah. »Der Mord an Gehlberg dürfte auch so etwas wie einen Bruch darstellen – voller Gewalt und aufsehenerregend fällt er aus dem bisherigen Muster völlig heraus. Und der BND hat immer noch keinen Hinweis für uns?«

»Bisher nicht. Aktuell sind keine Aktivitäten östlicher Geheimdienste bekannt, die mit Lübeck oder unserem schönen Norden assoziiert wären, aber diese Einschätzung muss nichts heißen und wird zurzeit sehr genau überprüft. Wenn ich das richtig verstanden habe, sehen sie sich jedes einzelne Foto von Gehlberg an ... Das kann dauern. Und falls das Motiv in irgendeiner uralten und furchtbaren Familiengeschichte zu suchen ist ...« Dagmar winkte ab. »Wir setzen bei Mirko Sehler an, bei dem einige Fäden zusammenzulaufen scheinen, und arbeiten den Fall Punkt für Punkt ab. Was anderes bleibt uns gar nicht übrig.«

»Keine übergreifenden Theorien entwickeln und die Nachforschungen unnötig filtern, solange die Beweislage nicht eindeutig ist – sagte schon mein Dozent immer«, stimmte Hannah zu.

Dagmar sah auf die Uhr. »Lass uns losfahren. Nachdenken können wir auch unterwegs.«

Sie erhoben sich gleichzeitig, und Kotti, der noch eine Sekunde zuvor im Tiefschlaf unter dem Tisch gelegen hatte, sprang auf, schüttelte sich einmal und war an ihrer Seite.

Peter Kayn, Erster Polizeihauptkommissar und Dozent für Polizeitraining, ließ sie knapp zehn Minuten in einem kargen Besprechungsraum warten, in den seine Sekretärin sie geführt hatte. »Entschuldigen Sie bitte die Verspätung, ein unaufschiebbares Gespräch, das sich nicht abkürzen ließ«, erklärte er dann und begrüßte die Kommissarinnen mit Handschlag und freundlich-dezentem Lächeln. Kotti nahm er lediglich zur Kenntnis. Vielleicht ist er auch kein Hundefan, dachte Hannah, schob diesen vorschnellen Gedanken aber rasch wieder beiseite.

Kayn – ein großer kräftiger Mann mit dichtem dunkelbraunem Haar, in dem nur vereinzelt silbrige Strähnen schimmerten – machte in der Uniform der Bundespolizei eine ausgezeichnete Figur, sein federnder Gang wirkte dynamisch wie bei einem dreißigjährigen Sportler. Er strahlte Selbstsicherheit und Autorität aus. Dagmar war durchaus beeindruckt, wie es Hannah schien.

»Worum genau geht es eigentlich?«, fragte Kayn und nahm am Kopfende Platz. »Im Sekretariat sagte man mir lediglich, bei aktuellen Ermittlungen gebe es Hinweise auf einen alten Fall, zu dem ich möglicherweise etwas sagen könnte.«

»Das hoffen wir sehr«, entgegnete Dagmar und begann ohne Verzögerung die Fälle und Recherchen der letzten Tage knapp und sachlich zu skizzieren, wobei sie persönliche Einschätzungen über die möglichen Motive komplett aussparte.

Kayn nickte und hörte konzentriert zu, ab und an warf er Hannah einen milde abschätzenden Blick zu, den sie gleichmütig zurückgab.

»Das Wochenendhaus, in dem der Fotojournalist Gehlberg ermordet wurde und das am letzten Sonntag in Flammen aufging, führte uns schließlich zu einem Namen, der Ihnen möglicherweise etwas sagen könnte«, schloss Dagmar ihren Bericht. »Mirko Sehler.«

Kayn überlegte einen Augenblick angestrengt. »Ich verfüge über ein durchaus gutes Gedächtnis, aber helfen Sie mir doch bitte ein wenig auf die Sprünge.« Er lächelte.

»Rostock«, schob Dagmar nach. »Liegt zwanzig Jahre zurück. Sie waren damals Kommissariatsleiter und ermittelten …«

»Ach ja«, unterbrach Kayn sie. »Stimmt. Das war dieser Junge, der im Verdacht stand, seine Mutter beseitigt zu haben. Wir konnten ihm nichts nachweisen. Und was hat der mit dem abgebrannten Haus zu tun?«

»Er hatte es gemietet und kannte den getöteten Gehlberg. Die beiden waren sogar dort verabredet, angeblich um Fotos von Sehlers Schmuckstücken zu machen – der ist als selbstständiger Goldschmied tätig und verkauft seinen Schmuck auch übers Internet«, ergänzte sie. »Da ganz in der Nähe die Leiche von Dorina Siebert gefunden wurde, forschen wir nun natürlich intensiv nach. So sind wir auf die Rostocker Akte gestoßen.«

»Ja, ich verstehe.« Kayn nickte ernst. »Gibt es Verdachtsmomente, die seine Beteiligung, abgesehen von der örtlichen
Nähe und der Bekanntschaft mit dem Fotografen, nahelegen?«

Hannah räusperte sich leise. »Die kriminaltechnischen Untersuchungen sind noch nicht abgeschlossen«, schaltete sie
sich ein, was Kayn mit einem Stirnrunzeln quittierte. »Wir
möchten keinesfalls voreilige Rückschlüsse ziehen, doch da
der Fotojournalist einem nicht ganz sauberen Hobby nachging
– er hat die Siebert monatelang bespitzelt und dürfte mit deren Verschwinden garantiert etwas zu tun gehabt haben –, halten wir es für denkbar, dass Sehler ebenfalls in diese Geschichte verwickelt sein könnte, auch im Hinblick auf den alten Fall.
Als Arbeitshypothese taugt dieser Ansatz allemal. Allerdings
erschließen sich die Hintergründe bisher in keiner Weise, leider.«

»Nun, wir haben ihn damals verdächtigt, weil er ein starkes
Motiv hatte«, erklärte Kayn nach kurzem Überlegen. »Seine
Mutter verdiente diese Bezeichnung nicht, die Großeltern, bei
denen er einige Zeit lebte, waren auch nicht viel besser, und
außerdem hatte der Fall noch ein Nachspiel, wie Sie sicherlich
auch längst recherchiert haben – Sehlers Mutter, die sich im
Wendesommer 89 in den Westen abgesetzt hatte, hatte in Kiel
geheiratet, und der Sohn ihres Mannes aus erster Ehe behauptete eine ganze Zeit nach ihrem Verschwinden in einem gänzlich anderen Zusammenhang, Sehler habe ihn zu einer Gewalttat aufgestachelt, bei der die Frau ums Leben kam, und die
Leiche seiner Mutter dann verschwinden lassen.« Kayn hob
eine Braue.

»Und das hielten Sie für ausgeschlossen?«, fragte Hannah.

»Allerdings«, erklärte er kopfschüttelnd. »Entweder er hat
die Tat selbst begangen und verlor die Nerven beim Verhör,
oder er hat sich ganz schlicht eine wilde Geschichte ausge-
dacht – ein Ablenkungsmanöver. Weder ihm noch Sehler ließ
sich irgendetwas nachweisen, nach ungefähr einem Jahr wäre
das ohnehin nicht so einfach gewesen. Es fanden sich keine

überzeugenden Spuren, keine Zeugen, geschweige denn die Leiche. Die Ermittlungen wurden schließlich eingestellt.«

»Sie haben Mirko Sehler seinerzeit vernommen. Welchen Eindruck hatten Sie von ihm?«

Kayn verschränkte die Hände. »Tja, gute Frage. Für mich war das ein ziemlich verschrecktes Bürschchen, das keinen guten Start ins Leben gehabt hatte. Der Junge hat mir leidgetan. Vielleicht hätte er sich gerne mal so richtig zur Wehr gesetzt, aber die Beteiligung an einem Mordfall, in dem es um seine Mutter ging, und das spurlose Verschwindenlassen der Leiche habe ich ihm nicht eine Sekunde zugetraut.«

Interessant, dachte Hannah. Aus den Augenwinkeln bekam sie mit, dass Dagmar ihre Sitzposition änderte.

»Ich verstehe«, meinte Hannah. »Insofern halten Sie es eher für einen Zufall, dass er mit einem Mann zumindest geschäftlich befreundet war, der einer Journalistin hinterherschnüffelte, die schließlich entführt und ermordet wurde?«

»Dazu kann ich nichts sagen, denn immerhin sind zwanzig Jahre vergangen, und aus dem Jungen, wie ich ihn charakterisiert habe, kann alles Mögliche geworden sein. Allerdings«, er lächelte, »irgendwelcher übler Gewalttaten halte ich ihn nicht für fähig. Aber das ist meine ganz persönliche Meinung. Vielleicht hat dieser ... Gehlberg war der Name?«

Hannah nickte. »Patrick Gehlberg.«

»Nun, vielleicht hat Gehlberg das Ganze tatsächlich hinter seinem Rücken abgezogen.«

»Tja, sieht ganz so aus, als könnten wir da keine weiteren Parallelen ziehen. Dass Sehler jedoch so gar nichts von Gehlbergs Aktivitäten mitbekam, will mir nicht so richtig in den Kopf. Immerhin waren die beiden sogar mal gemeinsam in Rumänien unterwegs«, fügte Hannah scheinbar beiläufig hinzu.

Kayn zuckte mit den Achseln. »Ach, wissen Sie, mich wundert so etwas gar nicht. Wie oft entpuppt sich der nette Nachbar oder der eigene Vater als brutaler Mörder, ohne dass die Menschen in seiner direkten Umgebung etwas bemerkten oder bemerken wollten.« Er nickte bedauernd. »Weiß man denn noch gar nichts über die Hintergründe der Gewalttaten? Warum wird eine Journalistin bespitzelt, entführt und Tage später im Wald verscharrt?«

»Wir können bisher lediglich feststellen, dass Dorina Siebert eine sehr aufgeweckte und neugierige Journalistin war, aber ...« Hannah machte eine abwägende Geste. »Im Sender ist nichts über irgendwelche besonderen Themen bekannt, mit denen sie sich möglicherweise unbeliebt gemacht haben könnte, und in ihrer Wohnung sind wir auf keinerlei Hinweise gestoßen ...« Es klopfte.

»Ja?«

Die Sekretärin trat mit entschuldigendem Lächeln ein. »Verzeihen Sie die Störung, ich bin sofort wieder verschwunden.« Sie reichte Kayn einen Zettel. »Sie möchten so schnell wie möglich zurückrufen. Bitte bedenken Sie, dass sich die Nummer des Arztes geändert hat«, fügte sie leise hinzu.

»Ja, danke. Mach ich.« Seine Stimme klang ungehalten.

Die Frau verließ den Raum so schnell, wie sie ihn betreten hatte. Kayn warf einen kurzen Blick auf den Zettel und schob ihn in die Tasche seiner Uniformjacke. Hannah folgte der Bewegung mit einem versteckten Blick und konnte einen Moment lang die ersten Ziffern einer Vorwahl erkennen.

»Die Hintergründe erschließen sich also bisher nicht?«, nahm Kayn den Faden wieder auf.

»Exakt. Fest steht nur, dass sie sich verdammt unbeliebt gemacht haben muss – womit auch immer. Vielleicht erfahren wir das nie.«

»Eventuell existiert ja gar kein Zusammenhang mit ihrer Arbeit«, bemerkte Kayn. »Möglicherweise hat ein Verflossener sie beobachten und entführen lassen. Sind Sie diesem Aspekt schon nachgegangen?«

»Sind wir selbstverständlich«, schaltete Dagmar sich wieder ein. »Aber kein Verflossener ist besonders schlecht auf Dorina zu sprechen gewesen.«

»Das muss nichts heißen.«

»Nein, das stimmt natürlich.« Dagmar lächelte höflich. »Welchen Eindruck haben Sie denn von ihr gewonnen? Dorina Siebert war doch kürzlich hier, nicht wahr?«

Kayn nickte sofort. »Es ging um den sechzigsten Geburtstag von Rabert. Wir haben allerdings nur kurz miteinander gesprochen – ein paar Fakten geklärt, die für die Sendung wichtig waren, und das war es auch schon.«

»Ist Ihnen irgendetwas Besonderes an ihr aufgefallen?«

Kayn zuckte mit den Achseln. »Sie war in Eile und wirkte meiner Einschätzung nach etwas angespannt, aber dem habe ich keine Bedeutung beigemessen.« Er warf einen kurzen Blick auf seine Uhr. »Fühlen Sie sich bitte nicht gedrängt, aber …«

Dagmar stand sofort auf, Hannah ließ sich etwas Zeit. »Danke für Ihre Unterstützung.«

»Keine Ursache.«

Zwei Minuten später verließen sie das Hauptgebäude der Akademie und schlugen den Weg zum Parkplatz ein.

»Und? Was denkst du?«, fragte Dagmar.

»Schicke Uniform.«

»Und sonst so?«

»Seine Einschätzung des alten Sehler-Falles und die Charakterisierung des jungen Mannes sind bemerkenswert.«

Dagmar nickte. »Wisner hat das alles ein bisschen anders bewertet.«

»Möglicherweise hat Kayn damals richtig Mist gebaut«, mutmaßte Hannah. »Im Übrigen wird er die Faszination, die Wisner erwähnte, in seiner heutigen Position kaum wiederholen. Das macht sich nicht besonders gut. Dennoch hätte er Sehler ambivalenter charakterisieren können und nicht derart ausdrücklich aus der Schusslinie nehmen müssen.«

»Vielleicht hat aber auch der Wisner etwas in den falschen Hals bekommen«, gab Dagmar zu bedenken.

»Das glaube ich nicht.«

»Warum nicht?«

»Da stimmt was nicht. Kayn erinnert sich an den alten Fall viel klarer, als er uns weismachen wollte. Er wusste zum Beispiel noch sehr genau, dass Tom Seidel nach ungefähr einem Jahr Mirko Sehler beschuldigte. Und warum sollte Wisner Kayns damalige Haltung derart missverstehen? Er hat sich die Akte noch einmal vorgenommen, an einigen Stellen nachrecherchiert und hatte das Ganze sehr genau vor Augen, als er Bericht erstattete.«

Hannah blieb am Auto stehen, während Kotti ein Gebüsch eingehend inspizierte, um schließlich seine Markierung zu hinterlassen. »Und noch was – ich habe einen Blick auf die Vorwahl der Telefonnummer, die ihm die Sekretärin zugesteckt hat, erhaschen können. Wismar.«

Dagmar öffnete den Mund und schloss ihn wieder. Sie stiegen ein.

»Du solltest mit dem Staatsanwalt sprechen – wir müssen Kayn etwas genauer unter die Lupe nehmen, Stichwort: umsichtige Überprüfung.«

»Er wird sich riesig freuen«, entgegnete Dagmar säuerlich. »Und zweihundert Gegenargumente finden.«

»Dann brauchst du eben zweihunderteins gute Gründe. Wenn es hilft, machen wir das zu zweit.«

Dagmar winkte ab.

»Und Sehler müsste heute noch bei uns vorbeischauen.«

»Ich rufe ihn gleich an.«

»Gut, und ich versuche noch mal mein Glück in der Wismarer Seniorenresidenz.«

»Willst du da hinfahren?«

»Keine Ahnung, wie ich da vorgehe, aber der Notizzettel mit der Telefonnummer in Dorinas Wohnung ist sicherlich kein Zufall.«

»Das sehe ich genauso.«


Berlin, Leipzig, Magdeburg, Rostock, Dresden, Bremen, Lübeck. Karsten überflog die beachtliche Liste von Kayns Dienststellen ab 1989 zum wiederholten Mal. Der Mann hatte in allen möglichen Bereichen gearbeitet und war die Karriereleiter ab diesem Zeitpunkt stetig hochgeklettert, um schließlich bei der Bundespolizei zu landen. Ein beeindruckender Aufstieg, an dem es nichts zu rütteln gab. Karsten lehnte sich in seinem Stuhl zurück und rieb sich mit beiden Händen den Nacken. Wir machen alle mal Fehler, dachte er. Ich hätte damals genauer hinschauen beziehungsweise nachfragen müssen, und Kayn hat sich irgendwie blenden lassen. Dass er Mirko Sehler zwanzig Jahre später gänzlich anders einschätzte als damals, wie die Lübecker Kommissarin gerade telefonisch erläutert hatte, erstaunte ihn in dieser Deutlichkeit, aber seine Haltung war durchaus nachvollziehbar. Trotzdem blieb ein Missklang zurück, der ihm keine Ruhe ließ.

Karsten öffnete die unterste Schublade seines Schreibtisches, die mit Lehrgangsmaterialien und Fortbildungsunterlagen verschiedener Seminare vollgestopft war, die er in den letzten Jahren besucht hatte, und griff einen Stoß Ordner und Broschüren heraus. Die meisten hatten ihn nicht die Bohne interessiert, aber wenigstens hatte er hin und wieder interessante Leute kennengelernt und manche Nacht in irgendeiner Hotelbar durchgefeiert. Vor vier, fünf Jahren hatte er im Rahmen einer Fortbildung in Schwerin einen Spezialisten aus dem Bereich der Wirtschaftskriminalität kennengelernt. An den Vornamen erinnerte er sich noch – Lothar –, und auch daran, dass der Kollege aus Magdeburg angereist war, wo er sich in der Nachwendezeit mit Betrügereien der übelsten Sorte beschäftigt hatte. Im selben Zeitraum war Kayn als Organisationsberater in Ostberlin, Leipzig und Magdeburg beschäftigt gewesen.

Karsten öffnete einen dünnen Ordner und entdeckte Lothars Namen auf der Teilnehmerliste – Sander – sowie eine Handynummer. Wenn er Glück hatte, gehörte der Kollege nicht zu denen, die jedes Jahr den Mobilfunkanbieter und die Nummer wechselten. Lothar meldete sich nach dem fünften Klingeln und benötigte lediglich einen kurzen Denkanstoß, um sich zu erinnern. »Ja, natürlich – der Rostocker! Mann, wie geht es dir? Wir haben damals ganz schön was weggebechert. Ich erinnere mich kaum noch an das Thema der Fortbildung.« Er lachte.

»Stimmt, das waren nette Tage.«

»Was gibt's, Kollege? Bist du in der Gegend?«

»Das nicht, aber ich brauche mal deine Hilfe. Steht dein Sessel noch in Magdeburg?«

»Und ob. Ich leite jetzt die Abteilung für Wirtschaftskriminalität.«

»Gratuliere.«

»Danke. Wie kann ich dir helfen? Du rufst sicherlich nicht an, weil du gerade Lust zum Klönen hast.«

»Stimmt.« Karsten überlegte einen Moment. »Mir lässt ein zwanzig Jahre alter Fall keine Ruhe. Ich habe mich damals nicht mit Ruhm bekleckert und mein Vorgesetzter auch nicht. Und irgendwas kocht da gerade hoch.«

»Aha. Zwanzig Jahre ist eine lange Zeit. Was willst du wissen?«

»Ich brauche auf dem kurzen Dienstweg eine Auskunft zu einem Kollegen, der in der Nachwendezeit sowohl in Ostberlin als auch in Leipzig und Magdeburg beschäftigt war, Organisation und Neustrukturierung der Kommissariate und dieser ganze Kram. Ich schicke dir ein Foto von ihm rüber – so hat er ungefähr vor zwanzig Jahren ausgesehen.«

»Hm.«

»Keine Details, es geht nicht ums Nachtreten oder so etwas in der Art«, wiegelte Karsten rasch ab. »Nur eine allgemeine Einschätzung. Kriegst du das hin?«

»Mal gucken. Name?«

»Peter Kayn«, er buchstabierte den Nachnamen, »Jahrgang 53, geboren am 15. November in Berlin.«

»Kayn … der sagt mir zunächst mal gar nichts, aber das bedeutet nichts. Okay, lass mir eine Stunde Zeit. Ich höre mich mal um.«

»Na klar – danke.«

Karsten packte die Ordner beiseite, erledigte zwei weitere Telefonate, besorgte sich eine Cola und schrieb zwei längst überfällige Berichte. Lothar rief erst knapp zwei Stunden später zurück, und Karsten stellte die Verbindung eilig her.

»Es hat etwas länger gedauert«, erklärte Lothar. »Ich musste ein paar mal telefonieren und ein bisschen recherchieren. Das Ergebnis wird dich nicht zufriedenstellen, und auch ich finde es merkwürdig, gelinde ausgedrückt.«

Karsten kniff die Augen zusammen. »Wie meinst du das?«

»Es gibt keinen Peter Kayn, auch keinen Kain oder Kein, der zu dieser Zeit in der Dienststelle Magdeburg tätig war – mit welcher Aufgabe auch immer betraut.«

»Vielleicht war Ostberlin seine Hauptdienststelle oder Leipzig.«

»Mag sein. Meine Verbindungen nach Berlin sind nicht gut genug, um Anfragen dieser Art von Kollegen zu Kollegen zu klären – da müsstest du wohl den offiziellen Weg gehen. Was Leipzig betrifft, so gibt es dort einen Ansprechpartner, mit dem ich damals und in den letzten Jahren so manches Mal zu tun hatte und den ich eben auf die Schnelle auch noch befragt habe. Er kann sich adhoc nicht an die Zusammenarbeit mit einem Peter Kayn erinnern, aber er wollte sich nicht festlegen.«

»Verstehe.«

»Entscheidend ist jedoch, dass ich den Mann noch nie gesehen habe, und wenn er damals in der Nachwendezeit in Magdeburg mitgewirkt hätte, wäre er mir mit allergrößter Sicherheit irgendwann mal über den Weg gelaufen«, betonte Lothar. »Es gab seinerzeit zig Konferenzen, Besprechungen, Arbeitsgruppen, in denen die organisatorischen Belange thematisiert wurden, und zwar von quer nach rückwärts.«

»Aber …«

»Namen vergesse ich, aber Gesichter nicht. Und dieses Gesicht habe ich noch nie gesehen.«

Karsten atmete zweimal tief durch. »Du bist sicher? Nach all den Jahren ...«

»Ich bin sicher.«

Das klang verdammt merkwürdig.

»Vielleicht hat der Mann ein bisschen an seinem Lebenslauf gefeilt, um die Rostocker Stelle zu ergattern«, mutmaßte Lothar. »So ganz unter uns gesprochen.«

»Aber das wird doch alles sehr genau geprüft«, wandte Karsten ein.

»Tja, guck doch mal nach, wer ihn eingestellt hat.« Lothar räusperte sich. »Oder auch nicht, falls du dir nicht die Finger verbrennen willst. Der Mann sitzt inzwischen in der Polizeiakademie, wie ich mitbekommen habe.«

»So ist es.«

Einen Moment blieb es still in der Leitung. »Darüber muss ich erst mal eine Weile nachdenken«, sagte Karsten schließlich. »Danke, Lothar, du hast was gut bei mir.«

»Ich werde darauf zurückkommen. Halt mich auf dem Laufenden.«

»Mach ich. Und das Gespräch bleibt unter uns, nicht wahr?«

»Selbstverständlich. Du kannst dich auf mich verlassen.«

Gut zu wissen. Karsten ließ die Neuigkeit mehrere Minuten sacken, bevor er sein Büro verließ.

## 22

All die Jahre hatte sich niemand um den Lebenslauf des Mannes gekümmert. Warum ausgerechnet jetzt? Der Hinweis war aus Leipzig gekommen, die Information war ebenso knapp wie unmissverständlich gewesen. Michael Brandt, inzwischen Verwaltungsleiter im Rostocker Polizeipräsidium, hatte seinerzeit als stellvertretender Leiter der Personalabteilung die nötigen Vorbereitungen getroffen, um Kayn die Bewerbung zu erleichtern, wie es so schön hieß. Ostberlin hatte sich starkgemacht, und es gehörte nicht allzu viel Fantasie dazu, die Schlussfolgerung zu ziehen, dass der Beamte von alten Genossen unterstützt wurde, um ungehindert Fuß zu fassen.

Welche Rolle er im Einzelnen gespielt hatte, wusste Brandt nicht, das hatte ihn auch nicht zu interessieren. Möglicherweise hatte er als Westberliner Kommissar wertvolle Spitzeldienste für die DDR geleistet, für die »man« sich nun erkenntlich zeigen wollte. Anzunehmen, dass sein Lebenslauf an einigen Stellen geschönt worden war – er war nicht der Einzige, bei dem das nach 89 nötig geworden war. Auch in dieser Hinsicht war Brandt nicht im Detail informiert. Seine stillschweigende Aufgabe hatte lediglich darin bestanden, Kayn bei der Bewerbung um den Posten als Hauptkommissar so zu unterstützen, dass seine Akte ungehindert durchlief und keine weiteren Überprüfungen erfolgten. Das war gelungen. Als es den umtriebigen Beamten einige Jahre später nach Dresden und schließlich weiter in Richtung Bremen und Lübeck zog, war er mit hervorragenden Zeugnissen ausgestattet und verfügte über beste Referenzen. Kein Mensch hatte sich je wieder um den Werdegang von Peter Kayn gekümmert, geschweige denn ihn hinterfragt.

Der Leipziger Kontaktmann wusste nicht, woher der Wind wehte, er hatte nur mitbekommen, dass ein Kollege nach Kayn und dessen Job vor zwanzig Jahren gefragt worden war, und hatte es für sinnvoll erachtet, umgehend Rostock zu informieren. An eine harmlose Erklärung glaubte Brandt nicht.

Auf dem Nachhauseweg machte er Zwischenstopp in einem Schreibwarenladen, wo er eine Postkarte mit einem albernen Genesungswunsch kaufte, die er in einen an Kayn adressierten Umschlag steckte. Als Absender hatte er lediglich seine Initialen angegeben. Vor zwanzig Jahren hatten sie vereinbart, dass Brandt ihn auf diese Art warnen würde. Es hatte noch kein Internet gegeben und keine Handys – Autotelefone waren der letzte Schrei gewesen –, aber Brandt hielt diese Form der Benachrichtigung nach wie vor für perfekt. Eine Postkarte konnte man verbrennen, eine Mail oder ein Anruf hinterließ immer irgendeine Spur, selbst wenn eine Nachverfolgung nicht möglich war.


Mirko Sehler überreichte Dagmar mit verlegenem Lächeln eine detaillierte Terminaufstellung. »Ich bin leider nicht eher dazu gekommen«, erklärte er, während er am Tisch im Vernehmungsraum Platz nahm. »Ich hoffe, das reicht Ihnen heute auch noch.«

»Natürlich.« Dagmar warf nur einen flüchtigen Blick auf die akkurate Auflistung und erwiderte das Lächeln. »Sie waren ohnehin in der Nähe, sagten Sie vorhin am Telefon.«

Sehler nickte. »Ich war in Boltenhagen – quasi ein Katzensprung bis Lübeck. Dort gibt es einen sehr schönen Kunstgewerbemarkt. Eventuell lohnt es sich für mich, meine Arbeiten dort anzubieten, zumindest während der Ferienzeit.«

Hannah schlug ein Bein über das andere. Sehler wirkte entspannt und freundlich, als wäre er zu einer Plauderei verabredet, obwohl er garantiert bemerkt hatte, dass sie diesmal nicht in Dagmars Büro zusammensaßen, um ein paar Fakten abzuklären. Seiner spontanen Bereitwilligkeit, ohne jegliches Zögern und innerhalb kürzester Zeit für eine weitere Befragung zur Verfügung zu stehen, konnte alles Mögliche zugrunde liegen – ehrliche Hilfsbereitschaft im Zusammenhang mit dem grausamen Tod eines guten Bekannten, schlichte Neugier oder der Wunsch, Kenntnis über den Stand der Ermittlungen zu erlangen. Hannah schätzte seine Rolle, zumindest als Mitwisser, inzwischen als bedeutsam ein, und sie war gespannt, wie er reagieren würde, sobald das allgemeine Geplänkel beendet sein würde.

»Wir wissen inzwischen, dass Patrick Gehlberg nicht nur ein gefragter Fotograf und Fotojournalist war«, stieg Dagmar schließlich wie abgesprochen ins Thema ein. »Er ist viel herumgekommen und hat geknipst, was das Zeug hielt, wenn Sie die flapsige Ausdrucksweise erlauben: Natur, Menschen, Architektur, Städteansichten, Reisedaten …«

Sehler lächelte irritiert. »Reisedaten? Das verstehe ich nicht.«

»Nun, er hat Leuten hinterhergeschnüffelt, ihre privaten Kontakte, Tätigkeiten, Reisepläne und Flugdaten dokumentiert. Wir stehen mit der Auswertung seines Fotomaterials sowie anderer Unterlagen und Dokumente, soweit wir sie bisher sicherstellen konnten, noch ganz am Anfang, aber bereits jetzt gibt es keinen Zweifel daran, dass Gehlberg ein Spitzel war, ein Auftragsschnüffler.«

Sehlers Augen weiteten sich. »Wie kommen Sie denn darauf? Das kann ich nicht glauben«, erwiderte er bestürzt.

»Sollten Sie aber. Am Tag nach Gehlbergs Tod fanden wir unweit des Hauses die sorgsam vergrabene Leiche von Dorina Siebert …«

»Sie meinen diese vermisste Journalistin?«

»Genau die.«

»Und nun glauben Sie, dass Patrick etwas damit zu tun hatte?«

»Ja, in welcher Weise auch immer, es spricht einiges dafür. Abgesehen von der örtlichen Nähe hatte er jede Menge Fotos von der Frau gespeichert – in allen möglichen Lebenssituationen. Was sagen Sie dazu?«

Sehler schüttelte perplex den Kopf. »Das ist unglaublich.«

»Er ist gut bezahlt worden«, fuhr Dagmar im lockeren Ton fort. »Wir vermuten, dass er seine Reisen genutzt hat, um auch andere Aufträge zu erledigen, oder umgekehrt: Er tarnte seine Aufträge mit beruflichen Reisen, und er war verdammt geschickt – ein Profi, der in welcher Liga auch immer spielte. Das werden wir in Kürze genauer erfahren. Er war so geschickt, dass nicht einmal seine letzte Freundin auch nur das Geringste von seinen Machenschaften mitbekommen hat.«

»Und wie kann ich Ihnen da weiterhelfen?«

»Sie könnten etwas Ungewöhnliches bemerkt haben.«

»Das habe ich nicht, was jedoch nicht verwunderlich ist, denn wenn er ein so erfahrener Profi war, dessen Geschäfte selbst einem ihm nahestehenden Menschen verborgen blieben, warum sollte dann ausgerechnet ich etwas mitbekommen haben?«

Hannah verkniff sich ein Lächeln. Sehler machte seine Sache ziemlich gut. Vielleicht sagt er die Wahrheit … Oder er spielt auf sehr geschickte Art mit uns.

»Nun, wir schließen zumindest nicht aus, dass Ihnen etwas aufgefallen sein könnte, und wir bitten Sie, angesichts der Ereignisse Ihre Bekanntschaft zu Gehlberg zu überdenken«, meinte Dagmar nach wie vor freundlich und in leutseligem Ton. »Fallen Ihnen angesichts unserer Schilderungen nicht doch Besonderheiten auf? Hat der Mann vielleicht mal ein bisschen mit seinem Geld herumgeprotzt? Notizen liegen gelassen, auf die Sie einen Blick werfen konnten? Oder eine Bemerkung gemacht, die Ihnen jetzt zu denken gibt?«

Sehler überlegte nur kurz und schüttelte dann den Kopf. »Nichts von alldem, was nicht weiter verwunderlich ist, denn Sie gewichten unsere Bekanntschaft völlig falsch. Er hat meinen Schmuck fotografiert, und wir haben ab und an mal zusammen eine Kleinigkeit gegessen und uns über allgemeine Themen unterhalten …«

»Über Hunde zum Beispiel?«, warf Hannah unvermittelt ein und ließ kurz ihre Hand über Kottis Kopf gleiten, der sie mit sanften Augen ansah.

Sehler wandte ihr langsam das Gesicht zu. »Wie bitte?«

»Gehlberg mochte keine Hunde.«

»Kann sein.«

»Ich weiß auch, warum.«

»Ich bin gespannt.«

»Er ist im letzten Sommer von mehreren Hunden angegriffen und verletzt worden«, berichtete Hannah. »Ein höchst bedauerlicher Vorgang. Über das Ereignis ist sogar ein Zeitungsartikel erschienen und ein Foto veröffentlicht worden – übrigens in Rumänien. Und Sie waren mit von der Partie.«

Verwunderung huschte über sein Gesicht. Spätestens in diesem Moment war auch Sehler klar, dass er als Verdächtiger befragt wurde. Er nickte nachdenklich. »Sie haben sich gut auf unsere Unterredung vorbereitet«, stellte er fest. »Sie glauben, dass ich mit all diesen fiesen Geschichten etwas zu tun habe, nicht wahr?«

Seine Offenheit war ebenso frappierend wie sein ruhiger Blick, und abgesehen vom ersten kurzen Moment der Überraschung wirkte er nach wie vor gelassen und nahezu verständnisvoll im Hinblick auf die Schlussfolgerungen der Ermittler.

»Nun, ich denke, dass Sie deutlich mehr wissen, als Sie bislang zugegeben haben«, erwiderte Hannah. »Und natürlich müssen wir Sie darauf hinweisen, dass Sie angesichts der geänderten Ausgangslage unseres Gesprächs einen Anwalt hinzuziehen dürfen.«

»Nein, das ist nicht nötig.«

»Sicher?«

»Ich brauche keinen Anwalt. Ich kann für mich alleine sprechen.« Er rückte seine Brille zurecht. »Ja, es stimmt, wir waren zusammen in Rumänien – es war seine Idee. Er hatte ein Faible für das Land, und ich hatte Lust, mal etwas anderes zu sehen. Nach dem, was inzwischen geschehen ist, habe ich diesen gemeinsamen Trip wohl schlicht verdrängt.«

Nicht die schlechteste Erklärung, dachte Hannah. »Was haben Sie während dieser Reise unternommen?«

»Patrick hat ständig fotografiert, und wir haben uns alles Mögliche angesehen – Städte, Berge, plattes Land, Wälder, es war alles dabei.«

»Waren noch andere Leute mit von der Partie?«

»Wir haben andere Touristen getroffen.«

»Können Sie sich an ungewöhnliche Begegnungen erinnern?«

Sehler lächelte. »Das ganze Land ist ungewöhnlich – schön, wild, verträumt, aber das meinen Sie wohl nicht.«

»Nein, das meine ich nicht. Können Sie sich daran erinnern, dass Gehlberg Termine wahrgenommen hat?«

»Tut mir leid, das kann ich nicht.«

Sehlers Selbstsicherheit war bemerkenswert. Hannah warf Dagmar einen vielsagenden Blick zu. »Möchten Sie vielleicht jetzt etwas trinken, Herr Sehler?«

Er nickte. »Gerne, eine Tasse Tee wäre schön.«

Dagmar bestellte per Telefon Tee und Wasser, und die Getränke wurden wenige Minuten später gebracht.

»Wir haben etwas entdeckt, von dem wir annehmen, dass es Ihnen gehört«, fuhr Hannah schließlich fort und nickte Dagmar zu, die eine Abbildung von dem Kettenglied, das sich in Dorinas Magen befunden hatte, in ihrem Smartphone öffnete.

Sehler sah sich das Bild eingehend an, nachdem er einen Schluck Tee getrunken hatte. »Tja, viel kann man nicht erkennen. Möglich, dass es zu einer Kette gehört, die ich gefertigt habe. Aber meine Hand würde ich dafür nicht ins Feuer legen.«

»Ist Ihnen in letzter Zeit eine Kette oder ein Armband kaputtgegangen oder abhandengekommen?«

Er zuckte mit den Achseln. »Keine Ahnung. Wo haben Sie es gefunden, wenn ich fragen darf?«

»In Dorinas Magen. Die Kriminaltechniker können sicher feststellen, ob es zu einem Ihrer Schmuckstücke gehört.«

»Meinen Sie?« Sehler zog eine skeptische Miene. »Das wird schwierig, schätze ich. Und was leiten Sie daraus ab? Dass die

Frau während meiner Abwesenheit in dem Haus war, das ich gemietet hatte, und versehentlich einen kleinen Teil einer Kette verschluckte, die dort zufällig herumlag? Ja, vielleicht ist das möglich.« Er nickte. »Aber erstens kenne ich die Frau nicht, und zweitens habe ich keinen blassen Schimmer, warum Patrick ihr hinterherschnüffelte und in wessen Auftrag er das tat.«

»Das Haus verfügte über einen kleinen Kellerraum, wie Sie wissen. Wir vermuten, dass sowohl Dorina Siebert als auch Berit Konstedt dort unten eingesperrt waren.«

»Berit Konstedt erwähnten Sie bereits beim letzten Mal, aber ...«

»Sie wurde auch entführt, allerdings wieder freigelassen«, erklärte Hannah. »Sie redet wenig über das Geschehen. Wir gehen jedoch davon aus, dass Frau Konstedt entführt und gefoltert wurde, weil der oder die Täter herausfinden wollten, ob sie im Zusammenhang mit Dorina Siebert und ihren Aktivitäten zufällig etwas mitbekommen hatte, was keineswegs für andere Ohren bestimmt war.«

»Und man hat sie wieder freigelassen?«

»Ja, sie wusste nichts, und der Entführer hat ihr offenbar geglaubt und ist sich darüber hinaus sehr sicher, dass sie ihn nicht identifizieren könnte. Das war ein Profi, jemand, der zielgerichtet und alle Unwägbarkeiten beachtend handelt. Darüber hinaus besitzt er wohl so etwas wie ein tief empfundenes Gerechtigkeitsempfinden«, fügte Hannah nach kurzem Überlegen hinzu. »So schätze ich ihn zumindest ein.«

Sehler sah sie unverwandt an, und sie erwiderte den Blick.

»Er quält und tötet nicht wahllos beziehungsweise ohne überzeugendes Motiv«, fuhr sie fort. »Dorina musste sterben, weil sie wem auch immer gefährlich werden könnte – davon sind wir überzeugt. Ihr Tod war jedoch nicht qualvoll, soweit das bisher rechtsmedizinisch festgestellt werden konnte. Berit durfte überleben, nachdem sie unter der Folter ihr Nichtwissen überzeugend zum Ausdruck gebracht hatte. Das ist meiner Überzeugung nach nicht das Werk eines dumpfen Gewalttäters oder bezahlten Killers, der einen Auftrag kaltblütig ausführt.«

Auch dazu sagte Sehler nichts, aber sein Blick war hellwach.

»Gehlberg war übrigens mit Berits Mann befreundet, mit Detlef Konstedt.«

»Interessant.«

»Das finden wir auch. Die Kriminaltechniker haben darüber hinaus Frauenschuhe entdeckt – viel ist nach dem Brand nicht mehr von ihnen übriggeblieben, aber es lässt sich feststellen, dass es sich um zwei einzelne Schuhe unterschiedlicher Größe handelt.«

»Die Sie sich jetzt bemühen, den beiden Frauen zuzuordnen?«, vermutete Sehler in nahezu beflissenem Ton.

»Das haben wir vor. Es könnte beweisen, dass beide Frauen in dem Schönwalder Haus gefangengehalten wurden, und wenn das so ist, müssten Sie Kenntnis davon haben. Ich glaube nicht, dass Ihnen das völlig entgangen wäre.«

Sehler wies auf seine Terminaufstellung. »Wie Sie feststellen und auch überprüfen können, war ich während der Mietzeit häufig unterwegs. Das habe ich bereits erklärt. Patrick hätte durchaus die Möglichkeit gehabt, Frauen mitzubringen, ohne dass ich etwas bemerkt hätte.«

»Dorina Siebert verschwand aller Wahrscheinlichkeit nach Mitte Juli in Dänemark, und wir fanden ihre Leiche vor zwei Tagen. Berücksichtigen wir, dass sie zu diesem Zeitpunkt bereits einige Zeit tot war ...« Hannah warf einen Blick auf die Terminliste, »hätten Sie durchaus Gelegenheit gehabt ...«

»Selbst wenn Sie Lücken in meinem Kalender entdecken sollten, in denen ich rein theoretisch nach Schönwalde hätte fahren können – ich habe von Patricks angeblichen Aktivitäten nichts gewusst und nichts mitbekommen«, warf Sehler in etwas lebhafterem Ton ein. »Vielleicht hat er mal eine Frau mitgebracht, um sich hier mit ihr zu vergnügen. Das kann ich nicht ausschließen und hätte ich auch nicht großartig hinterfragt. Wer weiß, wem diese Schuhe gehören.«

»Sie haben recht, das wissen wir noch nicht«, stimmte Hannah zu. »Aber wir werden es bald erfahren.«

Sehler lehnte sich zurück. »Sie sind davon überzeugt, dass beide Frauen hier waren, stimmt's?«

Hannah stützte das Kinn auf die zusammengelegten Hände. »Und dass ich allein oder gemeinsam mit Gehlberg gefoltert und getötet habe, nicht wahr?«

»Haben Sie?«

»Warum hätte ich das tun sollen? Nennen Sie mir einen nachvollziehbaren Grund.«

Hannah ließ die Hände sinken. »Ganz einfach: Weil es Ihnen jemand gesagt hat.«

»Was?«

»Ja. Dorina hat einen großen Fehler gemacht.«

»Wir machen alle Fehler. Immer und immer wieder.«

»Richtig, aber es gibt Fehler, die unverzeihlich sind und die man nicht stehenlassen darf.«

Er beugte sich langsam wieder vor.

»Und irgendwann passiert das Gerechte.«

Für Sekundenbruchteile weiteten sich seine Augen.

»Ihre Mutter hatte den Tod verdient, nicht wahr?«

Er zuckte zusammen und bemühte sich erst gar nicht, die Reaktion zu übertünchen. »Ich vermisse sie nicht, wenn Sie darauf hinauswollen.«

»Das meine ich keineswegs. Sie war eine schlechte Mutter. Sie hat Sie im Stich gelassen und ist nur aus Habgier wieder in Rostock aufgetaucht.«

»Ich stimme Ihnen voll und ganz zu.«

»Einige Zeit später verschwand sie eines Abends, und zwar spurlos und für immer.«

Sehler zeigte ein mildes Lächeln. »Ja. Niemand hat sie je vermisst. Es gibt solche Menschen.«

»Man hatte Sie in Verdacht.«

»Natürlich. Mein Motiv war sehr stark.«

»Nicht nur das. Ein Jahr später behauptete Tom Seidel, dass

Sie ihn zu einer Gewalttat angestachelt hätten, bei der Ihre Mutter starb. Anschließend ließen Sie die Leiche verschwinden.«

»Ja, ich weiß«, gab Sehler ungerührt zurück. »Nichts davon konnte bewiesen werden.«

»Woher kannte Seidel Sie eigentlich?«

»Vielleicht hat meine Mutter mich mal erwähnt.«

»Glauben Sie?« Hannah schüttelte den Kopf. »Warum hätte sie das tun sollen? Sie haben sie nie interessiert. Und im Kreis ihrer neuen Familie in Kiel dürften Sie eine noch geringere Rolle als je zuvor gespielt haben.«

Sehler zuckte mit den Achseln. »Er hat offensichtlich von mir gewusst, sonst hätte er mich kaum beschuldigt.«

Hannah nickte. »Wohl wahr. In Rostock sind Sie mehrfach vernommen worden. Können Sie sich noch an die Ermittler erinnern?«

Sehler machte eine abwehrende Geste. »Nein. Das ist lange her. Warum interessiert Sie der alte Fall?«

»Mich interessiert im Dunstkreis derartiger Verbrechen jeder Fall, der auch nur am Rande damit zu tun haben könnte«, antwortete Hannah. »Karsten Wisner und Peter Kayn haben sich damals mit Ihnen beschäftigt.«

Sehler hob kurz die Hände. »Wer auch immer.«

»Peter Kayn haben Sie nachhaltig beeindruckt.«

»Tatsächlich? Vielleicht kann ich Sie auch beeindrucken.«

Hannah lächelte. »Wir werden sehen. Die letzte entscheidende Befragung hat Kommissar Kayn mit Ihnen durchgeführt. Erinnern Sie sich noch an Einzelheiten?«

Ein winziges, kaum wahrnehmbares Zögern. »Ehrlich gesagt – nein. Wir sprachen wohl über die Aussage von Seidel und mein Alibi. Worüber auch sonst?«

»Hat Kayn Ihnen geglaubt?«

»Das weiß ich nicht, aber was spielt das noch für eine Rolle?«

Die Frage ist gar nicht mal schlecht, dachte Hannah. »Möchten Sie nun vielleicht doch einen Anwalt hinzuziehen?«

Sehler schüttelte den Kopf. »Danke, das ist nach wie vor nicht nötig.«

»Noch eine Tasse Tee?«

»Später vielleicht.«

»Sie gehen offensichtlich davon aus, dass wir hier noch länger zusammensitzen werden«, bemerkte Hannah. »Warum?«

»Sie erhoffen sich einen Hinweis von mir, der Sie weiterführt, und der war wohl bisher nicht dabei«, erwiderte Sehler lakonisch. »Dennoch sind Sie davon überzeugt, dass ich mehr weiß, als ich zugebe, oder sogar an den Verbrechen beteiligt bin – die Nähe zu Patrick und noch dazu vorbelastet mit einem zwanzig Jahre alten Vorwurf. Ich verstehe Ihren Ansatz sehr gut.« Er lächelte höflich. »Also lassen Sie uns fortfahren.«

Dagmar blies die Wangen auf. »Verständnis ernten wir hier selten.« Sie warf Hannah einen verblüfften Blick zu. »Gut, dann mache ich an dieser Stelle erst mal weiter. Ihr Freund, Bekannter, Reisebegleiter, wie auch immer, ist auf höchst unerfreuliche Art ums Leben gekommen – er ist brutal ermordet worden, bevor das Haus in Brand gesetzt wurde. Sein Tod passt nicht in das bisherige Schema.«

Sehler nickte. »Nun, vielleicht gibt es kein Schema.«

»Alles dreht sich um Dorina Siebert, und Gehlberg hatte gute Schnüffelarbeit geleistet – wie bereits erwähnt: Wir kommen mit der Auswertung kaum hinterher. Was ist vorgefallen, dass der Mann Opfer einer grausamen Gewalttat wird?«

»Diese Frage würde ich mir auch stellen.«

»War man unzufrieden mit seiner Arbeit? Hat er jemanden verärgert? Gab es einen heftigen Streit? Um Geld? Um Frauen? Um die weitere Vorgehensweise? Alles, was wir in Erfahrung bringen konnten, ist, dass er am Wochenende noch einen Termin hatte, möglicherweise sogar mehrere«, fuhr Dagmar fort. »Aber mit wem? Seine Freundin kann uns diesbezüglich nicht sonderlich weiterhelfen. Sie weiß lediglich, dass er verabredet war, und hat ihn am Samstagabend zum letzten Mal gesehen.«

Sehler nickte. »Und das haben Sie überprüft?«

»Es gab nichts zu überprüfen. Fest steht, dass Gehlberg im Laufe des Sonntags in Schönwalde war. Jemand ermordete ihn und legte anschließend Feuer. Die entscheidende Frage ist doch, mit wem er dort war. Vielleicht mit Ihnen?« Dagmar blickte erneut auf die Terminliste. »Hier steht, Sie hätten gearbeitet und wären anschließend essen gewesen.«

»In meinem Stammlokal – das wird man Ihnen gerne bestätigen.«

»Davon bin ich überzeugt.«

Sehler lächelte mit dezent dosierter Süffisanz.

Der genaue Todeszeitpunkt stand rechtsmedizinisch noch aus und würde angesichts des Brandes ohnehin keine hundertprozentige Gewissheit versprechen können, überlegte Hannah, während Dagmar weitere Termine mit Sehler durchsprach, was nicht nur inhaltliche Lücken offenbaren, sondern den Mann ermüden sollte. Ob sie Erfolg mit dieser Vorgehensweise haben würden, bezweifelte Hannah allerdings.

Gehlberg könnte nach bisherigem Kenntnisstand im Laufe des Tages ermordet worden sein oder direkt bevor das Feuer gelegt wurde. Die Zeitspanne zwischen der polizeilichen Befragung gegen Mittag und dem Brand war lang genug, um über verschiedene Aktivitäten und Szenarien zu spekulieren. Vielleicht war er vom Kommissariat aus zunächst wieder nach Hause gefahren und hatte sich dann mit jemandem getroffen, wo auch immer, und diese Verabredung hatte nichts mit dem Termin tun, den seine Freundin bezüglich des Vorabends erwähnt hatte. Es war aber auch nicht auszuschließen, dass er bereits Samstagabend nach Schönwalde gefahren und lediglich nach Lübeck zurückgekehrt war, weil die Polizei ihn zu erreichen versuchte. Seine Handydaten waren nicht aufschlussreich gewesen – einem Schnüfflertyp wie ihm dürfte es allerdings in Fleisch und Blut übergegangen sein, seine Wege zu verschleiern.

»Warum hätte ich Gehlberg etwas antun sollen?«, unterbrach

288

Sehler Hannahs Gedanken. »Wir hatten keinen Streit, und ich war das ganze Wochenende nicht dort.«

Das glaube ich ihm sogar, dachte Hannah. Gehlberg passt nicht in das Schema. Sie nickte Dagmar zu, bevor sie Sehler wieder ansah. »Kurze Pause? Vielleicht jetzt noch eine Tasse Tee? Einen Imbiss?«

»Gerne.«

Sie verließen den Raum und schlugen den Weg zur Cafeteria ein. Dagmar drehte die Augen gen Decke, als Hannah ihre Überlegungen schilderte.

»Ich bräuchte drei Köpfe, um jeden einzelnen Aspekt dieses Falles im Auge zu behalten«, stöhnte sie. »Bis das endgültige rechtsmedizinische Gutachten vorliegt, können noch einige Tage ins Land gehen. Die Kollegen haben ja mehr als genug zu tun … Ja, möglicherweise war Gehlberg noch ganz woanders unterwegs und fuhr erst später nach Schönwalde oder sogar erst am Abend, oder er war im Laufe des Wochenendes zweimal dort. Aber in welcher Weise hilft uns das tatsächlich weiter? Wenn sowohl Gehlberg als auch Sehler irgendwo an einem Strang ziehen, den wir leider noch nicht kennen …«

»Dann passt der Mord an Gehlberg dort nicht hinein. Das ist viel zu auffällig.«

»Na und? Das Feuer hat alles zerstört. Vielleicht hat es eine heftige Auseinandersetzung gegeben. Aber wer immer Gehlberg angegriffen hat – Fremd-DNA lässt sich nicht mehr nachweisen.«

»Lass die Schuhe untersuchen und vergleichen – mit Berit Konstedt, Dorina Siebert und Leonie Schubert.«

Dagmar stemmte eine Hand in die Hüfte. »Leonie Schubert? Das ist nicht dein Ernst, oder? Was sollte …«

»Leonie arbeitet in den Elektromotorenwerken, sie kennt Thalemann, der wiederum Sieberts Geliebter war – hier laufen auch einige Fäden zusammen. Außerdem hatte sie Verletzungen im Gesicht, von einem Fahrradsturz, wie sie sagte. Vielleicht stimmt das gar nicht, und unter Umständen erinnert sich jemand in Grömitz an das Paar – in einer Eisdiele zum Beispiel – und könnte uns sagen, wie das Antlitz der jungen Frau am Samstag aussah. «

Dagmar hielt kurz die Luft an und stieß sie dann stoßweise wieder aus. »Gut, ich leite das weiter. Und was hältst du von dem Bürschchen da nebenan?« Sie wies mit dem Finger über die Schulter.

»Der Mann ist hochinteressant«, meinte Hannah. »Vielleicht war es in etwa das, was Kayn meinte. Und auf die Idee, uns Gehlbergs Freundin noch einmal genauer anzusehen, hat er mich gerade gebracht.«

»Vielleicht mit Absicht.«

»Ja, vielleicht.«

Dagmar schob die Tür zur Cafeteria auf. Sie versorgten sich mit Brötchen und Kaffee und aßen eine Weile schweigend.

»Hast du eigentlich schon was in Wismar erreicht?«, fragte Dagmar schließlich.

Hannah schüttelte den Kopf. »Solange wir nichts Offizielles vorlegen, werden wir dort keine Auskünfte bekommen. Und dein Staatsanwalt ziert sich noch, oder?«

»Tut er – ich muss nachher noch einen Bericht schreiben, mit dem ich ihn hoffentlich überzeugen kann. Allerdings – was soll in Wismar schon sein? Kayn hat da wahrscheinlich ein Familienmitglied untergebracht.«

»Das ist anzunehmen. Nur, warum interessierte sich Dorina dafür?«

»Du stellst vielleicht Fragen.« Dagmar schüttelte mit gespielter Empörung den Kopf. »Sag mir lieber, wie wir jetzt weiter mit dem Sehler verfahren.«

»Wir stellen ihm alle Fragen noch einmal und müssen ihn dann unverrichteter Dinge gehen lassen – so sieht es wohl im Moment aus. Ich würde dann jedoch Kontakt zu Wisner aufnehmen.«

»Nun gut. Dann mach mal.« Dagmar grinste.

## 23

Sehler war inzwischen umgezogen. Er lebte in einer Wohnung über seiner Werkstatt, die er in einem Gewerbehof angemietet hatte. Karsten parkte zwischen zwei Lieferfahrzeugen auf der gegenüberliegenden Straßenseite und machte es sich im Auto bequem. Die sympathische Stimme der BKA-Kommissarin hatte sich in seinem Ohr eingenistet, und er ließ das Telefonat mit ihr Revue passieren. Fast zwei Stunden hatten sie Sehler in zwei Durchgängen vernommen, ohne entscheidend vorangekommen zu sein, wie sie berichtet hatte.

»Der Mann hat auf jede Frage eine Antwort parat, und er verhält sich ausgesprochen geschickt. Er ist derjenige, der einen Vorteil aus der Vernehmung gezogen hat, weil er nun gewarnt ist«, hatte Hannah Jakob bereitwillig erläutert. »Ich bin durchaus beeindruckt und musste mehrfach an Peter Kayn und seine damalige Einschätzung denken, wie Sie sie uns geschildert haben.«

Karsten hatte nur kurz gezögert, sich dann einen Ruck gegeben und das Ergebnis seiner Nachfragen zu Kayns Zeit in Magdeburg und Leipzig dargelegt. Die Kollegin schwieg lange und bat ihn schließlich, sofern es seine Zeit erlaube, Sehler im Auge zu behalten, wenn möglich heute Nacht, inoffiziell natürlich.

»Natürlich«, hatte er entgegnet.

»Danke. Ich weiß Ihre Unterstützung sehr zu schätzen.«

»Schon gut. Worum geht es hier eigentlich? Nennen Sie mir doch mal eine Hausnummer.«

»Ich glaube, es geht um Schnüffler und um Rumänien.«

»Oh.«

»Die Familie von Dorina Siebert stammt aus Rumänien. Sie hatte keine gute Zeit dort. Stichwort: Securitate oder SRI. Irgendwo gibt es einen Zusammenhang, wir kennen ihn nur noch nicht.«

»Das klingt … unangenehm.«

»Tut es. Seien Sie vorsichtig.«

»Bin ich immer.«

Auf dem Beifahrersitz lag eine Flasche Cola neben einer Schale mit Currywurst und Pommes rotweiß. Der Duft hatte sich im ganzen Wagen ausgebreitet. Karsten lief das Wasser im Mund zusammen, und er machte sich mit großem Appetit über die späte Mahlzeit her. Hannah Jakob hatte ihren Eindruck sehr zurückhaltend formuliert und sich jegliche vorschnelle Interpretation verkniffen. Er selbst wäre da viel unbekümmerter vorgeprescht. Darum ist die Frau beim BKA angestellt und reist als Sonderermittlerin durch die Republik, während ich in Rostock den Motorradjacken-Cop gebe und nicht wirklich vorankomme, dachte er.

Es war schon nach Mitternacht, als Sehlers Wagen um die Ecke bog. Er fuhr auf den Hof und parkte direkt vor der Werkstatt. Ein schmaler Mann stieg aus, Karsten blickte durch sein Fernglas und erkannte Sehler auf Anhieb. Er war fast erschrocken, wie wenig er sich verändert hatte – selbst aus der Entfernung und in der Dunkelheit. Der ist vierzig, dachte er, ich bin kaum fünf Jahre älter, aber neben mir wirkt der Kerl wahrscheinlich wie mein Sohn …

Im Hausflur ging das Licht an, wenig später war die Fensterfront im ersten Stock erleuchtet, eine Balkontür wurde geöffnet. Sehlers Schatten zeichnete sich ab. Er hatte eine Hand am Ohr und telefonierte.

Karsten legte das Fernglas beiseite und stieg leise aus dem Wagen. Das ist eine inoffizielle Observation, brachte er sich in Erinnerung – noch. Er schlich über die Straße und blieb hinter einem Müllcontainer stehen. Vielleicht hat der Knabe damals was über Kayn erfahren, überlegte Karsten, und der ließ ihn davonkommen – vielleicht, hätte, könnte, wäre fällt immer in das Reich der Herumspinnerei, regt aber die Fantasie an und

macht Spaß, erst recht mitten in der Nacht in einem Gewerbehof in Rostock, womöglich auf der Spur eines Frauenmörders.

Karsten sah hoch zum Balkon. Sehlers Silhouette zeichnete
sich immer noch ab. Er sprach so leise, dass lediglich ein Mur-
meln zu hören war.

Karsten blickte auf die Uhr. Man könnte seine Handydaten
überprüfen und feststellen, mit wem er gerade spricht. Wenn
der Knabe ein wirklich böser Bube und auch nur halb so schlau
ist, wie alle annehmen, wird er nicht so bescheuert sein, in dieser Situation und im Fokus polizeilicher Nachforschungen mit
seinem offiziellen Handy zu telefonieren. Natürlich nicht.
Doch ein pfiffiger IT-Techniker wäre sicher in der Lage, die Daten aus der zuständigen Mobilfunkzelle für den aktuellen Zeitraum zu filtern und eine Zuordnung vorzunehmen, und mit
der Nummer des Gesprächspartners, der wahrscheinlich ebenfalls eine anonyme Karte benutzte, könnte man genauso verfahren.

Karsten schlich zu seinem Wagen zurück. David wird mich
umbringen, dachte er.


Hannah hatte nach einem langen nächtlichen Spaziergang
einen Kurzbericht ans BKA auf den Weg gebracht und dringend um Unterstützung gebeten, was die Überprüfung von
Peter Kayn anging. Sie schätzte Wisners Hinweis als bedeutsam ein. Ein vielleicht manipulierter Lebenslauf konnte alles
Mögliche bedeuten, aber natürlich war ihr klar, dass bei einem
hochrangigen Beamten der Bundespolizei besondere Maßstä-
be angelegt wurden – und »vielleicht« war kein hinreichender
Verdacht, auch dann nicht, wenn es um die Wendezeit ging, in
der einige Akten geschönt worden waren. Kayns Begeisterung
für Sehler lag nicht nur zwanzig Jahre zurück, dem Mann war
auch nichts nachzuweisen gewesen, und er hatte seine diesbezügliche Meinung entscheidend geändert. Dennoch …

Als sie ins Bett ging, war es zwei Uhr früh, und sie überhör-
te den Wecker um sieben und um halb acht. Um acht klingelte

ihr Handy, und Kotti winselte, bis sie schließlich die Augen aufschlug und nach dem Telefon griff. »Ja?«

»Wisner. Störe ich?«

»Überhaupt nicht.« Hannah war schlagartig wach und setzte sich auf. »Haben Sie was Neues?«

»Denke schon. Sehler hat gestern Nacht lange telefoniert. Natürlich hat er keine SIM-Karte auf seinen Namen benutzt, aber der Anruf ist mit an Sicherheit grenzender Wahrscheinlichkeit in Richtung Lübeck herausgegangen. Eine Funkzellenauswertung, zu der ich einen meiner Leute quasi spontan überreden konnte, legt diese Schlussfolgerung nahe. Das ist natürlich nichts Offizielles, ganz im Gegenteil, aber …«

»Sie sind klasse!«, unterbrach Hannah ihn. »Wenn er mit Kayn telefoniert hat, dürfte sich ein Kreis geschlossen haben.«

»Dachte ich mir, dass Sie die Info interessiert.«

»Und ob! Ich danke Ihnen.«

»Gerne. Noch 'n schönen Tag – und halten Sie mich auf dem Laufenden, wenn Sie mögen.«

»Natürlich.«

Hannah gab die Nachricht vorab per SMS an Dagmar weiter und zog ihr Morgenprogramm eilig durch. Sie saß kaum im Auto, als der Chef anrief.

»Ihr kriegt nachher Besuch vom BND«, erklärte Krüger – wie immer ohne einleitende Worte. »Es gibt eine interessante Schnittstelle.«

»Stichwort?«

»Rumänien.«

»Securitate beziehungsweise SRI?«

»Denkbar.«

»Apropos Schnittstelle: Kayn und Sehler hatten gestern Nacht wahrscheinlich telefonischen Kontakt – das ist allerdings im Moment nicht offiziell zitierbar.«

»Aha«, brummte Krüger. »Ich will es gar nicht genauer wissen.«

»Dachte ich mir.«

»Okay, bis dann.«

Hannah unterbrach die Verbindung und gab Gas. Seit einer Woche war sie in Lübeck, aber sie hatte gerade zum ersten Mal das Gefühl, dass Bewegung in den Fall kam und neue Aspekte nicht nur die Akten füllten, sondern endlich eine Richtung vorgaben.

Dagmar war mitten in einer Morgenbesprechung, als sie in der Dienststelle eintraf, und sie bekam mit einem Ohr mit, dass sie das Team auf den Besuch des BND vorbereitete und darüber hinaus Leonie Schubert zur Befragung abgeholt wurde.

»Rico hat sich heute Morgen gleich ans Telefon gehängt. Ein Strandkorbverleiher kann sich gut an das Paar erinnern«, erläuterte Dagmar, als sie eine Viertelstunde später mit frischem Kaffee in ihrem Büro zusammensaßen. »Die beiden waren richtig gut drauf, und von irgendwelchen Verletzungen im Gesicht der Frau war nicht das Geringste zu sehen.«

»Das ist sehr interessant.«

»Denke ich auch. Ein Kollege klappert noch mal die Nachbarn von Schubert und Gehlberg ab, um nachzufragen, wann wer am letzten Wochenende zu Hause war. Vielleicht erinnert sich jemand an einen Streit oder Ähnliches. Was die verkohlten Frauenschuhe angeht, so liegt heute Morgen noch kein Ergebnis vor, aber die Kollegen sind dran, und ich denke, dass wir die Teile dennoch erwähnen sollten. Was meinst du?« Sie zog eine Braue hoch.

Hannah nickte. »Und was sagst du zu Wisners Beobachtung?«

»Ich behaupte, dass Kayn und Sehler sich seit ungefähr zwanzig Jahren kennen und an dem schon einmal zitierten gemeinsamen Strang ziehen.« Dagmars Handy klingelte, und sie sah aufs Display. »Der Staatsanwalt«, schob sie rasch ein. »Gehst du schon mal vor und kümmerst dich um die Schubert? Ich komme nach, sobald ich kann.«

»Klar, bis gleich.«

Leonie Schubert war sichtlich nervös. Mit einer erneuten Befragung im Kommissariat hatte sie kaum gerechnet, und die Situation behagte ihr ganz und gar nicht.

»Wie geht es Ihnen heute?«, fragte Hannah, als sie die junge Frau begrüßt und im Vernehmungsraum Platz genommen hatte.

»Ganz gut – ich wollte eigentlich wieder zur Arbeit, aber ...«

»Es haben sich noch einige Fragen ergeben, die wir dringend klären müssen«, wandte Hannah ein. »Meine Kollegin stößt gleich zu uns, und wir beeilen uns – versprochen.« Sie lächelte. »Sie können mir schon mal erzählen, wann und wo genau Sie am letzten Samstag mit Ihrem Freund unterwegs waren.«

»Aber das habe ich doch schon längst ...«

Hannah wies auf das Mikrofon. »Wir brauchen es offiziell.«

»Wir waren in Grömitz und haben ein paar Stunden am Strand verbracht.«

»Wann sind Sie in Lübeck aufgebrochen?«

»Ich glaube, gegen Mittag, und abends sind wir zurückgefahren. Er hat mich nach Hause gebracht, um dann noch zu einem Termin aufzubrechen. Mit wem er sich traf, weiß ich nicht. Wir hatten danach keinen Kontakt mehr, weder persönlich noch telefonisch, auch keine SMS.«

Hannah warf einen Blick in die Akte. Schubert kratzte sich am Oberarm. »War es das jetzt?«

»Nein.« Hannah sah wieder hoch.

»Warum nicht?«

»Erzählen Sie mal, wie Ihre Beziehung war.«

Sie zog eine unwirsche Miene. »Wir waren ein Paar, das sich nicht gegenseitig eingeengt hat, wie ich bereits erwähnte. Wir haben viel gemeinsam unternommen, aber jeder hat sein eigenes Leben geführt.«

»Ich verstehe ...«

Dagmar trat leise grüßend ein und setzte sich neben Hannah.

»Ihr Freund hat als Spitzel gearbeitet, wovon Sie nicht das Geringste bemerkt haben«, fuhr Hannah fort.

»Richtig. Das ist mir völlig neu.«

»Erschüttert Sie diese Neuigkeit?«

Ein winziges Zögern. »Natürlich, andererseits ... Wenn es stimmt, was Sie herausgefunden haben, kannte ich ihn offensichtlich nicht gut genug.«

Dagmar hob kurz eine Hand. »Ich komme gerade aus der Kriminaltechnik«, warf sie ein. »Die Kollegen beschäftigen sich mit dem, was nach dem Hausbrand übriggeblieben ist – lauter verkohltes und geschmolzenes Zeug, aber durchaus hilfreich, wenn es darum geht, ein Verbrechen aufzuklären.«

Schubert sah sie abwartend an.

»So wurden beispielsweise zwei unterschiedliche Frauenschuhe gefunden, die noch ganz passabel aussehen. Welche Schuhgröße haben Sie eigentlich?«

»Was soll diese Frage?«, entgegnete Schubert barsch. »Ich war noch nie in diesem Haus.«

»Wirklich nicht?« Dagmar wiegte den Kopf ein paar Mal hin und her. »Vielleicht denken Sie noch einmal darüber nach, was an dem Wochenende passiert ist. Ein Kollege befragt zurzeit Ihre Nachbarn, ob und wann Sie am letzten Wochenende zu Hause waren.«

»Ja, und? Selbst wenn mich niemand bemerkt hat, heißt das doch noch lange nicht, dass ich in Schönwalde war. Was soll das überhaupt?« Schubert schüttelte nur kurz den Kopf und strich sich über die Wange.

»Ihre Verletzungen stammen nicht von einem Fahrradunfall«, schaltete Hannah sich wieder ein.

»Nein?«

»Nein, Sie haben einen sehr vergnüglichen Tag mit Patrick in Grömitz verbracht. Man erinnert sich dort an Sie und an ihn, nur an Ihre Gesichtsverletzungen kann sich niemand entsinnen.«

»Was bedeutet das schon?«

»Für sich allein genommen – gar nichts, da gebe ich Ihnen sofort recht«, stimmte Hannah zu. »Doch wenn wir nachweisen können, dass einer der beiden Schuhe Ihnen gehört, ändert sich die Sachlage schlagartig.«

Schubert machte eine abwehrende Handbewegung. »Ich trage Größe achtunddreißig wie Millionen anderer Frauen auch, und meine Schuhe sind keine Einzelstücke.« Ihre Stimme war um eine Oktave nach oben geklettert, die Augen wanderten hektisch hin und her.

»Wie Sie ja zweifelsohne mitbekommen haben, ist die Polizei zurzeit mit mehreren schwerwiegenden Verbrechen beschäftigt, an denen wir mit Hochdruck arbeiten«, erklärte Hannah betont ruhig. »Und die Taten ziehen immer weitere Kreise.«

»Warum erzählen Sie mir das?«

»Nun, auch Polizisten machen Fehler oder müssen die Erledigung selbst dringender Aufgaben zunächst einmal nach hinten schieben. So hatten wir bislang beispielsweise noch keine Zeit, uns über eine flüchtige Untersuchung hinaus mit dem Wagen Ihres Freundes zu befassen, was wir umgehend nachholen werden.«

»Na und?«

»Sein Navi könnte Aufschluss geben, Spuren am Fahrersitz, Ihre Handydaten ...«

»Die dürfen Sie nicht einfach so ...«

Hannah hob die Hände. »Natürlich nicht, doch wenn sich ein Verdacht einstellt und verdichtet, kriegen wir ganz schnell einen Beschluss.« Sie beugte sich vor. »Was ist passiert, Frau Schubert?«

»Keine Ahnung, worauf Sie hinauswollen«, beharrte sie. »Ich war nicht in diesem Haus! Ende.«

»Hat er Sie geschlagen?«

»Quatsch! Ich bin gestürzt, und wen immer Sie in Grömitz gefragt haben – er hat sich geirrt. Sie müssen mir erst mal das Gegenteil beweisen.«

»Stimmt. Haben Sie Angst?«

»Warum sollte ich?«

»Wer hat Sie derart zugerichtet?«

»Hören Sie nicht zu? Ich bin gestürzt! Das kann mal passieren«, ereiferte sie sich.

»Hat jemand diesen Sturz mitbekommen und könnte uns etwas dazu sagen?«

»Keine Ahnung.«

»Schade.«

»Wenn Sie meinen … Ich will jetzt gehen.«

Hannah wies zur Tür. »Bitte schön.«

Schubert sprang auf und eilte hinaus. Für einen langen Moment herrschte Stille.

Dagmar rieb sich die Augen. »Warum sind wir nicht eher auf die Idee gekommen …«

»Du weißt, warum«, unterbrach Hannah sie. »Lass den Wagen untersuchen. Wenn die Schubert damit nach Lübeck zurückgefahren ist, wird es Spuren auf dem Fahrersitz geben. Und falls das Navi aktiviert war oder Daten gelöscht wurden, haben wir zumindest einen weiteren Hinweis. Sie könnte es gewesen sein, die Frage ist nur: warum? Gab es eine Auseinandersetzung, die eskalierte? Oder wurde sie Zeugin grausamer Geschehnisse und konnte fliehen?«

»Ich fürchte, dass wir das nie erfahren werden, wenn sie weiter blockt.«

»Sie reagierte auffallend heftig, als ich ihr erzählte, dass Dorina tot ist«, meinte Hannah nachdenklich. »Da sie insgesamt aufgewühlt war, habe ich dem Aspekt keine besondere Bedeutung beigemessen. Nun stellt sich allerdings die Frage, ob sie vielleicht ähnlich wie Berit zufällig etwas mitbekam.«

»Und du meinst, dass sie aus Angst schweigt?«

»Möglich, oder?«

Dagmar seufzte. »Okay, ich spreche gleich mit dem Staatsanwalt, und wir behalten sie im Auge.« Sie blickte auf die Uhr. »Wir sollten uns vielleicht etwas frisch machen. Der BND-Mann wird demnächst eintreffen.«

»Sie ist schlau, hartnäckig und sehr gut informiert«, hatte er in leisem Singsang berichtet. Peter Kayn ließ das Telefonat mit Mirko erneut nachklingen, während er die Karte betrachtete, die mit der Post eingetroffen war. Eine Warnung von Brandt, nach all den Jahren. Wer hätte das gedacht?

Bis Gehlberg ins Spiel gekommen war, hatte es kaum Probleme gegeben, schon gar keine unlösbaren. Es war alles nach Plan gelaufen. Doch sein Tod hatte den Ermittlern in die Hände gespielt, und es war ihnen in der Folge nicht schwergefallen, Verknüpfungen herzustellen. Ob es ihnen gelingen würde, die tatsächlichen Hintergründe und den Ablauf der Geschehnisse nachzuvollziehen, stand allerdings noch auf einem ganz anderen Blatt. Vorsicht war in jedem Fall angebracht, zumal Mirkos Einschätzung schwer wog. Er bezeichnete nur ausgesprochen selten einen Polizeibeamten als schlau und gut informiert, schon gar nicht in respektvollem Ton.

Kayn hatte einen Spezialisten damit beauftragt, Hannah Jakobs Lebenslauf zu durchleuchten. Er hoffte auf einen wunden Punkt, an dem er ansetzen konnte, wenn er auch noch nicht wusste, wie. Was seinen eigenen Lebenslauf anging, so musste er wohl nachbessern und sich um Unterstützung in Berlin bemühen.

Die Entscheidung für die Wismarer Seniorenresidenz war ein Fehler gewesen, der inzwischen noch schwerer wog, weil es seinem Vater von Tag zu Tag schlechter ging und eine rasche Verlegung ausgeschlossen war, zumindest wenn er kein Aufsehen erregen wollte, und das war das Letzte, was er gerade gebrauchen konnte. Das Problem musste er auf andere Weise lösen.

Um Gehlbergs Tod sollte Mirko sich kümmern.

»Wir müssen wissen, was da passiert ist, und zwar bevor die Polizei dahinterkommt«, hatte er Mirko beschworen. »Kann es sein, dass der Mann falschgespielt hat?«

»Das werde ich herausbekommen.«

»Tu das. Aber sei noch vorsichtiger als sonst.«

»Natürlich.«

»Und behalte meine Frau im Auge.«

»Auch das.«

Die Trennung von Valerie lag einige Monate zurück und setzte ihm immer noch zu. Sie war zwanzig Jahre jünger als er und seine große Liebe – nach wie vor. Eine junge schöne Frau, die ihn in den ersten Jahren ihrer Ehe angehimmelt hatte, bis sie seiner überdrüssig geworden war. Aus dem Nichts heraus, wie es Kayn schien. Er war immer noch wie betäubt und konnte sich den Bruch nicht erklären. Er hatte sie nicht betrogen, und auch in ihrem Leben gab es keinen anderen Mann. Jedenfalls hatte Mirko bislang nichts zu berichten gewusst – keine andere Beziehung oder ein neues Lebensziel. Valerie war in ein kleines Kaff achtzig Kilometer nördlich von Lübeck direkt ans Meer gezogen und wollte nach einer letzten Aussprache, zu der er sie vor einigen Wochen hatte überreden können, nichts mehr mit ihm zu tun haben. Der Unterhalt reichte zum Leben. Sie verbrachte ihre Tage am Wasser, schrieb irgendwelche romantischen Geschichten und fuhr mit dem Rad durch die Gegend.

Undankbares Miststück, dachte Kayn. Angebetet hast du mich damals und angefleht, dass ich dich aus deinem Elend heraushole und bei mir aufnehme. Er ballte die Hände zu Fäusten.

## 24

Der BND-Beamte hieß Christoph Blum, und sein Alter war schwer zu schätzen. Zwischen Mitte dreißig und Ende vierzig schien alles möglich. Er hatte helle Augen, war hager und glatzköpfig; sein Anzug saß locker. Er stand im kleinen Besprechungsraum, in dem außer Hannah und Dagmar Rico und Ann-Kathrin Platz genommen hatten, neben dem Wandbildschirm, auf dem das Foto einer Villa zu erkennen war.

»Wir stehen mit unseren Untersuchungen noch am Anfang«, erklärte er nach kurzer Vorstellungsrunde. »Das Material von Patrick Gehlberg ist sehr umfangreich, wie Sie selbst erfahren haben. Die endgültige Begutachtung wird noch einige Zeit in Anspruch nehmen, aber ein Zwischenbericht scheint uns zwingend nötig ...«

»Uns auch«, warf Dagmar flüsternd, aber dennoch gut hörbar ein.

Blum ließ sich nicht irritieren. »Wir wissen inzwischen, dass der Mann auch unter einem anderen Namen unterwegs war, und diesbezügliche Nachforschungen sowie der Abgleich mit seinen Dokumenten und Fotodateien lassen den Schluss zu, dass er seit vielen Jahren immer wieder für die östlichen Geheimdienste tätig wurde. Wir vermuten, dass er während einer längeren Reise in Südosteuropa angeworben wurde und seitdem im Geschäft war. Er lieferte Informationen zu wem oder was auch immer – hohe Beamte, interessante Menschen aus Wirtschaft und Medien, Prominente –, vorrangig in Verbindung mit Fotomaterial.«

»Und das ist vorher niemandem aufgefallen?«, fragte Dagmar. »Nicht mal in Ihrer Behörde?«

Blum lächelte freundlich. »Nein. Er hat sich perfekt getarnt und wurde bisher nicht erfasst – auch nicht unter seinem anderen Namen Oliver Specht. Er verdiente vielleicht ein bisschen üppig, wie Sie wohl auch schon festgestellt haben dürften, aber solange er nicht in den Fokus geriet, stellte sich niemand eine entsprechende Frage. Die Art seines Todes, insbesondere im Vergleich mit dem von Dorina Siebert, verwundert jedoch einigermaßen …«

»Da sind wir dran«, erklärte Dagmar rasch.

»Das dachte ich mir.« Blum hielt für einen Moment Hannahs Blick fest, dann wandte er sich dem Monitor zu. »Diese alte Villa befindet sich in Hermannstadt und beherbergte bis vor kurzem eine beeindruckende Persönlichkeit – Gabriel Popescu, er wird auch der Archivar genannt. Dieser Mann hat sein Leben in den Dienst der Dokumentation und Aufdeckung von Unrecht gestellt, und er tut das mit Hilfe einiger Freunde und Verbündeter seit über zwanzig Jahren so laut und energisch, dass bislang niemand wagte, sich an ihm zu vergreifen. Seit einiger Zeit ist er allerdings schwer erkrankt, eine Lebensmittelvergiftung, von der er sich kaum erholt … nun ja. Mehr wissen wir zumindest im Moment nicht.«

»Um welches Unrecht genau geht es dem Mann?«, fragte Hannah. »Pitești?«

»Er sammelt und archiviert alles, was im Zusammenhang mit den Unruhen anlässlich des Machtwechsels 1989 in Rumänien zusammenhängt«, antwortete Blum. »Es gab damals ein blutiges Massaker mit tausend Toten, für das bis heute kein Verantwortlicher zur Rechenschaft gezogen wurde. Die Strippenzieher werden in Geheimdienstkreisen und Militär vermutet und dürften völlig unangetastet auf welchem Posten und wo auch immer ein beschauliches Leben führen. Popescu fordert ein ums andere Mal, die Verbrechen aufzudecken und die Verantwortlichen vor Gericht zu stellen. Er verlangt sogar öffentlich die Herausgabe alter Akten, egal, welche Behörde sie unter Verschluss hält. Wer etwas zu verbergen hat, dürfte nicht besonders gut auf ihn zu sprechen sein.«

Hannah nickte nachdenklich.

»Gehlberg hat nicht nur ein Foto von der Villa gespeichert, auf einem anderen ist auch die Journalistin Dorina Siebert zu sehen.« Blum rief das nächste Foto auf. »Hier steht sie davor und betrachtet das Haus.«

»Ich denke, das hatten wir unter Sightseeing gebucht«, warf Dagmar rasch ein.

»Hätte ich auch – ohne Hintergrundwissen«, erwiderte Blum. »Genau wie dieses, nicht wahr?« Das Bild war von schlechter Qualität, aber man konnte einen alten hageren Mann erkennen, der im Inneren der Villa mit jemandem an einem Tisch saß.

Hannah stutzte und beugte sich vor. »Wer sind die beiden?«

»Der Archivar und Robert Thalemann. Die Aufnahme von dem Werksleiter ist übrigens nicht im selben Zeitraum entstanden wie das Bild von der Siebert vor der Villa, sondern einige Monate zuvor«, erklärte Blum.

Hannahs Augen weiteten sich: Thalemann hatte Kontakt zum Archivar gehabt! Dagmar schien ähnlich verblüfft.

»War Gehlberg zu diesem Zeitpunkt unter seinem anderen Namen in Rumänien?«, fragte sie.

»Nein. Man hat ihm die Fotos geschickt oder wie auch immer zukommen lassen. Für uns ist das ein Hinweis darauf, dass wir es mit einem hervorragend funktionierenden Netzwerk alter und neuer Seilschaften zu tun haben. Die Aufnahmen dürften als Beweis dafür dienen, dass Siebert und Thalemann sich für den Archivar interessierten, was wiederum die Aufmerksamkeit ganz bestimmter Kreise erregte.«

»Aber sie verschwand erst lange Zeit nach ihrem Aufenthalt in Hermannstadt, und Thalemann erfreut sich glücklicherweise bester Gesundheit«, wandte Hannah ein.

»Man hat sie im Auge behalten, davon darf man wohl getrost ausgehen. Sie ist Journalistin. Möglicherweise hat sie den Kontakt zum Archivar intensiviert und sogar Warnungen in den Wind geschlagen, oder man befürchtete, dass sie auf ein brisantes Thema gestoßen war und weitere Recherchen anstellen würde.«

Dagmar atmete kraftvoll aus. »Ihre Wohnung wurde gründlich durchsucht, als sie in Dänemark war. Alle Hinweise auf Kontakte nach Rumänien und die Ukraine wurden beseitigt. Und möglicherweise fanden sich erst dabei die entscheidenden Beweise, dass sie angefangen hatte, nachzuforschen«, fügte sie hinzu.

Blum strich sich über die Glatze. »Das halte ich für sehr wahrscheinlich.«

»Und vielleicht weiß der Thalemann mehr, als er zugegeben hat – weil er eingeschüchtert wurde.«

Einen Augenblick herrschte Stille. »Gibt es eine Möglichkeit, unauffällig Kontakt mit dem Archivar aufzunehmen?«, wandte Hannah sich an Blum.

»Und wenn das möglich wäre?«

»Ich würde gerne wissen, worüber er mit Thalemann und möglicherweise Dorina Siebert gesprochen hat.«

»Das notiere ich mir.«

»Wir haben noch zwei Namen, die im Zusammenhang mit den Fällen häufiger auftauchen – Peter Kayn und Mirko Sehler.«

»Ich weiß.« Blum lächelte. »Ihre Dienststelle hat mich informiert, dass Sie Einzelheiten wissen möchten. Wir arbeiten eins nach dem anderen ab.«

Dagmar seufzte mühsam unterdrückt.

»Kayn ist ein äußerst erfolgreicher und ranghoher Polizeibeamter im Dienste der Bundespolizei. Wir müssen in seinem Fall sehr behutsam und unter dem Siegel der absoluten Verschwiegenheit agieren, wie Ihnen klar sein dürfte.« Blum fasste erst Dagmar und Hannah und danach Rico und Ann-Kathrin ins Auge. »Verdachtsmomente reichen keineswegs aus.«

»Aber bei Mirko Sehler liegt der Fall etwas anders?«, fragte Hannah.

»Bei ihm ist es einfacher, weil er deutlich enger mit den Geschehnissen verknüpft ist, und seine Vorgeschichte lässt durchaus stutzen.«

»Und wenn zwischen Kayn und Sehler eine aktuelle Verbindung bestünde?«

»Würde mich das sehr nachdenklich stimmen, allerdings nur sofern sie eindeutig bewiesen ist.«

»Ich verstehe.«

»Gut zu wissen, Kollegin.«

»Würde es Sie auch nachdenklich stimmen, wenn Kayns offizieller Lebenslauf nicht in allen Einzelheiten nachvollziehbar wäre?«

Blum strich über das Revers seines Sakkos. »Durchaus. Ich würde zumindest nachfassen.«

»Gut zu wissen, Kollege.«

Blums Lächeln fiel etwas angestrengt aus, während er hörbar einatmete.

Wenig später war die Besprechung beendet, und der BND-Mann brach eilig auf, während Rico und Ann-Kathrin an ihre Schreibtische eilten.

Dagmar sah ihm eine Weile hinterher. »Kannst du mir das erklären? Wie können wir Kayn etwas nachweisen, wenn er quasi unantastbar ist, so lange er nicht direkt bei einer miesen Straftat erwischt wird? Und so blöd ist der wohl kaum.« Sie blickte Hannah kopfschüttelnd an.

»Vielleicht hat er mal für den Dienst gearbeitet, und man musste die Stationen seiner Karriere aus Sicherheitsgründen ein wenig angleichen, als er ausschied …« Hannah hob die Hände. »Nicht auszuschließen. Und jetzt zieren sie sich natürlich, andere Behörden in der Akte herumwühlen zu lassen und Details mit uns zu diskutieren – oder aber sie tun nur so und sind in höchstem Maße alarmiert!«

»Ach du liebe Güte, ich glaube, ich reiche Urlaub ein.«

»Mach mal. Doch vorher sollten wir mit Thalemann sprechen.«

»Ich lasse ihn abholen.«

»Besser nicht. Lass uns in die Firma fahren – das ist unauffälliger.«

»Auch gut. Was ist eigentlich aus deinem häuslichen Stress geworden?«

»Ehrlich gesagt – keine Ahnung.«

Mirko hatte nach dem Gespräch mit Kayn ein spätes und reichliches Frühstück eingenommen – Rührei mit Schinken und Bauernbrot, dazu eine Kanne Kaffee –, bevor er nach unten in die Werkstatt gegangen war. Zwei Schmuckstücke musste er an diesem Tag fertigstellen und abschicken. Kaum zwei Stunden würde ihn das beschäftigen. Mirko mochte seine Arbeit, es gefiel ihm, mit seinen Händen etwas entstehen zu lassen, etwas Filigranes und Beständiges, das Männer schmückte und ihre Persönlichkeit unterstrich, und dabei voller Hingabe und Konzentration in seinem Tun zu versinken. Aber noch mehr mochte er seine andere Arbeit – als Verfolger und Wahrheitsfinder, als Entführer und Folterer.

Wenn Kayn oder Leute aus seinem Kreis jemanden brauchten, der in der Lage war, einen Auftrag nicht nur schnell, souverän und wirkungsvoll zu erledigen – Menschen beschatten, ihnen Geheimnisse entlocken und/oder sie spurlos verschwinden lassen –, sondern dabei auch spontan auf überraschende Wendungen zu reagieren, war Mirko gefragt. Dass diesmal einiges schiefgelaufen war, hatte nicht an ihm gelegen, und er war sicher, dass er den Sturm dennoch unbeschadet überstehen würde – so wie Kayn auch. Der Mann hatte mächtige Freunde und Fürsprecher und wusste über einige so viel, dass sich keiner erlauben konnte, ihn über die Klinge springen zu lassen. So einfach war das.

Vor zwanzig Jahren hatte Mirko das letzte Mal einen Fehler begangen – kaum der Pubertät entwachsen und ganz am Anfang seines Weges, der einige Zeit zuvor damit begonnen hatte, dass er sich nicht länger von seinem Großvater misshandeln ließ. Kayn hatte ihn zu Hause überrascht, und die Vernehmung war zugleich Lehrstunde als auch der Beginn ihrer Zusammenarbeit und einer jahrzehntelangen vertrauensvollen Verbundenheit gewesen, die gerade in ihrem riskanten Metier etwas Besonderes war.

»Ich werde deine Mutter finden«, hatte er behauptet, während er die Haustür hinter sich schloss und Mirko beiseiteschob. Er ging voran ins Wohnzimmer und ließ seine Blicke über die schäbige Einrichtung wandern. »Du bist gut, Junge – sehr geschickt und abgebrüht und ziemlich selbstsicher. Aber du musst noch viel lernen. Wenn ich mit dir fertig bin, wirst du mir sagen, wo du sie verscharrt hast.«

Dass Kayn Gewalt anwenden würde, war Mirko erst klar geworden, als der Mann ihn packte, seine Hände mit Handschellen hinterm Rücken fesselte und ihn ins Badezimmer drängte. Zehn Minuten hatte Mirko widerstanden, aber die Angst zu ertrinken, war schließlich größer gewesen. »Eine Baustelle am Hafen«, flüsterte er, als er wieder Atem schöpfen konnte.

»Na siehst du.« Kayn lächelte und setzte ihn vor der Badewanne ab. »Ist sie dort gut aufgehoben?«

Mirko atmete schwer. Wasser lief ihm in den Nacken, die Panik ebbte ab. »Ja, es wurde frischer Beton gegossen.«

»Sie hat es nicht besser verdient, nicht wahr?«

Mirko nickte vorsichtig. »Mein Geständnis ist erzwungen«, fügte er schließlich hinzu.

Kayn zog eine Zigarette aus der Innentasche seiner Jacke, zündete sie an und inhalierte tief. »Ja, du hast recht. Aber was heißt das schon? Großartige Verletzungen hast du nicht davongetragen. Ich habe dir Handtücher um die Arme gewickelt, so dass kaum Druckstellen festzustellen sind, und in etlichen Stunden, wenn endlich ein Rechtsmediziner Zeit hätte, dich zu untersuchen, wird man kaum noch etwas sehen, geschweige denn eindeutig diagnostizieren. Hinzu kommt, dass ich behaupten würde, dich aufgrund von Fluchtgefahr festgehalten zu haben.« Er schnippte die Asche in die Wanne und lächelte. »Glaubst du ernsthaft, dass man deiner Aussage mehr glauben würde als meiner?«

Mirko sah ihn wortlos an.

»Aber davon abgesehen ist mir deine Mutter scheißegal. Ich finde auch, dass sie eine Schlampe war, die einen Denkzettel verdient hatte. Dass der mit dem Tod endete ... tja, so ist das nun mal.« Er stand auf und öffnete das Fenster, um die Zigarette hinauszuwerfen. Dann drehte er sich wieder um. »Du hast den Seidel so heiß gemacht, dass er die Alte totgeschlagen hat, oder?«

Mirko zwinkerte.

»Red schon. Es interessiert mich, wie du tickst.«

Mirko strich sich das nasse Haar zurück. »Es war nicht viel nötig, ihn anzustacheln. Er hat sie gehasst – nicht so sehr wie ich, aber es genügte, um ihn ... zu interessieren. Und ich konnte alles in Ruhe planen.«

Kayn legte den Kopf in den Nacken und lachte schallend. »Nette Ausdrucksweise. Du hast den Mann zu deinem Werkzeug gemacht. Das ist die hohe Kunst. Und das in deinem Alter, alle Achtung.«

Mirko hielt kurz den Atem an, als Kayn sich vor ihn hinhockte und ihm eine Hand auf die Schulter legte. »Wir werden zusammenarbeiten. Ich werde dich ausbilden. Jungs wie du sind Gold wert.«

»Wie meinen Sie das?«

»Wie ich es sage. Später bekommst du Aufgaben von mir – wichtige und verantwortungsvolle Aufgaben – und wirst sie gegen ein ansehnliches Entgelt erledigen. Solltest du dich weigern, lasse ich die Leiche deiner Mutter ausbuddeln und weise dir höchstpersönlich einen perfiden Mord nach. Du landest im Knast, und ich werde dafür sorgen, dass du dort nie wieder rauskommst und bis an das Ende deines Lebens eine schlimme Zeit hast. Hast du das kapiert?«

Die Drohung war eigentlich schon in diesem Moment überflüssig und entbehrte bald jeglicher Grundlage. »Verantwortungsvolle Aufgaben« war das Zauberwort, das Mirko sofort elektrisierte, und was sich dahinter verbarg, bestimmte grundsätzlich Kayn. Mirko entwickelte sich innerhalb kürzester Zeit zu einem ebenso hervorragenden wie leidenschaftlichen Beschatter und Schnüffler, und er fragte Kayn niemals nach den Hintergründen seines Doppellebens. Der umsichtige Aufbau seiner zweiten Identität bereitete ihm weder organisatorische Probleme noch moralische Bedenken, ganz im Gegenteil: Mirko war zutiefst überzeugt von seinem Tun und der schicksalhaften Begegnung mit Kayn, die wiederum nicht stattgefunden hätte, wenn Mirko nicht in der Lage gewesen wäre, sich gegen seinen Großvater zu erheben und seine Mutter töten zu lassen.

»Das Foltern kann man lernen wie jede andere Technik, die wir anwenden«, behauptete Kayn wenige Monate später in gleichmütigem Ton. »Körperliche Gewalt ist die eine Seite, und manchmal führt ausschließlich sie zum Ziel; psychologischer Druck bringt allerdings oft den gleichen Erfolg, insbesondere wenn du dein Opfer kennst. Versetz dich in seine Persönlichkeit, spüre seine Schwächen, versuche herauszufinden, worin seine größten Ängste bestehen. Manchmal erweist es sich als hilfreiches Mittel, mit gut kalkulierten oder auch versteckten Drohungen zu arbeiten und dein Opfer an dich zu binden. Aber egal, wie du vorgehst: Wenn du eine Information benötigst, so ist sie das Maß aller Dinge. Im Übrigen werde ich dich in der Regel auf Frauen ansetzen. Es fällt dir garantiert leichter, Frauen in ausweglose Situationen zu bringen, um deiner Aufgabe gerecht zu werden.«

»Muss ich auch töten?«

»Möglicherweise, aber es bliebe dann deiner Fantasie überlassen, wie du es tust und ob du es wie einen Unfall aussehen lässt.«

In all den Jahren hatte Mirko niemals mit den eigenen Händen getötet. Er hatte völlig auf sein Ziel fokussiert Gewalt ausgeübt und mit seiner sanften, eindringlichen und niederträchtigen Art jede Antwort, jede Information erhalten, die er brauchte. Eine Frau, die dem Netzwerk viel zu nahe gekommen war, hatte sich freiwillig von einem Hochhaus gestürzt, als er ihr beschrieb, was er mit ihrer kleinen Tochter anstellen würde, wenn sie nicht bereit sei zu sterben.

Auch Dorina konnte nicht weiterleben, ihr Wissen und ihre Schlussfolgerungen waren hochbrisant, irgendwann würde sie es nutzen, das war nach der Entdeckung ihrer Aufzeichnungen zu befürchten gewesen und hatte sich in langen Gesprächen bestätigt. Aber sie war nicht nur eine intelligente und außerge-wöhnliche Frau gewesen, sondern auch beeindruckend tapfer. Um ihre Eltern vor Piteşti zu bewahren, war sie bereit gewe-sen, sich das Narkotikum selbst zu spritzen. Das Experiment war der Schlüssel, um ihren Widerstand zu brechen, wie Kayn Mirko im Vorfeld instruiert hatte und wie es auch ihre Auf-zeichnungen widerspiegelten. Doch trotz ihrer Verzweiflung und des bevorstehenden Todes hatte sie zielgerichtet gehan-delt – es war ihr gelungen, unbemerkt ein Stück seiner Kette zu verschlucken, die ihm gerissen und zu Boden geglitten war.

Berit hatte er laufengelassen – das war eine gute und gerech-te Entscheidung gewesen, die er sorgsam abgewogen hatte. Die Wachkoma-Frau wusste kaum etwas, was als gefährliches Wissen eingestuft werden musste. Sie war geübt im Umgang mit Schmerz und hatte jeglichen Widerstand aufgegeben. Es wäre unnötig gewesen, ihr das Leben zu nehmen. Der Preis war zu hoch. Die Kommissarin hatte den Anspruch, den Mirko mit seinem Tun verband, richtig erkannt. Eine interessante Frau, feinfühlig. Eine Frau, die ihren Hund sehr liebte, und das Tier hing mit bedingungsloser Hingabe an ihr. Die innige Verbun-denheit zwischen den beiden war ihm sofort aufgefallen. Sie stand im Raum wie ein zarter Duft und löste Wehmut in ihm aus, die ferne Erinnerung an diesen alten Dackel mit dem wür-devollen Gesicht, den sein Großvater eines Tages angeschleppt hatte. Kobold. Als der Hund zwei Nächte hintereinander nachts in die Wohnung gekackt hatte, hatte der Großvater ihn erschlagen, und Mirko hatte das Tier begraben müssen. Der Schmerz hatte ihn wochenlang begleitet und erwachte auch nach Jahren immer wieder wie ein schlummernder Alptraum, der nur auf das richtige Signal zu warten schien. Mirko hatte sich nie ein Tier angeschafft, weil er Angst hatte, eine innige Bindung zuzulassen, und Tierhaare außerdem Spuren hinter-ließen.

Gehlberg hatte den ganzen Schlamassel verursacht, davon war Mirko überzeugt, er wusste nur noch nicht, was aus wel-chem Grund schiefgegangen war, und das machte eine spontan eingefädelte Aktion ohne lange Vorbereitungen nötig. Anfangs war alles nach Plan gelaufen: Gehlberg hatte ihn rechtzeitig darüber in Kenntnis gesetzt, dass Berit möglicherweise etwas aufgeschnappt haben könnte, er hatte auch den Wohnungsein-bruch professionell gemanagt, dabei die Aufzeichnungen entdeckt und wie vereinbart an Mirko verschickt. Doch an ir-gendeiner Stelle im weiteren Ablauf war etwas Entscheidendes geschehen. Mirko würde herausfinden, wo die undichte Stelle warum entstanden war und wie sie geflickt werden konnte.

Der Mann hatte jahrelang hervorragende Fotos und wichtige Informationen geliefert, sich auf jedem Parkett selbstsicher zu bewegen und die richtigen Leute zu instrumentalisieren ge-wusst, aber er hatte sich ungern die Hände schmutzig gemacht. Gewalt war auf andere Art ein Thema für ihn gewesen. In Ru-mänien hatte er mal eine Hure vergewaltigt – aus Spaß, wie er später bekannte. Gewalt aus Spaß wäre Mirko niemals in den Sinn gekommen. Und Gehlbergs Neigung zu Großspurigkeit und Selbstüberschätzung war Mirko schon seit einiger Zeit ein Dorn im Auge. Hinzu kam, dass ihm Geld viel zu wichtig ge-wesen war. Wer den Job hauptsächlich des Geldes wegen aus-übte, würde früher oder später stolpern. Mirko trauerte ihm nicht nach. Sie hatten einander nicht gemocht, wie das manch-mal unter Arbeitskollegen vorkam. Gehlberg war unzufrieden gewesen, dass er in der Hierarchie unter ihm stand und meis-tens gar nicht konkret wusste, wessen Aufträge er in welchem Zusammenhang zu erledigen hatte, während Mirko eine Schlüsselposition besetzte und ihm Weisungen erteilte. Gehlberg hatte nie direkten Kontakt zu Kayn gehabt und wusste selbstverständlich nichts vom Doppelleben des hohen Beamten, aber möglicherweise hatten Sieberts Aufzeichnungen seine Neugier geweckt.

Mirko verpackte die Schmuckstücke und stellte seine Tasche bereit. In der Werkstatt lief das Radio. Er nahm den Hinterausgang und machte sich mit dem Bus auf den Weg ins Schwimmbad, wo er Sauna und Massageanwendungen buchte. Zehn Minuten später verließ er das Gebäude und fuhr mit dem Bus in Richtung Hauptbahnhof. Nirgendwo war ein Beschatter besser zu erkennen als auf dem Bahnhof, wo seine Aufmerksamkeit in höchstem Maße gefordert war und die Tarnung dadurch oftmals zu kurz kam.

Mirko löste eine Fahrkarte und ging dann zielstrebig zum Postshop, wo er die beiden Päckchen aufgab. Der Typ in der Lederjacke streifte zum zweitenmal sein Gesichtsfeld. Mirko war nicht sicher, ob das tatsächlich etwas zu bedeuten hatte – Typen in Lederjacken streunten zu Hunderten über Bahnhöfe –, aber in angespannten Zeiten agierte er übervorsichtig. Er ging auf die Toilette, zog eine Jacke über und setzte Sonnenbrille und Basecap auf. Das reichte manchmal, um kurzfristig Irritation auszulösen und ihm damit ein schnelles Entwischen zu ermöglichen. Zehn Minuten später saß Mirko in einem unauffälligen Kleinwagen, den er stets irgendwo in der Nähe des Bahnhofs parkte, und machte sich auf den Weg nach Lübeck. Er war zufrieden.

## 25

Leonie saß keine halbe Stunde an ihrem Arbeitsplatz, als sie die Mittagspause ihrer Kollegen nutzte, um Thalemann in seinem Büro anzurufen.

»Ich bin noch einmal vernommen worden«, sagte sie leise und ohne sich vorzustellen.

Räuspern. »Warum?«

»Angeblich gibt es irgendwelche neuen Spuren«, erklärte sie ausweichend. »Ich habe keine Ahnung, woher das plötzliche Misstrauen stammt.«

»Und nun?«

»Ich bleibe natürlich bei meiner Version und wollte Sie nur warnen«, erklärte Leonie hastig. »Seien Sie darauf gefasst, dass es weitere Fragen geben wird.«

»Gut, ich danke Ihnen.«

Leonie legte auf. Sie war zutiefst beunruhigt. Die neuerlichen Fragen hatten sie völlig aus dem Konzept gebracht. Andererseits hätte sie realistischerweise davon ausgehen müssen, dass die Polizei sich mit ihrer oberflächlichen Aussage nicht so ohne weiteres zufriedengeben würde. Immerhin war sie Patricks Freundin gewesen – ob nun in enger oder lockerer Beziehung, spielte im Umfeld eines solchen Verbrechens wohl höchstens eine sekundäre Rolle. Ihre Nervosität war mit Händen greifbar, sie hatte Mühe, sich zu konzentrieren. Schließlich wandte sie sich an ihre Vorgesetzte und bat darum, aufgrund starker Kopfschmerzen und Übelkeit früher gehen zu dürfen. Das war nicht mal gelogen.

Zu Hause verdunkelte sie ihr Zimmer und kochte sich eine Kanne Tee. Das flaue Gefühl im Magen ließ langsam nach. Sie aß eine Kleinigkeit und schrak heftig zusammen, als es klingelte. Ihr Puls schnellte in die Höhe. Sie schlich in den Flur und linste durch den Spion. Der Paketbote! Sie atmete erleichtert aus und öffnete die Tür.

»Hallo, würden Sie ein Päckchen für Ihre Nachbarin annehmen?«, fragte der junge Mann höflich. Dunkelrote Locken quollen unter seiner Mütze hervor, er trug ein auffallend gemustertes Brillengestell und einen kleinen Oberlippenbart, der sich über seinem Lächeln kräuselte.

»Na klar.« Leonie schob die Tür auf, und der Mann trat näher. Irgendetwas kam ihr an diesem Gesicht bekannt vor. Als sie ihn fragend anblickte, hob er plötzlich den Arm und schlug ihr mit der Handkante seitlich gegen den Hals. Ihr blieb nicht mal die Zeit, Überraschung oder Schmerz zu empfinden. Im Bruchteil einer Sekunde verlor sie das Bewusstsein.

Als sie wieder zu sich kam, saß sie gefesselt und geknebelt auf einem Küchenstuhl, und der Paketbote hatte ihr gegenüber in einem Sessel Platz genommen. Er trug helle Lederhandschuhe und blickte sie freundlich lächelnd an. »Leonie«, sagte er ruhig. »Patricks Freundin.« Er sah sich beiläufig um. »Ein enges Paar seid ihr nicht gewesen, stimmt's? Beweg einfach deinen Kopf, um eine Antwort zu signalisieren.«

Leonie nickte. Ihr Gesicht fühlte sich heiß und kalt zugleich an, ihr Herz pumpte zittrig, und irgendein Stofffetzen füllte ihren Mund aus. Ihr war übel. Diesmal komme ich nicht so einfach davon, dachte sie dumpf. Was heißt eigentlich einfach? Sie hatte Patrick einen Stift ins Auge gerammt und das Haus abgefackelt! Wie schnell sich Bewertungsmaßstäbe änderten. Der junge Typ, der vor ihr saß, machte seinen Job garantiert nicht zum ersten Mal, und sie durfte davon ausgehen, dass er erstens einen Verdacht hegte und zweitens einen festumrissenen Plan für sein weiteres Vorgehen entwickelt oder schlicht einen Auftrag zu erledigen hatte. Er wird mich umbringen, dachte sie, und er wird eine unauffälligere Methode wählen als ich in Schönwalde, wo mich wunderbarerweise ein Engel beschützte. Ich weiß zu viel, die Journalistin wusste auch zu viel … Sie schluckte mühsam, der Würgereiz trieb ihr die Tränen in die Augen.

»Ich habe ein paar Fragen an dich, Leonie. Deine Antworten sind wichtig – für mich und für andere«, erklärte er mit beinahe sanfter Stimme. »Du solltest wissen, dass ich über ein hochsensibles Gespür für Lügen verfüge, eine innere Antenne, mit der ich Abweichungen von der Wahrheit erkenne. Und ich werde jede Lüge bestrafen. Es gibt hässliche Maßnahmen, die sehr, sehr schmerzhaft sind, aber keine großartig sichtbaren Verletzungen mit sich bringen. Ich halte wenig davon, dich brutal niederzuschlagen – zum einen ist dir das erst kürzlich widerfahren, wenn ich mir dein Gesicht genauer ansehe, zum anderen sollte ich hier in deiner Wohnung unnötiges Gepolter natürlich vermeiden. Dafür kenne ich ein paar feinere Methoden – zum Beispiel eine, bei der eine Nadel zum Einsatz kommt.«

Er unterbrach für einen Moment, um seinen Worten Gewicht zu verleihen. »Allerdings bin ich grundsätzlich kein Freund von Gewalt«, fuhr er fort. »Du tust also uns beiden einen großen Gefallen und ersparst uns Zeit und dir unnötigen Stress und Schmerz, wenn du mir einfach antwortest – ruhig und besonnen. Ich bekomme so oder so heraus, was ich wissen will. Hast du mich verstanden?«

Eine Nadel ... Leonie nickte sofort. Sie bemühte sich, ruhig zu atmen und das Bild aus dem Kopf zu drängen.

»Das Gleiche gilt übrigens, wenn du versuchst, Lärm zu machen oder dergleichen. Du verstehst?«

Erneutes, eiliges Nicken.

Der Paketmann stand auf und trat zu ihr. Mit einer raschen Bewegung riss er das Klebeband über ihrem Mund herunter, und sie spuckte das Taschentuch mit hörbarem Würgen aus.

»Was ist am letzten Wochenende passiert?«, fragte er, nachdem er sich wieder gesetzt hatte. »Fangen wir am Samstag an.«

Leonie räusperte sich leise. »Wir sind ans Meer gefahren, nach Grömitz.« Ihre Stimme klang seltsam verzerrt.

»Und war alles in Ordnung zwischen euch?«

»Eigentlich schon ...«

Der Mann runzelte die Stirn. »Vorsicht, Leonie.«

»Eigentlich«, betonte sie schnell.

»Also?«

»Patrick ist nicht nach Lübeck zurückgefahren, sondern hat mich in das kleine Haus gebracht.«

»Aha. Warum?«

»Er hat mich verdächtigt, in seinem Arbeitszimmer herumgeschnüffelt zu haben.«

Der Mann schlug ein Bein über das andere und beugte sich vor. »Das ist interessant. Erzähl! Hast du?«, fragte er eifrig, als würde er einer spannenden Geschichte lauschen.

»Das kann man so nicht sagen«, formulierte sie behutsam, während ihr Kopf auf Hochtouren zu arbeiten begann. Offensichtlich verfügte sie über ein durchaus bemerkenswertes Talent, in scheinbar aussichtslosen Situationen kreativ zu reagieren. »Ich habe einen Briefumschlag gesucht. Patricks Arbeitszimmer ist normalerweise tabu für mich, und für jeden anderen wohl auch, aber ich dachte, es wäre nicht weiter tragisch … Auf seinem Schreibtisch lag ein Stapel Kopien, und ich habe einen Blick darauf geworfen.«

Der Paketmann hob das Kinn.

»Ich konnte einen Namen entziffern, der mir aber erst später zu denken gab, als eine Suchmeldung im Radio lief … Dorina Siebert.«

Der Paketmann schwieg, ließ sie aber nicht eine Sekunde aus den Augen.

»Ich habe ihn im Laufe des Tages auf die Frau angesprochen, und das hat ihn sehr nachdenklich gestimmt. Patrick fuhr mit mir in dieses Haus, um ungestört zu sein … Er wollte genau wissen, was ich an seinem Schreibtisch gemacht hatte …« Leonie fand, dass die Geschichte der Wahrheit verdammt nahekam, vielleicht so dicht an ihr dran war, dass die innere Antenne des Paketmannes nichts oder wenigstens kaum etwas spüren würde. Ein dünnes Rinnsal Schweiß lief ihren Rücken hinab. Sie atmete schnell, aber gleichmäßig.

»Kopien?« Er runzelte die Stirn. »Woher weißt du, dass es Kopien waren?«

»Die Originalblätter lagen in einem noch nicht verschlossenen Paket auch auf dem Schreibtisch. Auf dem Adresssaufkleber konnte ich Rostock entziffern.«

Er verzog keine Miene. »Interessant. Und Patrick wollte nun von dir wissen, wie genau du dir diese Unterlagen angesehen hast, richtig?«

»Ja, es war ihm immens wichtig – er ist so wütend geworden, wie ich ihn noch nie erlebt habe. Er hat mich gefesselt und geschlagen, weil er mir nicht glaubte. Aber ich hatte nur den Namen gelesen und erkannt, dass es handschriftliche Notizen waren – nicht mehr!«

Seine linke Augenbraue zuckte. »Ich werde dir ein Kissen vor den Mund stopfen und dann eine Nadel unter den Daumennagel schieben«, sagte er leise. »Der Schmerz wird dir den Verstand rauben. Wie weit hast du gelesen?«

Ihre Augen weiteten sich, ein Zittern schoss durch ihren Körper.

»Nirgendwo in diesen Aufzeichnungen steht der Name Dorina Siebert«, fügte er hinzu. »Sie hat ihr Kürzel D. S. verwendet. Ich weiß sehr genau, dass du besser im Bild bist, als du zugibst, und deine eigenen Schlussfolgerungen gezogen hast. Ich warne dich ein letztes Mal!« Sein Ton war schärfer geworden.

Leonie schloss kurz die Augen. »Dorina hatte ein Verhältnis mit einem Kollegen von mir – Robert Thalemann, er ist Ingenieur bei den Elektromotorenwerken, ich arbeite dort als Bürokraft in der Buchhaltung«, erklärte sie eilig. »Sie hat sich mehrfach mit ihm wegen einer Sendung getroffen, und die beiden haben sich ineinander verliebt. Weiter bin ich nicht gekommen, weil Patrick plötzlich in der Tür stand.«

Es stand auf der Kippe, das spürte sie fast körperlich. Sekundenlang fixierte der Paketmann sie, dann nickte er. »Lassen wir das im Augenblick mal so stehen – weiter! Patrick hat sich mit dieser Antwort also nicht zufriedengegeben.«

»Irgendwie nicht, nein. Er sagte, dass er sichergehen muss und …«

»Warum hat er dir nicht geglaubt?«

»Er hat mir schon geglaubt, aber ich hatte den Eindruck, dass er unsicher war, wie er weiter verfahren sollte«, meinte Leonie zögernd. »Schließlich hat er mich geschlagen und vergewaltigt – wie sollte es danach weitergehen, zwischen uns und überhaupt?«

»Ich verstehe. Und? Wie ging es dann weiter?«

»Er wollte das Haus abfackeln, und ich sollte im Feuer umkommen.«

»Der Schuss ist jedoch nach hinten losgegangen.«

»Ja, es gelang mir, den Spieß umzudrehen.« Fast im Sinne der Worte, fügte sie stumm hinzu.

»Wie genau hast du das angestellt?« Er musterte sie neugierig von oben bis unten. »Besonders kräftig wirkst du nicht, aber das allein muss nichts heißen. Allerdings warst du gefesselt, und er war sehr wütend und unter Stress. Hast du ihn ausgetrickst?«

»Meine Hände waren vor dem Bauch gefesselt. Ich saß auf dem Sofa, und als er aufsprang, um mich erneut zu schlagen, bin ich ihm ausgewichen und dabei auf den Boden gerutscht. Sein Schlag verfehlte mich, und ich hielt mich am Tisch fest. Dort lag ein Stift neben einem Sudoku-Heft, ein Bleistift. Ich habe ihn gepackt und damit zugestoßen, so kräftig ich konnte. Ich habe sein Auge getroffen, und er starb sehr schnell.«

Der Mann schnalzte anerkennend. »Ich bin beeindruckt. Und anschließend hast du die ganze Bude abgefackelt?«

»Ja. Dann bin ich mit Patricks Wagen nach Lübeck zurückgefahren – über Umwege – habe ihn auf seinem üblichen Parkplatz abgestellt und bin dann zu mir nach Hause.«

»Gar nicht schlecht. Und was hast du der Polizei erzählt?«

»Nichts dergleichen. Ich habe ausgesagt, dass ich am Samstagabend nach unserem Grömitzausflug zu Hause war und Patrick noch einen Termin hatte.«

»Warum hast du ihnen nicht die Wahrheit erzählt? In Anbetracht der Umstände ...«

»Ich habe den Kerl getötet und das Feuer gelegt!«, entgegnete Leonie energisch. »Ich gebe doch nicht freiwillig zu ...«

»Schon gut.«

Leonie meinte, ihm ansehen zu können, dass ihm die Sache mit den Kopien keine Ruhe ließ. »Wie geht es jetzt weiter?«, fragte sie mit spröder Stimme.

Er antwortete nicht. Nach einem schier endlos scheinenden Augenblick stand er abrupt auf und ging zu seiner Tasche. »Ich werde dir etwas spritzen«, erklärte er. »Du wirst einige Stunden schlafen und hinterher etwas verwirrt sein.«

Eisige Furcht berührte ihr Herz. »Wirst du mich töten?«

»Nein, das ist nicht nötig.«

Seltsame Antwort, dachte Leonie, und noch verwunderlicher war, dass sie ihm glaubte. Sie war davon überzeugt, dass er die Wahrheit sagte. Er hatte kräftige, aber zartgliedrige Hände und konnte gut mit der Spritze umgehen. Sie spürte den Einstich kaum, und das letzte Bild, das sie mit in den Schlaf nahm, war sein neugieriger Blick hinter dieser albernen Brille, begleitet von dem Gedanken, dass sie sicher einen Teil seiner Verkleidung darstellte, und der drängenden Frage, ob der Paketmann Dorina getötet hatte und sie ihm möglicherweise doch schon einmal irgendwo begegnet war.

Kayn hatte nach seinem Unterricht einige kurze, aber wichtige Telefonate geführt und war davon überzeugt, dass seine Personalakte mit neunundneunzigprozentiger Sicherheit gesperrt bleiben würde. Seine Vita war seinerzeit angeglichen worden, um ihn nach jahrelanger wertvoller Arbeit für den BND in mehrere Richtungen gleichzeitig zu schützen – so die offizielle Begründung, an der niemals gerüttelt worden war. Man musste ihn eines schweren Verbrechens anklagen, um Zugang zu dem Vorgang zu erhalten, und der Mann, der ihm damals die Türen geöffnet hatte, lebte schon lange nicht mehr; sein Nachfolger war ein schmalbrüstiger Duckmäuser, der keine Entscheidungen traf, für die er seinen Kopf hinhalten musste. Einige munkelten sogar, dass er gar keine Entscheidungen traf. Nach einer zehnminütigen Dienstbesprechung mit Rabert war Kayn schließlich in Richtung Wismar aufgebrochen.

Der alte Mann hatte nur noch wenige helle Momente und war nach einem heftigen Magen-Darm-Infekt immer noch geschwächt. Der zuständige Arzt riet von einer Verlegung dringend ab und hatte einigermaßen verwundert reagiert, als Kayn zunächst darauf bestehen wollte.

»Ihr Vater ist hier rundum bestens versorgt. Seine angegriffene Gesundheit erfordert jedoch absolute Ruhe, und jede Aufregung birgt ein unwägbares Risiko. Ersparen Sie ihm den Stress eines Umzuges – gerade jetzt.«

Kayn hatte schließlich nachgegeben, aber erneut darauf hingewiesen, dass niemand den alten Mann stören dürfe und Besuch stets mit ihm, dem Sohn, abgesprochen werden müsse. Der Arzt hatte ihm einen irritierten Blick zugeworfen. »Selbstverständlich.«

In Anbetracht der aktuellen Umstände hielt Kayn ein Gespräch mit der persönlichen Betreuerin seines Vaters für nötig. Margot Hiller erwartete ihn bereits. »Es geht ihm den Umständen entsprechend«, erklärte die Schwester, eine knapp fünfzigjährige burschikose Frau, in sachlichem Ton, während sie den Flur entlanggingen. »Aber Wunder dürfen Sie nicht erwarten.«

»Das tue ich grundsätzlich nicht.«

Schwester Margot ließ ein höfliches Lächeln aufblitzen, bevor sie nach leisem Klopfen die Tür öffnete und Kayn den Vortritt ließ. Sein Vater schlief. Sein Gesicht war grau und ausgemergelt. Er atmete ruhig und gleichmäßig. Nichts erinnerte mehr an den starken, kraftvollen Mann aus Kayns Kindheit. Der Mann, der ihn mit einer Hand auf sein Pony gehoben und dabei brüllend gelacht und der im Vollrausch gerne mal zugeschlagen hatte. Häufig hatte es Kayns Mutter getroffen. Nicht nur im Vollrausch.

»Ist er überhaupt bei Bewusstsein?«, fragte Kayn leise, nachdem er den Alten eine Weile gemustert hatte.

»Im Moment schläft er sehr tief.« Schwester Margot fühlte kurz den Puls und zupfte die Bettdecke mit einer zackigen Bewegung zurecht. »Er kann jederzeit aufwachen und relativ lebhaft auf seine Umgebung reagieren – für Momente, Minuten oder gar Stunden. Es ist jedoch auch nicht auszuschließen, dass er tagelang vor sich hin döst und immer tiefer abrutscht.«

»Ich verstehe.« Es wäre besser, er fiele ins Koma und bliebe da auch, für immer. Besser für alle.

»Denken Sie immer noch an eine Verlegung?«

»Der Arzt rät mir dringend davon ab.«

»Hören Sie auf ihn.«

Kayn runzelte die Stirn, aber die Schwester ließ sich nicht beirren und hielt seinem Blick stand.

»Ich argumentiere im Sinne des Patienten«, fügte sie hinzu. »Und zwar immer.«

»Davon gehe ich aus.« Kayn machte eine ungeduldige Handbewegung. »Bitte sorgen Sie dafür, dass mein Vater keinen überraschenden Besuch erhält.«

Die Schwester hob die Braue, sparte sich aber einen Kommentar.

»Es darf niemand zu ihm, über dessen Besuch ich nicht informiert wurde – diese Maßnahme hängt mit meiner beruflichen Position zusammen«, erläuterte Kayn knapp und in bewusst autoritärem Tonfall. »Ich möchte darüber hinaus unverzüglich davon in Kenntnis gesetzt werden, wenn jemand meinen Vater zu sprechen wünscht, und sei es auch nur telefonisch.«

»Ich werde mich selbstverständlich darum kümmern.«

»Danke.« Kayn wollte sich abwenden, doch die Schwester hielt seinen Blick fest.

»Ihr Vater spricht wieder häufig Rumänisch.«

»Er war Lehrer für diese Sprache, und er liebt sie immer noch«, erwiderte Kayn.

Schwester Margot nickte. Einen Moment lang sah es so aus, als wollte sie noch etwas hinzufügen, dann schien sie es sich anders zu überlegen.

»Rufen Sie mich bitte an, falls sich sein Zustand ändert.«

»Natürlich.«

Mirko meldete sich über das zweite Handy, als er Wismar hinter sich gelassen hatte und auf die A 20 gefahren war. »Wir können froh sein, dass wir ihn los sind, noch dazu auf diese Weise und ohne dass sich jemand von uns die Hände schmutzig machen musste«, berichtete er. »Er hat sich Kopien gemacht, bevor er das Original an mich abschickte.«

Kayn biss die Zähne aufeinander. »Bist du sicher?«

»Ja.«

»Aber er hat bisher nie …«

»Ich traue ihm schon eine ganze Weile nicht.«

»Ich weiß. Und was ist passiert?«

»Seine Freundin hat ihm hinterhergeschnüffelt. Er wollte sie beseitigen, hat die Kleine aber gewaltig unterschätzt.« Ein leises Lachen drang an Kayns Ohr. »Sie ist richtig gut.«

»Hast du sie …«

»Nein. Wir wissen, was wir erfahren mussten, und sie kann uns nicht schaden.«

»Wenn du dich irrst, könnte das gerade jetzt böse Konsequenzen nach sich ziehen.«

»Keine Sorge. Ich weiß, worum es geht, und ich irre mich nicht. Es war Gehlberg, der erst fahrlässig und entgegen unseren Absprachen handelte, dann die Nerven verlor und dieses Mädchen unterschätzte, die ihn schließlich ausschaltete.«

»Ich verlasse mich auf dich.«

»Tu das.«

Kayn war immer wieder verblüfft, wie Mirko seinen Job erledigte – voller Hingabe und doch analytisch durchdacht, professionell vorbereitet und ohne Zweifel, sobald er eine Aufgabe übernommen hatte. Der Junge war schon mit zwanzig nahezu perfekt gewesen, und seitdem hatte er gewaltig dazugelernt. Ein Profi, wie ihn sich jeder Dienst nur wünschen konnte. Ihn zu führen hieß allerdings auch: absolutes Vertrauen in seine Entscheidungen zu entwickeln. Mirko brauchte Spielraum für seine Ideen, für seine Vorgehensweise, und wenn er entschied, dass jemand sterben musste, gab es keine andere Lösung. Das Gleiche galt umgekehrt – Mirko tötete niemals ohne ausreichende Begründung.

Normalerweise verließ Kayn sich auf seine Urteilsfähigkeit, ohne auch nur eine Sekunde zu zweifeln. Doch die letzten Wochen voller Unruhe und Überraschungen hatten auch an ihm gezehrt, und es wäre ihm lieber gewesen, wenn es keine Zeugin von Sieberts Aufzeichnungen geben würde. Unter Umständen musste er in dem Punkt doch noch mal nachjustieren, sobald die Wellen sich ein wenig geglättet hatten – einen Unfall oder ein perfektes Verschwinden inszenieren, zum Beispiel –, und Mirko dabei aus dem Spiel lassen. Er reagierte empfindlich, wenn sich jemand in seine Aufträge einmischte, selbst wenn dieser Jemand sein Chef war.

Die Unterredung mit Thalemann war ergebnislos verlaufen. Er war zwar irritiert gewesen, als Hannah und Dagmar ihm das Foto mit dem Archivar präsentierten, hatte sich aber auffällig schnell wieder gefangen. Eine Unterhaltung, die sich zufällig vor einigen Monaten ergeben hätte, meinte er lapidar – einen Zusammenhang mit den Geschehnissen könne er nicht erkennen. Er habe ein Stündchen mit dem alten Mann über Gott und die Welt philosophiert, und damit hatte es sich dann auch schon. Erneut erklärte er, dass er nicht bemerkt habe, beschattet und fotografiert worden zu sein. Dorina hätte nichts dergleichen erzählt.

Hannah hatte inzwischen das sichere Gefühl, dass Thalemann gewaltig untertrieb, möglicherweise log, aber das nützte wenig. Falls der Mann aus Misstrauen oder gar Angst schwieg, würde er gute Gründe dafür haben. Auf dem Rückweg in die Dienststelle hielt Dagmar beim besten Burgerladen der Stadt, wie sie behauptete, und Hannah wagte keinen kritischen Einwand. Die Kollegin wirkte gereizt.

»Wir drehen uns im Kreis«, maulte sie, als sie sich einen schattigen Platz auf der Terrasse gesucht hatten. »Kaum ergeben sich endlich mal Anhaltspunkte und erste Ergebnisse, landen wir einen halben Tag später prompt doch wieder in einer Einbahnstraße.« Sie tunkte zwei Pommesstäbchen abwechselnd in Mayonnaise und Ketchup, bevor sie herzhaft abbiss und sich ungeniert die Finger ableckte. »Wahrscheinlich wollte Dorina sich mit einer spektakulären Story in ihr altes Ressort zurückmelden und ist dabei irgendeinem Geheimdienst-Fuzzi auf die Füße getreten … Der hat daraufhin seinen Leuten Bescheid gegeben, und die Journalistin musste verschwinden. Ende der Geschichte.«

»Und Gehlberg?«

»Hat Mist gebaut und musste zum Schweigen gebracht werden. Auch Ende.«

»Dann kann ich ja nach Berlin zurückfahren.«

»Fände ich schade …« Dagmar lächelte und biss in ihren Burger. Sie hatte zwei Portionen bestellt, aber eine wanderte zum größten Teil unter den Tisch, wo Kotti geduldig auf seinen Anteil wartete.

»Um erneut mit Kayn zu sprechen, brauchen wir handfeste Beweise«, meinte Hannah und spießte eine Krabbe aus ihrem Salat auf die Gabel. »Der inoffiziell überprüfte und höchstens neunzigprozentig sichere Kontakt zu Mirko zählt dabei nicht. Was haben wir sonst noch? Ein kurzes Gespräch mit Dorina anlässlich der Geburtstagssendung über Rabert, aber dazu haben wir ihn schon befragt, sowie einen Vermerk über Wismar beziehungsweise die Telefonnummer der Seniorenresidenz, für die auch Dorina sich interessierte – warum auch immer.«

»Wahrscheinlich ist ein Familienmitglied dort untergebracht und – jede Wette – gut nach außen abgeschottet.«

Beide Kommissarinnen aßen eine Weile schweigend. »Ich fahre da hin«, sagte Hannah schließlich.

»Sie werden dich nicht reinlassen.«

»Natürlich nicht. Ich lasse mir was einfallen.«

Dagmar hob eine Braue.

»Niemand kann mir verwehren, das Gespräch zu suchen, oder? Und wenn ich dabei auf ermittlungsrelevante Informationen stoße – umso besser.«

»Na ja ...«

»Wäre schön, wenn Rico mir auf die Schnelle ein paar Einzelheiten zum aktuellen familiären Umfeld von Kayn liefern könnte«, fuhr Hannah unbeirrt fort. »Der war doch verheiratet, oder? Und einige Details zu dieser Seniorenresidenz wären auch nicht schlecht.«

## 26

Leonie lag auf dem Boden, als sie langsam zu sich kam. Sie holte tief Luft, und der intensive Geruch nach Desinfektionsmittel stieg ihr in die Nase. Sie war verblüfft. Bin ich im Krankenhaus? Sie setzte sich langsam auf. Die Erinnerung kehrte in gleichem Maße zurück, wie der Schwindel nachließ – der Paketmann mit der albernen Brille, der sanften Stimme und den wilden Locken. Der eindringliche Geruch schien an ihrem ganzen Körper zu haften. Er hat mich mit dem Zeug abgerieben, überlegte sie – um Spuren zu zerstören? Darüber hinaus wies nichts auf seinen Besuch hin. Er hatte Fesseln und Knebel beseitigt und höchstwahrscheinlich alles akribisch abgewischt, womit er in Berührung gekommen war. Aber er hat mich am Leben gelassen. Weil ich die Wahrheit gesagt habe? Oder ihr zumindest sehr nahe gekommen war? Wohl kaum. Mit dem, was ich weiß, kann ich wohl niemandem schaden.

Leonie stand auf und taumelte in die Küche. Gierig stürzte sie ein Glas Wasser hinunter und goss sich ein zweites ein. Wahrscheinlich bin ich weiter als die Polizei, überlegte sie. Ich habe wenigstens einen Teil dieser Aufzeichnungen gelesen, die im letzten Abschnitt eine entscheidende Wendung genommen haben mussten – sonst würde wohl kaum ein solcher Aufruhr daraus entstanden sein.

Ich will mit dieser ganzen Scheiße nichts mehr zu tun haben, fuhr es ihr plötzlich durch den Kopf. Vor einer Woche war ihr Leben noch völlig in Ordnung gewesen – sie hatte einen passablen Job gehabt, war mit einem interessanten Mann zusammen gewesen und Mitglied einer Band, die durchaus das Zeug hatte, über Lübeck hinaus bekannt zu werden. Inzwischen hatte sich herausgestellt, dass der interessante Mann ein Spitzel gewesen war, der sich nicht gescheut hatte, sie zu entführen, zu schlagen, zu vergewaltigen und den sie höchst-persönlich ins Jenseits befördert hatte, bevor er sie umbringen konnte.

»Ich habe immer noch meinen Job«, flüsterte sie. »Und die Band. Wenigstens das ...« Und Thalemann hatte gesagt, dass sie mutig sei. Oder kurz davor, verrückt zu werden?

Sie ging ins Wohnzimmer und öffnete das Fenster. Sommerluft und Straßenlärm erfüllten den Raum. Aus den Augenwinkeln entdeckte sie, dass der Anrufbeantworter blinkte. Eine Nummer aus dem Werk. Thalemann. Er hatte keine Nachricht hinterlassen – vernünftige Entscheidung. Sie streckte sich auf der Couch aus. Ich will mein stinknormales Leben zurück – jetzt, sofort.


Hannah parkte seit einer knappen Stunde hinter der Seniorenresidenz und dachte ergebnislos darüber nach, wie sie vorgehen sollte. Rico rief an, nachdem sie gerade eine Runde mit Kotti gedreht hatte.

»Kayns Vater ist dort untergebracht. Der Mann heißt Andreas Kayn und ist neunzig. Seine persönliche Betreuerin heißt Margot Hiller.«

In Ricos Stimme schwang Stolz, das war selbst über Handy deutlich herauszuhören.

»Verraten Sie mir, wie Sie an diese Infos gekommen sind?«

»Hm ...«

»Also unsauber recherchiert?«

»Könnte man so sagen – es hat was mit Kayns junger Frau Valerie zu tun, die den alten Herrn wohl auch regelmäßig besucht. Das konnte ich mir zumindest zusammenreimen ...«

Ein getricksterter Anruf. Hannah spitzte die Lippen. Na schön, manchmal kam man einfach nicht anders weiter.

»Die Hiller hat demnächst Feierabend«, fuhr Rico fort. »Ich schicke Ihnen ein Foto – das habe ich von der Website der Einrichtung – und Adressdaten aufs Handy.«

»Danke, Rico.«

»Gerne.«

Margot Hiller verließ ungefähr zwanzig Minuten später über den Personalausgang das Haus. Die großgewachsene Frau wandte sich in Richtung Innenstadt und schritt kraftvoll aus. Hannah blieb in deutlichem Abstand hinter ihr und schloss erst dichter auf, als die Frau auf dem Marktplatz eine Bäckerei betrat. Hannah atmete tief durch und machte zwei entschlossene Schritte auf sie zu, als sie wenige Augenblicke später das Geschäft wieder verließ und einen Laib Brot in ihre Tasche stopfte.

»Haben Sie ein paar Minuten Zeit für mich, Frau Hiller?«

Sie hob den Blick, und ein blaues Augenpaar musterte Hannah. »Wer sind Sie und woher kennen Sie meinen Namen?« Margot Hiller war einen halben Kopf größer als Hannah und wirkte ausgesprochen kraftvoll und energisch. Auch ihr Ton ließ keinen Zweifel daran aufkommen, dass sie sich höchst ungern für dumm verkaufen ließ.

»Ich bin Hannah Jakob vom Bundeskriminalamt in Berlin. Zurzeit unterstütze ich die Polizei in Lübeck als Sonderermittlerin.«

Hiller runzelte die Brauen und schwieg. Ein flüchtiger Seitenblick streifte Kotti, der artig neben Hannah Platz genommen hatte.

»Ich würde Sie gerne zu einem Kaffee einladen und Ihnen einige Fragen stellen.«

»Warum?«

»Es geht um zwei Tötungsdelikte und einen Entführungsfall, die wir einem gemeinsamen Hintergrund zuordnen.«

»Und was habe ich damit zu tun?«

»Nicht das Geringste, doch möglicherweise war eines der Mordopfer, eine junge Frau aus Lübeck, kurze Zeit vor ihrem Verschwinden in der Seniorenresidenz, und wir möchten wissen, woran sie interessiert war.«

»Tatsächlich? Und warum laden Sie mich dann nicht vor?«

»Weil die Indizien für diese Annahme zu schwach sind.«

»Ich verstehe.« Hiller zuckte die Achseln. »Ich muss also gar nicht mit Ihnen sprechen?«

»Nein.«

Hiller blickte erneut Kotti an. »Wie heißt die Frau, die angeblich oder möglicherweise in der Einrichtung war?«

»Dorina Siebert.«

»Sagt mir nichts.«

Hannah zog ihr Handy aus der Tasche und rief ein Foto der Journalistin auf den Bildschirm. »Sie war Journalistin und vielleicht inkognito hier.«

Hiller stutzte sofort. »Und sie ist tot?«

»Sie wurde wahrscheinlich Mitte Juli entführt. Anfang der Woche entdeckten wir ihre Leiche in der Nähe von Schönwalde. Ich möchte unbedingt in Erfahrung bringen, was sie nach Wismar trieb.«

Hiller verlagerte ihr Gewicht von einem Bein aufs andere. »Am anderen Ende des Marktes gibt es ein schönes Eiscafé. Die haben das beste Vanilleeis im Umkreis von mindestens hundert Kilometern, und Hunde dürfen auch rein.«

Hannah lächelte. »Das sind hervorragende Argumente.«

»Und das BKA bezahlt?«

»Selbstverständlich.«

»Das nenne ich ein gutes Argument.«

Margot Hiller bestellte eine Eisportion, die locker für zwei gereicht hätte, während Hannah sich für einen Früchtebecher mit Sahne und Espresso entschied.

»Sie sind wirklich vom BKA?«, fragte die Krankenschwester, als der erste Appetit gestillt war.

Hannah zückte unauffällig ihren Ausweis, und Hiller nickte zufrieden. »Und eine so wichtige Behörde kann nicht offiziell ermitteln? Immerhin geht es um Entführung und Mord. Das verstehe ich ehrlich gesagt nicht.«

»Die Anhaltspunkte sind ein bisschen vage«, gab Hannah unumwunden zu. »Vielleicht stellt sich im Laufe unseres Gesprächs heraus, dass sie völlig nebensächlich sind und mit unseren Ermittlungen nicht mal am Rande zu tun haben.«

»Aha.« Hiller stieß ihren Löffel wuchtig ins Eis. »Aber Sie wollen ganz sichergehen?«

»Genau.«

»Wer erfährt, dass Sie mit mir gesprochen haben?«

»Offiziell niemand, wenn Sie es wünschen.«

Hiller aß einige Minuten schweigend. Das Eis mundete ihr hervorragend. »Das ist gut. Niemand darf erfahren, dass ich mit Ihnen gesprochen habe«, sagte sie schließlich leise. »Diese Frau war hier. Das ist einige Wochen her, aber fragen Sie mich nicht, wann genau das war. Im Juli, denke ich.«

»Und wie ...«

»Sie hat sich als Küchenhilfe ausgegeben. Das hat zumindest einige Stunden funktioniert, vielleicht sogar länger. Wir wissen es nicht genau. Jedenfalls habe ich sie in einem der Zimmer erwischt – ins Gespräch mit dem Bewohner vertieft ...« Sie zögerte. »Den Namen darf ich Ihnen wirklich nicht sagen.«

Hannahs Puls hatte sich beschleunigt. »Sie war bei Andreas Kayn, dessen persönliche Betreuerin Sie sind.«

Hiller nickte kaum wahrnehmbar.

»Was wollte sie von ihm?«

Die Krankenschwester zuckte mit den Achseln. »Sie hat mit ihm geplaudert – Kayn war sehr angetan von ihr und stinksauer, als ich sie rauswarf. An der Tür ist sie übrigens mit Kayns Schwiegertochter zusammengestoßen ...«

»Valerie Kayn, nicht wahr?«

»Ja, sie kam monatelang regelmäßig, aber in der letzten Zeit habe ich sie nicht mehr gesehen. Der Alte hat sie auch vermisst und meinte, die Ehe der beiden stünde auf der Kippe ... Na, wer weiß, ob das stimmt. Seit einigen Wochen geht es dem alten Herrn sehr schlecht, er ist kaum noch ansprechbar. Sein Sohn war heute hier, um nach ihm zu sehen und ...« Sie räusperte sich und warf Hannah einen vielsagenden Blick zu. »Niemand darf zu ihm.«

Sie mag ihn nicht, dachte Hannah. Aber das heißt gar nichts. »Ist Peter Kayn über den Besuch der ›Küchenhilfe‹ in Kenntnis gesetzt worden?«

»Nicht von mir, aber … Es schien mir, als wüsste er davon. Vielleicht hat seine Frau etwas erwähnt oder sein Vater selbst.«

»Verstehe. Lebt Andreas Kayn schon lange in Ihrer Einrichtung?«

»Nein«, erwiderte die Krankenschwester zögernd. »Ein Jahr vielleicht.«

»Warum hat sich Peter Kayn für Wismar entschieden?«

»Keine Ahnung. Weil wir gut sind?« Sie lächelte für einen Moment.

»Ohne Zweifel, aber der Mann lebt und arbeitet in Lübeck, und sicherlich gibt es dort auch gute Seniorenheime«, überlegte Hannah.

»Manchmal ist ein wenig Distanz nicht die schlechteste Idee«, entgegnete Hiller. »Und ich spreche sehr oft mit ihm, genauso wie der Arzt ihm regelmäßig Bericht über den Zustand seines Vaters erstattet. Er hat ihm auch davon abgeraten, ihn zu verlegen …«

»Peter Kayn wollte ihn verlegen lassen? Warum?«, fiel Hannah ihr ins Wort.

»Keine Ahnung. Aber das Thema scheint wieder vom Tisch zu sein, seit der Arzt ihm klargemacht hat, dass das Risiko zu groß ist und er dafür nicht die Verantwortung übernimmt.«

Aha, dachte Hannah. »Wissen Sie, wo Kayn vorher war? Kam er aus einer anderen Einrichtung zu Ihnen?«

Sie schüttelte den Kopf. »Soweit ich mich erinnere, kam er direkt aus Berlin. Er war übrigens Lehrer – er hat Sprachen unterrichtet, unter anderem Rumänisch.«

Hannah stockte.

»Ja, manchmal redet er auf Rumänisch und nennt sich selbst Andrei, Andrei Radu, witzig, nicht? Sein Sohn meint, er hätte die Sprache und das Unterrichten sehr geliebt. Das merkt man – eine unserer Aushilfen stammt aus Rumänien, und sie meint, dass Kayn die Sprache hervorragend spricht, fast genauso gut wie Deutsch.«

Hannah hatte sich zurückgelehnt, und Hiller betrachtete sie forschend. »Habe ich etwas Falsches gesagt?«

»Bestimmt nicht.« Andrei Radu, Jahrgang 1923, Rumänien. Ihr Pulsschlag hatte sich deutlich beschleunigt. »Besteht eine Möglichkeit, mit der Aushilfe ins Gespräch zu kommen?«

»Ich fürchte, nein – sie ist sehr scheu und würde niemals freiwillig mit der Polizei sprechen.«

»Schade. Mögen Sie vielleicht noch ein Eis essen? Oder einen Latte macchiato?«

»Klar doch.« Margot Hiller hatte die zweite ebenso üppige Portion zur Hälfte verdrückt, als sie den Löffel beiseitelegte und zum Fenster hinaussah. »Ich könnte sie fragen, worüber der Alte geplaudert hat, und Sie dann anrufen.« Sie nahm den Löffel wieder zur Hand. »Wenn Ihnen das ausreicht ...«

»Das klingt nach einem ziemlich guten Vorschlag.« Hannah reichte ihr eine Visitenkarte. »Ich danke Ihnen.«

Eine halbe Stunde später machte sie sich auf die Rückfahrt nach Lübeck. Sie war aufgeregt. Welche Schlussfolgerungen ließen sich ziehen, falls sich bestätigen sollte, dass Andreas Kayn in Wirklichkeit Andrei Radu war und aus Rumänien stammte? War Peter Kayn vielleicht gar nicht sein Sohn? Oder war er es doch und hieß auch Radu? Was genau könnte die Änderung der Namen und der Biographie von Vater und Sohn bedeuten? Geheimdienstliche Aktivitäten, verknüpft mit einem rumänischen Lebenslauf, von dem niemand etwas erfahren durfte – das war nach den letzten Ermittlungen eine naheliegende Schlussfolgerung, deren Brisanz auf der Hand lag und an die sich unmittelbar die Frage anknüpfte, für welche Seite Kayn gearbeitet hatte oder immer noch arbeitete.

Wie war Dorina auf diese Spur gelangt? Sie hatte wegen Raberts Geburtstag mit Kayn gesprochen – es handelte sich also um eine zufällige Begegnung, die nur stattgefunden hatte, weil sie eine Sendung vorbereitete, die mit Kayn nicht das Geringste zu tun hatte, so stellte es sich zumindest im Moment dar. Und was hatte sie nach Wismar geführt? Ein Telefonat, eine beiläufige Bemerkung, möglicherweise auf Rumänisch? Dorina war aufgrund ihrer eigenen Familiengeschichte und ihrer jüngsten Reisen sensibilisiert für alles, was mit Rumänien zusammenhing.

Wir brauchen alle Informationen zur Familie Radu, derer wir habhaft werden können, überlegte Hannah – aber unter Umständen sind die Spuren so gut verwischt worden, dass es keine offiziellen Ansatzpunkte mehr gibt, weder in Rumänien noch sonst wo. Und ich muss mit Valerie Kayn sprechen. Sie ist Dorina begegnet, zwischen Tür und Angel, doch vielleicht ist mehr daraus entstanden.

Wir bewegen uns auf dünnem Eis, dachte sie weiter. Falls Familie Kayn nie existiert hat und Dorina dicht dran gewesen war, die Hintergründe aufzudecken, war sie möglicherweise einer Wahrheit auf der Spur gewesen, die nicht nur eine vielversprechende Polizistenkarriere beendet hätte.

Kurz vor Lübeck hielt Hannah an einer Tankstelle, um ausführlich mit ihrem Chef zu sprechen und Hintergrundmaterial zu erbitten. »Möglichst schnell«, beendete sie ihren Bericht. »Auch der BND sollte Bescheid wissen und seine Fühler ausstrecken.«

Krüger schwieg lange. »Ich kümmere mich darum«, meinte er schließlich.

»Das ist gut.«

»Mach dir nicht allzu viele Hoffnungen, Hannah. Wenn der Wind aus der Richtung weht, werden wir ihm oder dem Vater oder beiden nur mit eindeutigen Beweisen beikommen, aber in der Welt dieser Leute gibt es keine eindeutigen Beweise, die auch vor Gericht halten, sondern mächtige Freunde, ein perfides System der Bedrohung und Angst sowie perfekt gefakte Akten und Biographien. Wer weiß, für wen der schon alles gearbeitet hat.«

»Abwarten!«, wandte Hannah energisch ein. »Warum hat

Kayn so oft die Dienststelle gewechselt? Hat er sich Fehler erlaubt? Waghalsige Entscheidungen getroffen? In Rostock hat er sich auffällig verhalten, soviel wissen wir inzwischen ...«

»Und? Zwanzig Jahre später knirscht es ein bisschen im Getriebe, und selbst wenn wir die entsprechenden Schlussfolgerungen ziehen, kann er sich entspannt zurücklehnen, solange wir nicht mehr haben als das. Der Mann ist durch die Republik gereist, um Karriere zu machen«, entgegnete Krüger. »Jetzt sitzt er in der Bundespolizei – vielleicht wollte er genau dort immer hin. So erfährt er einiges über die Aktivitäten der GSG 9, wie dir sicherlich klar sein dürfte.«

»Ach du liebe Güte!«

»Das sind im Moment reine Spekulationen, und sollte sich der Verdacht erhärten, wird es eine interne und verdeckte Ermittlung geben, mit der wir nichts mehr zu tun haben – zumindest nicht in aktiver Form.«

»Na ja – wenigstens etwas.«

»Hannah?«

»Ja?«

»Sei vorsichtig.«

Sie konnte sich nicht daran erinnern, je diese Worte von ihm gehört zu haben. »Ja, das bin ich.«

»Ich möchte, dass du die Pension wechselst.«

»Ist das wirklich ...«

»Ja, ich halte das für nötig, und falls du meine Haltung nicht teilst, betrachte es als Dienstanweisung!«

»Schon gut, morgen suche ich mir eine andere Unterkunft.«

Anschließend schrieb sie ein paar Zeilen für Dagmar und fuhr auf direktem Weg in die Pension. Plötzlich hatte sie Sehnsucht. Achim war weder über Festnetz noch auf dem Handy zu erreichen. Er ist beim Sport, dachte sie.


Die Akte war hochinteressant. Kayn hatte sich mit seiner Abendpfeife und einem Glas Rotwein ins Arbeitszimmer zurückgezogen, um die Informationen, die sein Spezialist über die Kommissarin zusammengetragen hatte, in aller Ruhe zu studieren. Das Bild schmeichelte ihr nicht, das war gar nicht nötig – sie war auf unauffällige Weise apart, aus ihren Augen sprachen Klugheit und Wissensdurst. Hannah Jakob stammte aus einer Hamburger Anwaltsfamilie und war nach ihrer Ausbildung zur Kommissarin nach Berlin gewechselt, wo sie ihren Sohn Ben zur Welt gebracht – über den Vater ihres Kindes war nichts bekannt –, Kriminalpsychologie studiert und zunächst beim LKA gearbeitet und später beim BKA Karriere gemacht hatte. Ihre Rolle als Sonderermittlerin für Vermisstenfälle war kein Zufall, denn Anfang der neunziger Jahre verschwand ihre ältere Schwester Liv in Hamburg, und es fand sich nie auch nur die geringste Spur.

Ein Trauma für jede Familie, dachte Kayn. So etwas überwindet man nicht. Es dürfte auch Jakobs kritischer Punkt sein. Ganz sicher ist sie nicht zufällig nach Berlin umgezogen. Kayn nickte und wechselte die Pfeife von einer Hand in die andere. Ein weiterer interessanter Aspekt war ihr Hund. Das Tier wich niemals von ihrer Seite. Kayn lächelte. Schade, dass Gehlberg nicht mehr lebte – er hätte dem Köter sicher liebend gerne den Hals umgedreht … Aber die Frage war, was Hannah Jakob bereit sein würde, für das Leben ihres Hundes zu tun. Wie viel Ermittlereifer würde sie noch an den Tag legen, wenn sie gezwungen wurde, dem langsamen Foltertod ihres Hundes zuzusehen?

Später löschte Kayn das Dokument wie auch das anonyme Mailkonto und versteckte den Laptop im Geräteschuppen des Gartenhauses. Dann griff er zum Telefon, doch Valerie war nicht zu Hause, oder sie ging nicht an den Apparat. Ihre Handynummer herauszubekommen war keine große Sache gewesen. Nach dem vierten Klingeln nahm sie das Gespräch an. »Hallo?«

»Ich verstehe nicht, was geschehen ist«, sagte er ohne Einleitung.

Sie atmete scharf ein. »Woher hast du meine Nummer?«

»Ach, Schatz.«

»Hör auf damit! Ich will nicht mit dir reden.«

»Erklär mir, was los ist. Immerhin sind wir noch verheiratet. Was ist passiert?«

»Es ist vorbei.«

»Das ist es nicht.«

»Doch – für mich geht es nicht mehr. Sieh das endlich ein.«

»Das tue ich, wenn du mir sagst, warum«, beharrte er. »Von einem Tag auf den anderen ...«

»Das stimmt nicht.«

»Doch – Probleme gibt es in jeder Ehe, auch größere, aber du hast mich vor vollendete Tatsachen gestellt und dich einfach aus dem Staub gemacht, ohne mir auch nur die geringste Chance zu lassen, etwas zu verändern. Das ist unfair, grausam ...«

»Lass es.«

»Nein, das tue ich ganz bestimmt nicht. Ich will eine Erklärung. Solange ich die nicht habe, werde ich dich immer und immer wieder fragen.«

»Es gibt keine Erklärung, die du verstehen würdest. Ich will alleine sein. Ich will diese Ehe nicht mehr – Ende.«

»Valerie, als wir uns begegneten ...«

»War ich am Ende – o ja, und das bin ich jetzt nicht mehr. Und ich habe eine Entscheidung getroffen, für die ich mich nicht einmal rechtfertigen will. So einfach ist das. Lass mich in Ruhe.« Damit legte sie auf.

Kayn starrte eine Weile ins Leere. Dann klopfte er seine Pfeife aus. Natürlich würde er sich mit dieser Antwort nicht zufriedengeben. Ein Kind, dachte er, anfangs hatte sie unbedingt ein Kind gewollt – eine richtige Familie, wie sie betonte. Er war dagegen gewesen. Kinder machen erpressbar, aber das konnte er ihr nicht sagen.

## 27

Valerie Kayn war vor einigen Wochen ausgezogen, wie Rico in der Nachbarschaft in Erfahrung gebracht hatte. Hannah hatte gerade ihren zweiten Morgenkaffee mit Dagmar getrunken und dabei die neueste Entwicklung mit ihr durchgesprochen, als die Meldestelle sie über die neue Anschrift von Kayns Ehefrau informierte.

»Hohwacht«, sagte Dagmar und legte den Hörer wieder auf. »Nicht weit von hier, oben an der Küste.«

»Liegt irgendwas zu dieser Frau vor?«

»Nicht, dass ich wüsste. Rico hat bei einem Schnellcheck nichts Auffälliges bemerkt. Sie stammt aus Hamburg, wie du. Wenn du Einzelheiten wissen willst …«

»Rico könnte mir ein paar Infos aufs Handy schicken, während ich hinfahre.«

»Ich sag ihm Bescheid.«

»Gut.« Hannah trank ihren Kaffee aus. »Ich brauche übrigens ein neues Hotel. Kennst du was Nettes hier in der Nähe, nicht so auffällig? Einzige Bedingung: Hunde müssen willkommen sein.«

Dagmar lächelte. »Bist du wegen nächtlicher Ruhestörung rausgeflogen?«

»Nö. Mein Chef meint, ich sollte angesichts der Richtung unserer Ermittlungen mal die Unterkunft wechseln.«

»Ach so.« Dagmar runzelte die Stirn. »Nun … Du könntest mein Gästezimmer haben, wenn du magst. Dein Hund ist bei mir natürlich auch gerne gesehen. Ist nur ein Angebot, das du selbstverständlich ablehnen kannst, ohne dass ich dir grolle.«

Hannah zögerte nicht einen Augenblick. »Das ist sehr großzügig – nehme ich dankend an.« Sie stand auf.

»Keine Ursache. Ach, bevor du entschwindest – ich hatte heute Morgen in aller Frühe bereits das Vergnügen einer eingehenden Besprechung mit dem Staatsanwalt, der der Auffassung ist, dass wir uns auf die harten Fakten konzentrieren sollten …« Sie drehte den Blick gen Decke. »Tja, was auch sonst? Wobei ihm insbesondere nach dem aufschlussreichen Besuch vom BND natürlich klar ist, dass du noch andere Wege beschreitest. Davon abgesehen rät er dringend, die Rolle von Gehlberg und Sehler konsequent in den Mittelpunkt zu rücken und den Rostocker noch mal zu befragen, unter dringendem Tatverdacht und zeitnah. Die Sache mit dem Kettenglied beschäftigt ihn sehr, auch wenn das kleine Teilstück zu beliebig ist, um es eindeutig Sehler zuschreiben zu können. Siebert wollte uns einen Tipp geben, davon ist er dennoch überzeugt.«

»Er hält die beiden also zweifelsfrei für ein Team.«

»Ein professionell arbeitendes Team, das sich allerdings nach dem Mord an Siebert im Zuge einer Auseinandersetzung völlig unprofessionell verhielt. Der Streit eskalierte, Sehler blieb keine andere Wahl, als kurzen Prozess zu machen. Danach musste er alle Spuren beseitigen. Er legte Feuer, brachte den Wagen nach Lübeck zurück und machte sich dann auf den Weg nach Rostock. Dazu passt ein Bericht aus der Kriminaltechnik bezüglich der Untersuchung von Gehlbergs Wagen, der aktuell vorliegt.« Dagmar tippte auf einen dünnen Hefter, der auf dem obersten Aktenstapel auf ihrem Schreibtisch lag. »Mit allergrößter Wahrscheinlichkeit hat jemand hinter dem Steuer gesessen, der zuvor in dem Schönwalder Häuschen war und in Kontakt mit Benzin geriet, die DNA-Analyse läuft noch …«

»Aber warum hätte Sehler das Auto zurückbringen sollen?«

»Um Spuren zu verwischen, und weil die beiden zusammen rausgefahren sind. Irgendwie musste er ja da wieder wegkommen, bevor die Feuerwehr auftaucht.«

»Sie kamen aus völlig unterschiedlichen Richtungen«, wandte Hannah ein.

»Und? Sehler hat vielleicht den Zug genommen, und sie haben sich unterwegs getroffen.«

»Warum sollte er das tun?«

»Eine reine Vorsichtsmaßnahme.«

»Nun gut, aber selbst wenn noch Spuren von Sehler gefunden werden – er wird ganz locker behaupten, dass er ab und an mal in dem Auto gesessen hat. Darüber hinaus bleibt bei dieser Theorie Leonie Schubert außen vor. Was ist mit ihren Verletzungen, die sie nach Aussagen des Zeugen aus Grömitz am letzten Samstag noch nicht hatte?«

Dagmar hob die Hände. »Guter Einwand, aber für sich allein genommen noch kein Beweis, schon gar nicht für den Staatsanwalt, zumal die Sache mit den Schuhen noch auf wackligen Füßen steht, wenn du mir das Wortspiel erlaubst.«

Hannah war zwar der Meinung, dass Gehlberg in dem Szenario eine andere Rolle gespielt hatte und Mirko Sehler sich genau in dem Augenblick eine entscheidende Blöße geben würde, in dem Kayns Entlarvung zu befürchten war, aber die Ansicht und Vorgehensweise des Staatsanwalts hatte natürlich ihre Berechtigung.

»Vielleicht packt Sehler doch aus oder erlaubt sich wenigstens einen Patzer, wenn wir ihn ein bisschen aus der Reserve locken. Ich werde Kontakt mit Wisner aufnehmen und ihn über Amtshilfe bitten, mit Sehler nach Lübeck zu kommen, wenn möglich noch heute.«

»Gut. Wir sehen uns später.«

An einen unter Druck geständigen Sehler glaubte Hannah nicht eine Sekunde, dennoch konnte eine verschärfte Vernehmungssituation auch einen abgebrühten Profi zu der einen oder anderen unbedachten Äußerung veranlassen.

Sie fuhr über Plön in Richtung Norden und benötigte eine gute Stunde. Sie hatte keinerlei Vorstellungen, was sie erwartete – eine frustrierte Ehefrau, die eine Auszeit eingefordert hatte? Die zweite Hälfte eines Paares, das sich getrennt hatte, doch die Hintergründe gingen keinen Außenstehenden etwas an?

Ein Untreue-Eifersuchtsdrama? Unter Umständen redet sie kein Wort mit mir, knallt mir die Tür vor der Nase zu und informiert ihren Mann. Das wäre ihr gutes Recht.

Valerie Kayn wohnte in einem zumindest äußerlich bescheidenen Ferienhaus in Strandnähe – schätzungsweise kaum fünfzig Quadratmeter groß, blaue Fensterläden, ein bunter Holzzaun, die Markise über der Sonnenterrasse hatte auch schon bessere Zeiten gesehen. Unter einem wackligen Carport parkte ein Kleinwagen, neben der Haustür stand ein Fahrrad. Hannah ließ Kotti aussteigen und beobachtete aus den Augenwinkeln eine Bewegung am Fenster. Die Tür öffnete sich, als sie gerade die Hand zur Klingel ausstrecken wollte. Eine auffallend kleine Frau lugte durch einen schmalen Spalt. »Wer sind Sie?«, fragte sie in scharfem Ton.

»Hannah Jakob.«

»Schickt er Sie? Dann sollten Sie sofort wieder gehen und ihm sagen, dass er mich in Ruhe lassen soll.«

»Nein, er schickt mich nicht«, entgegnete Hannah rasch. »Ganz im Gegenteil – er fände es alles andere als angenehm, wenn er wüsste, dass ich Kontakt zu Ihnen aufzunehmen versuche.«

Valerie Kayn schob ihren Kopf ein Stück vor und musterte sie unfreundlich. Immerhin konnte Hannah nun ihr Gesicht erkennen – schmal und sonnengebräunt, braune Augen, von tiefen Ringen umrandet, dunkelblondes Kraushaar. Die Frau wirkte älter als vierzig. Die Ehekonflikte hatten ihr offenbar deutlich zugesetzt.

»Ach ja? Und was wollen Sie?«

»Ich möchte über eine gemeinsame Bekannte mit Ihnen sprechen.«

»Warum sollte ich …«

»Ich bin vom BKA«, fügte Hannah rasch hinzu. »Und ich ermittle gemeinsam mit den Lübecker Kollegen im Fall der entführten und ermordeten Journalistin Dorina Siebert. Ich bin sicher, dass Ihnen der Name etwas sagt.«

Valerie Kayn atmete scharf ein und umklammerte den Türrahmen. »Dazu habe ich nichts zu sagen. Und Sie täuschen sich – ich kenne die Frau nicht.«

»Ich denke schon. Sie sind ihr in Wismar begegnet.«

»Ja? Dann wissen Sie mehr als ich.«

»Dorina Siebert hat den Kontakt zu ihrem Schwiegervater gesucht. Es wäre wirklich sehr hilfreich, wenn Sie ...«

Valerie Kayn schüttelte den Kopf. »Ich weiß nicht, wovon Sie sprechen. Bitte gehen Sie.« Sie zog den Kopf wieder zurück.

Hannah machte einen schnellen Schritt nach vorne. »Bitte, Frau Kayn, helfen Sie uns! Wir haben keine Chance, die Hintergründe mehrerer schwerwiegender Verbrechen aufzuklären, wenn wir nicht wenigstens ...«

Die Tür krachte ins Schloss. Hannah wartete eine Minute, dann notierte sie auf der Rückseite ihrer Visitenkarte die Information, dass sie einen Spaziergang am Strand in Richtung Hafen unternehmen würde, und schob sie unter der Tür durch. Sie war ungefähr eine halbe Stunde unterwegs, in der Kotti mit fliegenden Ohren unter blauem Seehimmel Wellen jagte, und verlor zunehmend die Hoffnung, dass ihr Ausflug nach Hohwacht sie auch nur den kleinsten Schritt weiterbringen würde, als ihr Handy klingelte und einen anonymen Anrufer signalisierte. Sie stellte nach kurzem Zögern die Verbindung her.

»Ich werde mich nicht mit Ihnen treffen und keine Aussage machen«, erklärte Valerie Kayn. »Es ist zu gefährlich – für mich und für Sie.«

Hannahs Augen weiteten sich. »Aber mit einem Telefonat sind Sie einverstanden?«

»Sonst hätte ich wohl kaum angerufen. Sollten Sie das Gespräch aufzeichnen ...«

»Das tue ich nicht.«

»Ich habe mich entschlossen, Sie anzurufen, weil Dorina ... weil sie es verdient hat, dass ihr Mörder ausfindig gemacht wird. Ich bezweifle zwar, dass es der Polizei tatsächlich gelingen wird, die wahren Täter dingfest zu machen, aber ... Die Frau war sehr mutig, und vielleicht sollte ich auch ein bisschen mutiger sein. Mein Leben ist ohnehin im Eimer, aber lassen wir das.«

Hannah zog sich in den Schutz einer Düne zurück und setzte sich in den sonnengetränkten Sand. Kotti legte sich neben sie, immer noch aufgeregt hechelnd. »Erzählen Sie. Wie haben Sie Dorina kennengelernt?«

»Sie war in der Seniorenresidenz, wie Sie vorhin ganz richtig bemerkten. Sie hatte sich dort Zugang verschafft, um mit meinem Schwiegervater Kontakt aufzunehmen.«

»Warum?«

»Sie wollte etwas über die Familie Kayn herausfinden, genauer gesagt: über ihre rumänische Geschichte.«

Also doch. »Wir sind bei unseren bisherigen Ermittlungen bereits auf die Möglichkeit eines solchen Zusammenhangs gestoßen, können uns aber bisher partout nicht erklären, warum Ihr Mann plötzlich in Dorinas Fokus geriet. Haben Sie eine Idee dazu?«

»Ja. Dorina hat Kayn auf einem Foto wiedererkannt, das aus Hermannstadt stammt«, erklärte Valerie. »Fragen Sie mich jetzt aber bitte nicht, wie Sie da rangekommen ist. Sie erwähnte, dass dort jemand Dokumente zu allen möglichen Untaten der rumänischen Geschichte sammelt und archiviert, um auf ausgesprochen heldenhafte Weise dazu beizutragen, dass die Verbrecher irgendwann zur Rechenschaft gezogen werden. Das Bild, auf dem sie Peter wiedererkannte oder wiederzuerkennen meinte, stammte aus den unruhigen Zeiten Ende 1989, der Umsturz, in dessen Folge ein Blutbad in der Bevölkerung angerichtet wurde. Es zeigt ihn als brutalen Gewalttäter.«

Hannah hielt einen Moment die Luft an. »Frau Kayn …«

»Nein, unterbrechen Sie mich nicht und versuchen Sie auf keinen Fall, mich zu einer offiziellen Aussage zu überreden – ich erzähle das alles nur ein einziges Mal.«

»Das habe ich verstanden. Für Sie war diese ganze Thematik völlig neu?«

Einen Augenblick blieb es still. »Ja und nein«, antwortete Valerie dann. »Dorina meinte, das nichts aus Zufall geschieht, insofern bin ich vorsichtig mit einer vorschnellen Antwort. Davon abgesehen steht fest, dass mir im Zusammenhang mit der Unterbringung meines Schwiegervaters in Wismar einige Dinge ungewöhnlich vorkamen. Ich hatte den Mann nie zuvor kennengelernt – angeblich war er immer krank oder verhindert, auch zu unserer Hochzeit vor zehn Jahren. Und plötzlich trat er in unser Leben – sehr krank, geschwächt und Hilfe suchend. Er machte auf mich den Eindruck eines alten einsamen Mannes, der bislang nicht allzu viel Wert auf familiäre Bande gelegt hatte, aber nun nicht alleine sterben wollte. Ich habe mich mit ihm angefreundet, ich mag ihn, besser gesagt: Ich mochte ihn. Inzwischen habe ich mich jedoch zurückgezogen.« Sie unterbrach kurz.

»Je schlechter es ihm geht, desto häufiger spricht er Rumänisch«, fuhr sie schließlich fort. »Aber wie ein Lehrer wirkte er nie auf mich, das passte einfach nicht. Vor einiger Zeit berichtete mir eine Pflegerin, die aus Rumänien stammt, dass er die Sprache ungewöhnlich gut beherrscht und manchmal im Traum oder im Halbschlaf beunruhigende Dinge vor sich hin brabbelt.«

»Beunruhigende Dinge«, wiederholte Hannah leise.

»Gewalt spielt eine große Rolle, aber genauer weiß ich es nicht und möchte ich es, ehrlich gesagt, auch gar nicht wissen«, betonte Valerie. »Im Gegensatz zu Dorina: Sie hatte es ganz genau wissen wollen. Sie war davon überzeugt, dass Vater und Sohn zum rumänischen Geheimdienst gehörten beziehungsweise immer noch gehören, wie ja die Ereignisse beweisen ... Ich war entsetzt, aber bedeutend schwerer wog die Tatsache, dass ich ihre Erklärungen nicht einfach als absurde Behauptungen einer zwielichtigen Journalistin abtat, sondern für, ja, vorstellbar hielt.«

In der Tat, dachte Hannah.

»Unsere Ehe ist schwierig geworden in den letzten Jahren.

Der Altersunterschied machte sich immer deutlicher bemerkbar, die unerfüllten Träume nahmen mehr und mehr Raum ein, und nun fielen mir zunehmend Situationen ein, die ich im Nachhinein betrachtet seltsam fand, und ebenso viele Fragen, die ich nie gestellt hatte, weil ich manches auf seinen Job zurückführte, der immer mit einer gewissen Geheimniskrämerei verbunden war. Darüber hinaus bin ich der Meinung, dass Paare nicht stets alles voneinander wissen müssen. Meine Dankbarkeit tat ein Übriges – er hat mich seinerzeit aus einer brenzligen Situation befreit. Und plötzlich konfrontiert mich eine Journalistin mit ihren Recherchen ...«

»Dorina hat den Kontakt zu Ihnen gesucht, nachdem Sie sich in Wismar begegnet waren?«

»Ja, genau. Zu dem Zeitpunkt hatte ich mich bereits längst gegen diese Ehe entschieden. Anfang Juli bin ich ausgezogen – natürlich weiß Peter nicht, welcher schwerwiegende Auslöser meine Entscheidung noch forciert hat.«

»Sind Sie sicher?«

»Aber ja. Dorina war sehr vorsichtig. Wir haben ein paar Mal telefoniert und uns einmal getroffen, bevor sie nach Dänemark weitergefahren ist.«

»Wo haben Sie sich getroffen?«

»An einer Autobahnraststätte kurz hinter Rendsburg. Sie sagte, dass sie sich ein paar Tage erholen und noch einmal in Ruhe alles überdenken wolle und dann mit den Ergebnissen ihrer Recherchen an die Öffentlichkeit gehen werde. Das sei sie ihrem ermordeten Großonkel schuldig, der in einem rumänischen Gefängnis bei einem widerlichen Experiment ums Leben kam.« Valerie Kayn brach ab.

»Piteşti«, sagte Hannah.

»Ja. Sie hielt es für möglich, dass Kayns Vater an diesen Vorgängen beteiligt war. Dann verschwand Dorina spurlos«, fuhr Valerie flüsternd fort. »Und nun ist sie tot. Der Zusammenhang dürfte wohl auf der Hand liegen. Peter darf auf gar keinen Fall erfahren, dass ich weiß, worum es ging und immer noch geht.«

Lübeck ist nicht allzu weit entfernt, überlegte Hannah. An Valeries Stelle hätte sie eine größere Distanz gewählt, andererseits würde Kayn sie früher oder später überall aufstöbern, besser gesagt: aufstöbern lassen, sofern er einen Verdacht hegte. Die relative Nähe zu Lübeck bewirkte unter Umständen sogar, dass er ihre Trennung nicht in einen anderen brisanten Zusammenhang stellte.

»Das verstehen Sie, nicht wahr?«

»Ja, natürlich. Danke, dass Sie das Risiko in Kauf genommen und mit mir gesprochen haben. Sollten Sie je Hilfe benötigen oder …«

»Schon klar. Hat Dorina … Hat sie leiden müssen?«

»Soweit wir es zurzeit sagen können, ist sie körperlich nicht oder kaum misshandelt worden.«

»Das ist gut. Wenigstens etwas.«

Hannah ließ unerwähnt, dass schmerzvolle Folter nicht immer körperlicher Natur sein musste. »Passen Sie auf sich auf.«

»Sie auch.«

Hannah ließ das Gespräch etliche Augenblicke sacken, dann rief sie Krüger an, um ihm Bericht zu erstatten, ohne jedoch ihre Quelle zu nennen. »Ihr müsst unverzüglich etwas unternehmen«, sagte sie in beschwörendem Tonfall. »Wir haben jetzt mehr als vage Hinweise oder schwammige Anhaltspunkte – Dorina ist ins Visier des Dienstes geraten, als sie in Hermannstadt war und diesen Archivar kennenlernte oder über ihren Liebhaber Kontakt zu ihm bekam. Seitdem wird sie beobachtet. Aber erst als sie Kayn zufällig in der Akademie begegnet – so erschließt es sich zumindest im Moment –, wird es wirklich gefährlich. Sie erkennt ihn auf einem für Kayn hochbrisanten Foto, und ihre nachfolgenden Recherchen zu seinem familiären Hintergrund haben sie das Leben gekostet. Darüber hinaus muss ich wohl kaum erläutern, dass östliche Dienste in der Akademie gar nichts zu suchen haben …«

»Nein, musst du nicht.«

»Ruf den Blum an.«

»Mach ich gerne. Soweit ich weiß, planen sie aber bereits intern eine verdeckte Maßnahme. Man will ihn im Auge behalten, rund um die Uhr, und Sehlers Observation soll über Rostock laufen.«

»Sehler ist derart mit allen Wassern gewaschen, dass er eine Vernehmungssituation auch noch genießt, und Kayn ist ein Vollprofi, seit Jahrzehnten. Der hat ein Netzwerk quer durchs Land aufgebaut«, entgegnete Hannah aufgebracht. »Ihm oder einem seiner Leute wird auffallen, wenn gerade jetzt …«

»Hannah – das sind auch Profis«, warf Krüger ein.

Sie atmete tief aus.

»Bleib ruhig.«

»Ich versuche es.«

»Gut. Und noch was: Die aktuellen Ermittlungen lösen Irritation aus, die ihn dazu verleiten werden, Fehler zu machen.«

»Das hofft ihr oder der BND.«

»Das tun sie mit Recht«, betonte Krüger. »Es ist Sand ins Getriebe geraten, und das Knirschen wird immer lauter. Kayn kann nicht alles gleichzeitig im Auge behalten.«

»Worauf willst du hinaus?«

»Es wäre wünschenswert, wenn ein verdeckter Ermittler Hinweise auf andere wichtige Kontaktleute erhielte oder wenigstens am Rande mitgekriegte, welche Informationen weiterfließen.«

»Der Mann hat Dorina auf dem Gewissen, und wenn wir ihm das nachweisen können, werde ich kaum die Füße stillhalten«, ereiferte sich Hannah.

»Er und seine Leute haben mit großer Sicherheit viele Menschen auf dem Gewissen, sollte sich der Verdacht bestätigen, allerdings in der Regel ohne sich selbst die Hände schmutzig zu machen«, warf Krüger energisch ein. »Undichte Stellen können sie sich nicht leisten. Du musst die Füße natürlich keineswegs stillhalten, aber handele bitte nicht voreilig. Wenn die Chance besteht, an einem Knotenpunkt dieses Netzwerks einzugreifen, sollten wir hochsensibel agieren. Wer weiß, wer da noch alles mit drinsteckt.«

Das war ein gutes Argument. »Ja, okay, verstanden.«

»Bestens. Bis später.«

Zu wenig Distanz, dachte Hannah, als sie den Rückweg antrat. Der Tod dieser Journalistin berührt mich zutiefst.


Er ging langsam zu seinem Wagen zurück und öffnete den Gepäckraum. In dem abgewetzten Werkzeugkoffer lag gut versteckt im doppelten Boden ein Handy der vorletzten Generation – kein Internet, kein GPS, nichts dergleichen. Mirko legte eine neue Sim-Karte ein und rief Kayn an. »Sie war bei deiner Frau.«

Kayn schnappte heftig nach Luft. »Das war ein Fehler«, sagte er schließlich leise. »Ein großer Fehler.«

»Vielleicht nicht.«

»Wie meinst du das?«

»Deine Frau hat sie gar nicht erst ins Haus gelassen, sondern ihr die Tür vor der Nase zugeschlagen.«

»Aha, na immerhin. Und? Was hast du unternommen?«

»Ich bin der Kommissarin gefolgt. Sie war eine Weile am Strand und hat telefoniert. Vielleicht hat sie versucht, deine Frau zu einem Treffen zu bewegen.«

»Du konntest nichts aufschnappen?«

»Nein. Sie hat einen sehr aufmerksamen Hund.«

»Ja, aber ›vielleicht‹ ist in unserem Metier kein schönes Wort. Es muss was passieren.«

»Warum?«

»Ist die Frage ernst gemeint?«, entgegnete Kayn. Leise Wut ließ seine Stimme beben.

Kein gutes Zeichen, dachte Mirko. »Ja. Deine Frau …«

»Die Journalistenschlampe ist so weit gegangen, meinen Vater zu belästigen, und diese Kommissarin will über meine Frau an mich herankommen«, fiel Kayn ihm ins Wort.

»Das ist mir klar, aber solange sie damit keinen Erfolg hat, soll sie doch ihre Fragen stellen«, meinte Mirko betont gelassen. »Deine Frau weiß nichts, und daran wird sich nichts ändern, selbst wenn die Jakob noch dreimal auf der Matte steht.«

»Ich verstehe, worauf du hinauswillst ...«

»Es sind deine eigenen Worte – Ruhe bewahren, Informationen sammeln, um immer auf dem Laufenden zu bleiben, aber solange keine akute Gefahr besteht: zurücklehnen und die anderen überhastet Fehler machen lassen«, fügte Mirko hinzu.

»Du hast deine Lektion gut gelernt, das weiß ich nicht erst seit heute«, stimmte Kayn ihm zu. »Aber ich bin dennoch der Meinung, dass wir diesmal ein Zeichen setzen und der Frau ein bisschen auf die Füße treten sollten. BKA hin oder her. Ich will, dass sie mich in Ruhe lässt, bevor andere Dienststellen noch hellhöriger werden, als sie es wahrscheinlich ohnehin schon sind. Es geht nicht nur um uns beide, das muss ich wohl kaum betonen.«

»Natürlich nicht.« Mirko nickte. Kayns Aufregung war kein gutes Zeichen. Aber es stand ihm nicht zu, seinem Chef Verhaltensregeln zu diktieren, auch wenn er gerade in diesem Fall Aktionismus für besonders gefährlich hielt. Es gab inzwischen zu viele Baustellen. »Und was stellst du dir vor?«

»Sie hat vier Schwachstellen – die eine ist ihre vor zwanzig Jahren in Hamburg spurlos verschwundene ältere Schwester Liv, ein Fall, zu dem keinerlei Hinweise gefunden wurden und an dem sie garantiert heute noch zu knabbern hat. Familiendramen wirken ein Leben lang. Leider ist diese Sache wohl auf die Schnelle nicht für unsere Zwecke nutzbar ...«

»Da stimme ich dir zu. Und die zweite Schwachstelle?«

»Eignet sich hervorragend und wird sie richtig fertigmachen: Schnapp dir ihren Hund.«

Mirko zuckte zusammen. Merkwürdig, dachte er. Damit habe ich längst gerechnet, nein, falsch – ich habe es befürchtet. Eine klamme Hand schien sich um sein Herz zu legen.

»Hast du gehört?«

»Ja. Und dann?«

»Dann machst du den Köter fertig, und zwar auf die langsame und schmerzhafte Tour, und schickst ihr ein hübsches Video mit dem Hinweis, dass als Nächstes Sohn und Lebensgefährte dran sind – ihre dritte und vierte Schwachstelle.« Mirko zwinkerte.

»Heh? Bist du noch dran?«

»Na klar.«

»Kümmere dich darum.«

»Mach ich.«

»Und tu es schnell. Ich will, dass die Frau genau weiß, mit wem sie sich anlegt.«

Das weiß sie doch längst, dachte Mirko, und die Stimme in seinem Kopf klang eigentümlich fremd.

»Und falls sie dich noch mal vernehmen, lass dir eine hübsche Geschichte einfallen, damit die richtig was zu tun kriegen«, fügte Kayn hinzu. »Beschäftige sie, lass sie im Kreis laufen. Dürfte dir nicht schwerfallen, oder?«

»Nein. Das ist ganz einfach«, erwiderte Mirko leise. »Gehlberg hat die Siebert getötet, und seine Freundin war während einer Auseinandersetzung die Schlauere und hat Nägel mit Köpfen gemacht.« Im wahrsten Sinne des Wortes … Wir müssen den Hund überhaupt nicht quälen, meldete sich plötzlich eine helle Kinderstimme in seinem Kopf. Das ist völlig unnötig.

»Klingt gut, überzeugend. Ich sorge übrigens dafür, dass jemand an der Kommissarin dranbleibt – damit wir zukünftig genau wissen, wo sie sich aufhält und natürlich auch ihr Köter. Du kriegst regelmäßig Bescheid.«

»Ja, gut.«

»Sonst noch was?«

»Nein.« Mirko beendete das Gespräch, löschte es aus der Telefonliste, entfernte die Sim-Karte und packte das Handy in den Werkzeugkoffer zurück. Seine Hände zitterten. Das ist völlig absurd, dachte er. Sein Herz klopfte bis zum Hals.

## 28

Karsten erreichte den Goldschmied erst beim dritten Versuch auf seinem Handy. Die Hintergrundgeräusche legten den Schluss nahe, dass Sehler im Auto unterwegs war.

»Hallo, Herr Sehler, schön, dass ich Sie endlich erreiche. Hier spricht Hauptkommissar Karsten Wisner – wir hatten vor zwanzig Jahren schon mal das Vergnügen. Vielleicht erinnern Sie sich. Es ging um Ihre Mutter.«

Zwei Sekunden verstrichen. Dann war ein leises Lachen zu hören. »Ja, ich erinnere mich. Der andere Kommissar – Sie waren ein junger Kerl damals.«

»Sie auch.«

»Stimmt, lange her … Aber Sie rufen nicht an, um über alte Zeiten zu plaudern, oder?«

Der Mann hat Humor, dachte Karsten. Oder er verfügt über ein Maß an Ruhe, Übersicht und Nervenstärke, von dem andere nur träumen können. »Damit liegen Sie richtig. Die Lübecker Polizei möchte, dass ich Sie ins Kommissariat begleite. Es gibt noch einige offene Fragen zu klären.«

»Aha. Offene Fragen? Es dürfte wohl eher um ein Verhör gehen, nicht wahr?«, entgegnete er.

»Sie dürfen Ihren Anwalt mitbringen, wenn Sie wollen.«

»Will ich nicht.«

»Auch gut. Ich hole Sie in einer Stunde ab, einverstanden?«

»Ja. Bis später.«

Karsten drückte das Gespräch weg und schüttelte den Kopf. Inzwischen war der Fall Sehler offiziell – der Mann wurde observiert, entwischte allerdings regelmäßig, ohne dass auf den ersten Blick diese Absicht erkennbar war –, und Karsten musste seine Aktivitäten nicht mehr verschleiern. Er fand sich pünktlich vor der Werkstatt ein, die Sehler kurz darauf verließ.

Der Mann trug weiße Jeans, ein dunkles Poloshirt, bequeme Schuhe und wirkte kein Jahr älter als dreißig. Irgendwas mache ich falsch, dachte Karsten und nickte Sehler zu, als er hinten einstieg.

»Sie haben sich auch nicht verändert«, sagte er lächelnd.

»Witzbold.«

Karsten sah in den Rückspiegel und traf auf Sehlers Augen, die ihn hinter der schmalen Brille unverwandt und ohne Scheu anblickten. Bis Lübeck wechselten sie kaum mehr als drei Sätze, und Karsten hatte nicht einen einzigen Moment das Gefühl, dass Sehler nervös wurde oder allmählich Mühe hatte, seine wahren Empfindungen zu verbergen. Ich bin aufgeregter als er, überlegte Karsten verblüfft, und zwar nicht nur weil hier offensichtlich ein paar ganz dicke Dinger ausgebuddelt werden, die mit der üblichen Rostocker Routinearbeit wenig zu tun haben.

Dagmar Möller begrüßte Karsten herzlich und bat Sehler, bereits im Vernehmungsraum Platz zu nehmen, wohin ihn ein Kollege begleitete. »Danke für Ihre Unterstützung. Mögen Sie einen Kaffee, solange wir auf die Kollegin Jakob warten?«

»Gerne.«

Der Kaffee und die BKA-Frau trafen gemeinsam ein, an ihrer Seite ein graziler brauner Hund, der ihn mit sanften Augen anblickte. Die Kommissarin lächelte. »Schön, dass wir uns persönlich kennenlernen.« Sie ergriff seine Hand mit festem Druck.

»Das finde ich auch.« Karsten räusperte sich. »Haben Sie etwas dagegen, wenn ich dem Verhör im Vorraum folge?«

»Ganz und gar nicht. Ich würde Sie sogar dazu bitten, aber drei Kommissare verbreiten meiner Ansicht nach zu viel Unruhe ...«

Dagmar Möller hob den Blick. »Wir könnten zwischendurch mal wechseln – ich hätte kein Problem damit, zumal der Kerl ohnehin nur schwer zu ermüden ist, wie wir unlängst feststellen konnten. Außerdem muss ich den Staatsanwalt über den Stand der Dinge auf dem Laufenden halten.«

»Gut. Dann lasst uns anfangen.«

Karsten besorgte sich eine Cola und nahm hinter der Glas-
wand Platz, ein Kollege bediente das Aufnahmegerät und
stellte die Übertragung in den kleinen Raum sicher. Sehler
wirkte immer noch völlig entspannt. Lächelnd blickte er von
einer Kommissarin zur anderen und warf einen langen prüfenden Blick auf den Hund, der sich plötzlich aufsetzte und leise
winselte.

»Alles gut, Kotti«, sagte Hannah Jakob. »Leg dich wieder
hin.« Der Hund zögerte einen Augenblick, bevor er sich erneut ausstreckte. Die Kommissarin strich ihm sanft über die
Ohren. Ihr Lächeln wirkte wie entrückt.

Karsten beobachtete die Szene fasziniert. Ich würde einiges
dafür geben, eine halbe Stunde mit diesem Hund tauschen zu
können, huschte ihm durch den Kopf …

»Herr Sehler, wir haben den Kollegen Wisner gebeten, Sie
nach Lübeck zu begleiten, weil wir Sie unter dringendem Tatverdacht erneut befragen möchten«, ergriff Hannah das Wort,
nachdem Kotti zur Ruhe gekommen war.

Sehler nickte. »Ich weiß, und ich weiß auch, dass ich das
Recht habe, einen Anwalt hinzuzuziehen. Darüber sprachen
wir bereits während der letzten Unterredung.«

»Für das Protokoll muss ich erneut darauf hinweisen«, fügte
Hannah hinzu.

Er nickte höflich.

»Wie Ihnen klar sein dürfte, ermitteln wir mit Hochdruck,
aber es ist nicht einfach, eine eindeutige Beweislage zu schaffen, wie ich unumwunden zugeben muss. Ich bin dennoch
davon überzeugt, dass Sie Dorina Siebert getötet haben, weil
Sie den Auftrag dazu erhielten.«

Sehler lehnte sich nach hinten und verschränkte die Arme.
»Was Sie beweisen müssen, um Ihren dringenden Tatverdacht
zu stützen. Ihre Überzeugung und einige wenige Indizien sind
ein bisschen dünn, um den Richter zu überzeugen.«

»Völlig richtig.«

»Das kleine Stück von der Kette genügt nicht.«

»Es ist ein wichtiges Indiz, das dürfte Ihnen auch klar sein. Dorina Siebert war eine kluge Frau – darüber hinaus war sie taff und mit Herzblut bei der Sache. Sie wusste genau, dass sie sterben würde, und sie besaß noch so viel Kraft und Mut, ein Zeichen für uns zu hinterlassen. Ich bin zutiefst bewegt.«

Sehler nickte nachdenklich. »Den Eindruck habe ich auch.«

»Hat die Frau Sie auch beeindruckt?«

Er lächelte. »Wollen Sie mich allen Ernstes mit einer solchen Frage aus der Reserve locken?«

Hannah winkte ab. »Sie haben recht – das ist kindisch. Möglicherweise ist mir längst klar, dass Sie keine Schwäche zeigen werden, keinen Angriffspunkt, der für unsere weiteren Ermittlungen bedeutsam sein könnte. Ich werde dennoch das Gefühl nicht los, dass Dorina Sie beeindruckt hat, so wie Sie seinerzeit Peter Kayn nachhaltig imponiert haben. Allerdings verfügte Dorina über eine innere Größe, die Ihnen völlig fremd sein dürfte.«

»Aha? Wie meinen Sie das?«

Hannah hob kurz die Hände. »Sie handeln aus Ihrem verletzten Kindheits-Ich heraus, und das seit … ja, mehreren Jahrzehnten«, erklärte sie in lockerem Plauderton. »Sie spielen den Rächer nur und ebenso den Gerechten – diese Rollen helfen Ihnen, sich selbst Gewalt, Mord, Totschlag, Erpressung und allerlei andere Grausamkeiten zu vergeben und ihrem Leben einen Sinn zu verleihen. Verstehen Sie, was ich sagen will?«

Er lächelte immer noch, aber sein Unterkiefer hatte sich verhärtet. Ihre Deutung behagte ihm nicht. »Nein, ich habe, ehrlich gesagt, keine Ahnung, worauf Sie hinauswollen. Dieser Psychokram ist mir ziemlich fremd.«

Hannah nickte verständnisvoll. »Dann lassen wir das doch einfach und widmen uns wieder Dorina. Sie hat eine böse Geschichte entdeckt, und obwohl ihr klar gewesen sein dürfte, in welche Gefahr sie sich begab, scheute sie das Risiko nicht und entwickelte sogar noch im Angesicht ihres bevorstehenden Todes eine Idee, Ihnen das Handwerk zu legen. Es gibt solche Menschen, und ich verneige mich vor ihnen. Ich glaube, ich hätte diese Charakterstärke nicht, die meisten hätten sie nicht – verständlicherweise in einer solchen Situation.«

Sein Gesicht blieb unbewegt. Er überlegte einen Moment. »Klingt interessant, was Sie da erzählen, hat aber auch nichts mit mir zu tun, denn ich habe Dorina, wie ich bereits mehrfach erklärte, nicht getötet. Allerdings weiß ich, wer es getan hat.«

Das war zu erwarten gewesen, dachte Hannah. »Lassen Sie mich raten – Gehlberg?«

»So ist es.«

»Aha. Könnten Sie etwas ausführlicher werden?«

»Natürlich. Er sollte sie beobachten – sie hatte sich in die Angelegenheiten von Leuten eingemischt, die sich das nicht gefallen lassen wollten. So berichtete mir Gehlberg«, erzählte Sehler. »Und fragen Sie mich jetzt bitte nicht, welche Leute Gehlberg beauftragten. Diese Frage beantworte ich immer gleich: keine Ahnung.«

»Schon klar. Und warum rücken Sie erst jetzt damit heraus?«

»Das ist ganz einfach – ich wollte mit diesen Geschichten nichts zu tun haben, und ... na ja, er hat mir Geld gegeben, einen ordentlichen Batzen, weil er mein Haus genutzt hat. Das verpflichtet natürlich, finden Sie nicht?«

Dagmar stieß Luft durch die Nase aus, während Hannah Sehler nicht aus den Augen ließ. »Und weiter?«

»Tja, irgendwann war wohl klar, dass die Frau beseitigt werden musste. Er hat ihr irgendein Zeug gespritzt und sie ein paar Kilometer weiter in einem Gebüsch verbuddelt.«

Die Sache mit dem Gebüsch konnte nur der Mörder wissen, dachte Hannah. »Und das hat er Ihnen in dieser Detailliertheit erzählt?«

»Ja.«

»Warum sollte er Sie einweihen? Das war doch verdammt gefährlich. Sie hätten ihn jederzeit damit unter Druck setzen können.«

»Aus zwei Gründen – ich kann eins und eins zusammenzählen und hätte ihn ohnehin für den Täter gehalten, als die Leiche gefunden wurde. Außerdem war Gehlberg ein Angeber. Er hat sich mit seiner Tat gebrüstet und sich überhaupt für den Allergrößten und Klügsten gehalten. Das war ein Fehler, sein größter, wie es scheint.«

»Sie hatten Streit mit ihm?«

»Ganz und gar nicht. Ich fand ihn ein bisschen überdreht«, entgegnete Sehler. »Überdreht und arrogant. Das hat ihn unvorsichtig werden lassen – meiner Einschätzung nach.«

»Und was ist weiter passiert? Haben seine Auftraggeber möglicherweise einen Aufschneider loswerden wollen, weil er nicht mehr zuverlässig genug war und damit ein unkalkulierbares Risiko darstellte?«

»Das ist ein durchaus denkbares Szenario, aber es war anders«, entgegnete Sehler. »Seine Freundin hat ihn umgebracht und anschließend das Haus in Brand gesetzt.«

Hannah runzelte die Stirn. »Woher wollen Sie das wissen?«

»Ich weiß es nicht hundertprozentig, aber ich kann eins und eins zusammenzählen.« Er lächelte milde.

Er hat sich wieder gefangen, dachte Hannah. »Nun gut – dann zählen Sie mal zusammen und lassen Sie uns bitte an Ihrer Theorie teilhaben.«

»Es ist relativ einfach. Wie ich schon erwähnte – Gehlberg war unvorsichtig geworden, und er befürchtete, dass seine Freundin mitgekriegt hatte, welchem Zusatzjob er nachging.«

»Woraus schloss er das?«

»Er sprach von einem dummen Gefühl, dem er nachgehen wollte. Details erwähnte er nicht. Er meinte nur, dass er sich Leonie vorknöpfen würde.«

Das passt, dachte Hannah, und tauschte einen schnellen

Blick mit Dagmar, der wohl der gleiche Gedanke durch den Kopf schoss.

»Und dieses Vorknöpfen wollte er in Ihrem Häuschen in die Tat umsetzen?«

Sehler nickte. »Das klang so. Erst ein Ausflug ans Meer und dann nach Schönwalde. Er wollte ihr richtig einheizen … oh, was für ein böses Wortspiel.«

Vielleicht sagt er an dieser Stelle tatsächlich die Wahrheit, überlegte Hannah, oder stellt uns einen Ausschnitt zur Verfügung. Auf jeden Fall bietet er uns eine Theorie an, über die wir nachdenken müssen, denn auch vom Zeitfenster her wäre dieser Ablauf durchaus vorstellbar. Gehlberg könnte seine Freundin seit Samstagabend in Schönwalde gefangengehalten haben, und er war am Sonntag nach Lübeck zurückgekehrt, um vielleicht sicherheitshalber Beweismaterial verschwinden zu lassen und/oder sich ein Alibi zu verschaffen. Da kam ihm die Anfrage der Polizei ganz recht. Nicht auszuschließen, dass er die Chuzpe besessen hatte, seelenruhig eine Aussage zu machen und anschließend erneut in das Ferienhaus zu fahren, mit dem Vorsatz, Leonie zu beseitigen.

»Es könnte einen Kampf gegeben haben, bei dem die Frau die Oberhand behielt.« Sehler zuckte die Achseln.

»Durchaus ein vorstellbarer Ansatz, muss ich zugeben, aber warum fackelt sie die ganze Bude ab?«

»Vielleicht hatte er genau das vor – um sämtliche Spuren zu zerstören – und sie hat seine Idee aufgegriffen.«

»Wenn sie aus der Not heraus und im Affekt gehandelt hat, könnte sie der Polizei die Wahrheit sagen«, ergriff Dagmar das Wort.

Sehler warf ihr einen freundlichen Blick zu. »Könnte sie. Aber sie stand garantiert unter Schock, und jetzt kommt sie aus der Nummer nicht mehr raus.«

Und sie hat Angst, denn spätestens seit den polizeilichen Befragungen dürfte ihr klar sein, dass ihr Ex mit gefährlichen Leuten zusammenarbeitete, grübelte Hannah. Womöglich wusste sie das schon viel eher, aber auch sie würde angesichts der weiteren Ereignisse kaum zu einer anderen Aussage bereit sein.

»Wäre die eindringliche Befragung von Leonie Schubert nicht eigentlich Ihr Job gewesen?«, fragte Hannah. »Ich glaube, dass Sie der Mann sind, der den Leuten auf den Zahn fühlt. So wie Sie es mit Berit Konstedt gemacht haben.«

»Sie liegen falsch – das dürfte wohl auch Gehlberg gewesen sein«, entgegnete Sehler.

»Garantiert nicht!«, entgegnete Hannah abrupt heftig. »Sie kannte ihn, nicht besonders gut, aber er war ein Freund ihres Mannes. Es wäre viel zu gefährlich gewesen, bei ihr selbst tätig zu werden. Außerdem ist das nicht sein Job gewesen.«

»Nun, da wissen Sie mehr als ich«, gab Sehler mit leisem Spott zurück.

Dagmar hob die Hand. »Ich möchte an dieser Stelle für einen Moment unterbrechen, wenn Sie nichts dagegen haben. Ein Kollege wird Ihnen etwas zu trinken bringen.«

»Gerne.«

Im Vorraum wartete Karsten Wisner mit grimmiger Miene. »Der fühlt sich verdammt sicher«, meinte er. »Nur wenn es sehr persönlich wird, knickt er etwas ein.« Er nickte Hannah zu. »Das schätzt er nicht, aber was bedeutet das schon?«

Dagmar strich eine Haarsträhne zurück. »Ich lasse Berit Konstedt und Leonie Schubert holen«, erklärte sie. »Sie sollen sich den Knaben ansehen – aus sicherer Entfernung.«

»Selbst wenn sie ihn wiedererkennen – keine von beiden wird es zugeben«, schätzte Hannah. »Und sie haben einen sehr guten Grund für ihr Ausweichen.«

Wisner rümpfte die Nase. »Und was ist mit Kayn?«, wandte er sich an Hannah.

»Um den kümmern sich inzwischen andere Dienststellen, die genauer wissen wollen, wer noch mit von der Partie ist. Ich hoffe sehr, dass sie ihm eine gute Falle stellen.«

Eine Weile blieb es still. »Ich gehe mal rüber zum Staatsanwalt – Zwischenbericht erstatten«, erklärte Dagmar schließlich. »Fangt beim Sehler einfach noch mal von vorne an.«

»Das tun wir, aber …« Hannah schüttelte den Kopf. »Ich befürchte, dass wir ihn laufenlassen müssen.«

»Davon gehe ich aus. Ich kümmere mich um eine verstärkte Observierung.«

»Gute Idee«, stimmte Wisner zu. »Er entzieht sich nämlich immer wieder nahezu mühelos. Ich könnte zwei zusätzliche Leute gut gebrauchen.«

Es war dunkel und roch muffig in dem kleinen Zimmer, das höchstens die Größe eines Abstellraums hatte, in das Gabriels Bett vor einer knappen halben Stunde eilig hineingeschoben worden war. Adrian drückte dem Krankenpfleger ein stattliches Trinkgeld in die Hand, bevor er die Tür hinter ihm schloss. Der Raum war vom Hauptflur nicht zu erreichen, eine Zimmernummer suchte man vergeblich, und bislang wusste niemand von dieser spontanen und inoffiziellen Verlegung. Sobald es sich – auf welchen Kanälen auch immer – herumgesprochen haben würde, wäre ein offenes Gespräch nicht mehr möglich. Die Frage war, ob überhaupt noch eine realistische Möglichkeit bestand, zu Gabriel vorzudringen. Der alte Mann dämmerte seit langer Zeit nur noch vor sich hin, rutschte zwischenzeitlich ins Wachkoma, um plötzlich wieder aufzutauchen, und in den wenigen klaren Momenten war er bisher zu schwach gewesen, sich überhaupt noch zu artikulieren. Die Chancen, ein Gespräch mit ihm führen zu können, waren verschwindend gering.

Er ist stark, sprach Adrian sich selbst Mut zu, sein Leben lang war er stark gewesen. Ein unerschrockener Held in einem Land voller Fallstricke der übelsten Art und darüber hinaus eine Art Ersatzvater für ihn. Außerdem der beste Lehrmeister in Sachen Unerschrockenheit und Gradlinigkeit, den man sich denken konnte. Aber nun hatten sie ihn erwischt.

Adrian setzte sich auf einen wackligen Hocker und griff

nach Gabriels knochiger Hand. »Du darfst nicht gehen«, flüsterte er mit bebender Stimme. »Ich bitte dich inständig – halte durch!«

Adrian war davon überzeugt, dass Gabriel vergiftet worden war, auch wenn die Ärzte eine solche Diagnose nicht bestätigen wollten. Aller Wahrscheinlichkeit nach trauten sie sich nicht oder waren gut bezahlt worden, damit sie lediglich von einer akuten Lebensmittelvergiftung sprachen, die der ohnehin angegriffenen Gesundheit des Alten den Garaus gemacht hatte. Adrian wusste es besser – Gabriel war stets ein zäher, widerstandsfähiger Mann gewesen, den verdorbene Lebensmittel kaum länger als zwei Tage ans Bett gefesselt hätten. Er starrte auf das eingefallene Gesicht des Alten, das von schorfigen Lippen und schwarzen Schatten beherrscht wurde, und drückte seine Hand noch fester.

»Ein Freund hat sich gemeldet, ein zuverlässiger Freund – er schickt mich mit der dringenden Bitte, dir einige Fragen zu stellen«, fuhr er nach kurzem Überlegen schließlich einfach fort. »Es ist von großer Wichtigkeit, sonst würde ich dich nicht damit belästigen. Bitte sprich mit mir, wir sind hier sicher, denn ich habe dafür gesorgt, dass du in ein anderes Zimmer gebracht wirst.«

Es würde zu weit führen, Gabriel die detaillierten Hintergründe für die Kontaktaufnahme der Deutschen zu schildern oder die Ermittlungen der Polizei und des Nachrichtendienstes zu erläutern. Fest stand für Adrian nach den Erörterungen, dass es um das einige Monate zurückliegende Treffen zwischen dem deutschen Werksleiter und Gabriel gehen musste, das er persönlich in die Wege geleitet hatte, bei dem er selbst jedoch nicht anwesend war. Gabriel hatte später beiläufig erwähnt, dass er Thalemann ein paar Fotos mitgegeben hatte, für die sich vielleicht jemand interessieren könnte, und Adrian hatte dem keine besondere Bedeutung beigemessen. Der Archivar versuchte immer wieder, Aufmerksamkeit für seine Arbeit zu erregen, gerade im Ausland. Das war seine Lebensversicherung, wie er häufig betonte, aber Adrian konnte sich nicht erinnern, dass je eine Akte oder Fotomaterial, das ein Besucher an sich nahm, aufsehenerregende Konsequenzen nach sich gezogen hatte.

»Erinnerst du dich noch daran, dass der Deutsche dich besucht hat, der Werksleiter und mein Chef Robert Thalemann? Du hast ihm Fotos mitgegeben. Das liegt schon eine Weile zurück, und wir haben nur kurz darüber gesprochen, aber ich bin ziemlich sicher, dass du weißt, was ich meine.«

Gabriel atmete langsam und flach weiter. Seine magere Brust hob und senkte sich kaum wahrnehmbar. »Offenbar sind die Aufnahmen weitergewandert und haben hohe Wellen geschlagen. Warum diese Fotos, mein Freund? Was hat es damit auf sich? Sie müssen genauer wissen, worum es geht, denn inzwischen ist viel passiert, das Material ist verschwunden, und Menschen sind in großer Gefahr. Ich muss kaum erwähnen, wer dahintersteckt.«

Es blieb still in dem Raum. Vier Stockwerke tiefer rauschte der Verkehr in stetigem Geräuschfluss vorbei. Adrian bezweifelte, dass seine eindringlichen Erklärungen und Fragen zu Gabriel durchgedrungen waren, aber so schnell wollte er nicht aufgeben, nachdem die Sache als so eilig und brisant eingestuft worden war. »Um wen geht es? Kannst du dich erinnern?«, hob er erneut an. »Bitte – versuch dich zu entsinnen.«

Gabriels Gesicht blieb unbewegt. Es hat keinen Sinn, dachte Adrian einige Minuten später, er kann mich nicht hören. Er seufzte leise, wandte den Kopf und wollte gerade aufstehen, als Gabriels Hand zuckte. Adrian fuhr herum und blickte verblüfft in die geöffneten Augen des Alten. »Gabriel! Kannst du mich verstehen?«, entfuhr es ihm aufgeregt.

Der Archivar zwinkerte. Sein Blick war klar und freundlich, auch wenn das Gesicht regungslos blieb – ihm fehlte die Kraft für ein Lächeln.

»Ich habe dich in ein anderes Zimmer bringen lassen«, wiederholte Adrian den Hinweis. Seine Stimme klang gehetzt und eifrig zugleich. »Es ist sicher – wir müssen reden, verstehst du? Ein Freund hat sich gemeldet, und er braucht dringend genauere Informationen.«

Gabriel drückte seine Hand mit schwachem, aber deutlich spürbarem Druck.

»Um welche Fotos handelt es sich?«, fragte Adrian erneut. »Erinnerst du dich und kannst etwas dazu sagen?«

Erneutes Zwinkern.

»Um wen geht es dabei?«

Gabriel atmete schwer und rasselnd, der Druck seiner Hand verstärkte sich. Adrian beugte sich über sein Gesicht, um das Ohr nah an den Mund des Schwerkranken zu bringen. »Versuch zu sprechen!«

»Radus Sohn«, flüsterte Gabriel. »War 89 in Bukarest dabei, das Gemetzel.« Seine Stimme war nicht mehr als ein heiseres Rascheln.

»Und davon existiert ein Fotobeweis?«

Adrians Augen weiteten sich, als Gabriel bejahte, und er richtete sich langsam wieder auf. Die Geschichten um die beiden Radu-Männer waren sofort präsent – als wäre er selbst dabei gewesen, so oft und eindringlich hatte Gabriel von seinem Kampf berichtet. Jahrelang hatte er sich im Rahmen seiner Aufklärungsarbeit dafür engagiert, dass auch Andrei Radus Akte freigegeben wurde. Der Securitate-Mann, ein Rumäniendeutscher aus Hermannstadt, war als junger Offizier maßgeblich an der Entwicklung und Umsetzung des Pitești-Programms beteiligt gewesen, aber niemand hatte ihm je etwas anhaben können. In einem lächerlichen Kurzverfahren war er lange Zeit nach Abbruch der Maßnahmen zu zwei Jahren auf Bewährung verurteilt worden und hatte in der Folge weitere Anhörungen und Wiederaufnahmeverfahren mit Unterstützung ehemaliger Mitstreiter und hoher Funktionäre stets erfolgreich abwenden können.

Sein Sohn Roman Radu, hoher Polizeibeamter und ebenfalls im Dienst tätig, war im Zuge des 89er Umsturzes plötzlich verschwunden gewesen, wie Gabriel und seine Mitstreiter im Zusammenhang mit ihren Recherchen erfuhren. Dass auch der junge Radu jede Menge Dreck am Stecken hatte, stand schon lange vorher fest. Die Berichte über Vernehmungen politischer Gefangener, die Roman geleitet hatte, waren unmissverständlich, aber eindeutig belegbare und gerichtstaugliche Beweise existierten nicht. »Der Alte hat dafür gesorgt, dass auch der Sohn die Grausamkeit für sich entdeckt«, hatte Gabriel einmal gesagt. Er war davon überzeugt gewesen, dass Roman 89 zu den Strippenziehern gehört hatte, die beim Umsturz das Blutbad angezettelt und sich anschließend aus dem Staub gemacht hatten, und zwar nicht nur um sich der Verantwortung zu entziehen, sondern um mit Hilfe bewährter Seilschaften ein neues Netzwerk aufzubauen.

Irgendwann hatte sich das Thema Radu jedoch erschöpft. Es gab unzählige Akten und Dokumente, die gesammelt und ausgewertet werden mussten, und ebenso viel Unrecht, Grausamkeit und Unterdrückung, die nach Aufklärung schrien. Vor gut einem Jahr rückte es erneut in Gabriels Blickfeld. Von Andrei Radu, der in den letzten zwanzig Jahren mehrfach umgezogen und als alter Mann dann doch wieder in der Nähe von Hermannstadt ansässig geworden war, fehlte plötzlich jede Spur. Er war wie vom Erdboden verschluckt, und da er offenbar schon einige Zeit angeschlagen gewesen war, gingen Nachbarn davon aus, dass er in irgendeinem Krankenhaus gelandet und dort gestorben war. Gegen diese These und für einen einigermaßen geplanten Abzug sprach, dass sein kleines Haus zwar nicht vollständig, aber doch notdürftig geräumt war – was bei genauerer Überlegung allerdings auch alte Freunde oder Mitstreiter erledigt haben konnten. Schwerer wog der Umstand, dass kein Krankenhaus in der Umgebung einen Patienten namens Radu aufgenommen hatte, und ein weiteres Indiz, dass hier mal wieder einiges nicht mit rechten Dingen zuging, ergab sich aus der schlichten Tatsache, dass die Polizei allenfalls halbherzig nach ihm suchte.

Adrian und zwei Freunde waren eines Nachts in Gabriels Auftrag in das Haus eingestiegen und hatten nach intensiver Suche unterm Dach zwei Kartons mit alten Briefen, Rechnungen, Fotos und Ähnlichem sichergestellt – vieles war bereits verschimmelt und von Mäusen angenagt, und was gerettet und ausgewertet werden konnte, schien bedeutungslos und brachte keine wesentlichen Erkenntnisse, was niemanden sonderlich verwunderte. Die wichtigsten Dokumente hatte Radu selbstverständlich mitgenommen, vernichtet oder von Gleichgesinnten sicher verwahren lassen. Davon war Adrian zumindest bislang immer ausgegangen.

»Du hast doch etwas in den Kartons gefunden, nicht wahr?«, fragte er. »Fotos? Diese Fotos?«

Gabriel zwinkerte einmal.

»Du hast nie etwas gesagt.«

Die Lippen zuckten. Adrian beugte sich wieder über den Alten. »Schien nicht so wichtig ... Auf ... richtige ... Chance warten.«

»Und Thalemann war die richtige Chance? Aber warum ausgerechnet er?«

»Lübeck.« Diesmal blieb die Stimme fast tonlos.

»Lübeck?«, vergewisserte sich Adrian.

Müdes Augenzwinkern.

»Warum Lübeck?«

Gabriel atmete schwer, sein Blick flackerte. Ich muss mich beeilen, dachte Adrian, viel Kraft hat er nicht mehr. »Willst du sagen, dass du auch einen Hinweis auf Lübeck gefunden hast?«

Langsames Zwinkern. Gabriel öffnete unter allergrößter Anstrengung den Mund. »Karte.«

»Eine Postkarte?«

»Stempel.«

»Poststempel aus Lübeck?«

Zwinkern.

»Nun gut, aber ...«

Gabriel warf ihm einen hilflosen Blick zu. »Karte leer«, hauchte er mühsam. Dann schloss er die Augen.

Adrian hielt seine Hand und folgte dem gleichmäßigen Kommen und Gehen seines flachen Atems, während er die Neuigkeiten sacken ließ. Eine leere Postkarte mit Lübecker Stempel hatte Gabriel irritiert oder einen Zusammenhang hergestellt, dem er intuitiv gefolgt war. Vielleicht hatte der abgetauchte Sohn dem Vater auf diese Weise einen Hinweis auf seine neue Heimat zukommen lassen, und der alte Mann hatte sich von der Karte genauso wenig trennen können wie von den 89er Fotos, die Romans Mittäterschaft dokumentierten. Sie waren das Einzige, was dem Alten noch von ihm geblieben war, und dass sie womöglich eine grausame Tat abbildeten oder nahelegten, dürfte ihn nicht gestört haben. Es handelte sich um Erinnerungsstücke eines stolzen und einsamen Vaters, die dann irgendwann in einem Karton landeten, schließlich doch vergessen wurden und zwischen Geburtstagsfotos, Rechnungsbelegen und uralten Schulzeugnissen vergammelten. So könnte Gabriel zumindest vermutet haben. Oder es existierten noch weitere Puzzleteile, die seine Annahme stützten, dass Roman in Lübeck war – Details, auf die hinzuweisen ihm die Kraft fehlte. Der weitere Verlauf der Geschichte legte die Vermutung nahe, dass es eng für Roman wurde, und hatte Tote gefordert, aber dazu würde Adrian Gabriel gegenüber kein einziges Wort erwähnen.

Er wird sich eine Kopie gemacht und sie sehr gut versteckt haben – wahrscheinlich auf einem USB-Stick, fuhr es Adrian plötzlich durch den Kopf. Oder er hat das Original gar nicht erst herausgegeben. Der Archivar trug seinen Spitznamen nicht ohne Grund – sorgfältiges Dokumentieren und Verwahren waren für ihn zur zweiten Natur geworden. In seinem Haus und auf dem Grundstück existierten mehrere Verstecke, die unterschiedliche Sicherheitsanforderungen erfüllten. Adrian war davon überzeugt, dass er die Fotos im Versteck der höchsten Stufe finden würde.

## 29

Mirko Sehler war auch im zweiten Durchgang des Verhörs nicht aus der Ruhe zu bringen gewesen. Hannah hatte ihn mit zitatgenauen Wiederholungen verschiedener Aussagen zwar beeindrucken, aber beileibe nicht verunsichern können. Als Karsten Wisner und Sehler schließlich in Richtung Rostock aufgebrochen waren, schlug Dagmar vor, auf dem Heimweg Pizza und Rotwein zu besorgen und den Rest des Abends vor dem Fernseher abzuschalten. Hannah hielt die Idee für grandios. Ihr Kopf dröhnte vor Anstrengung, und schleichende Resignation machte sich bemerkbar. Solange die Protagonisten sich keine Blöße gaben, die Beweislage schwammig blieb und niemand eine offizielle Aussage wagte, würde es ausgesprochen schwierig werden, lediglich mit schlichter Ermittlungsarbeit voranzukommen. Das wusste Kayn, dessen war sich Sehler bewusst, und auch all die anderen an ihrer Seite, die Mitwisser und -läufer, die Großen und Kleinen dieses Netzwerkes waren zurzeit höchstens beunruhigt und trafen zur Sicherheit Vorkehrungen. Aber das war es dann auch schon.

Während Hannah hinter Dagmar herfuhr, erledigte sie zwei Telefonate – eines davon mit Achim, der recht kühl wirkte, was sie jedoch nicht an sich heranließ, das zweite mit Krüger, der auf den neuesten Stand gebracht werden wollte.

Die Wismarer Krankenschwester Margot Hiller rief in dem Moment an, als Dagmar vor der Pizzeria einen Parkplatz ergattert hatte und nach ihr Ausschau hielt. Hannah parkte auf der gegenüberliegenden Straßenseite, nahm das Gespräch an und bedeutete der Kollegin mit Handzeichen, vorzugehen und die Bestellung ohne sie aufzugeben. Dagmar stutzte nur kurz, winkte und verschwand dann im Inneren des Lokals.

»Ich habe mit der Aushilfe gesprochen«, erklärte Hiller ohne

Einleitung. »Sie müssen mir zusichern, dass niemand von unserer Unterhaltung erfährt.«

»Selbstverständlich.«

»Es war ausgesprochen schwer, die Frau zu einer Äußerung zu bewegen, das dürfen Sie mir glauben.«

»Tue ich.«

»Sie will nirgendwo zitiert werden, und sie wird alles abstreiten, sollte je ein Polizeibeamter oder eine Polizeibeamtin auf die Idee kommen, sie doch noch einmal zu der Sache zu vernehmen.« Hillers Stimme klang sehr energisch.

»Sie können sich auf mich verlassen«, erklärte Hannah. »Weder Ihr Name noch der Ihrer Kollegin, den ja nicht einmal ich kenne, noch sonstige Hinweise tauchen in einer offiziellen Akte auf. Und inoffizielle Sachverhalte können ohnehin nicht verwendet werden.«

»Es dürfte Ihnen nicht schwerfallen, herauszufinden …«

»Nein, aber was hätte ich davon? Die Frau würde sich weigern oder alles abstreiten – Ende. Also, was erzählt der alte Mann auf Rumänisch?«

Hiller schwieg einen Moment. »Es geht um … Foltermethoden in Gefängnissen. Sie scheinen ihn gleichermaßen zu quälen wie zu faszinieren. So ähnlich drückte die Kollegin sich jedenfalls aus.«

Hannah atmete tief durch. »Hat sie mit Dorina Siebert darüber gesprochen?«

»Das klang für mich so, doch über Einzelheiten wollte sie mir partout nichts sagen, und ich habe das akzeptiert. Reicht Ihnen das?«

Und wie mir das reicht, dachte Hannah erschöpft. »Ja, durchaus. Danke für Ihre Mühe und Ihr Vertrauen. Das ist ein sehr wichtiger Hinweis.«

Sie blieb einen Moment in sich versunken sitzen, bevor sie Krüger eine Nachricht schickte und Dagmar in die Pizzeria folgte, wo die Kollegin bereits am Tresen stand und das Angebot mit Kennermiene studierte.

»Schinken-Ananas, Käse-Thunfisch, Salami oder Vier-Jahreszeiten?«

»Ist mir vollkommen egal.«

»Na, dann nehmen wir die vier Sorten plus Salat und Eis zum Nachtisch natürlich.«

»Natürlich.«

Die Kollegin wohnte in einem kleinen Reihenhäuschen mit knarrenden Holzdielen, überquellenden Bücherregalen und bunten Aquarellen, in dem Hannah sich auf Anhieb wohlfühlte. Es war eine gute Entscheidung gewesen, Dagmars Angebot anzunehmen, dachte sie, als der Tisch gedeckt und der Rotwein eingegossen war, Kotti eine Schüssel bestes Hundefutter mit lautem Schmatzen vertilgte und im Fernsehen irgendeine Komödie lief. Dagmar schüttete sich aus vor Lachen, und Hannah begann sich zu entspannen. Nach kühlem Auftakt bahnte sich zwischen ihnen längst so etwas wie eine Freundschaft an, die über die gemeinsame Arbeit an den Fällen sogar hinausgehen könnte. Sie hatte nichts dagegen, dass Dagmar nach dem Essen eine zweite Flasche Wein öffnete. »Allerdings musst du dann zur Hunderunde mitkommen.«

»Weißt du was? Das machen wir ganz anders: Wir öffnen die Terrassentür, und weil es dein Hund ist, darf Kotti auf meine Rosen kacken, wenn die rustikale Beschreibung erlaubt ist.«

»Ist es.« Hannah kicherte.

Kottis abendliche Bedürfnisse kündigten sich ein Glas Wein später an. Dagmar öffnete die Tür, und der Hund entschwand nach draußen. Zehn Minuten später pfiff Hannah nach ihm, aber Kotti ließ sich offensichtlich Zeit.

»Mein Garten gefällt ihm«, meinte Dagmar. »Und er darf nicht alle Tage auf Rosen kacken. Lass ihn doch. Der Zaun dürfte zwar kein Problem sein, aber dein Hund läuft schon nicht weg. Der weicht doch nie von deiner Seite.«

»Das stimmt.« Achim war manchmal richtig eifersüchtig, aber dieses Thema musste warten. Zwischen ihnen lag ohnehin einiges im Argen.

Eine Viertelstunde später pfiff Hannah erneut und schlenderte über die schummrig beleuchtete Terrasse auf den Rasen. Der Garten war nicht besonders groß – ein paar Büsche, die das Grundstück zu den Nachbarn abschirmte, ein Beet und zwei Obstbäumchen, ein winziger Gartenschuppen, vor dessen Tür ein Grill stand. »Kotti? Nun komm schon.«

»Ich schalte die Außenbeleuchtung ein«, rief Dagmar ihr zu. Kurz darauf erstrahlte der Garten in hellem Licht.

Kotti war nirgends zu sehen, und Sekunden später schoss die Erkenntnis wie ein Pfeil durch Hannah hindurch. Er ist weg, dachte sie. Ihr Herz begann zu flattern wie ein Segel im Wind. Er ist weg. Er ist weg. Sie haben ihn ... Kotti, was werden sie dir antun? Als Dagmar zu ihr trat, atmete sie hektisch. Ein atemloser Schrei war in ihrem Hals steckengeblieben. Ihre Hände zitterten.

»Scheiße«, flüsterte Dagmar, die sofort verstanden hatte, was passiert war, und drehte sich auf dem Absatz um. »Ich verständige die Kollegen.«

Hannah setzte sich auf den Rasen. Sie spürte, dass ihr Gesicht nass war und der Schmerz sich wie eine Welle in ihr aufbäumte, die ihren kühl analysierenden Verstand mühelos hinwegschwemmte. »Kotti«, flüsterte sie. »Bitte tut ihm nichts ...«

Dagmar hockte plötzlich neben ihr und legte ihr eine Hand auf die Schulter. »Die Kollegen suchen die Umgebung ab. Komm, wir müssen reingehen.«

»Aber ...«

»Hannah, lass uns reingehen, bitte!«

»Schon gut.«

»Wisner habe ich informiert«, fuhr Dagmar fort, während sie ins Wohnzimmer zurückeilten. »Er überprüft, ob Sehler zu Hause ist oder entwischen konnte.«

Hannah starrte ins Leere.

»Hörst du?«

»Ich bin nicht sicher«, flüsterte Hannah.

»Wir kriegen das Schwein ...«

»Selbst wenn, es wird zu spät sein«, fiel Hannah ihr ins Wort. »Er wird ihn umbringen, und zwar langsam und unvorstellbar grausam, und es gibt nichts, was mich jetzt trösten könnte. Also versuch es erst gar nicht. Und jeder, der mich mit der Bemerkung, Kotti sei doch nur ein Hund, trösten will, lernt mich von einer Seite kennen, die mir selbst fremd sein dürfte.«

Der Putz- und Reparaturtrupp trat stets am späten Freitagabend seinen Dienst an, um besonders gründlich sauber zu machen, Instandsetzungen vorzunehmen und die Akademie für häufig am Wochenende stattfindende Veranstaltungen zu rüsten. Die Mitarbeiter waren vor ihrer Einstellung auf Herz und Nieren überprüft worden und mussten sich in unregelmäßigen Abständen immer wieder befragen und durchleuchten lassen. Dafür war der Lohn vergleichsweise ordentlich. Einzelne Büros durfte jedoch aus naheliegenden Sicherheitsgründen ohne ausdrückliche und hochoffizielle Genehmigung niemand alleine betreten.

Erik Fischer war Spezialist für Klimaanlagen und verfügte über eine derartige Zugangsberechtigung. Peter Kayn selbst hatte darauf bestanden, dass die Anlage in seinem Büro so schnell wie möglich repariert wurde, und wartete auf einen Techniker. Dass die Störung sich gerade jetzt bemerkbar gemacht hatte, war alles Mögliche, nur kein Zufall. Fischer stiefelte leise pfeifend mit seinem metallenen Technikkoffer den Gang hinunter zu Kayns Büro, wo der Erste Polizeihauptkommissar und Dozent für Polizeitraining noch hinter seinem Schreibtisch saß. Ein fleißiger Mann, dachte Fischer und klopfte.

»Ja?«

»Klimatechnik, Erik Fischer. Wir haben vorhin telefoniert. Darf ich hereinkommen?«

»Ja.«

Fischer trat ein und grüßte. Kayn hob den Kopf und musterte ihn einen Moment perplex. An derlei verwunderte Blicke war Fischer fast zeit seines Lebens gewöhnt. Er verfügte über eine beeindruckend tiefe Stimme, die nicht ansatzweise zu seiner zierlichen Erscheinung und Ausstrahlung passte. Einige gute Freunde wussten, dass Erik Fischer ein Mensch zwischen den Geschlechtern war – ein Intersexueller. Er hatte gelernt, mit dieser Laune der Natur zu spielen und sie zu seinem Vorteil einzusetzen, statt in der stetigen Suche nach endgültiger Festlegung die Orientierung zu verlieren. Er betonte mal die weiblichen, mal die männlichen Anteile – je nachdem, was die Situation gerade erforderte –, doch seine Stimme blieb, was sie war: von dunklem Timbre, männlich, ausdrucksstark, und auch Kayn ließ sich irritieren.

»Das Teil bläst mir seit heute Morgen mal eiskalte, mal brühendheiße Luft um die Ohren«, murrte er schließlich. »Bitte schauen Sie mal nach. Und beeilen Sie sich, ich möchte Feierabend machen.«

»Selbstverständlich.« Fischer durchschritt das große Büro mit forschen Schritten, stellte seinen Koffer ab und öffnete die Verkleidung der Klimaanlage. Zehn Minuten lang prüfte und schraubte er, gab Daten über einen kleinen Computer ein, kratzte sich nachdenklich am Hinterkopf und wartete geduldig ab, bis Kayn einen wichtigen Anruf erhielt und zum Telefonieren mit seinem Diensthandy ins benachbarte Büro ging, was auch alles andere als ein Zufall war.

Fischer hatte nicht viel Zeit; er musste sich schnell entscheiden und noch schneller handeln. Auf Kayns Schreibtisch lagen Aktentasche und Schlüssel zum Aufbruch bereit, die Uniformjacke hing locker über dem Stuhl. Fischer eilte hinter den Tisch und griff nach dem Schlüsselbund. Schnell, aber hochkonzentriert und mit einem Blick die Tür zum Nachbarbüro im Auge behaltend, tastete er die einzelnen Schlüssel ab und entschied, den Minisender an einem Anhänger zu befestigen, der die stilisierte Form eines Pferdes hatte. Wie albern, dachte Fischer, aber bei genauerem Hinsehen entdeckte er, dass die kleine Figur ein richtiges Schmuckstück war, bei dem jedes Detail liebevoll ausgearbeitet war. Die Verbindung des Zaumzeugs mit der

Trense bestand aus einem winzigen Silberring, stellte Fischer staunend fest, bevor er sich zur Eile mahnte und den Sender so unauffällig wie möglich zwischen den Ohren der Figur platzierte. Er zählte lautlos bis drei, während der Spezialklebstoff trocknete, legte die Schlüssel leise an ihren ursprünglichen Platz und huschte mit drei Schritten zurück zur Klimaanlage. Keine Sekunde zu früh. Kayn blickte im gleichen Moment um die Ecke. »Und?«

»Der Fehler ist behoben, ich lasse nur noch einen zweiten Check durchlaufen, um ganz sicherzugehen – dauert keine Minute«, versicherte Fischer in freundlich ruhigem Tonfall.

»Klingt gut.«

Mirko hatte sich Zeit gelassen, nachdem Wisner ihn zu Hause abgesetzt hatte. Er musste damit rechnen, dass nicht nur ein Polizist zum Observieren abgestellt war, sondern Vorder- und Hinterausgang rund um die Uhr bewacht wurden. Lass dir was einfallen, würde Kayn erwidern, falls Mirko nachfragte. Vielleicht würde er noch hinzufügen, er solle zunächst genau das tun, was man von ihm erwartete, um sie damit einzulullen und dann auszutricksen.

Es war spät, der Tag lang und anstrengend gewesen. Mirko stellte sich unter die Dusche, zog sich um, warf eine Handvoll Koffeintabletten ein und machte sich auf den Weg in seine Stammkneipe, um zu essen und das weitere Vorgehen zu planen, nachdem er erfahren hatte, wo die Kommissarin untergebracht war. Einer seiner Verfolger betrat wenige Augenblicke nach ihm das Lokal. Mirko beachtete ihn nicht, vertilgte in aller Gemütsruhe Kotelett und Kartoffelsalat und fuhr wieder nach Hause. Er stellte den Fernseher an, packte seine Tasche, schlich nach unten in die dunkle Werkstatt und von dort über eine Bodenluke in den Keller. Durch ein Fenster, das von dichtem Buschwerk verdeckt war, kletterte er auf der abgedunkelten Seite des Gebäudes ins Freie und von dort über den Zaun zum Nachbargrundstück. Er lief eilig Richtung Hauptstraße, nahm ein Taxi zum Bahnhof, wo sein Wagen parkte, und war in kaum einer Stunde wieder in Lübeck. Wenn er Glück hatte, würden die Beamten viele Stunden lang nicht bemerken, dass er ausgeflogen war.

Das eigentliche Problem begann in dem Augenblick, als er Haus und Garten der Lübecker Kommissarin beobachtete und der Hund ihn hinter dem Zaun entdeckte. Er sprang hinüber und setzte sich neben ihn, als seien sie verabredet. Mirko spürte, dass sein Hals eng wurde, als der Hund ihn anblickte. Er griff in seine Tasche und holte das präparierte Würstchen heraus. Am besten, du beachtest es gar nicht, dachte er, oder du beißt mich und haust ganz schnell wieder ab … Aber der Hund griff beherzt zu und verlor wenig später das Bewusstsein. Es war ein Kinderspiel, das Tier ins Auto zu bugsieren und wegzufahren. Warum hat er Vertrauen zu mir?, dachte Mirko. Ist er so dumm? Seine Hände vibrierten. Die Dunkelheit griff mit klammen Fingern nach ihm, während er zunächst in Richtung Rostock zurückfuhr und schließlich nach Brinkmannsdorf abbog.

Vor Jahren hatte er unter anderem Namen in einer Kleingartenanlage ein Grundstück mit einem stabilen Steinhaus gepachtet – ursprünglich sollte es lediglich als Ausweichort und Versteckmöglichkeit dienen, später hatte er festgestellt, dass es ihm Spaß machte, in der Erde zu wühlen, Blumen zu pflanzen und das kleine Häuschen in Schuss zu halten. Nun würde er den Hund dort unterbringen. Im Sommer übernachteten zwar viele Kleingärtner in ihren Buden, aber sein Grundstück lag am äußersten Rand der Anlage, und zwischen ihm und den nächsten Gärten befanden sich ein Spielplatz und das Vereinsheim.

Ein kläffender Hund wird nicht auffallen, war seine ursprüngliche Überlegung gewesen, aber ein qualvoll schreiendes Tier könnte durchaus Aufmerksamkeit erregen, überlegte Mirko, als er das braune Fellbündel ins Haus brachte. »Dann sorg dafür, dass er leise qualvoll schreit«, würde Kayn ihm empfehlen. »Oder suche dir einen anderen geeigneteren Ort. Seit wann bist du so begriffsstutzig?«

Mirko legte den Hund auf eine Decke am Boden und setzte sich im Schneidersitz davor. Das Tier atmete ruhig und gleichmäßig. Mirko wartete. In dem Moment, in dem der Hund plötzlich mit leisem Winseln die Augen aufschlug und ihn zwar verwundert, aber eher neugierig als ängstlich oder verwirrt ansah, fiel seine Entscheidung. Sie war endgültig, ohne dass ihm ein Einwand gestattet war, so fühlte es sich jedenfalls an – ein Gefühl ganz ähnlich der schicksalhaften Bestimmung, die er seinerzeit gespürt hatte, als Kayn ihm seinen weiteren Weg aufzeigte. Er strich dem Hund über die Ohren und griff zu seinem Handy.

Kayn stellte die Verbindung nach dem zweiten Klingeln her. »Na endlich, du lässt dir ja Zeit. Alles nach Plan gelaufen?«

»Nein, diesmal nicht.«

»Was?« Kayns Stimme klirrte vor Kälte. »Wie darf ich das verstehen? Red schon!«

»Der Hund ist leichter und kleiner, als ich annahm«, erklärte Mirko. »Ich habe mich mit der Dosierung des Narkotikums verschätzt, und er ist bereits auf der Fahrt krepiert. Ich dachte erst, dass er sehr tief schläft, aber er atmet nicht mehr.«

»Das ist nicht dein Ernst!«

»Nun …«

»Ach, halt die Klappe.«

»In all den Jahren ist nie etwas schiefgegangen«, beteuerte Mirko nach kurzer Pause. »So etwas kann passieren. Und woher soll ich wissen, wie viel so ein Köter überhaupt verträgt? Der richtige Umgang mit Hunden gehörte bisher nicht zu unseren Aufgaben.«

Kayn knurrte etwas Unverständliches. »Nun gut, das ist schade, aber jetzt nicht mehr zu ändern. Wir müssen eben das Beste aus der Situation machen.«

»Und das heißt?«

»Denk mal nach.«

»Ich verbuddle ihn irgendwo und …«

»Quatsch! Ich will, dass die Jakob richtig zu Boden geht,

kapierst du das? Und Frauen, die ständig einen Hund um sich haben, sorgen sich um ihn wie um ein Kind, klar?«

»Ja.«

»Schneid ihm eine Pfote oder ein Ohr ab und schick es ihr zu.«

Mirko schnappte nach Luft.

»Hast du verstanden?«

»Ja, ja natürlich.«

»Und noch was, Mirko – ich will ein Foto von dem toten Köter und den abgetrennten Teilen.«

»Warum das denn?«

»Ganz einfach, mein Freund – irgendwas liegt in der Luft. Ich traue dir nicht, diesmal nicht. Dieses Zögerliche passt nicht zur dir. Also, tu, was ich dir sage. In einer halben Stunde erwarte ich Ergebnisse. Es wäre keine gute Idee, mich zu enttäuschen.« Kayn legte auf, ohne eine Antwort abzuwarten.

Mirko schaltete das Handy aus und entfernte die Sim-Karte. Dann blieb er einfach sitzen und streichelte den Hund. Eine seltsame Müdigkeit überkam ihn, gepaart mit einer Schwäche, wie er sie einmal während einer Grippe kennengelernt hatte. Es gab keinen Ausweg aus dieser Situation, mit dem alle Seiten zufriedenzustellen wären. Vielleicht hatte Gehlberg gar nicht mal so falsch gelegen, als er sich Kopien machte, unter Umständen zum ersten Mal seit ihrer Zusammenarbeit – weil ihn Unruhe beschlichen hatte und er das Bedürfnis verspürte, zur Not etwas in der Hand zu haben, falls es ungemütlich werden sollte. Allerdings war es Gehlberg garantiert nicht ausschließlich um eine Notsituation gegangen, sondern um eine Möglichkeit, zusätzlich Geld zu erpressen. Früher oder später wäre er ohnehin dran gewesen – Typen wie er waren früher oder später immer dran. So aber hatte Leonie ihnen die Arbeit abgenommen. Taffe Lady. Mirko lächelte kurz.

Dennoch, es wäre nicht die schlechteste Idee, mit Beweisen in der Hinterhand punkten zu können, und dieser Gedanke tauchte zum ersten Mal auf, seit er mit Kayn zusammenarbeite-

te. Im Verlauf von zwanzig Jahren hatte er dessen Anweisungen und Aufträge niemals unterlaufen – weder im Großen
noch in den Details – oder in Frage gestellt, auch wenn er Aufgaben stets auf seine individuelle Art löste. Unabhängig davon,
ob Gefahr in Verzug war oder wichtige Informationen weitergeleitet, unliebsame Gegner und Zeugen beschattet, verhört
oder ausgeschaltet oder neue Leute ins Netzwerk eingeführt
werden mussten – es war immer Verlass auf ihn gewesen. Er
hatte Beweismaterial gesichtet und auf USB-Sticks gespeichert,
die Kayn auf verschlungenen Wegen erreicht hatten, während
er das ursprüngliche Material weisungsgemäß vernichtete. Er
hatte wildfremde Frauen dazu gebracht, sich selbst das Leben
zu nehmen, er hatte gedroht, zur Verzweiflung getrieben und
gefoltert, und immer hatte er einen tieferen Sinn in seinem Tun
verspürt und war mit seinen Aufgaben gewachsen. Zu keinem
Zeitpunkt wäre es ihm in den Sinn gekommen, Kayns Wort
oder gar seine Motive und Ziele zu hinterfragen.

Und plötzlich war alles zu Ende, weil er nicht in der Lage
war, einen Hund zu quälen? Einen Straßenköter, der voller
Hingabe an dieser Frau hing? Einer Kommissarin, die ihm
stärker zugesetzt hatte, als es je einem Polizist vor ihr gelungen
war. Es war ganz einfach: Dieser Straßenköter hatte den alten
Dackel zum Leben erweckt. Kobold, den er, Mirko, hatte töten sollen, aber er war gescheitert, und so hatte er zugucken
müssen, wie der Großvater ihn erschlug.

Mirko stand langsam auf und packte das Notdürftigste zusammen – darunter Ausweispapiere, Geld, Kreditkarten, mehrere Handys und Sim-Karten, einen Revolver. Die aufmerksamen Blicke des Hundes folgten ihm, und sein Herz wurde
leicht.

## 30

Kayn verließ mitten in der Nacht sein Haus. Fischer schreckte aus dem Halbschlaf hoch, als das Signal des Senders mit eindringlichem Piepen ertönte, und rieb sich die Augen. Er startete den Motor, als Kayns Wagen an ihm vorbeifuhr und ließ ihm einige Meter Vorsprung, bis er ihm auf seiner nächtlichen Fahrt folgte. Die Ereignisse spitzten sich gerade zu, und womöglich hatte der Mann über seine Quellen erfahren, dass einige Widersacher einen langen Atem bewiesen. Oder es war etwas schiefgegangen.

Fischer summte vor sich hin, während Kayn den Wagen auf die Autobahn in Richtung Rostock lenkte. Vorsichtshalber blieb er mindestens drei Fahrzeuge hinter ihm. Kayn war ein Vollprofi – soviel stand inzwischen fest –, und selbst wenn er in Bedrängnis geriet oder eine vorschnelle Entscheidung fasste, würde ihm ein ungeschickter Verfolger auffallen.

Am Autobahnkreuz Rostock wechselte Kayn auf die A 19 und nahm die südliche Abfahrt, wo er auf die B 110 wechselte und nach Brinkmannsdorf fuhr. Fischer vergrößerte den Abstand. Wo will der Kerl hin? Das Signal kam vor einer Kleingartenanlage zum Stillstand. Fischer schaltete das Licht aus und parkte in deutlicher Entfernung. Durch das Fernglas konnte er Kayns Schatten für einen Moment mehr erahnen als erkennen. Warten oder aussteigen?

Fischer überlegte drei Sekunden, dann stieg er aus und schloss nahezu geräuschlos die Wagentür. Sein Revolver steckte im Gürtel, den Signalempfänger stellte er auf lautlos. Er war dunkel gekleidet. In seiner Jugend war er der beste Mittelstreckenläufer seiner Schule gewesen, und die zehn Kilometer lief er immer noch in dreißig Minuten, auf der Crossstrecke brauchte er höchstens sieben Minuten länger, und seine Spezialität war inzwischen das Hindernisrennen. Er ging in die Hocke und huschte hinüber zum Zaun, den er mit einem Satz überwand. Dem Signal nach zu urteilen, lief Kayn den Hauptweg entlang in Richtung eines größeren Gebäudes. Fischer folgte ihm mit ungefähr fünfzig Meter Abstand. Von weitem erklangen Musik und Lachen, und Grillgeruch lag in der Luft.

An der nächsten Wegkreuzung verharrte Fischer kurz, duckte sich zu Boden und spähte um die Ecke. Kayn sah sich nach allen Seiten um und betrat dann ein Grundstück hinter einem Spielplatz. Das Häuschen war unbeleuchtet und wirkte verlassen. Fischer wartete, bis Kayn im Inneren verschwand, schloss mit leisen, eiligen Schritten auf und schob sich eng am Zaun entlang auf die Rückseite des Grundstücks, wo die Kleingartenanlage an einem kleinen Waldstück endete.

Er hockte sich in den dunklen Schatten und lauschte. Drinnen rührte sich nichts. Die Fensterläden waren geschlossen, so dass kein Lichtstrahl nach draußen drang. Fischer stellte sich auf eine lange Nacht ein und überlegte gerade, ob es sinnvoller war, im Auto zu warten, als sich die Tür plötzlich öffnete und Kayn nach kurzem Innehalten hinaustrat. Er hatte das Handy am Ohr und telefonierte leise. Es war kein einziges Wort zu verstehen, aber Fischer war ziemlich sicher, dass der Mann wütend war. Seine Stimme bebte vor Zorn. Schließlich steckte er das Handy ein und machte sich auf den Weg zurück zum Wagen. Fischer wartete, bis er die Gartenkolonie verlassen hatte, bevor er wieder die Verfolgung aufnahm. Im Auto erstattete er einen Kurzbericht mit genauen Ortsangaben und folgte Kayn zurück nach Lübeck.

Sehler war verschwunden, wie Karsten Wisner mit zerknirschter Stimme meldete. Dagmar schloss kurz die Augen und wagte es gar nicht, Hannah anzusehen, die wie festgefroren auf dem Sofa saß. Sie wandte sich ab und ging mit dem Telefon am Ohr in die Küche. »Hör zu, Wisner – wir sagen doch inzwischen du, oder?«

»Klar.«

»Der Kerl hat euch ziemlich verarscht, aber lassen wir das mal so stehen. Nicht mehr zu ändern. Wir müssen ihn finden – er hat den Hund, und er wird ... nicht freundlich mit ihm umgehen. Diese widerlichen Arschlöcher wollen uns einen Denkzettel verpassen, aber das bedeutet auch, dass wir ihnen ganz schön auf die Nerven gehen, oder?«

»Ja. Ich gebe sofort auch hier die Fahndung raus. Und wir lassen umgehend die Wohnung durchsuchen.«

»Bestens und wenigstens etwas«, brummte Dagmar und legte auf. Sie schaltete die Espressomaschine an und schäumte Milch auf. Von dem kleinen Schwips war nicht mehr das Geringste zu spüren. Sie war von einem Augenblick auf den nächsten stocknüchtern. Es wird nicht bei der Entführung bleiben, natürlich nicht, überlegte sie zum wiederholten Male, und Übelkeit stieg in ihr hoch. Sie hatte kein besonders ausgeprägtes Verhältnis zu Tieren, aber sie konnte verstehen, dass es Menschen gab, die anders fühlten und angesichts einer solchen Situation unter Schock standen. Und dieser Hund war in der Tat etwas ganz Besonderes ...

Sie verteilte den Milchschaum und ging hinüber zu Hannah. »Komm, trink. Schlafen werden wir heute Nacht ohnehin nicht.«

Hannah nahm die Tasse und nickte. Sie wirkte wie betäubt.

»Sie suchen – hier und in Rostock«, berichtete Dagmar schließlich und setzte sich zu ihr.

»Kayn wird sich ins Fäustchen lachen«, erwiderte Hannah. »Er weiß sehr genau, wo und wie man Menschen zutiefst verletzt.«

»Auch für ihn wird es irgendwann vorbei sein.«

»Irgendwann ist eine lange Zeit.«

Der Anruf traf fast zwei Stunden später ein, als sich erste Streifen der Morgendämmerung am Horizont zeigten. Dagmar war für einen Moment eingenickt, so schien es ihr jedenfalls; sie schreckte hoch und starrte auf ihr Handy. Auf dem

Display blinkte die Nummer der Zentrale, und sie traute sich kaum, das Gespräch anzunehmen.

»Geh schon ran«, forderte Hannah sie auf. Ihre Lippen waren bleich.

Dagmar drückte die Hörertaste, und die Stimme eines Beamten aus der Bereitschaft drang schmerzhaft laut an ihr Ohr.

»Hier spricht Polizeimeister David Tiehl aus der Zentrale, entschuldigen Sie bitte die späte beziehungsweise frühe Störung, aber ...«

»Schon gut – reden Sie einfach!«, fiel Dagmar ihm ins Wort.

»Spreche ich mit Kommissariatsleiterin Möller?«

»Nein – Ernie aus der Sesamstraße hat sich mein Diensthandy geschnappt! Mein Gott, machen Sie es doch nicht so spannend! Was ist los?«

»Ich soll Ihnen sagen, dass wir ihn haben.«

»Wen? Mirko Sehler?«

»Nein – den Hund.«

Dagmar hielt die Luft an und spürte Hannahs Blick wie eine Berührung. »Und?«

»Er wurde auf einer Autobahnraststätte kurz vor Wismar aufgefunden, mit einem Zettel am Halsband.«

»Okay und weiter?«

»Der Finder sollte sich umgehend bei der Lübecker Polizei melden ... Der Hund war wohl betäubt worden, denn ...«

»Hören Sie zu, Tiehl, ich will wissen, in welchem Zustand er sich befindet«, zischte Dagmar. »Mehr interessiert mich im Augenblick nicht, kapieren Sie das?«

»Ach so, ja – nun, er ist ganz munter ...«

»Wie bitte? Wollen Sie damit sagen, dass er lebt?«, blaffte Dagmar erneut dazwischen. Mit einem Seitenblick erfasste sie, dass Hannah aufsprang.

»Und ob – er ist hier. Wie gesagt ...«

Dagmar steckte das Handy ein und blickte Hannah an. »Los,

wir fahren ins Kommissariat. Dein Hund lebt, und es geht ihm gut.«

Hannah konnte sich nicht daran erinnern, wann sie das letzte Mal emotional derart aufgewühlt war. Dagmar ließ ihr eine Viertelstunde Zeit allein mit Kotti, und diese Minuten benötigte sie dringend, um ihre Fassung zurückzugewinnen. Hilfreich war, dass der Hund die Aufregung und ihre tränenreiche Begrüßung gar nicht nachvollziehen konnte, sondern sie immer wieder verwundert ansah, was möglicherweise schlicht dem Umstand geschuldet war, dass ihm ein starkes Beruhigungsmittel verabreicht worden war. Der LKW-Fahrer, der ihn entdeckt hatte, berichtete, dass der Hund tief geschlafen hätte.

»Warum?«, fragte Hannah schließlich.

»Um dich so richtig zu erschrecken«, meinte Dagmar. »Mehr wollte Sehler nicht.«

»Das passt trotzdem nicht. Er entführt Kotti und setzt ihn mit einem Zettel am Hals an einer Stelle aus, wo er sichergehen muss, dass er aufgefunden wird. Warum diese Fürsorge?«

»Er hat Berit auch wieder gehen lassen.«

»Ja, richtig, aber dabei hinterließ er keine Spuren, mit denen ihm die Täterschaft zweifelsfrei nachzuweisen ist.«

Dagmar nickte nachdenklich. »Dieser handschriftliche Hinweis könnte ihn erstmals in echte Bedrängnis bringen, denn wir werden mit allergrößter Wahrscheinlichkeit feststellen können, dass er der Schreiber war.«

Einen Moment blieb es still. »Wie dem auch sei – morgen ist auch noch ein Tag. Gehen wir jetzt erst mal schlafen, oder willst du gleich den Morgendienst antreten?«

»Wohl kaum.« Dagmar stand auf. Im nächsten Augenblick klopfte es, und Rico schob sich durch die Tür. »Ruf mal bitte deine Mails ab«, sagte er in nachdrücklichem Ton.

»Was Besonderes?«

»Und ob.«

Die Fotos offenbarten in eindringlichen Szenen, wie 1989 in Bukarest im Anschluss an eine friedliche Versammlung von einem Augenblick auf den anderen erneut und auf brutalste Weise Gewalt die Herrschaft übernommen hatte – in Panik fliehende Menschen, Angst, Hass, Tod waren in harten Bildern festgehalten worden. Eine Aufnahme ließ Hannah sofort stutzen. Mehrere Männer schlagen und treten auf jemanden ein, der verletzt am Boden liegt, und einer der Schläger blickt hoch, direkt in die Kamera. Sein Gesicht leuchtet vor Hass und Wut, vor Triumph und Lust an der Gewalt: Die Ähnlichkeit mit Peter Kayn beziehungsweise Roman Radu war frappierend.

Das Fotomaterial war aus Berlin weitergeleitet worden. Noch während Hannah und Dagmar die Bilder betrachteten, meldete sich Krüger, und sie schaltete den Lautsprecher ein.

»Das Material ist über mehrere Kontakte gerade aus Hermannstadt eingetroffen. Der Kreis schließt sich, und die Auswertungen laufen auf Hochtouren«, sagte er. »Man ist dran an ihm und an anderen.«

»Das freut uns zu hören. Wie geht es weiter?«

»Kayn wird observiert, und man bittet uns und die Lübecker Kollegen, zum jetzigen Zeitpunkt von weiteren Ermittlungen zu den Mord- und Entführungsfällen abzusehen. Entsprechende Anweisungen werden heute noch rausgehen.«

»Aber …«

»Hannah – Kayn selbst hat niemanden ermordet oder entführt, und ihm den Auftrag nachzuweisen fällt jetzt in andere Zuständigkeiten und in einen noch größeren Zusammenhang. Ähnliches gilt auch für Sehler, dem bislang nicht beizukommen ist und der garantiert ein wichtiger Handlanger von Kayn ist. Fest steht, dass diese Fotos nach Lübeck gelangt sind, dass er auf einer Aufnahme zweifelsfrei identifiziert werden kann und dies seine ganze schöne Legende, die immerhin vierundzwanzig Jahre hielt, zum Einsturz bringt und ihn enttarnt. Aber wir müssen mehr wissen – über die Hinterleute, die Mitläufer, den Aufbau des Netzwerks und die Gefahr, die von ihm ausgeht.«

»Ja, ich verstehe.«

»Außerdem ist diese Sache viel zu gefährlich, um offen zu ermitteln – wenn du verstehst, was ich meine.«

Hannah hob eine Braue. »Doch ja.«

»Gut. Dann mach dich auf den Weg nach Berlin. Ihr habt einen tollen Job gemacht. Bis dann.«

Hannah unterbrach die Verbindung und warf Dagmar ein warmes Lächeln zu. »Du hast es gehört. Unser gemeinsamer Job ist beendet, auch wenn ihr noch eine Unmenge Arbeit vor euch habt.« Sie stand auf und zog die Kollegin in eine feste Umarmung. »Lass uns bitte in Kontakt bleiben und halte mich auf dem Laufenden. Und das meine ich verdammt ernst.«

Dagmar stemmte eine Hand in die Hüfte. »Na klar, was denkst du denn? Man lernt ja schließlich nicht alle Tage eine BKA-Tante kennen, deren bester Freund ein Straßenköter ist.«

Hannah gönnte sich zwei Stunden Schlaf, eine ausgiebige Dusche und ein ebensolches Frühstück, bevor sie aufbrach. Sie saß keine fünf Minuten hinterm Steuer, als Dagmar anrief, und stülpte ihr Headset über den Kopf.

»Du wolltest auf dem Laufenden gehalten werden, oder?«

Hannah lächelte. »Unbedingt.«

»Ich möchte dem Staatsanwalt vorschlagen, bei den abschließenden Ermittlungen unserer Dienststelle Leonie Schubert und Thalemann so weit wie möglich außen vor zu lassen. Ich schätze, sie sind beide unter Druck gesetzt worden und hatten genug Stress und Kummer. Außerdem werden sie ohnehin nichts aussagen, was sie selbst in Gefahr bringen könnte. Was hältst du davon?«

»Eine ganze Menge.«

»Das wollte ich hören. Gute Fahrt und …«

»Ja?«

»Meld dich.«

»Es wird mir ein Vergnügen sein.«

Hannah fuhr über Hamburg – wie immer, wenn sie im Norden war und die Sehnsucht nach ihrer Familie und der Schmerz über Livs Verschwinden übermächtig wurden. Niemand saß auf der Terrasse.